Colin Dexter

Der Weg durch Wytham Woods

Ein Fall für Inspector Morse

Aus dem Englischen
von Karin Polz

Unionsverlag

Die englische Originalausgabe erschien 1992 bei Macmillan, London.
Die deutsche Erstausgabe erschien 1992 unter dem Titel
Finstere Gründe im Rowohlt Taschenbuch Verlag, Reinbek.
Für die vorliegende Ausgabe hat Eva Berié die deutsche Übersetzung
nach dem Original überarbeitet.

Im Internet
Aktuelle Informationen, Dokumente und Materialien
zu Colin Dexter und diesem Buch
www.unionsverlag.com

Unionsverlag Taschenbuch 841

Übernahme der Übersetzung mit freundlicher Genehmigung
des Rowohlt Verlags, Reinbek
Originaltitel: The Way Through The Woods

Neptunstrasse 20, CH-8032 Zürich
Telefon +41 44 283 20 00
mail@unionsverlag.ch

Reihengestaltung: Heinz Unternährer
Umschlagfoto: John Glover (Alamy Stock Foto)
Umschlaggestaltung: Sven Schrape und Peter Löffelholz
Satz: Sven Schrape, Berlin
Druck und Bindung: CPI – Clausen & Bosse, Leck
ISBN 978-3-293-20841-4
2. Auflage, Januar 2021

Der Unionsverlag wird vom Bundesamt für Kultur mit einem
Verlagsförderungs-Strukturbeitrag für die Jahre 2021–2024 unterstützt.

Auch als E-Book erhältlich

Für Brian Bedwell

Der Autor dankt den zuständigen Stellen von Wytham Woods und von Blenheim Park für ihre Hilfe und die so bereitwillig erteilten Auskünfte, ebenso wie Detective Inspector John Hayward von der Thames Valley Police und Simon Jenkins, Redakteur der *Times.*

Wetter und Regen haben ihn aufgelöst,
Und jetzt würde man nicht mehr sehn,
Dass einst ein Weg führte durch den Wald,
Bevor sie die Bäume pflanzten.
Er ist verborgen unter Dickicht und Heide,
Wo die zarten Anemonen tanzten.
Nur der Förster sieht,
Dass, wo das Gurren der Tauben hallt
Und der Dachs durchs Unterholz zieht,
Einst ein Weg führte durch den Wald.
Rudyard Kipling, The Way Through the Woods

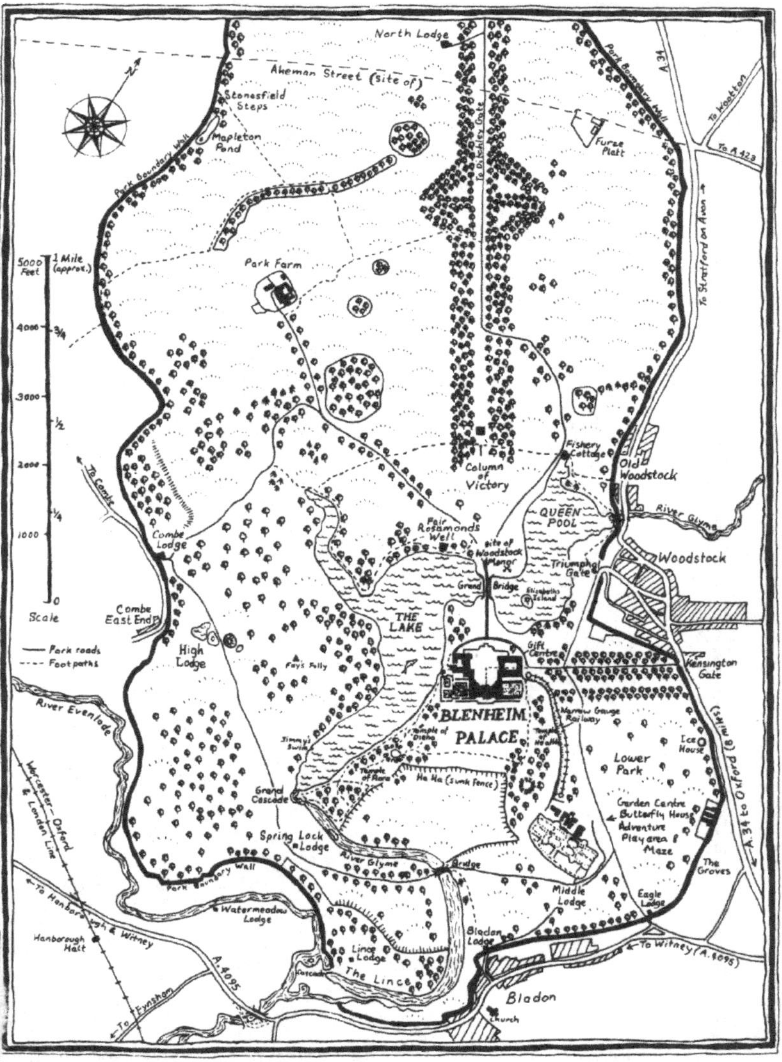

North Lodge
Aheman Street (site of)
Park Boundary Wall
A 34
To Wootton
To A 423
Stonesfield Steps
Mapleton Pond
To Ditchley Gate
Furze Platt
Park Boundary Wall
To Stratford on Avon
5000 Feet
1 Mile (approx.)
4000
3/4
3000
1/2
2000
1/4
1000
0
Scale
Park Farm
Column of Victory
Fishery Cottage
Old Woodstock
River Glyme
To Combe
Queen Pool
Fair Rosamonds Well
Site of Woodstock Manor
Combe Lodge
Triumphal Gate
Woodstock
Grand Bridge
Elizabeths Island
Combe East End
The Lake
Park roads
Footpaths
High Lodge
Fay's Folly
Gift Centre
Kensington Gate
River Evenlode
Blenheim Palace
Narrow Gauge Railway
Temple of Diana
Temple of Health
Ice House
Jimmy's Swim
Lower Park
Temple of Flora
Ha Ha (sunk fence)
Worcester – Oxford & London Line
Grand Cascade
Garden Centre
Butterfly House
Adventure Play area & Maze
A 34 to Oxford (8 miles)
Spring Lock Lodge
River Glyme
Bridge
The Groves
Park Boundary Wall
To Hanborough & Witney
Watermeadow Lodge
Middle Lodge
Eagle Lodge
Hanborough Halt
Bladon Lodge
To Witney (A 4095)
Lince Lodge
A 4095
Cascade
The Lince
Bladon
To Fynsham
Church

River Thames or Isis
Woodland Boundary
GREAT WOOD
Common Piece
The Keeper's Lodge
The Mount
CAR PARK
Woodland Boundary
Lords Common
Lords Copse
Chalet
Rough Common
Beacon Hill
The Five Sisters
Burket's Plantation
THE SINGING WAY
My Ladys Seat
The Broad Oak
Rejts Seat
RADBROOK COMMON
Bowling Alley Plantation
THE SINGING
Duck Pond
Woodland Boundary
Cowleage Copse
Nealings Copse
Froghole Cottage
Bean Wood
Oaken Holt
To Oxford

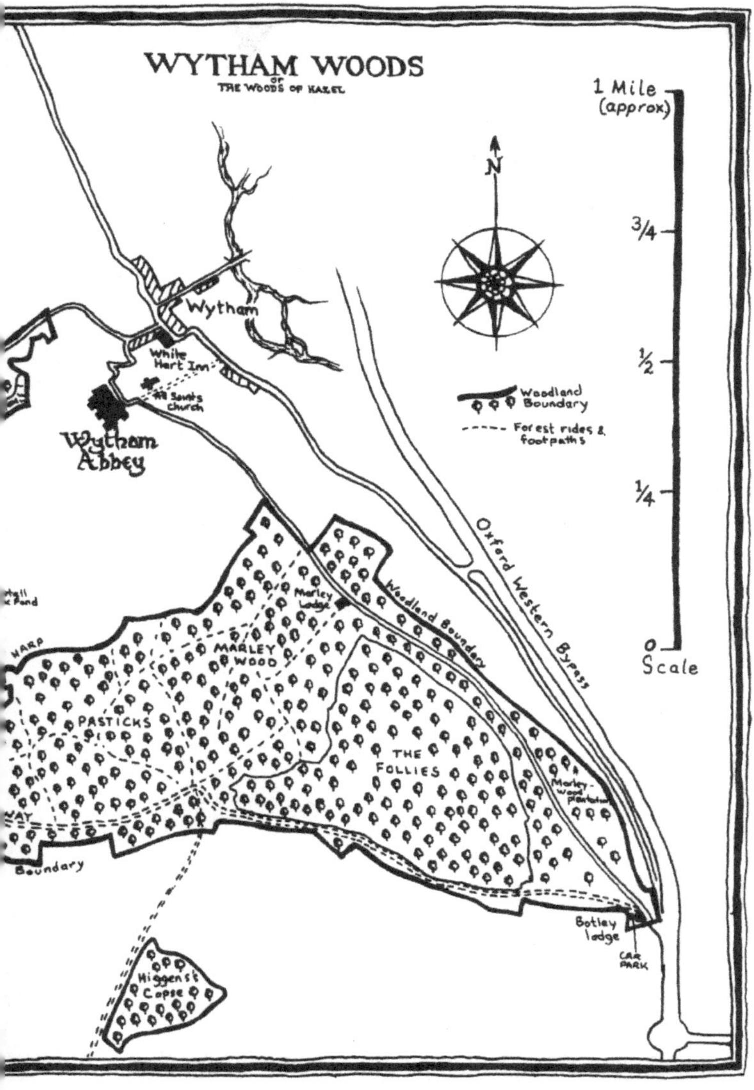

WYTHAM WOODS
OR
THE WOODS OF HAZEL
1 Mile
(approx)
3/4
1/2
1/4
0
Scale
N
Woodland Boundary
Forest rides & footpaths
Wytham
White Hart Inn
All Saints church
Wytham Abbey
Oxford Western Bypass
Woodland Boundary
Marley Lodge
MARLEY WOOD
PASTICKS
THE FOLLIES
Marley-wood plantation
Botley lodge
CAR PARK
Higgens's Copse
Boundary

Prolog

Wenn eure Sünde auch blutrot ist, soll sie doch schneeweiß werden.
Jesaia, Kap. 1, Vers 18

Wovon man nicht sprechen kann, darüber muss man schweigen.
Ludwig Wittgenstein, Tractatus logico-philosophicus

Ich muss mit Ihnen sprechen.«

»Sprich, meine Tochter.«

»Ich bin nicht oft in Ihre Kirche gekommen.«

»Es ist nicht meine Kirche – es ist Gottes Kirche. Wir sind alle Kinder Gottes.«

»Ich bin gekommen, um eine schwere Sünde zu beichten.«

»Es ist richtig, dass alle Sünden gebeichtet werden sollten.«

»Können alle Sünden vergeben werden?«

»Wenn wir, sündige Sterbliche, die wir sind, in unseren Herzen feststellen, dass wir einander vergeben können – denk nur an unseren unendlich barmherzigen Vater, der jede unserer Schwächen versteht, der uns alle viel besser kennt, als wir selbst uns kennen.«

»Ich glaube nicht an Gott.«

»Und du betrachtest das als besonders wichtig?«

»Ich verstehe Sie nicht.«

»Wäre es nicht von weitaus größerer Wichtigkeit, wenn Gott nicht an *dich* glaubte?«

»Sie sprechen wie ein Jesuit.«

»Vergib mir.«

»Es sind nicht Sie, *ich* bin es, die Vergebung sucht.«

»Erinnerst du dich an den Pilger, als er endlich Gott seine Sünden beichtete? Wie das Gewicht seiner schweren Bürde auf der Stelle von seinen Schultern gehoben wurde – wie der

Schmerz, der sich lindert, wenn eine Eiterbeule aufgestochen wird?«

»Sie hören sich an, als hätten Sie das alles schon öfter gesagt.«

»Eben dieselben Worte habe ich schon zu anderen gesagt, ja.«

»Zu anderen?«

»Ich kann nicht über sie sprechen. Was auch immer Männer und Frauen mir beichten mögen, sie beichten – durch mich – Gott.«

»Sie werden dann eigentlich gar nicht gebraucht – ist es das, was Sie meinen?«

»Ich bin ein Diener Gottes. Manchmal ist es mir vergönnt, jenen zu helfen, die ihre Sünden aufrichtig bereuen.«

»Was ist mit jenen, die das nicht tun?«

»Ich bete darum, dass Gott ihre Herzen bewegt.«

»Wird Gott ihnen vergeben – was sie auch getan haben? Glauben Sie das, Hochwürden?«

»Ja, das tue ich.«

»Die Sünden aus den Konzentrationslagern ...«

»An welche Szenen denkst du, meine Tochter?«

»Die ›Sünden‹, Hochwürden.«

»Noch einmal, vergib mir. Meine Ohren lassen nach – doch nicht mein Herz! Mein eigener Vater wurde 1943 in einem japanischen Lager zu Tode gefoltert. Ich war damals dreizehn Jahre alt. Ich weiß ganz genau, wie schwer es ist zu vergeben. Ich habe das nur sehr wenigen erzählt.«

»Haben Sie den Folterern Ihres Vaters vergeben?«

»Gott hat ihnen vergeben, wenn sie jemals seine Vergebung gesucht haben.«

»Vielleicht ist es leichter, Gräueltaten zu vergeben, die in Kriegszeiten begangen wurden.«

»Es gibt keine Waagschale für besser oder schlechter, ob in Friedenszeiten oder in Kriegszeiten. Die Gesetze Gottes sind die, die Er schuf; sie sind so unerschütterlich und standhaft wie die Fixsterne am Himmel – unwandelbar bis in alle Ewigkeit. Sollte ein Mann sich kopfüber vom Tempel stürzen, so bricht er selbst das Gesetz Gottes, aber er wird nie das allumfassende Gesetz brechen, das Gott einst erlassen hat.«

»Sie *sind* ein Jesuit.«

»Ich bin auch ein Mensch. Und alle Menschen haben gesündigt und dem Ruhm Gottes nicht entsprochen.«

»Hochwürden …«

»Sprich weiter, meine Tochter.«

»Vielleicht werden Sie Bericht erstatten über das, was ich beichte …«

»So etwas könnte ein Priester niemals tun.«

»Aber wenn ich *wollte,* dass Sie Bericht erstatten?«

»Mein heiliges Amt ist es, im Namen unseres Herrn und Erlösers, Jesus Christus, all jene von Sünden loszusprechen, die aufrichtige Reue zeigen. Es ist nicht mein Amt, die Wege der weltlichen Mächte zu verfolgen.«

»Sie haben meine Frage nicht beantwortet.«

»Das ist mir klar.«

»Was wäre, wenn ich *wollte,* dass Sie der Polizei Bericht erstatten über mich?«

»Ich wäre mir meiner Pflicht nicht sicher. Ich würde den Rat meines Bischofs suchen.«

»Man hat Sie noch nie zuvor um so etwas gebeten?«

»Nie.«

»Was wäre, wenn ich meine Sünde wiederholte?«

»Enthülle deine Gedanken. Enthülle mir deine sündigen Gedanken.«

»Das kann ich nicht.«

»Würdest du mir alles sagen, wenn ich die Gründe für deine Weigerung erraten könnte?«

»Das könnten Sie nie.«

»Vielleicht habe ich es schon getan.«

»Dann wissen Sie, wer ich bin?«

»O ja, meine Tochter. Ich glaube, ich habe dich schon vor langer Zeit kennengelernt.«

I

Immerwährender Urlaub ist eine gute Definition von Hölle.
George Bernard Shaw

Morse nutzte seinen Urlaubsanspruch nie aus, fand er. Und das erklärte er Chief Superintendent Strange auch an jenem Morgen Anfang Juni.

»Sie müssen aber auch die Zeit berücksichtigen, die Sie regelmäßig in Pubs verbringen, Morse!«

»Hin und wieder vielleicht ein paar Stunden, das gebe ich zu. Es wäre gar nicht so schwer auszurechnen, wie viel …«

»›Quantifizieren‹ ist das Wort, das Sie suchen.«

»Ich suche nie so scheußliche Wörter wie ›quantifizieren‹.«

»Ein nützliches Wort, Morse. Es bedeutet … nun, es bedeutet, wie viel …«

»Sage ich doch gerade, oder?«

»Ich weiß nicht, warum ich mit Ihnen streite!«

Das wusste Morse auch nicht.

Schon seit Jahren war der Urlaub für Chief Inspector Morse vom Thames Valley Criminal Investigation Department eine Zeit ständigen und praktisch unerträglichen Stresses. Und wie ein Urlaub für Männer mit Ehefrauen und womöglich auch noch Kindern erst aussehen musste, vermochte Morse sich trotz all seiner ausschweifenden Einbildungskraft kaum vorzustellen. Aber in diesem Jahr, dem Jahr des Herrn 1992, sollte, so schwor er sich, alles anders aussehen: Er würde Urlaub außerhalb Oxfords machen. Doch nicht im Ausland. Es zog ihn nicht nach Xanadu oder Isfahan; tatsächlich ging er nur sehr selten ins Ausland – wenn auch aufgezeichnet werden sollte, dass mehrere seiner Kollegen diese insulare Engstirnigkeit in erster Linie auf Morse' zaghafte Angst vor Flugzeugen zurückführten. Doch zufällig war es gerade einer dieser Kollegen gewesen, der als Erster die Dinge in Gang gesetzt hatte.

»Lime, Kumpel! Lime ist großartig!«

Lime?

Erst einige Monate später, als er die Anzeige im *Observer* las, registrierte Morse das Wort endlich:

BAY HOTEL

Lyme Regis

Sicher eine der landschaftlich schönsten Lagen im Westen Englands. Wir sind das einzige Hotel an der Strandpromenade, und wir bieten einen Rundblick von Portland Bill im Osten bis zum historischen Cobb Harbour im Westen. Das Hotel garantiert äußerste Bequemlichkeit und eine erlesene Küche in einer freundlich entspannten Atmosphäre. Bequeme Spaziergänge führen zu Einkaufsmöglichkeiten und zum Hafen, und der Zugang zum direkt vor dem Hotel gelegenen Strand ist frei von Fahrzeugverkehr.

Für ausführliche Informationen schreiben Sie bitte an das Bay Hotel, Lyme Regis, Dorset, oder rufen Sie einfach an unter der Nummer (0297) 442059.

»Es wird heikel«, begann Strange wieder, »wenn ein älterer Mann länger als vierzehn Tage Urlaub macht. Das ist Ihnen natürlich klar.«

»Ich nehme nicht mehr, als mir zusteht.«

»An welchen Ort denken Sie?«

»Lyme Regis.«

»Ah. Herrliches Devon.«

»Dorset, Sir.«

»Ist doch nebenan, oder?«

»*Persuasion* – dort wurden einige der Szenen von *Persuasion* gedreht.«

»Ah.« Stranges Gesicht war ausdruckslos.

»Und von *The French Lieutenant's Woman*.«

»Ah. Ich weiß schon. Das hab ich mit meiner Frau im Kino gesehen … Oder war es in der Glotze?«

»Nun, das hätten wir«, sagte Morse lahm.

Für eine Weile herrschte Schweigen. Dann schüttelte Strange den Kopf.

»Sie werden es nicht aushalten, so lange fort zu sein. Sandburgen bauen? *Mehr als vierzehn Tage lang?*«

»Ist auch Coleridge-Land, Sir. Ich werde wahrscheinlich ein bisschen rumfahren – mir Ottery St. Mary mal ansehen … einige der alten Plätze.«

Ein leises Glucksen ertönte irgendwo tief in Stranges Bauch. »Er ist seit Ewigkeiten tot, Mann – eher Max' Bier als Ihres.«

Morse lächelte matt. »Aber Sie hätten nichts dagegen, wenn ich mir seinen *Geburtsort* ansehe?«

»Ist nicht mehr da. Das Pfarrhaus ist nicht mehr da. Vor Jahren planiert.«

»Wirklich?«

Strange spitzte den Mund und nickte. »Sie halten mich für einen ungebildeten Burschen, nicht wahr, Morse? Aber ich sag Ihnen etwas. Als ich zur Schule ging, gab es all diesen Unsinn mit dem Kind im Mittelpunkt nicht. Damals mussten wir Sachen auswendig lernen – Sachen wie Ihren verdammten *Alten Seemann.*«

»Als ich zur Schule ging auch, Sir.« Es ärgerte Morse, dass Strange, nur ein Jahr älter als er selbst, ihn immer behandelte, als käme er aus einer viel jüngeren Generation.

Aber Strange war nicht zu stoppen.

»Das vergisst man nicht, Morse. Es bleibt an einem hängen.« Er warf einen kurzen, aber konzentrierten Blick in die Rumpelkammer seiner Erinnerungen, fand, was er suchte, und zitierte mit großer Ernsthaftigkeit eine Strophe, die er vor langer Zeit gelernt hatte:

»In einem Himmel kupferfarben
Stand blutrot und ungewohnt

Die Sonne mittags über dem Mast
Nicht verdammt größer als der Mond«

»Sehr gut, Sir«, sagte Morse, nicht sicher, ob das Zitat absichtlich so scheußlich entstellt war oder aus Versehen, jedenfalls sah er, dass der Chief Superintendent ihn listig beobachtete.

»Nein. Sie werden es nicht durchhalten. Innerhalb einer Woche sind Sie wieder in Oxford. Sie werden sehen!«

»Und wenn schon. Ich habe hier eine Menge zu tun.«

»Ach ja?«

»Als Erstes wäre da das Abflussrohr in meiner Wohnung. Es leckt.«

Strange zog die Augenbrauen hoch. »Und Sie wollen mir erzählen, dass *Sie* das in Ordnung bringen werden?«

»Ich werde es flicken«, sagte Morse mehrdeutig. »Ich hab schon ein Stück Rohr besorgt, aber der äh … Durchmesser des Querschnitts ist … etwas zu eng.«

»Es ist zu klein, meinen Sie? Ist es *das,* was Sie sagen wollen?«

Morse nickte etwas verlegen.

Es stand eins zu eins.

2

1804 ging es Mrs Austen so gut, dass sie mit ihrem Ehemann und Jane Ferien in Lyme Regis machen konnte. Hier klingt Janes Bericht wieder fröhlich. Sie erzählt von der Unterkunft und den Dienstboten, von neuen Bekanntschaften und Spaziergängen auf dem Cobb, vom erfrischenden Baden im Meer und von einem Ball im Gesellschaftssaal von Lyme Regis.

David Cecil, A Portrait of Jane Austen

Wenn ich das sagen darf, Sir, eigentlich haben Sie wirklich Glück.« Der Besitzer des einzigen Hotels an der Strandpromenade schob Morse das Gästebuch zu, und Morse füllte rasch die Spalten Datum – Name – Anschrift – Kfz-Kennzeichen – Nationalität aus. Während er das tat, registrierte er, eher aus langer Gewohnheit denn aus Interesse oder Neugier, einige der Angaben über die sechs oder sieben Personen, ledig oder verheiratet, die sich kurz vor ihm eingetragen hatten.

Unter Morse' Mitschülern in der sechsten Klasse hatte es einen Jungen gegeben, der ein buchstäblich fotografisches Gedächtnis besaß – ein Gedächtnis, das Morse sehr bewundert hatte. Nicht, dass sein eigenes Gedächtnis etwa schlecht gewesen wäre; kurzfristig funktionierte es sogar hervorragend. Und das ist der Grund, warum ein einziges kleines Detail in den Eintragungen sehr bald an die Gestade seines Bewusstseins treiben würde …

»Um die Wahrheit zu sagen, Sir, Sie haben großes Glück. Die gute Dame, die absagen musste – eine unserer Stammgäste –, hatte das Zimmer reserviert, sobald sie erfuhr, dass bei uns die Saison begonnen hatte, und sie legte besonderen Wert auf ein Zimmer – sie legte *immer* Wert darauf –, mit Blick auf die Bucht, mit eigenem Bad und WC natürlich.«

Morse nickte anerkennend zu dem hervorragenden Geschmack der unbekannten Dame. »Für wie lange hatte sie gebucht?«

»Drei Nächte: Freitag, Samstag, Sonntag.«

Morse nickte wieder. »Ich werde auch drei Nächte bleiben – wenn das möglich ist«, entschied er und fragte sich, was die arme alte Lady davon abhielt, wieder einmal den Blick auf die Wellen und die exklusive Benutzung eines WCs zu genießen. Die Blase, höchstwahrscheinlich.

»Genießen Sie Ihren Aufenthalt bei uns!« Der Hotelbesitzer händigte Morse drei Schlüssel an einem Ring aus: einen für Zimmer 27, einen (wie er erfuhr) für die zwei Minuten von der Strandpromenade entfernte Garage des Hotels und einen für den Haupteingang, für den Fall, dass Morse erst nach Mitternacht zurückkehren sollte. »Wenn Sie Ihr Gepäck herausnehmen würden, sorge ich dafür, dass es auf Ihr Zimmer gebracht wird, während

Sie das Auto in die Garage fahren. Die Polizei gestattet unseren Gästen natürlich, vorübergehend hier zu parken, aber …«

Morse sah hinunter auf den Straßenplan, der ihm überreicht wurde, und wandte sich zum Gehen. »Vielen Dank. Und hoffen wir, dass die Gute es etwas später schafft, hierherzukommen«, fügte er hinzu, weil er es für angebracht hielt, maßvoll sein Bedauern auszusprechen.

»Ich fürchte, das wird nicht gehen.«

»Nein?«

»Sie ist tot.«

»Oje!«

»Sehr traurige Geschichte.«

»Na ja, vielleicht hatte sie ein langes, ausgefülltes Leben?«

»Ich würde einundvierzig nicht als besonders lang bezeichnen. Sie?«

»Nein.«

»Hodgkin'sche Krankheit. Sie wissen ja, was das bedeutet.«

»Ja«, log der Chief Inspector, während er sich ernüchtert rückwärts zum Ausgang bewegte. »Ich hole nur schnell mein Gepäck. Wir wollen schließlich keinen Ärger mit der Polizei. Komische Typen, manchmal.«

»Vielleicht dort, wo Sie wohnen. Bei uns verhalten sie sich sehr anständig.«

»Ich wollte nicht …«

»Werden Sie bei uns zu Abend essen, Sir?«

»Ja. Ja, bitte. Das würde ich sehr gerne.«

Wenige Minuten nachdem Morse den kastanienbraunen Jaguar langsam durch die Lower Road gesteuert hatte, betrat eine Frau (die sicher nicht älter aussah als jene Frau, die früher im Jahr geschrieben hatte, um sich Zimmer 27 reservieren zu lassen) das *Bay Hotel*, stand ein oder zwei Minuten an der Rezeption und drückte dann auf den Bitte-Läuten-Knopf.

Sie war gerade von einem Spaziergang über den westlichen Teil der Strandpromenade und hinaus auf den Cobb zurückgekehrt, jenem großen Damm aus Granit, der einen schützenden Arm um den Hafen legt und das stetige Tosen des Meeres mildert. Es war kein angenehmer Spaziergang gewesen. Spät am Nachmittag war von Süden eine Brise aufgekommen, der Himmel hatte sich bewölkt, und mehrere Leute, die auf der Promenade entlanggingen, hatten sich zum Schutz gegen den gelegentlichen Sprühregen in ihre Regenhäute gezwängt.

»Keine Anrufe für mich?«, fragte sie, als der Hotelbesitzer wieder auftauchte.

»Nein, Mrs Hardinge. Es war auch sonst nichts.«

»Okay.« Aber sie sagte es so, als wäre es nicht okay, und der Besitzer fragte sich, ob der Anruf, den er früher am Nachmittag entgegengenommen hatte, vielleicht wichtiger gewesen war, als er vermutet hatte. Aber wahrscheinlich doch nicht, denn plötzlich schien sie sich zu entspannen, und sie lächelte ihn an – ein sehr attraktives Lächeln.

Das Gitter, das die Getränke hinter der Rezeption bewacht hatte, war verschwunden, es saßen schon zwei Paare an der Bar und tranken mit Genuss ihren trockenen Sherry, und bei ihnen saß eine ältliche Jungfer, die viel Wirbel um einen Dackel machte, einen jener »kleinen Hunde, die vom Management geduldet werden; £ 2.50 pro Tag ohne Futter«.

»Ich denke, ich nehme einen doppelten Malt.«

»Mit Soda?«

»Nur normales Wasser, bitte.«

»Sagen Sie Halt.«

»Halt!«

»Auf Ihre Zimmerrechnung, Mrs Hardinge?«

»Ja, bitte. Zimmer 14.«

Sie setzte sich auf das grüne Lederpolster der Fensternische direkt neben dem Haupteingang. Der Whisky schmeckte gut, und sie sagte sich, wie schwerwiegend auch die Argumente für eine totale Abstinenz sein mochten – nur wenige könnten bestreiten, dass nach dem Genuss von Alkohol die Welt stets besser und freundlicher erschien.

Die *Times* lag auf dem kleinen Tisch neben ihr, und sie nahm sie auf, überflog die Schlagzeilen und wandte sich der Rückseite zu. Sie faltete die Zeitung horizontal, dann vertikal, und dann studierte sie »1 Waagerecht«.

Es war ein ziemlich leichtes Rätsel, und etwa zwanzig Minuten später hatte sie mit ihrem nicht unbeträchtlichen Geschick im Lösen von Kreuzworträtseln alle Lösungen bis auf zwei gefunden; eine davon war ein quälend halb vertrautes Zitat von Samuel Taylor Coleridge, über dem sie noch immer brütete, als die Dame des Hauses mit der Speisekarte zu ihr trat und fragte, ob sie im Hause zu Abend essen werde.

Nachdem sie Suppe aus Meeresfrüchten mit frischen Gartenkräutern und Perlhuhn in Lauch- und Champignonsauce bestellt hatte, saß sie einen Augenblick mit gesenktem Blick da und rauchte eine Kingsize-Dunhill-Zigarette. Dann ging sie, wie einer plötzlichen Eingebung folgend, in die Telefonzelle mit den gläsernen Wänden neben dem Eingang, wählte eine Nummer, und bald bewegten ihre Lippen sich wie in einer stummen Scharade, wie der Mund eines aufgeregten Goldfisches, während sie ein 20-Pence-Stück nach dem anderen in den Schlitz warf. Aber niemand konnte hören, was sie sagte.

3

Ist Ihnen aufgefallen, dass das Leben, das echte, wirkliche Leben, mit Morden und Katastrophen und sagenhaften Erbschaften, sich beinahe ausschließlich in den Zeitungen abspielt?
Jean Anouilh, Die Probe oder Die bestrafte Liebe

Morse hatte keine Schwierigkeiten, dem Straßenplan zu folgen. Er verließ den kleinen Parkplatz am östlichen Ende der Strandpromenade, bog nach rechts ab, dann, kurz vor der Ampel, nach links, und da sah er auch schon das große, schuppenähnliche Gebäude an der linken Seite der engen Einbahnstraße Coombe Street: »Privatgarage für die Gäste des *Bay Hotel*«. Drinnen befanden sich, wie Morse sah, nachdem er die beiden hohen Holztore aufgestoßen hatte, achtzehn Parkplätze, durch diagonale weiße Linien markiert, neun an jeder Seite des DURCHFAHRT-FREIHALTEN-Gangs in der Mitte. Weil seine Bandscheiben ihm Probleme machten, war er in der letzten Zeit nicht mehr besonders geschickt bei Dingen wie rückwärts in eine schräge Parklücke einparken, und da die Garage fast voll war, brauchte er länger, als er hätte brauchen sollen, um den Jaguar in gleichen Abstand zu einem Mercedes mit einer J-Zulassung und einem Vauxhall mit einer Y-Zulassung zu bringen. Aus langer Gewohnheit, wie schon vorher, überflog er die Nummernschilder der geparkten Autos, aber als er vor etwa einer Viertelstunde das Gästebuch durchblätterte, hatte wenigstens *etwas* bei ihm geklingelt.

Aber jetzt? Nichts. Überhaupt nichts.

Es gab keinen dringenden Grund für Morse, die Annehmlichkeiten von Zimmer 27 sofort zu erkunden, und sein Blick fiel auf die Bar, als er das Hotel betrat. Er bestellte sich also ein Best Bitter und setzte sich in die Fensternische, direkt neben dem Eingang, und beinahe genau auf den Abschnitt grünen Leders, der zehn Minuten früher von einem der beiden für Zimmer 14 eingetragenen Gäste frei gemacht worden war.

Er hätte doch sicherlich Grund, einigermaßen zufrieden mit dem Leben zu sein? Aber er war es nicht. Nicht so richtig. Im Augenblick sehnte er sich nach den beiden Dingen, die für den Rest seines Urlaubs aufzugeben er sich noch an diesem Morgen feierlich geschworen hatte: Zigaretten und Zeitungen. Das Rauchen hatte er in der Vergangenheit schon so oft aufgegeben, dass ihm ein solcher Kraftakt verhältnismäßig einfach schien; nie zuvor jedoch hatte er beschlossen, dass es ein echter Gewinn für seinen Seelenfrieden sein könnte, wenn er eine ganze Woche oder so völlig frei von der Katastrophendiät wäre, die die guten Tageszeitungen täglich servierten. Aber vielleicht war das auch eine dumme Idee …

Seine rechte Hand griff instinktiv nach der beruhigenden rechteckigen Schachtel in seiner Jackentasche, als die Dame des Hauses zu ihm trat, ihn willkommen hieß und ihm die Speisekarte gab. Es war vielleicht etwas mehr als reiner Zufall, dass Morse keine Sekunde zögerte, die Suppe aus Meeresfrüchten und das Perlhuhn zu wählen. Aber vielleicht auch nicht – und es ist eigentlich ziemlich unwichtig.

»Etwas zu trinken dazu, Sir?« Sie war eine angenehm unbeschwert wirkende Frau, Ende vierzig, und Morse warf einen anerkennenden Blick auf das Dekolleté ihres schwarzen Kleides, als sie sich mit der Weinkarte vorbeugte.

»Was empfehlen Sie?«

»Eine halbe Flasche Médoc? Hervorragender Jahrgang! Etwas Besseres werden Sie kaum finden.«

»Eine ganze Flasche wäre vielleicht besser«, schlug Morse vor.

»Eine ganze Flasche also, Sir!« Das Abkommen wurde von beiden mit einem Lächeln unterzeichnet.

»Könnten Sie die Flasche gleich öffnen und auf dem Tisch stehen lassen?«

»So machen wir es immer.«

»Ich, äh … Das wusste ich nicht.«

»Er atmet gern ein wenig, nicht wahr?«

»Wie wir alle«, murmelte Morse, aber zu sich selbst, denn sie war schon fort.

Ihm wurde klar, dass er Hunger hatte. Er hatte nicht oft Hunger; gewöhnlich nahm er die meisten Kalorien in flüssiger Form zu sich; gewöhnlich schaffte er, wenn er zu einem Festessen im College eingeladen war, nur zwei der vorgesehenen Gänge, gewöhnlich tauschte er eine Vorspeise oder ein Dessert bereitwillig gegen eine Extraration Alkohol ein. Aber an diesem Abend *hatte* er Hunger, ganz entschieden, und er war froh, dass ihm, unmittelbar nachdem er sein zweites Bier geleert hatte (noch immer keine Zigarette!) mitgeteilt wurde, sein Essen sei fertig. Er hatte schon einige Male durch die Glastüren links von ihm in den Speisesaal geschaut, wo viele jetzt an den Tischen saßen, über die weißen Tischtücher mit den dunkelbraunen Platzsets gebeugt, unter dem gedämpften Licht der Kronleuchter aus Kristallglas. Es sah einladend aus, fast romantisch.

Als er für einen Augenblick an der Tür zum Speisesaal stehen blieb, war die Dame des Hauses schnell neben ihm und verlieh ihrer Hoffnung Ausdruck, er werde nichts dagegen haben, den Tisch mit jemand anderem zu teilen, nur für diesen Abend? Es seien ziemlich viele Gäste von außerhalb zum Dinner gekommen ...

Morse bat die Dame, sich deswegen keine grauen Haare wachsen zu lassen, und folgte ihr zu einem Tisch an der anderen Seite des Raumes, wo ein Gedeck gegenüber einer Frau aufgelegt war, die, das Gesicht halb zur Seite gewandt, die *Times* las, einen fast geleerten Teller mit Suppe aus Meeresfrüchten vor sich. Sie senkte die Zeitung, lächelte etwas geziert, als kostete es sie einige Mühe, die angemalten Lippen zu einem mechanischen Gruß zu verziehen, und lenkte ihre Aufmerksamkeit wieder auf etwas offensichtlich Interessanteres, als ihr Tischnachbar es war.

Im Speisesaal waren fast alle Tische besetzt, und es war Morse bald klar, dass er als Allerletzter bedient werden würde. Der Servierwagen mit den Desserts wurde herumgeschoben, und er hörte, wie das ältere Ehepaar rechts von ihm Pfirsiche in Karamellsauce mit Nüssen und Sahne bestellte, aber er spürte – ungewöhnlich für ihn! – kein Aufwallen von Ungeduld. Außerdem stand die Suppe bald vor ihm, der Wein hatte schon an seinem Platz gestanden, und rund um ihn herrschten Wohlwollen und Freude, ein leiser, stetiger Fluss von Unterhaltung und gelegentlich ein gedämpftes Lachen. Die Zeitung ihm gegenüber jedoch verharrte, im Augenblick jedenfalls, standhaft an ihrem Platz.

Während des Hauptgangs – er wurde bald nach ihr bedient – versuchte er es mit dem ersten, nicht eben originellen Zug. »Schon lange hier?«

Sie schüttelte den Kopf.

»Ich auch nicht. Genau gesagt, gerade angekommen.«

»Ich auch.« (Sie *konnte* sprechen!)

»Ich bin nur für ein paar Tage hier …«

»Ich auch. Ich fahre am Sonntag.«

Es war vermutlich die längste Mitteilung, die er von ihr bekommen würde, denn er sah, dass ihre Augen sich wieder nach unten auf das Perlhuhn gerichtet hatten. Und bei dem Perlhuhn blieben.

Du kannst mich mal!, dachte Morse. Doch trotzdem begann sein Interesse zu erwachen. Ihre unteren Zähne – vielleicht etwas zu lang? – standen dicht nebeneinander und waren leicht nikotinverfärbt, doch ihr Zahnfleisch war frisch und rosa, ihr voller Mund zweifellos attraktiv. Aber ihm fiel auch etwas anderes auf: Ihre gefleckten, schildpattfarbenen Augen schienen, obwohl mit Lidschatten getarnt, von einer dauerhafteren Traurigkeit verdunkelt, und er sah ein kompliziertes kleines Gewirr von roten Linien in den äußeren Winkeln beider Augen. Sie könnte natürlich eine leichte Erkältung haben.

Oder sie könnte früher am Tag ein wenig geweint haben …

Als der Wagen mit den Desserts kam, war Morse froh, dass er erst die Hälfte vom Médoc getrunken hatte, denn etwas Käse würde gut dazu passen (»Cheddar … Gouda … Stilton …«, bot die Serviererin an). Er bestellte Stilton, wie auch die Frau gegenüber es getan hatte. Die Zeit für den zweiten Zug schien gekommen. Er versuchte es mit: »Wir scheinen fast den gleichen Geschmack zu haben.«

»Anscheinend genau den gleichen.«

»Mit Ausnahme des Weins.«

»Hm?«

»Würden Sie, äh … gern ein Glas Wein trinken? Er ist recht gut. Er passt zum Stilton.«

Diesmal schüttelte sie nur den Kopf und verschmähte es, eine verbale Erläuterung zu geben.

Du kannst mich mal!, dachte Morse wieder, als sie erneut die *Times* aufnahm, sie in voller Größe ausbreitete und sich selbst völlig versteckte – zusammen mit ihren Problemen.

Die Finger, die die Zeitung hielten, stellte Morse fest, waren sehr schlank und geschmeidig, wie die einer professionellen Geigerin, mit nichtlackierten, makellos manikürten Nägeln, deren Halbmonde sich weiß über der gepflegten Nagelhaut wölbten. Auf dem Mittelfinger ihrer linken Hand trug sie einen schmalen goldenen Ehering, darüber einen Verlobungsring mit vier großen Diamanten in einer ungewöhnlichen Fassung, die in jedem heller beleuchteten Raum vielleicht gefunkelt hätten.

An der linken Seite der aufgeschlagenen Zeitung hielt ihre rechte Hand das Blatt genau über dem Kreuzworträtsel, und er stellte fest, dass nur noch zwei Lösungen gefunden werden mussten. Vor ein paar Jahren hätten seine Augen wenig Mühe gehabt, doch jetzt konnte er, obwohl er einige Male heftig blinzelte, die schwierige Formulierung des ersten Hinweises nicht ganz entziffern; es schien sich um ein Zitat zu handeln. Mit der anderen Hälfte der Zeitung hatte er mehr Glück, da sie ihm näher war – besonders mit dem Artikel, *dem ganz ungewöhnlichen Artikel,* der plötzlich seine Aufmerksamkeit erregte, beanspruchte und fesselte. Unten auf der Seite stand die Schlagzeile »Polizei reicht unheimliche Verse an *Times*-Mann weiter«, und Morse hatte fast die ganze erste Spalte entziffert:

Der Literaturkritiker der Times, *Mr Howard Phillipson, ist von der Polizei in Oxfordshire gebeten worden, bei der Lösung eines komplizierten Rätsels zu helfen. Von der Lösung verspricht man sich einen Hinweis auf die Stelle, wo vielleicht die Leiche einer jungen Frau …*

als die Serviererin an den Tisch zurückkehrte.

»Kaffee, Madame?«

»Ja, bitte.«

»In der Bar – oder in der Lounge?«

»In der Bar, denke ich.«

»Sie auch, Sir?«

»Nein. Nein danke.«

Bevor sie ging, goss die Serviererin den Rest vom Médoc in Morse' Glas, und an der anderen Seite des Tisches wurde die Zeitung zusammengefaltet. Das Mahl war sozusagen beendet. Merkwürdigerweise jedoch schien keiner der beiden es besonders eilig zu haben, den Tisch zu verlassen, und für kurze Zeit saßen sie schweigend zusammen, das vorletzte Paar im Speisesaal: Er sehnte sich nach einer Zigarette und hätte brennend gern gelesen, was noch in dem offenbar hochinteressanten Artikel stand; außerdem fragte er sich, ob er einen letzten Überfall auf feindliches Gebiet riskieren sollte – denn er war nach einigem Nachdenken zu der Überzeugung gekommen, dass sie wirklich sehr attraktiv aussah.

»Hätten Sie etwas dagegen, wenn ich rauche?«, fragte er zögernd und war schon im Begriff, nach der verführerischen Schachtel zu greifen.

»Mir macht es nichts aus.« Sie stand abrupt auf und nahm Handtasche und Zeitung an sich. »Aber ich glaube, das Management wird nicht ganz so entgegenkommend sein.« Sie sprach ohne Feindseligkeit – noch schlimmer, ohne Interesse, so schien es – und zeigte kurz auf eine Mitteilung neben der Tür.

IM INTERESSE DER VOLKSGESUNDHEIT
BITTEN WIR SIE HÖFLICH,
IN DEN SPEISERÄUMEN AUF
DAS RAUCHEN ZU VERZICHTEN.
DANKE FÜR IHR VERSTÄNDNIS.

Du kannst mich mal!, dachte Morse.

Aber er hatte sich nicht sehr klug verhalten, das sah er ein. Er hätte sie nur zu bitten brauchen, ihm die Zeitung für zwei, drei Minuten zu leihen. Er konnte sie natürlich noch immer bitten. Aber das würde er nicht tun – o nein! Sie konnte ihre verdammte Zeitung seinetwegen ins Klo stopfen. Es war ihm egal. Fast jeder Zeitungsverkäufer in Lyme Regis würde ein paar unverkaufte Exemplare der Zeitungen von gestern haben, die erst im Lauf des Vormittags zusammengepackt werden und zurück an den Großhändler gehen würden. So etwas hatte er schon unzählige Male gesehen.

Sie würde in die Bar gehen, hatte sie gesagt. In Ordnung, *er* würde in die Lounge gehen … wo er sehr bald in einem tiefen Sessel saß, ein weiteres Bitter und einen doppelten Malt vor sich. Und nur um den Abend abzurunden, sagte er sich, würde er eine Zigarette rauchen, nur eine, na ja, höchstens zwei.

Es wurde jetzt dunkel – aber die Abendluft war sehr mild: Und während er am halb geöffneten Fenster saß, lauschte er wieder dem Knirschen der Kieselsteine, die vom zurückgehenden Wasser mitgeschleift wurden, und eine Zeile aus *Dover Beach* kam ihm in den Sinn.

Doch jetzt höre ich nur
sein schwermütiges langsam schwindendes Getöse.

Ein oft unterschätzter Dichter, Matthew Arnold, hatte er immer gefunden.

Mrs Hardinge trank in der Bar ihren Kaffee, nippte an einem Cointreau – und dachte, um die Wahrheit zu sagen, für einen kurzen Augenblick an die durchdringenden blauen Augen des Mannes, der ihr beim Dinner gegenübergesessen hatte.

4

Der Morgen ist weiser als der Abend.
Russisches Sprichwort

Am nächsten Morgen stand Morse um 6.45 Uhr auf, stellte seinen Wasserkocher an und machte sich aus einem der vielen Tütchen und einem Milchdöschen eine Tasse Kaffee. Er zog die Vorhänge zurück und schaute auf das ruhige Meer und ein gerade den Cobb verlassendes Fischerboot hinunter. Zum Teufel! Er hatte vorgehabt, sein Fernglas mitzunehmen.

Die Möwen schwebten und kreisten über der Strandpromenade und blieben manchmal bewegungslos an einer Stelle stehen, als hingen sie vom Himmel, bis sie abdrehten wie Kampfflugzeuge, die sich von ihrer Formation lösten, und aus Morse' Blickfeld verschwanden.

Die Sonne war schon aufgegangen, ein großer orangefarbener Ball über den Klippen im Osten, über Charmouth – wo man, so wurde gesagt, einen Dinosaurier gefunden hatte, oder einen Flugsaurier oder so etwas, der in einem fernen, prähistorischen Zeitalter gelebt hatte, einer Zahl mit etwa zwölf Nullen. Oder waren es zwanzig?

Morse sagte sich, dass er wirklich mehr über Naturgeschichte lernen sollte, leerte seine Tasse und ging, ohne sich rasiert zu haben, hinunter ins ausgestorbene Erdgeschoss, verließ das Hotel und wandte sich auf der Strandpromenade nach links – wo seine Suche begann.

Der Zeitungshändler an der Ecke war ziemlich sicher, dass er keine *Times* vom Vortag hatte: *Sun* ja, *Mirror* ja, *Express* ja … aber nein, keine *Times.* Tut mir leid, Kumpel. Morse wandte sich wieder nach links und kämpfte sich die steil ansteigende Broad Street hinauf. Noch außer Atem, erkundigte er sich in dem Zeitungsladen links auf halber Höhe. *Telegraph, Guardian, Independent* – half das weiter? Nein? Tut mir leid, Sir. In dem Zeitungsladen genau gegenüber wurde Morse ein zweites Mal »Sir« genannt – aber eine *Times* gab es auch da nicht. Er ging weiter bis zum Gipfel des Hügels, wandte sich bei einem ziemlich schäbig aussehenden Kino nach links, dann wieder nach links in die Cobb Road und hinunter zum westlichen Ende der Strandpromenade – wo ein vierter Zeitungshändler auch nicht helfen konnte und den Chief Inspector wieder zum »Kumpel« degradierte.

Egal! Büchereien hoben zurückliegende Nummern aller größeren Tageszeitungen auf, und wenn er völlig verzweifelt war – was er ganz gewiss nicht werden würde –, konnte er immer noch Mrs Trübsal auf den Knien bitten, ihn einen Blick in ihre Zeitung werfen zu lassen. Wenn sie sie noch hatte … Vergiss es, Morse! Was bedeutete es schon?

Was bedeutete *sie?*

Morse ging jetzt munteren Schrittes über die Strandpromenade und atmete die frische Morgenluft tief ein. Zigaretten waren heute nicht drin. Keine einzige. Er war, wie ihm gerade klar wurde, eine Art Rechteck gegangen; nun, eigentlich eher ein Trapez, ein »Vierseit« mit zwei parallelen Seiten. Und zweifellos hätte er sich gesagt, es sei keine schlechte Idee, seine Geometrie etwas auf Vordermann zu bringen, wenn er nicht, etwas zweihundert Meter vor ihm, eine Gestalt entdeckt hätte. Denn dort, unter dem weißen Baldachin des lederfarbenen Hotels mit seinem gelben Zwei-Sterne-AA-Schild, stand Mrs Hardinge, Mrs Nörglerin persönlich, in einem langen schwarzen Ledermantel, und suchte etwas in einer weißen Umhängetasche. Portemonnaie vielleicht? Doch bevor sie es gefunden hatte, hob sie die rechte Hand, als ein Taxi auf der tiefer gelegenen Straße vorfuhr und am Wendeplatz eine Wendung von hundertachtzig Grad beschrieb. Der Fahrer stieg aus und öffnete die Hintertür für die elegante, gepäcklose Frau, die gerade die Auffahrt hinuntergegangen war. Morse war stehen geblieben, scheinbar um die Reihen der Spielautomaten im Novelty Emporium zu besichtigen, und warf einen Blick auf seine Armbanduhr: 7.50 Uhr.

Das Erdgeschoss war noch immer wie ausgestorben, und kein köstlicher Duft nach gebratenem Speck deutete auf den Beginn der täglichen Routine im *Bay Hotel* hin. Morse ging an der eingetopften Riesenpalme vorbei, vorbei an der Statue eines Mädchens, das aus einem Krug ununterbrochen Wasser in den Teich zu ihren Füßen rieseln ließ, und stand schon auf der Treppe, als sein Blick auf den Rezeptionstisch rechts von ihm fiel: eine Vase mit künstlichen Blumen, eine Sammelbüchse für die Königliche Seenotrettung, und – unter einem Stapel von Broschüren und Prospekten – das Gästebuch. Er blickte sich um. Es war niemand zu sehen.

Er schaute noch einmal die Angaben durch:

> 3.7.1992 – Mr und Mrs ~~E.~~ A. Hardinge – 16 Cathedral Mews, Salisbury – H 35 LWL – Britisch – Zimmer 14.

Es war das Kennzeichen für Oxfordshire, LWL, gewesen, das ihm am Abend vorher aufgefallen war. Jetzt war es etwas anderes: das ~~E~~. Aber zweifellos war es sie; er hatte beim Essen ihre Zimmernummer am Schlüsselring gesehen. Mit einem leichten Stirnrunzeln ging er die Treppe hinauf; er fragte sich, wie viele verheiratete Frauen fähig waren, die übliche Formulierung für ihren Ehestand einzutragen, ohne über die Initialen zu stolpern. Vielleicht hatte sie erst vor Kurzem geheiratet? Vielleicht war sie eine jener emanzipierten Frauen, die beschlossen, wenn nur *eine* Initiale erforderlich war, würde sie ihre eigene nehmen? Vielleicht … vielleicht waren sie überhaupt nicht »Mr und Mrs«, und sie war im Augenblick nicht ganz sicher gewesen, unter welchen Namen sie sich diesmal eintragen wollten?

Es war wohl Letzteres, dachte er – ein wenig traurig.

Das Frühstück (8.45 bis 9.30 Uhr) war für Morse eine

einsame Angelegenheit, doch empfand er es, wie jedes Mal, als das größte einsame Vergnügen eines jeden Urlaubs. Nach einer Portion Cornflakes und einem Mixed Grill schlenderte er noch einmal am Meeresrand entlang. Er fühlte sich angenehm gesättigt und (vermutlich) so zufrieden, wie es ihm möglich war. Die Wettervorhersage war gut, und er beschloss, nach Westen zu fahren, nach Ottery St. Mary, und dann, wenn ihm der Sinn danach stand, nach Norden, hinauf nach Nether Stowey und in die Quantock Hills.

Als er nach seiner Rückkehr ins Hotel in den zweiten Stock kam, stand er fast genau vor Zimmer 14, dessen Tür halb geöffnet war. Ein Zimmermädchen in blauer Dienstkleidung kam mit einem Staubsauger heraus, und im Zimmer sah er eine weitere Angestellte damit beschäftigt, die Pulverkaffee- und Teebeutel und die kleinen Milchbehälter zu ergänzen. Er versuchte sein Glück. Er klopfte (nicht zu zaghaft) und steckte den Kopf durch die Tür.

»Ist Mrs Hardinge da?«

»Nein, Sir.« Sie sah nicht älter als achtzehn aus, und Morse fühlte sich ermutigt.

»Es geht nur darum, dass sie mir versprochen hat, die Zeitung von gestern für mich aufzuheben – wir haben gestern Abend hier gegessen. Es war die *Times.*«

Sie sah Morse unschlüssig an, während er rasch einen Blick durch das Zimmer schweifen ließ. In dem Bett näher am Fenster war geschlafen worden – das Kissen war tief eingedrückt, und ein hauchdünnes schwarzes Negligé war nachlässig über die Bettdecke geworfen. Aber hatte *Mr* Hardinge im anderen Bett geschlafen? Es hätte natürlich schon gemacht sein können … aber wo war sein Koffer, wo waren seine Kleider und anderen Siebensachen?

»Ich fürchte, hier ist keine Zeitung, wo ich sehen kann, Sir. Und überhaupt würde ich nich …«

»Gewiss, gewiss! Ich verstehe das vollkommen. Ich meine, wenn sie nicht im Papierkorb liegt …«

»Nein, tut sie nich.«

»Es gibt doch sicher noch einen zweiten Korb? Im Badezimmer? Es ist nur, sie *hat* gesagt ...«

Die junge Frau schaute vorsichtig um die Badezimmertür, schüttelte aber den Kopf.

Morse lächelte freundlich. »Schon in Ordnung. Sie muss mir die Zeitung woanders hingelegt haben. Wahrscheinlich in *mein* Zimmer. Tut mir leid, dass ich Sie gestört habe.«

Zurück in Zimmer 27, fand er sein eigenes Bett gemacht, den Boden gesaugt und seine Kaffeetasse abgewaschen und verkehrt herum auf der Untertasse stehen. Er stand wieder einige Minuten am Fenster und schaute hinaus aufs Meer und sagte sich, dass er die *Odyssee* mal wieder lesen sollte, dann, fast unbewusst, rauchte er plötzlich eine seiner verbotenen Zigaretten und fragte sich, warum der braune Lederkoffer, den er eben geschlossen auf der Kommode in Zimmer 14 hatte liegen sehen, in hübscher gotischer Schrift die vergoldeten Buchstaben »CSO« trug. Das Einzige, was ihm zu diesen Initialen einfiel, war Community Service Order – aber das schien völlig fehl am Platz. Es mussten doch sicher *ihre* Initialen sein? Aber was auch das C bedeuten mochte – Carole? Catherine? Claire? Celia? Constance? –, es musste selbst einem Siebenjährigen, der im Lesetest durchgefallen war, klar sein, dass das O nicht Hardinge bedeutete. Es mochte vielleicht der Anfangsbuchstabe ihres Mädchennamens sein. Aber der Koffer war neu, sehr neu ...

Na und, Morse? Na und, verdammt!

Er setzte sich und schrieb einen Brief.

Liebe Mrs H., ich wäre Ihnen außerordentlich dankbar, wenn Sie die Times von gestern für mich aufbewahren könnten. Nicht den Wirtschafts-/Sportteil, nur den Hauptteil – tatsächlich möchte ich mir nur die Sache auf Seite 1 (und wahrscheinlich die Fortsetzung im inneren Teil) über den »Unheimliche Verse«-Artikel ansehen. Ihre Belohnung, die Sie annehmen müssen, wird ein

Drink an der Bar auf meine Kosten vor dem Abendessen sein, wobei ich verspreche, mich peinlich genau an jede Verordnung des Managements zu halten.
Zimmer 27

Morse hinterlegte diese unschuldige, wenn auch etwas aufgeblasene Mitteilung an der Rezeption und begab sich zur Garage des Hotels, wobei er darüber nachsann, warum die weibliche Hälfte von Zimmer 14 nicht Auto H 35 LWL benutzt hatte, anstatt ein Taxi zu nehmen. Er sann aber nur kurz darüber nach, weil er dachte, er wisse jetzt, warum Mrs C. Sowieso (Hardinge?) sich so seltsam benommen hatte. Nun, nein – nicht »seltsam«, wenn man es aus *Ihrer* Sicht betrachtete. Vergiss es, Morse! Nimm deinen Straßenatlas und such dir den einfachsten Weg nach Ottery St. Mary!

Kurze Zeit später war der Jaguar auf dem Weg dorthin, die Sonne schien von Minute zu Minute wärmer, und der tiefblaue Himmel zeigte kaum eine Wolke. Bis er Honiton erreichte, hatte Morse schon fast die merkwürdige Tatsache vergessen, dass in der Garage des Hotels kein Fahrzeug mit dem Kennzeichen H 35 LWL gestanden hatte, als er das erste Mal dort gewesen war.

5

Auszug aus einem Tagebuch vom 26. Juni 1992
(Eine Woche bevor Morse in Lyme Regis eintraf.)

Wörter! Irgendwer – ein Yankee, glaube ich – hat gesagt, man könne Leute mit Worten streicheln. Ich sage, Wörter sind Scheiße! Besonders der Anblick von Wörtern ist Scheiße. Sie sind zu stark. »Nackt« ist stark. »Brüste« ist stark. Larkin hat gesagt, für ihn sei »aufknöpfen« das großartigste Wort in unserer Sprache. Aber wenn die Wörter ein Scherz sind? O Gott, hilf mir! Bitte hilf mir, Gott! Gestern schrieb Tom mir einen Brief aus seinem neuen Haus in Maidstone. Hier ist ein Ausschnitt daraus:

Ich habe Great Tits im Garten. Nun musst Du nicht denken, wenn ich mit dem Fernglas, das Du mir gekauft hast, aus dem Fenster meines Arbeitszimmers hinunterschaue, sonne sich dort eine bronzefarbene Signora vollbusig und oben ohne auf einer Luftmatratze. Nein! Nur ein wundervoll unterhaltsames Pärchen Kohlmeisen, die sich häuslich eingerichtet haben – etwas spät im Jahr, nicht wahr? – in dem Nistkasten, den wir unter der Buche angebracht haben. Kannst Du Dich noch an jene Zeile erinnern, die wir in der Schule gelernt haben? Titvre tu patulae recubans sub tegmine fagi …

Das sind Toms Worte. Würde man nicht denken, dass jeder normale zivilisierte Mensch entzückt wäre bei dem Gedanken an diese kleinen blau-schwarz-weiß-gelben Vögel (mein Spezialgebiet!!), wie sie mit ihren schlanken kleinen Körpern in einen Nistkasten schlüpfen? Würde man nicht denken, dass nur ein verderbter und pervertierter Geist stattdessen bei dem Bild jener Frau auf der Luftmatratze verweilt? Würde man nicht denken, dass jeder sensible Mensch sich freuen würde über diesen großartigen Hexameter von Vergil, anstatt im ersten Wort eine weitere »Titte« zu sehen? Jesus Christus, es war nur ein Wortspiel, nicht wahr? Der griechische Ausdruck dafür ist »Paronomasie«. Das hatte ich vergessen, aber ich habe es gerade in meinem Buch über literarische Begriffe nachgeschlagen. Und die Wörter verfolgen mich noch immer. Während ich durch die Ps blätterte, stieß ich wieder auf »Pornografie«. Wörter! Zur Hölle mit Wörtern! Gott, hilf mir!

Zu solchen Formen von Pornografie gehören Sadismus, Masochismus, Fetischismus, Transvestismus, Voyeurismus (oder Skopophilie),

Narzissmus, Päderastie und Nekrophilie. Weniger übliche Formen sind Koprophilie, Kleptolagnie und Zoophilie.

Es sollte ein kleiner Trost sein, dass diese letzten drei »weniger üblichen« Perversionen – wenn das der richtige Ausdruck ist – noch nicht nach meinem Geschmack sind. Was bedeutet die mittlere überhaupt? Steht nicht im Chambers.

(Später) Dinner im SCR sehr gut – »Barbue Housman«. Danach C. angerufen, und fast wage ich zu glauben, dass sie sich wirklich auf das nächste Wochenende freut. Ich wünschte nur, ich könnte einschlafen und am Dritten aufwachen. Aber ich scheine die Hälfte meiner Zeit damit zu verbringen, mein Leben wegzuwünschen. Ich habe zu viel getrunken. O Gott, lass mich gut schlafen!

6

... und so durchs Leben,
Auf der Jagd nach Freundschaften, die der Zufall brachte.
Samuel Taylor Coleridge, To the Rev. George Coleridge

Mitte des Nachmittags schaute Morse mit nicht unbeträchtlicher Enttäuschung auf seine Coleridge-Pilgerfahrt zurück.

Etwa sechs Meilen westlich von Honiton war er von der A30 nach links abgebogen, um zum Marktflecken Ottery St. Mary zu gelangen. Das Parken hatte sich als buchstäblich unüberwindliches Problem erwiesen, und als er endlich zum Verkehrsverein kam, erfuhr er nur, dass »Coleridge 1772 hier im Pfarrhaus (nicht mehr vorhanden) geboren wurde, als zehntes Kind des Reverends J. Coleridge, Vikar von 1760 bis 1781 und Leiter der Höheren Schule (nicht mehr vorhanden). Die schnell größer werdende Familie zog bald in das alte Schulhaus (nicht mehr vorhanden) …« Aber St. Mary's gab es noch, und er wanderte durch die große Kirche und las ein paar Mitteilungen über »Sehenswürdigkeiten« an einem Stück Holz, das wie ein Handspiegel geformt war. Während er las, bekam er allmählich das Gefühl, er müsse sich einmal wieder mit »Kragsteinen« und »Hohlkehlen« und »Rinnleisten« vertraut machen, aber es überraschte Morse etwas, dass der Verfasser der Mitteilungen noch nie etwas von Coleridge gehört zu haben schien. Nur durch Zufall entdeckte er, als er die Kirche verließ, an der Kirchhofsmauer eine Gedenktafel, mit einer Flachrelief-Büste des Dichters unter den ausgebreiteten Flügeln eines Albatros.

Eineinhalb Stunden später, nach einer schnellen Fahrt über die M5, war Morse ebenso enttäuscht von dem Dorf Nether Stowey. »Das kleine, strohgedeckte Cottage, feucht und ungemütlich«, in dem Coleridge 1796 gelebt hatte, war jetzt ausgebaut, hatte ein Ziegeldach und (ohne Zweifel) auch eine Zentralheizung. Und was noch wichtiger war – es war samstags geschlossen, und es war Samstag. Innerhalb der Kirche erwies sich die Broschüre für Besucher (»Bitte mitnehmen – kostenlos!«) als außergewöhnlich schlecht informiert, und Morse verspürte keine Neigung, der Aufforderung des Vikars nachzukommen, sich den »Freunden der Kirche« anzuschließen – »Schwerpunkt Freudige Zwanglosigkeit«. Er warf fünfzig Pence in einen Schlitz in der Wand und machte sich freudlos auf die Rückfahrt nach Lyme Regis.

Vielleicht hatte Strange die ganze Zeit recht gehabt. Vielleicht gehörte er, Morse, zu jenen Menschen, die einen Urlaub nicht wirklich genießen können. Selbst das Bier, das er in einem Pub in Nether Stowey getrunken hatte, hatte ihm nicht geschmeckt, und er wusste nicht, was er eigentlich wollte. Oder er wusste es doch: erst mal eine Zigarette und dann etwas, das seinen Verstand forderte, wie ein schwieriges Kreuzworträtsel oder ein Verbrechen – oder die Vortagsausgabe der *Times.* Und es gab noch etwas anderes, obwohl er es kaum vor sich selbst zugeben mochte: Er hätte Mrs Hardinge (oder Mrs Sowieso) gern auf dem Beifahrersitz neben sich.

Eine innere Stimme sagte ihm, dass er sich ungewöhnlich töricht verhalte. Aber er hörte nicht auf die Stimme.

Um 15.45 Uhr parkte er den Jaguar in der Hotelgarage; es standen jetzt nur drei andere Wagen dort, und keiner davon hatte ein Kennzeichen aus Oxon.

Am Eckladen an der Strandpromenade gab er zwei Versuchungen nach und widerstand einer dritten. Er kaufte zwanzig Dunhill International und eine *Times,* doch das Magazin mit der halb bekleideten Sirene in verführerischer Pose auf dem Hochglanz-Titelblatt blieb im obersten Regal – und wenn auch nur deswegen, weil es ihm zu peinlich war, dem Mann mit den harten Augen hinter dem Ladentisch ins Gesicht zu sehen.

Wieder im Hotel, nahm er gemächlich ein Bad und ging dann hinunter in die Lounge, wo er die Hülle von dem großen Billardtisch nahm und etwa eine halbe Stunde lang so tat, als wäre er Steve Davis. Schließlich hatte der *Oxford Companion to Music* »Mozart am Billardtisch« auch eine ganze Seite gewidmet. Morse jedoch war praktisch unfähig, irgendetwas einzulochen, unabhängig vom Winkel oder der Entfernung, und genauso sorgfältig, wie er die Hülle abgenommen hatte, legte er sie jetzt zurück und ging wieder in sein Zimmer, fest entschlossen, sein Billardspiel ebenso aufzupolieren (falls das Leben es zuließ) wie seine Kenntnis von Fachausdrücken der Architektur. Dies war genau der Grund, warum Ferien immer so nützlich waren, sagte er sich: Sie gestatteten einem, etwas Abstand zu gewinnen und festzustellen, wo man allmählich einrostete.

Während er voll bekleidet auf seinem Einzelbett lag und an die Decke starrte, klopfte jemand an die Tür, und er stand auf, um sie zu öffnen. Es war der Hotelbesitzer persönlich, der eine Tragetasche von Sainsbury's in der Hand hatte.

»Mrs Hardinge möchte Ihnen dieses geben, Mr Morse. Ich habe schon vorher versucht, Sie zu finden, aber Sie waren weggefahren, und sie bestand darauf, dass ich es Ihnen persönlich übergebe.«

Wie klang das Morse in den Ohren? Wie Musik, Musik, himmlische Musik!

In der Tragetasche befand sich der begehrte *Times*-Artikel, zusammen mit einem *Bay-Hotel*-Umschlag, in dem eine kurze Mitteilung auf einem *Bay-Hotel*-Bogen steckte:

Für 27 von 14. Ich habe ein Taschenbuch mit dem Titel The Bitch *von einer der Collins-Schwestern gesehen. Ich habe es nicht gelesen, aber ich glaube, es muss sich um mich handeln, meinen Sie nicht auch? Wenn ich zum Dinner noch nicht zurück bin, komme ich wahrscheinlich bald danach, und wenn Sie noch da sind, dürfen Sie mir einen Brandy spendieren. Schließlich kosten diese Zeitungen einen Haufen Geld!*

Für Morse war diese unschuldige Botschaft Balsam für die Seele. Es war, als hätte er auf einer Dinnerparty versucht, die Aufmerksamkeit einer hinreißenden Frau auf sich zu lenken, die ihn offensichtlich nicht beachtete, sich dann aber plötzlich vorbeugte und die Lippen in einem mehr als flüchtigen Kuss an seine Wange presste.

Merkwürdigerweise jedoch nahm Morse den Hörer vom Telefon neben seinem Bett auf und wählte das Polizeipräsidium in Kidlington, bevor er den Artikel in der *Times* las.

7

Ich bin ein leidenschaftlicher Zeitungsleser.
Zeitungen sind für mich die einzige Form
von fortlaufender Dichtung.
Aneurin Bevan im Observer vom 3. April 1960

Polizei reicht unheimliche Verse an Times-*Mann weiter*

Der Literaturkritiker der Times, *Mr Howard Phillipson, ist von der Polizei in Oxfordshire gebeten worden, bei der Lösung eines komplizierten Rätsels zu helfen. Von der Lösung verspricht man sich einen Hinweis auf die Stelle, wo vielleicht die Leiche einer jungen Frau vergraben worden ist.*

Das Rätsel wurde in Form eines fünfstrophigen Gedichts anonym von einer Person geschickt, die (so vermutet die Polizei) den Schlüssel zu einem Verbrechen hat, das seit zwölf Monaten zu den ungelösten Fällen des Thames-Valley-Polizeipräsidiums in Kidlington, Oxfordshire, gehört.

»Es ist ein faszinierendes Gedicht«, sagte Mr Phillipson, »und ich werde versuchen, mich während des Wochenendes ernsthaft damit zu beschäftigen. Nach einem kurzen Überfliegen des Textes halte ich es fast für denkbar, dass die innere Logik des Rätsels es möglich machen müsste, es aus seinem eigenen Kontext heraus zu lösen. Aber man muss abwarten.«

Nach Angaben von Detective Chief Inspector Harold Johnson vom Thames Valley CID scheint das Gedicht mit ziemlicher Wahrscheinlichkeit auf das Verschwinden einer schwedischen Studentin hinzuweisen, deren Rucksack auf einem Parkplatz an der nach Norden führenden Fahrbahn der A44 etwa eine Meile südlich von Woodstock im Juli 1991 gefunden wurde. Mithilfe von Papieren in den Seitentaschen des Rucksacks konnte dessen Besitzerin als Karin Eriksson identifiziert werden, eine Studentin aus

Uppsala, die vermutlich per Anhalter von London nach Oxford gefahren war und einen oder zwei Tage in der Universitätsstadt verbrachte – ihr weiteres Schicksal ist unbekannt.

»Der Fall war von Anfang an vertrackt«, gab DCI Johnson zu. »Es wurde nie eine Leiche gefunden, keine verdächtigen Umstände wurden aufgedeckt. Es ist nicht ungewöhnlich, dass Studenten bestohlen werden oder ihre Sachen verlieren. Und es gibt natürlich auch welche, die türmen. Aber wir haben diesen Fall immer als potenziellen Mordfall betrachtet.«

Zum Zeitpunkt ihres Verschwindens hatte Miss Erikssons Mutter der Polizei mitgeteilt, dass Karin sie vor etwa einer Woche aus London angerufen und sich munter und unternehmungslustig angehört habe, wenn sie auch etwas knapp bei Kasse gewesen sei. Und die Leiterin der Sekretärinnenschule, auf der Karin Kurse belegt hatte, beschrieb sie als eine »attraktive, tüchtige und sportliche junge Dame«. Seit Auffinden des Rucksacks fehlt jede Spur, aber ranghohe Polizeibeamte vertraten gestern Abend die Ansicht, dass diese neue Entwicklung ein oder zwei Anhaltspunkte aus der ersten Untersuchung in einem anderen Licht erscheinen lassen könnte.

Das ganze Gedicht lautet wie folgt:

Findet mich, findet das Schwedenkind –
Taut meine eisige Welt!
Trocknet das azurblaue Wasser,
Öffnet mein ewiges Zelt.

Wer fand, wer fand den schrecklichen Ort?
O findet mich, findet des Försters Kind!
Fragt den Bach: Gib doch endlich Wort,
Die Wahrheit, du kennst sie – den tragischen Mord?

Fragt den Tiger, fragt die Sonne
Wohin es geht, warum meine Not,
Bis der Tag vergangen ist,
Bis die Nacht brennet so rot.

Thymian sah ich, als ich auf der Pirsch,
Ein weißes Wesen in einer Falle,
Keuchend wie ein gejagter Hirsch,
Noch leckend die blutende Kralle.

Mit Spuren, die führen wundersam weit,
Jagt den Grund unter Eurem Fuß!
Findet mich, findet jetzt Eure Maid,
Ich küss Euch, wenn wir uns sehn.
A. Austin (1853–87)

Der Text war auf einer ziemlich altmodischen Schreibmaschine geschrieben, und die Polizei hofft, dass Sachverständigen-Untersuchungen zu weiteren Hinweisen führen. Die einzigen sofort feststellbaren Eigenarten der benutzten Schreibmaschine sind die abgenutzte obere Hälfte des kleinen »e« und der leicht verkürzte Querstrich des kleinen »t«.

»Um die Wahrheit zu sagen«, gab Chief Inspector Johnson zu, »nur wenige meiner Kollegen haben ein Händchen für Gedichte, darum hoffen wir, dass die Times *uns vielleicht helfen kann. Es wäre eine Art poetische Gerechtigkeit, wenn sie es könnte.« Ein abschließendes Wort von Mr Phillipson: »Vielleicht handelt es sich um einen grausamen Schabernack, und der Zusammenhang mit dem früheren Fall scheint wirklich recht dünn. Aber bei der Polizei scheint man anzunehmen, dass etwas dran ist, und das tue ich auch!«*

Morse las den Artikel auf seine langsame Art und dann ein zweites Mal, wesentlich schneller. Danach blieb er mehrere Minuten still sitzen, mit ruhigem Blick und ausdruckslosem Gesicht; dann schlug er die Rückseite der *Times* auf und las den Hinweis, den er am Abend vorher nicht richtig hatte sehen können: »Arbeit ohne Hoffnung schöpft Nektar in ein …« *(Coleridge)* (4). Na ja! Wenn das Gedicht ein »Rätsel« war, die Antwort war es auch! Ein Zitat von Coleridge auch noch! Halb lächelnd setzte er sich in seinem Stuhl zurück und wunderte sich wieder einmal über das häufige Vorkommen jenes alltäglichen Phänomens, das man Zufall nennt.

Er wusste nicht, dass sich am vergangenen Abend ein viel größerer Zufall ereignet hatte, als er (doch sicher rein zufällig?) in den Speisesaal geführt worden war, um einen Tisch mit der reizenden Dame aus Zimmer 14 zu teilen. Aber vorläufig konnte er so etwas noch nicht wissen; er nahm seinen silbernen Parker-Kugelschreiber aus der Tasche und schrieb ein »I« und ein »E« in die von ihr offen gelassenen Felder von S–B, bevor er wieder nach dem Telefon griff.

»Nein, Sir – Superintendent Strange antwortet noch immer nicht. Kann jemand anders Ihnen helfen?«

»Ja, vielleicht«, sagte Morse. »Verbinden Sie mich bitte mit der Verkehrskontrolle.«

8

Auszug aus einem Tagebuch vom 2. Juli 1992
(Einen Tag bevor Morse in Lyme Regis eintraf.)

Ich muss meinem abschließenden Werk über Pornografie ein Kapitel über »Stufenweises Fortschreiten« hinzufügen, denn es ist die stufenweise Natur des erotischen Prozesses, die am allerwichtigsten ist, was zu sehen selbst der alte Faschist Platon genug Verstand hatte. Doch ist dies ein Faktor, der in zunehmendem Maß von den Autoren und den Regisseuren und den Videoherstellern vergessen wird. Wenn sie es je gewusst haben. »Prozess« ist das Wort, um das es gehen sollte. Der Prozess, der versinnbildlicht wird durch das Anheben eines langen Rockes bis zu einer Stelle eben über der Fessel oder das erste Aufmachen eines Knopfes an einer Bluse! Drücke ich mich verständlich aus? Ohne den Rock – welcher Mann wird über die Fessel frohlocken? Ohne die Bluse – welcher Mann wird über den bloßen Knopf in Erregung geraten? Nacktheit allein ist nichts: Es ist die Absicht von Nacktheit, die volle Inanspruchnahme garantiert. Nie hat Nacktheit allein mir viel bedeutet, selbst als ich ein Junge war. Nie habe ich mich für all jene italienischen Bilder von nackten Frauen interessiert. Ebenso scheinen mir nur wenige unserer lasterhaften und wahllos liebenden jungen Leute übermäßig viel Notiz zu nehmen von den Frauen, die ihre Körper täglich in der Boulevardpresse zur Schau stellen. Diese jungen Männer interessieren sich mehr für Fußballgeschichten auf der letzten Seite. Gibt es hier eine Moral?

Ich habe gerade all die Scheiße, die ich eben geschrieben habe, durchgelesen und finde, ich höre mich fast normal an. Beinahe so, als würde ich hell auflachen, wenn irgendein Quacksalber mir vorschlüge, ich sollte doch mal mit jemandem sprechen. Aber in Wahrheit gibts nicht viel zu lachen über das Wrack, zu dem ich geworden bin – das ich vielleicht schon immer war. Die anderen haben verdammtes Glück gehabt. Lieber Gott, was für ein Glück! Sie haben ihre erotischen Fantasien und Vorstellungen aus widerlichen Magazinen und Pornofilmen und zwanglosem Sex. Aber ich! Ich studiere in der anspruchsvollen Presse die Artikel über Statistiken der Wirkung von Pornografie auf Sexualverbrechen. Das tun zivilisierte Sexbesessene. Hat Pornografie überhaupt die Wirkung, die man ihr nachsagt? Ich bezweifle es. Doch ich wünschte, es wäre so. Ja! Dann würde fast jeder Tag für Tag irgendein schreckliches Sexualverbrechen begehen. Ich weiß – natürlich weiß ich es –, dass ein solcher Zustand nicht ganz so verdammt großartig für die tugendhaften Mädchen wäre, die ihre Jungfräulichkeit verteidigt haben. Aber wenigstens ich wäre normal. Ich wäre normal.

Mach schon, Zeit! Beeil dich! Morgen werde ich sie sehen, und ich kann kaum zuschauen, wie die Stunden vorbeischleichen. Warum warte ich? Weil ich, obwohl ich meine Frau nie wirklich geliebt habe (und meine Kinder auch nicht besonders), fast alles in meinem Leben dafür geben würde, wenn ich ihr die ausweglose Erniedrigung ersparen könnte, von meiner Schande zu erfahren.

(Später) Im Dozentenzimmer nahm ich den *Guardian* in die Hand und las von einem Japaner, der ein Model ermordet hatte und vierzehn Tage von ihrem Fleisch lebte. Sie behielten ihn nicht lange im Gefängnis, weil er offenkundig verrückt war. Aber als sie ihn in ein Irrenhaus einwiesen, schlug er solchen Krach, dass sie ihn dort auch nicht lange behielten. Warum? Weil die Sachverständigen zu der Überzeugung kamen, dass er normal sei. Nachdem sie ihn entlassen hatten, sagte er zu einem Reporter: »Mein Aufenthalt in der geschlossenen Abteilung war die Hölle. Alle anderen dort waren echt bekloppt, aber die Ärzte erkannten, dass ich nicht wie die Übrigen war. Sie sahen, dass ich normal war. Darum ließen sich mich gehen.« Ich war nicht so sehr bestürzt über das, was dieser Irre sagte. Was mich wirklich erschütterte, war, was der Reporter sagte. Er sagte, das Bedrückendste an diesem sonderbaren und einsamen Kannibalen sei die Tatsache, dass er sich wirklich für normal hielt! Verstehen Sie nicht, was ich meine?

9

Und ich frage mich, wie sie zusammenkommen konnten!
T. S. Eliot, La Figlia Che Piange

Er ging vom Speisesaal zur Bar. Das Dinner war eine einsame Angelegenheit gewesen, aber Morse machte sich nie große Gedanken, wenn er gelegentlich allein war, und er hatte nie verstanden, warum einige Leute einen Unterschied zwischen Einsamkeit und Alleinsein machten. Jedenfalls hatte es ihm geschmeckt. Es hatte Wildbret gegeben! Jetzt bestellte er ein

Bier und setzte sich mit dem Rücken zum Meer, die letzte Ausgabe der *Times* vor sich. Er schaute auf seine Armbanduhr, notierte sich die Zeit (20.21) auf dem kleinen Freiraum neben dem Kreuzworträtsel und begann.

Um 20.35 Uhr, als er sich noch mit den beiden letzten Losungsworten abmühte, hörte er ihre Stimme: »Noch nicht fertig?«

Morse fühlte sich plötzlich froh.

»Darf ich mich zu Ihnen setzen?« Sie setzte sich rechts von ihm auf die gepolsterte Bank in der Fensternische. »Ich habe mir Kaffee bestellt. Wollen Sie auch welchen?«

»Äh, nein. Kaffee hat in meinem Leben nie eine besonders große Rolle gespielt.«

»Wasser auch nicht, wie die Dinge aussehen.«

Morse wandte sich zu ihr und sah, dass sie lächelte. »Wasser ist ganz in Ordnung«, räumte er ein. »Wenn man Maß hält.«

»Nicht von Ihnen!«

»Nein, Mark Twain.«

Ein junger Kellner im Frack hatte den Kaffee gebracht, und sie schenkte sich eine fast volle Tasse ein und fügte dann ein wenig sehr dicke Sahne hinzu. Morse schaute hinunter auf ihre schlanken Finger, die in langsamer, beinahe sinnlicher Bewegung den Löffel kreisen ließen.

»Sie haben die Zeitung bekommen?«

Morse nickte. »Ja. Danke.«

»Ich sage Ihnen etwas – ich werde Sie nicht einmal fragen, warum Sie die Zeitung unbedingt haben wollten.«

»Warum nicht?«

»Nun, zum einen, weil Sie es mir in Ihrem Brief gesagt haben.«

»Und zum anderen?«

Sie zögerte und sah ihn an. »Warum bieten Sie mir nicht eine Zigarette an?«

Morse' Heiterkeit erreichte einen neuen Gipfel.

»Wie heißen Sie?«, fragte sie.

»Morse. Man, äh, nennt mich Morse.«

»Merkwürdiger Name. Wie heißen Sie mit Nachnamen?«

»Das *ist* mein Nachname.«

»Wie ist Ihr Vorname? Sie heißen Morse Morse? Wie der eine Mann in *Catch-22,* Major Major Major.«

»Hatte er nicht vier Majors?«

»Sie lesen viel?«

»Genug.«

»Kannten Sie das Coleridge-Zitat? Ich habe gestern Abend gesehen, wie Sie das Kreuzworträtsel betrachteten.«

»War nicht die Zeitung zwischen Ihnen und mir?«

»Ich habe Röntgenaugen.«

Morse musterte ihre Augen und sah für einen Moment tief *in* ihre Augen, die von einem gleichmäßigen Braungrün waren, jetzt ohne blutunterlaufene Stellen. »Ja, zufällig kannte ich das Zitat.«

»Und das lautet?«

»Die Antwort war ›Sieb‹.«

»Und wie lautet die Zeile?«

»Es sind zwei Zeilen, wenn es einen Sinn machen soll:
Arbeit ohne Hoffnung schöpft Nektar in ein Sieb,
Und Hoffnung ohne Ziel kann nicht leben.‹«

»Sie lesen wirklich viel.«

»Wie heißen Sie?«

»Louisa.«

»Und was machen Sie, Louisa?«

»Ich arbeite für eine Modelagentur. Nein, das stimmt nicht. Ich *bin* eine Modelagentur.«

»Woher kommen Sie?«

»Aus einem kleinen Dorf südlich von Salisbury, am Chalke Valley.«

Morse nickte unbestimmt. »Durch die Gegend bin ich ein- oder zweimal gefahren. Coombe Bissett? Ist das in der Nähe?«

»Ziemlich nahe, ja. Aber was ist mit Ihnen? Was machen *Sie?*«

»Ich bin eine Art besserer Angestellter, genau genommen. Ich arbeite in einem Büro – von neun bis fünf.«

»Und wo ungefähr ist das?«

»In Oxford.«

»Wunderschöne Stadt!«

»Sie kennen Oxford?«

»Warum holen Sie mir nicht einen großen Brandy?«, flüsterte sie ihm ins Ohr.

Morse ließ die Drinks auf seine Zimmerrechnung setzen und kam mit einem doppelten Brandy und einem doppelten Malt zurück. Mehrere andere Paare widmeten sich in der vortrefflich eingerichteten Bar Lounge ihren Drinks, und Morse sah aus dem Fenster hinaus auf die ständig weißer werdenden Wellen, bevor er die Drinks nebeneinander auf den Tisch stellte.

»Cheers!«

»Cheers!«

»Sie sind ein Lügner«, sagte sie.

Die vier Wörter trafen Morse wie ein Kinnhaken, und er hatte keine Zeit, die Fassung wiederzugewinnen, bevor sie erbarmungslos fortfuhr: »Sie sind ein Bulle. Sie sind ein Chief Inspector. Und nach der Menge Alkohol zu urteilen, die Sie sich durch die Kehle jagen, sind Sie vermutlich nur selten in Ihrem Büro zu finden, nachdem die Bars aufgemacht haben.«

»Ist es so offensichtlich – dass ich ein Bulle bin, meine ich?«

»O nein! Keineswegs. Ich habe nur zufällig Ihren Namen und Ihre Anschrift im Gästebuch gesehen, und mein Mann … nun, er hat von Ihnen gehört. Er sagt, sie sollen so eine Art Wunderkind in der Welt der Verbrechen sein. Das ist alles.«

»Kenne ich Ihren Mann?«

»Das bezweifle ich sehr.«

»Er ist nicht hier …«

»Was tun *Sie* in Lyme?«

»Ich? Weiß nicht. Vielleicht suche ich eine entzückende,

einsame Dame, die mich nicht einen Lügner nennen würde, selbst wenn sie mich für einen hielte.«

»Sie bestreiten es? Sie bestreiten, dass Sie ein Bulle sind?«

Morse schüttelte den Kopf. »Nein. Nur, wenn man Urlaub macht, na ja, manchmal möchte man seine Arbeit vergessen – und manchmal lügt man auch mal, nehme ich an. Jeder lügt dann und wann.«

»Tatsächlich?«

»O ja.«

»Jeder?«

Morse nickte. »Sie eingeschlossen.« Er wandte sich wieder zu ihr, fand sich aber nicht fähig, die einander widersprechenden Botschaften in ihren Augen zu deuten.

»Reden Sie weiter«, sagte sie leise.

»Ich glaube, dass Sie eine geschiedene Frau sind, die eine Affäre mit einem verheirateten Mann aus Oxford hat. Ich glaube, dass Sie beide manchmal ein Wochenende miteinander verbringen. Ich glaube, wenn Sie das tun, brauchen Sie eine Deckadresse, und dass Sie Ihre eigene Adresse benutzen, und die lautet nicht Chalke Valley, sondern Cathedral Close in Salisbury. Ich glaube, dass Sie am Freitagnachmittag mit dem Bus hier angekommen sind und dass Ihr Partner, der vermutlich auf irgendeiner Konferenz hier in der Gegend war, zur gleichen Zeit wie Sie eintreffen sollte. Aber er ist nicht erschienen. Und da Sie Ihr Doppelzimmer schon gebucht hatten, haben Sie sich angemeldet und Ihre Sachen hinauf in Ihr Zimmer schaffen lassen, einschließlich eines Koffers mit den Initialen ›CSO‹. Sie hatten den Verdacht, dass etwas sehr schiefgelaufen war, wagten aber nicht zu telefonieren, um das herauszufinden. Sie hatten keine andere Wahl, als zu warten. Ich glaube, dass schließlich ein Anruf für Sie kam, der die Situation klärte, und Sie waren zutiefst enttäuscht und bestürzt – bestürzt genug, um ein paar Tränen zu vergießen. Heute Morgen nahmen Sie ein Taxi, um sich mit diesem Burschen zu treffen, der Sie im Stich gelassen hat, und ich glaube, dass Sie irgendwo den Tag zusammen verbracht haben. Sie sind jetzt wieder hier, weil Sie das Wochenende ohnehin gebucht hatten, und Ihr Partner hat Ihnen wahrscheinlich einen Scheck gegeben, um die Rechnung zu begleichen. Sie werden morgen früh abreisen und hoffen, dass Sie das nächste Mal mehr Glück haben.«

Morse war fertig, und es entstand ein langes Schweigen zwischen ihnen, während dessen er sein Whiskyglas leerte, sie ihr Brandyglas.

»Noch einen?«, fragte Morse.

»Ja. Aber ich hole sie. Der Scheck, den er mir gab, war mehr als großzügig.« Ihre Stimme war nüchtern, härter jetzt, und Morse wusste, dass der wunderschöne Zauber verblasst war. Als sie mit den Drinks zurückkam, wechselte sie den Platz und saß ihm steif gegenüber.

»Würden Sie mir glauben, wenn ich sagte, dass der Koffer meiner Mutter gehört, die Cassandra Samantha Osborne heißt?«

»Nein«, sagte Morse. Für wenige Sekunden glaubte er, einen Ausdruck sanfter Belustigung in ihren Augen wahrzunehmen, aber das war bald vorüber.

»Was ist mit diesem … diesem ›verheirateten Mann, der in Oxford lebt‹?«

»Oh, ich weiß alles über ihn.«

»*Was?*« Unwillkürlich erhob ihre Stimme sich zu einem quiekenden Falsett, und zwei oder drei Köpfe drehten sich in ihre Richtung.

»Ich habe die Thames Valley Police angerufen. Wenn man irgendein Autokennzeichen durch den Computer dort …«

»… erhalten Sie Namen und Anschrift des Besitzers in etwa zehn Sekunden.«

»In etwa *zwei* Sekunden«, verbesserte Morse.

»Und *das* haben Sie getan?«

»Das habe ich getan.«

»Lieber Gott. Sie sind ein echter Scheißkerl, was?« Ihre Augen funkelten jetzt vor Zorn.

»Es ist komisch«, sagte Morse und ignorierte die verletzenden Wörter. »Ich kenne *seinen* Namen – aber Ihren kenne ich noch immer nicht.«

»Louisa, habe ich Ihnen doch gesagt.«

»Nein. Glaube ich nicht. Nachdem Sie einmal angefangen hatten, die Rolle von Mrs Irgendwie Hardinge zu spielen, gefiel Ihnen ›Louisa‹. Sie wissen vielleicht nicht allzu viel über Coleridge. Aber über Hardy? Das ist etwas anderes. Sie erinnerten sich daran, dass Hardy sich als junger Mann in eine Frau verliebte, die nach Klasse, Vermögen und Privilegien etwas höher als er stand, und dass er versuchte, sie zu vergessen. Tatsächlich verbrachte er den Rest seines Lebens mit dem Versuch, sie zu vergessen.«

Sie schaute auf den Tisch hinunter, während Morse sanft fortfuhr. »Hardy hat nie mit ihr gesprochen. Aber als er ein alter Mann war, ging er manchmal auf den Kirchhof von Stinsford und stand vor ihrem nicht markierten Grab.«

Jetzt war es Morse, der hinunter auf den Tisch schaute.

»Hätten Sie gern noch etwas Kaffee, Madame?« Der Kellner lächelte höflich. Aber »Madame« schüttelte den Kopf, erhob sich und sagte, schon im Begriff zu gehen: »Claire – Claire Osborne –, so heiße ich.«

»Nun, noch einmal vielen Dank – für die Zeitung, Claire.«

»Nicht der Rede wert.« Ihre Stimme zitterte ein wenig, und ihre Augen waren plötzlich tränenfeucht.

»Sehen wir uns beim Frühstück?«, fragte Morse.

»Nein. Ich reise früh ab.«

»Wie heute Morgen?«

»Wie heute Morgen.«

»Ich verstehe«, sagte Morse.

»Vielleicht verstehen Sie zu viel.«

»Vielleicht verstehe ich nicht genug.«

»Gute Nacht – Morse.«

»Gute Nacht. Gute Nacht, Claire.«

Als Morse eine Stunde und mehrere Drinks später endlich beschloss, sich zurückzuziehen, fand er es schwierig, sich auf mehr als eine leicht schwankende Stufe zu konzentrieren. In der zweiten Etage sah er sich auf dem Treppenabsatz Zimmer 14 gegenüber, und wenn sich unter der Tür nur ein Lichtstreifen gezeigt hätte, so sagte er sich, hätte er vielleicht leise geklopft und sich dem Zorn, der ihn erwartete, gestellt.

Aber er sah kein Licht.

Claire Osborne lag bis in die frühen Morgenstunden wach, die Daunendecke beiseitegeschoben, die Hände hinter dem Kopf, und versuchte, ihre ruhelosen Blicke zu konzentrieren, versuchte, sie auf einen angenommenen Punkt etwa sechs Zoll vor ihrer Nase zu fixieren. Mit einem Teil ihrer Gedanken war sie noch bei dem eingebildeten, kultivierten, unbarmherzigen, sanften, versoffenen, sensiblen Mann, mit dem sie die frühen Stunden dieses Abends verbracht hatte, während sie mit dem anderen Teil bei Alan Hardinge war, Dr. Alan Hardinge, Fellow des Lonsdale College, Oxford, dessen Tochter Sarah am Tag zuvor von einem Sattelschlepper überfahren worden war, als sie auf dem Weg zur Schule den Cumnor Hill hinunterradelte.

10

Mrs Kidgerbury war die älteste Bewohnerin von Kentish Town, glaube ich, die putzen ging, doch zu schwach war, ihre Vorstellungen von dieser Kunst in die Tat umzusetzen.
Charles Dickens, David Copperfield

Mit einer Art spuckendem »Puh«, gefolgt von einem kissengedämpften »Flop« pflanzte Chief Superintendent Strange seine umfangreiche Person auf einen Stuhl gegenüber Chief

Inspector Harold Johnson. Es machte Strange nicht gerade Freude, Treppen zu steigen; seine Lust, sich solchen Strapazen auszusetzen, war nicht sehr ausgeprägt. Er hatte nur seiner sehr schlanken und sehr fürsorglichen Ehefrau versprochen, sich im Büro so viel körperliche Bewegung wie möglich zu verschaffen. Das Problem war, dass er gewöhnlich zu schwach in Körper und Geist war, um solche Vorsätze in die Tat umzusetzen. Doch nicht so am Morgen des Dienstags, dem 30. Juni 1992, vier Tage, bevor Morse sich im Gästebuch des *Bay Hotel* eintrug …

Der Chief Constable war am Tag zuvor von einem vierzehntägigen Urlaub zurückgekehrt und hatte als Erstes den Teil der Post durchgesehen, den seine sehr tüchtige Sekretärin nicht hatte bearbeiten können. Der Brief mit dem Schwedenmädchen-Gedicht hatte etwa eine Woche in dem Ablagekörbchen für Eingänge gelegen (glaubte sie jedenfalls). Er war (meinte sie sich zu erinnern) in einem billigen braunen Umschlag gekommen, der (da war sie fast sicher) an Chief Constable Smith (?) gerichtet war, aber den Umschlag hatte man fortgeworfen – tut mir leid! –, und die Strophen selbst hatten dort bis Montag, den 29., herumgelegen. Der Chief Constable fühlte sich nicht berufen, Tadel zu erteilen: Fünf Strophen von einem unbedeutenden Dichter waren nicht eben Grund, den nationalen Notstand auszurufen, oder? Doch das »Schwedenkind« in der ersten Zeile in Verbindung mit der »Maid« in der vorletzten hatte etwas klingeln lassen, und so rief er Strange an, der seinerseits den CC daran erinnerte, dass es DCI Johnson gewesen war, der für die früheren Ermittlungen die Verantwortung getragen hatte – und noch immer trug.

Eine Fotokopie des Gedichts wartete auf seinem Schreibtisch, als Johnson an diesem Tag vom Lunch zurückkehrte.

Doch erst am nächsten Vormittag begann wirklich etwas zu geschehen. Diesmal *war* es ein billiger brauner Umschlag, gerichtet an »Chief Constable Smith (?), Polizei, Kidlington«

(mehr stand nicht auf dem Umschlag), der im Postzimmer des Präsidiums eintraf und ordnungsgemäß zur übrigen Post des CC gelegt wurde. Der Brief trug eine in Woodstock gestempelte Briefmarke mit verschmiertem Datum und war sehr kurz:

Warum unternehmen Sie nichts wegen meines Briefes?
Karin Eriksson

Das Schreibpapier war eindeutig von derselben Sorte wie die für den ersten Brief benutzte: »Recycled – OXFAM • Oxford • Britain« stand unten auf dem Bogen. Es deutete auch alles darauf hin, dass der Brief auf derselben Schreibmaschine getippt worden war, da die Buchstaben »e« und »t« die gleichen Mängel aufwiesen wie die, die man in dem »Schwedenmädchen«-Gedicht festgestellt hatte.

Diesmal rief der CC Strange sofort zu sich.

»Fingerabdrücke?«, fragte Strange und sah von dem Umschlag und dem Blatt Papier vor ihm auf.

»Verdammte Zeitverschwendung! Der Umschlag? Der Postbote, der ihn aus dem Briefkasten geholt hat – der Sortierer – der Postbote, der ihn zugestellt hat – die Leute aus dem Postzimmer – die junge Frau, die ihn herbrachte – meine Sekretärin ...«

»*Sie,* Sir?«

»Und ich, ja.«

»Was ist mit dem Brief selbst?«

»Sie können Ihr Glück versuchen, wenn Sie wollen.«

»Ich werde Johnson darauf ansetzen ...«

»Ich will Johnson nicht. Er ist beschissen bei einem solchem Fall. Ich will, dass Morse übernimmt.«

»Er hat Urlaub.«

»Das hat man mir nicht gesagt!«

»Sie haben Urlaub gehabt, Sir.«

»Dann muss es wohl Johnson machen. Aber sagen Sie ihm um Himmels willen, dass er sein Hinterteil bewegen und wirklich etwas *tun* soll.«

Eine Weile saß Strange stumm und nachdenklich da. Dann sagte er: »Ich habe da so eine kleine Idee. Erinnern Sie sich an die Leserzuschriften in der *Times* vor etwa einem Jahr?«

»Die irische Sache, ja.«

»Ich dachte gerade – dachte laut, Sir –, wenn Sie die *Times* anrufen würden ...«

»Ich? Was spricht dagegen, dass *Sie* es tun?«

Strange antwortete nicht.

»Hören Sie! Es ist mir egal, was wir tun, solange wir überhaupt etwas tun – schnell!«

Strange erhob sich ächzend von seinem Stuhl.

»Wie kommt Morse mit Johnson aus?«, fragte der CC.

»Überhaupt nicht.«

»Wo verbringt Morse eigentlich seinen Urlaub?«

»Lyme Regis – Sie wissen schon, wo ein Teil von *Persuasion* gedreht wurde.«

»Ah.« Der CC sah verständnislos aus, während der Chief Superintendent zur Tür stampfte.

»Das wärs also«, sagte Strange. »Das, schätze ich, sollten wir tun. Was meinen Sie? Wird ein bisschen Aufsehen erregen, was? Ein bisschen Interesse?«

Johnson nickte. »Gefällt mir. Rufen *Sie* bei der *Times* an, Sir?«

»Was spricht dagegen, dass *Sie* es tun?«

»Wissen Sie zufällig ...?«

»Sie – können – bei – der – Auskunft – anrufen«, intonierte Strange sarkastisch, »indem Sie eins-neun-zwei wählen.«

Johnson presste die Lippen zusammen, als Strange fortfuhr: »Und während ich hier bin, können Sie mich auch gleich über den Fall informieren. Okay?«

Und so informierte Johnson ihn über den Fall und nahm dabei die Fäden der Geschichte mit wesentlich mehr Geschick auf, als Strange ihm zugetraut hatte.

II

Nec scit qua sit iter.
(Er weiß nicht, welchen Weg er einschlagen soll.)
Ovid, Metamorphosen II

Karin Eriksson hatte vor einem Jahr als »vermisste Person« gegolten, nachdem man ihren Rucksack gefunden hatte, und sie galt auch jetzt als »vermisste Person«. Ihr Fall war nicht Gegenstand einer Untersuchung wegen Mordes, weil es äußerst ungewöhnlich war – und außerordentlich heikel –, eine Untersuchung wegen Mordes anzusetzen ohne Verdacht auf ein Gewaltverbrechen, ohne dass ein Motiv bekannt war und vor allem ohne *Leiche.*

Was wusste man über Miss Eriksson?

Ihre Mutter hatte eine kleine Pension in Uppsala betrieben, war aber bald nach dem Verschwinden ihrer Tochter in ihre Heimat zurückgekehrt – in die Umgebung Stockholms. Karin, die mittlere von drei Töchtern, hatte gerade einen Sekretärinnenkurs abgeschlossen und das Abschlussexamen zwar nicht mit Auszeichnung bestanden, aber doch mit der Aussicht, einen annehmbaren Job an Land zu ziehen. Sie war ein klassischer nordischer Typ, mit langem blondem Haar und einer Figur, die die Aufmerksamkeit der meisten Männer fesselte, wenn sie ihr zum ersten Mal begegneten. Im Sommer 1990 war sie ins Heilige Land gereist, ohne viel Geld, doch offensichtlich auch ohne größere Schwierigkeiten, bis sie ihren Bestimmungsort erreichte, wo sie das Opfer einer versuchten Vergewaltigung durch einen israelischen Soldaten gewesen sein mag oder auch nicht. 1991 hatte sie beschlossen, eine weitere Reise nach Übersee zu machen, hatte, nach allem, was man hörte, auch beschlossen, einen weiten Bogen um alles Militär zu machen, wohin sie auch ging. Sie hatte in Uppsala außerdem einen dreimonatigen Kurs in asiatischen Kampfsportarten besucht, wobei sie eine Befähigung und Ausdauer zeigte, wie sie in ihrer Sekretärinnenschule nicht immer augenscheinlich gewesen waren. Jedenfalls war sie eine ziemlich große (1,74 Meter), sportliche junge Dame mit kräftigen Knochen, die ganz gut auf sich aufpassen konnte.

Aus den Unterlagen ging hervor, dass Karin am Mittwoch, dem 3. Juli 1991, nach Heathrow geflogen war, mit knapp zweihundert Pfund in der Tasche, einer vielseitigen Wanderausrüstung und mit der Adresse der Leiterin einer YWCA-Herberge in der Nähe des King's-Cross-Bahnhofs. Einige Tage in London hatten offensichtlich einen großen Teil ihres englischen Geldes dahinschwinden lassen, und ziemlich frühmorgens am Sonntag, dem 7. Juli, hatte sie die Untergrundbahn nach (vielleicht) Paddington genommen und sich von dort (vielleicht) auf den Weg zur A40/M40 in Richtung Oxford gemacht. Die YWCA-Leiterin hatte sehr bestimmt die Meinung vertreten, dass aus Karins Worten hervorgegangen sei, sie wolle eine entfernte Verwandte aufsuchen, die in Mittelwales lebte (Name und Adresse wurden später von Karins Mutter zur Verfügung gestellt).

Sehr wahrscheinlich muss Karin gegen zehn Uhr vormittags an jenem Tag an einer der Zubringerstraßen zur A40 gesehen worden sein. Sie war eine auffällige Erscheinung: langes, strohfarbenes Haar, verwaschene Blue Jeans, wie allgemein üblich an den Knien aufgerissen. Aber besonders bemerkenswert – und das hatten mehrere Zeugen bestätigt – muss die gelb-blaue schwedische Flagge gewesen sein, etwa 9 mal 6 Zoll, die an die große Hintertasche des Rucksacks geheftet war; und um den Hals trug sie (immer) einen seidenen Schal mit Fransen in denselben schwedischen Nationalfarben – Sonnenscheingelb und Himmelblau.

Zwei Zeugen meldeten sich, die ziemlich sicher waren, gesehen zu haben, wie eine Frau, die Karins Beschreibung entsprach, versucht hatte, zwischen dem Headington- und dem Banbury-Road-Kreisverkehr in Oxford mitgenommen zu werden. Und ein weiterer Zeuge, ein junger Mann, der am oberen Ende der Banbury Road in Oxford auf den Bus gewartet hatte, glaubte, sich zu erinnern, sie an jenem Tag recht zielbewusst in Richtung Stadtzentrum Oxford marschieren gesehen zu haben. Die Zeit? Etwa mittags – sicher mittags! –, denn er war gerade auf dem Weg zu einem Drink im *Eagle and Child* in St. Giles' gewesen. Aber glaubwürdiger war zu der Zeit ein letzter Zeuge erschienen, ein Anwalt, der auf dem Weg zu seiner hinfälligen Mutter in Yarnton gewesen war und der meinte, er habe Karin die Sunderland Avenue entlanggehen sehen, die von Hainbuchen gesäumte Straße, die die Kreisverkehre von der Banbury Road und der Woodstock Road miteinander verbindet.

An dieser Stelle warf Johnson einen Blick auf seine Unterlagen, zog eine dilettantische Zeichnung hervor und reichte sie Strange.

»Das hätte sie vor sich gesehen, Sir – wenn wir davon ausgehen können, dass sie überhaupt bis zum Woodstock-Road-Kreisverkehr gekommen ist.«

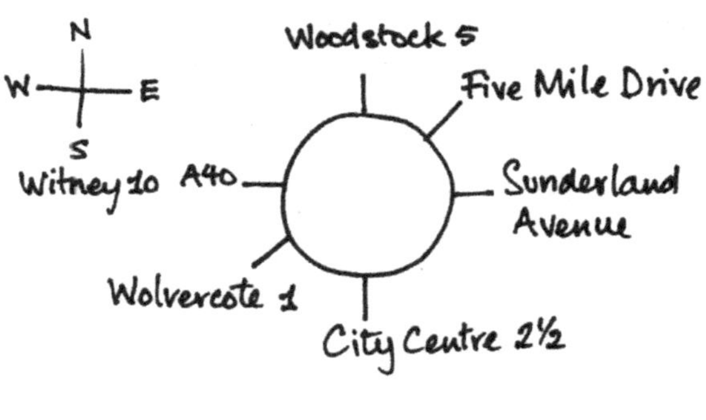

Ohne große Begeisterung sah Strange sich die Zeichnung an, und Johnson nahm seine Geschichte wieder auf.

Karin hätte natürlich direkt zum Kreisverkehr gehen können – entlang der A40, einer Straße, auf der es für einen Anhalter viel leichter gewesen wäre, mitgenommen zu werden, als an den Autobahnen und den Schnellstraßen, die sie bereits erfolgreich hinter sich gebracht hatte. Außerdem würde die A40 sie ziemlich direkt zu ihrer Cousine dritten Grades oder was auch immer in der Nähe von Llandovery führen. Aber den Kriminalpolizisten, die die Angelegenheit erörterten, war es nicht wahrscheinlich erschienen, dass sie die Straße nach Witney oder die nach Wolvercote oder die zum Stadtzentrum nahm; sie vermuteten, dass sie sich in Richtung Woodstock bewegt hatte …

12

Beseufze eine erbärmliche Geschichte,
Erzählt vor langer Zeit, und schlecht erzählt.
John Ford, The Lover's Melancholy

Um etwa 7.15 Uhr (fuhr Johnson fort) am sonnigen Dienstagmorgen, dem 9. Juli 1991, nahm George Daley, 2 Blenheim Villas, Begbroke, Oxon, seinen acht Jahre alten King Charles Spaniel mit auf einen Morgenspaziergang entlang der Zubringerstraße und vorbei am *Royal Sun*, einem Bierlokal am nördlichen Teil der A44, etwa eine Meile von Woodstock entfernt. Am Fuß einer Weißdornhecke, fast völlig verborgen unter üppig wachsendem Kerbel, entdeckte Daley – wie er behauptete – etwas Buntes, und als er sich vorsichtig hinunter- und näher heranbeugte, wäre er fast auf einen Fotoapparat getreten, bevor er den scharlachroten Rucksack entdeckte.

Zu diesem Zeitpunkt gab es natürlich noch keinen Hinweis auf ein Verbrechen – den gab es noch immer nicht –, und es war der Fotoapparat, auf den sich Daleys Aufmerksamkeit konzentrierte. Er hatte seinem Sohn Philip einen Fotoapparat versprochen – er wurde demnächst sechzehn –, und der Apparat, den er gefunden hatte, eine schwere, vornehm aussehende Angelegenheit, war eine etwas zu große Versuchung. Er hatte sowohl den Rucksack als auch den Fotoapparat mit nach Hause genommen, wo er und seine Frau Margaret am Vormittag kurz, am Abend ausführlicher über die Sache sprachen.

»Wer etwas findet, der darf es behalten«; damit waren sie aufgewachsen. Und, na ja, der Rucksack gehörte eindeutig und definitiv jemand anderem – aber auf dem Fotoapparat stand kein Name, oder? Soweit sie wussten, bestand überhaupt keine Verbindung zu dem Rucksack. Darum hatten sie den Film herausgenommen, der ohnehin fast voll schien, und ihn ins Feuer geworfen. Kein Verbrechen, oder? Manchmal, meinte Daley, war selbst die Polizei nicht ganz sicher, was als Straftat galt. Wenn ein Fahrrad gestohlen wurde, war es eine Straftat. Aber wenn man den Besitzer überzeugen konnte, dass das Fahrrad nicht wirklich gestohlen worden war – nur versehentlich ... sagen wir mal »verloren gegangen«, dann galt es doch nicht als Straftat, nicht?

»War er ein Exbulle, dieser Daley?«, fragte Strange und zeigte durch ein Nicken, dass er die Argumentation zu würdigen wusste.

Johnson grinste, schüttelte aber den Kopf und fuhr fort.

Die Ehefrau, Margaret Daley, hatte ein schlechtes Gewissen wegen des Rucksacks und überredete Daley, ihn am nächsten Tag, am Mittwoch, in Kidlington abzugeben und zu behaupten, er habe ihn am Morgen desselben Tages gefunden. Aber er bekam die Geschichte nicht richtig zusammen, und es wurde bald klar, dass der Mann nicht gut lügen konnte, und es dauerte nicht lange, bevor er etwas anderes erzählte.

Der Rucksack selbst? Abgesehen von den etwas verrosteten Knöpfen der Taschen schien er einigermaßen neu und enthielt vermutlich alles, was die junge Frau auf die Reise mitgenommen hatte, inklusive einem Reisepass, der seine Besitzerin als eine gewisse Karin Eriksson identifizierte, mit einer Adresse in Uppsala, Schweden. An nichts, so schien es, hatten sich die Daleys besonders zu schaffen gemacht, aber der Inhalt hatte sich als nur mäßig interessant erwiesen: die üblichen weiblichen Toilettenartikel einschließlich Zahnpasta, Tampax, Lippenstift, Lidschatten, Rouge, Kamm, Nagelfeile, Pinzette und weiße Papiertücher, außerdem eine fast volle Schachtel Marlboro und ein billiges Wegwerffeuerzeug, ein Brief, auf Schwedisch, von einem Freund, vor zwei Monaten abgestempelt, in dem der Freund (wie später aus der Übersetzung hervorging) eine Liebe erklärte, die so groß sei, dass sie bis in alle Ewigkeit warten, doch ein etwas früheres Rendezvous durchaus begrüßen würde, eine dünne Brieftasche, die weder Kreditkarten noch Travellerschecks enthielt, lediglich fünf Zehnpfundscheine (ziemlich neu, aber nicht durchgehend nummeriert), ein kleines Buch mit englischen Inlandspost-Briefmarken, eine graue, sorgfältig gefaltete Nylon-Regenhaut, eine zerdrückte Postkarte, die auf der einen Seite Velázquez' *Venus vor dem Spiegel* zeigte, während auf der anderen die Adresse der walisischen Verwandten stand, zwei Paar saubere (verhältnismäßig saubere) Jeans, ein verblichenes blaues Kleid, drei zerknitterte Blusen, schwarz, weiß und dunkelrot …

»Machen wir weiter«, murmelte Strange.

Nun, es wurde Verbindung mit Interpol aufgenommen, und natürlich mit der schwedischen Polizei. Karins äußerst beunruhigte Mutter hatte ihnen von Uppsala aus telefonisch mitgeteilt, dass es sehr ungewöhnlich von Karin sei, ihre Familie nicht über ihren Aufenthaltsort und ihre Pläne zu informieren – wie sie es auch in der Woche zuvor von London aus getan hatte.

Ein Plakat (»Haben Sie diese junge Frau gesehen?«), das eine vergrößerte Kopie des Passfotos zeigte, war gedruckt und in Oxford und seiner unmittelbaren Umgebung in Bussen, Jugendzentren, Informationsagenturen, Stellenvermittlungsbüros und ähnlichen Institutionen angebracht worden.

»Und daraufhin meldeten sich diese Leute, diese Zeugen?«, unterbrach Strange Johnsons Bericht.

»Ja, Sir.«

»Und der Bursche, dem Sie glaubten, war der, der meinte, sie in der Sunderland Avenue gesehen zu haben?«

»Er war ein sehr guter Zeuge. Sehr gut.«

»Hm! Ich weiß nicht. Eine hübsche langbeinige Blondine – gebräunt, leicht bekleidet, wie, Johnson? Steht im Grünstreifen und schaut auf den Verkehr … etwas merkwürdig, nicht? Man sollte annehmen, dass der Mann sich *deutlich* erinnerte – das ist meine Meinung. Einige von uns haben noch erotische Tagträume, wissen Sie.«

»Das hat Morse auch gesagt.«

»Ach, wirklich?«

»Er sagte, selbst wenn die meisten von uns nur nach Woodstock wollten, hätten wir sie bis nach Stratford gebracht, wenn sie dorthin gewollt hätte.«

»*Er* hätte sie bis nach Aberdeen gebracht«, brummte Strange.

Dann hatte man (setzte Johnson seinen Bericht fort) im hohen Gras etwa zwanzig Meter von der Stelle entfernt, wo der Rucksack gefunden worden war, ein dünnes Buch mit dem Titel *Kleiner Vogelführer* entdeckt, wahrscheinlich aus einer der Taschen gefallen. In dem Buch lag ein Bogen weißes Papier, senkrecht gefaltet und offenbar als Lesezeichen benutzt, auf dem in sauberen Großbuchstaben die Namen von zehn Vögeln standen, von denen sieben mit Bleistift abgehakt waren:

BAUMFALKE ✓
ROTMILAN
KLEINSPECHT
BARTMEISE ✓
GRAUAMMER ✓
BAUMPIEPER ✓
GARTENROTSCHWANZ ✓
NACHTIGALL ✓
FELDSCHWIRL ✓
KLEIBER

Die Schrift passte zu den wenigen Schriftproben, die man in den anderen Unterlagen gefunden hatte, und die einfache Folgerung war, dass Karin Eriksson als begeisterte Ornithologin das Buch wahrscheinlich nach ihrer Ankunft in London gekauft und dann versucht hatte, ihre Liste durch einige der selteneren im englischen Sommer zu beobachtenden Arten zu ergänzen. Noch interessanter aber war die zweite Einlage zwischen den Seiten des Buches gewesen: ein dünner gelber Handzettel, der ein Popkonzert in den Anlagen des Blenheim Palace am Montag, dem 8. Juli, ankündigte, dem Tag, bevor der Rucksack gefunden wurde: 20 bis 23.30 Uhr, Eintritt (nur mit Karten) 4.50 Pfund.

Das war alles. Sonst gab es eigentlich nichts. Zeugenaussagen waren aufgenommen worden – Erkundigungen eingezogen – Suchtrupps hatten Grund und Boden vom Blenheim Palace durchkämmt – aber …

»Was hat Morse mit der ganzen Geschichte zu tun?«, fragte Strange stirnrunzelnd.

Johnson hätte wissen können, dass er diese Frage stellen würde, und er wusste, dass er Strange genauso gut die Wahrheit sagen konnte.

13

Wer liest und nicht klüger wird, argwöhnt selten seine eigene Unzulänglichkeit, sondern beklagt sich über schwierige Wörter und verworrene Sätze und fragt, warum Bücher geschrieben werden, die niemand versteht.
Samuel Johnson, The Idler

Tatsächlich hatte Morse während der ersten Tage des Falls überhaupt keine Rolle gespielt – weil es kein Mordfall gewesen war und (so war zu hoffen) noch immer nicht war. Doch die weiteren Ermittlungen waren beunruhigend gewesen, besonders natürlich die sich ständig verstärkende Erkenntnis, dass Karin Eriksson eine verantwortungsbewusste junge Frau gewesen war, die nie etwas mit der Alkohol-Drogen-Sex-Szene zu tun gehabt hatte.

Erst als die Fährte schon etwas kalt geworden war, hatte Morse an einem Nachmittag in jenem Spätjuli vor etwa einem Jahr ein paar Stunden mit Johnson verbracht – bevor er zu einer jämmerlichen Mordaffäre draußen in der Cowley Road abberufen wurde.

»Ich schätze, er hielt alles für eine Art … eine Art Scherz, Sir, ganz ehrlich.«

»Scherz? *Scherz?* Dies ist kein gottverdammter Scherz, Johnson! Höchstpersönlich werden wir in der Telefonzentrale ein paar Extraanschlüsse kriegen, wenn die verdammten Zeitungen erst mal Lunte riechen. Es wird aussehen wie bei einer Flugzeugkatastrophe! Und wenn die Öffentlichkeit noch ein paar gescheitere Ideen als die Polizei hat …«

Johnson erinnerte Strange mild: »Aber es war *Ihre* Idee, Sir – die Briefe an die *Times* zu schicken.«

»Was haben Sie gemeint – wegen Morse?«, fragte Strange, Johnsons Kritik ignorierend.

»Was ich meinte, Sir, ist, dass er, na ja, er überflog nur die Einzelheiten mit mir und sagte einfach das Erste, was ihm in den Kopf kam. Ich glaube nicht, dass er genug Zeit hatte, über alles nachzudenken.«

»Aber er hatte doch sicher Ideen? Morse hat immer Ideen. Auch wenn er einen Fall erst seit ein paar Minuten bearbeitet. Gewöhnlich natürlich die falschen Ideen, aber …«

»Ich wollte nur sagen, dass er den Fall gar nicht richtig ernst zu nehmen schien. Er war irgendwie *albern,* wirklich …«

Stranges Stimme erhob sich plötzlich zu einem Donnern: »Hören Sie, Johnson, Morse mag ein Idiot sein, da haben Sie recht. Aber er war noch nie ein Dummkopf. Das wollen wir doch mal klarstellen!«

Die Unterscheidung zwischen zwei Worten, die er bisher praktisch als Synonyme betrachtet hatte – »Idiot« und »Dummkopf« –, überstieg eindeutig Johnsons etymologische Fähigkeiten, und er runzelte die Stirn in zurückhaltender Verwirrung, während sein Vorgesetzter fortfuhr: »Einige Leute haben gelegentlich recht aus den falschen Gründen. Aber Morse? Er hat häufiger unrecht aus den richtigen Gründen. Den *richtigen* Gründen ... Sie verstehen? Selbst wenn er manchmal zu viel trinkt ...«

Johnson schaute hinunter auf den Ordner vor ihm: Er wusste, leider, nur zu genau, was Strange sagen wollte. »Wäre es Ihnen lieber, wenn Morse den Fall übernehmen würde, Sir?«

»Ja, ich denke, ja«, sagte Strange. »Und der CC auch, wenn Sie es wissen wollen«, fügte er gefühllos hinzu.

»Wenn er also aus dem Urlaub zurückkommt ...?«

Strange gab einen tiefen Seufzer von sich. »Das ist zu spät. Sehen wir mal, was bei dieser Zeitungssache herauskommt.«

»Er wird es sicher lesen – wenn sie es abdrucken.«

»Was? Morse? Unsinn! Ich habe ihn noch nie irgendetwas lesen sehen. Er verbringt nur eine halbe Stunde mit dem Kreuzworträtsel, das ist alles.«

»Zehn Minuten, als ich ihm das letzte Mal zusah«, sagte Johnson ehrlich, wenn auch etwas missgünstig.

»Hat sein Leben vergeudet, Morse«, vertraute Strange Johnson nach einer Pause an.

»Sie meinen, er hätte heiraten sollen?«

Strange begann sich aus seinem Stuhl zu hieven. »*So* weit würde ich nicht gehen. Absurde Institution, die Ehe! Finden Sie nicht?«

Johnson, selbst erst seit sechs Monaten verheiratet, enthielt sich einer direkten Antwort, und Strange hatte seine Wirbelsäule endlich in die Vertikale gebracht und schaute hinunter auf die Papiere, die Johnson zurate gezogen hatte.

»Ist das nicht Morse' Schrift?«, fragte er, weitsichtig, wie er war.

Ja, es war Morse' Schrift, und zweifellos wäre es Johnson lieber gewesen, wenn Strange das nicht entdeckt hätte. Aber zumindest würde es beweisen, dass er recht hatte. Er nahm also das Blatt und reichte es Strange.

»Hm.« Chief Superintendent Strange hielt es auf Armeslänge von sich und überflog den Inhalt. Anders als Morse war er ein außerordentlich schneller Leser, und nach nur etwa zehn Sekunden gab er Johnson das Blatt zurück: »Verstehe, was Sie meinen!«

Johnson schaute seinerseits noch einmal auf das Blatt Papier, das Morse ihm dagelassen hatte – das Blatt, das er an jenem Morgen vor einem Jahr auf seinem Schreibtisch gefunden hatte, als Morse zu offenbar dringenderen Ermittlungen herangezogen worden war:

Wie Sie wissen, hatte ich keine Gelegenheit, mich mit dem Fall zu beschäftigen, aber ich hätte gern Antworten auf die folgenden fünf Fragen gehabt:

a) Besaßen Daley oder seine Angetraute jemals selbst einen Fotoapparat?
b) Wie war das Wetter am Dienstag, dem 9. Juli?
c) Wo kommt der *Dendrocopos minor* vor?
d) Welches Bier schenken sie im *Royal Sun* aus (oder im *White Hart*!)?
e) Wie heißt der Hund?

Strange bewegte sich schwerfällig auf die Tür zu. »Ignorieren Sie diesen verdammten Unsinn nicht, Johnson. Hören Sie auf meinen Rat. Beachten Sie ihn nicht *zu* sehr, aber *ignorieren* Sie ihn nicht, klar?«

Zum zweiten Mal in kurzer Zeit leuchtete der etymologische Unterschied zwischen zwei eindeutigen Synonymen Johnsons angemessen raschem, aber doch begrenztem Auffassungsvermögen nicht ein.

»Wie Sie meinen, Sir.«

»Und, äh, noch eine andere Sache … Meine Frau hat gerade einen neuen Hund gekauft – einen kleinen King Charles Spaniel, nettes Kerlchen. Zweihundert Pfund hat er gekostet. Pisst natürlich alles voll – und Schlimmeres! Aber er, wissen Sie, er freut sich immer, einen zu sehen. Mehr als meine Frau manchmal! Aber wir haben das verdammte Viech erst vierzehn Tage, und wir haben ihm noch keinen Namen gegeben.«

»Der Hund hieß ›Mycroft‹. Hübscher Name – wäre auch ein hübscher Name für *Ihren* Hund, Sir.«

»Einfallsreich, ja! Werde ich, äh, meiner Frau sagen, Johnson. Da gibt es nur ein kleines Problem …«

Johnson hob seine buschigen Augenbrauen.

»Ja. Es ist eine Sie, Johnson!«

»Oh.«

»Hat Morse sonst noch was gesagt?«, fragte Strange.

»Nun, ja. Er, äh, dachte … er sagte, er habe so ein Gefühl in den Eingeweiden …«

»Wie?«

»… dass wir am falschen Platz nach einer Leiche gesucht haben.«

»In Blenheim, meinen Sie?«

Johnson nickte. »Er sagte, wir hätten im Wald von Wytham suchen sollen.«

»Ja. Ich erinnere mich, dass er das sagte.«

»Aber erst, als wir in Blenheim kein Glück hatten.«

»Besser, hinterher gut reden haben als nie.«

Ach, halt doch den Mund! Johnson hatte die Anzüglichkeiten allmählich satt: »Wenn Sie sich erinnern, Sir, war es nicht nur Morse, der sich für eine größere Operation aussprach. Aber wir hatten nicht die erforderlichen Leute für ein Durchkämmen der Wytham Woods. Sie haben es gesagt. Ich bin selbst zu Ihnen gekommen, um Sie zu fragen.«

Strange fühlte sich herausgefordert. »Hören Sie, Johnson! Sie finden eine Leiche für *mich,* und ich werde für *Sie* so viele verdammte Leute auftreiben, wie Sie brauchen, okay?«

Es war wieder einmal die Geschichte vom Huhn und dem Ei, und Johnson hätte das auch gesagt – aber Strange dirigierte seine massige Gestalt schon die Treppen hinunter, mithilfe des Geländers an der Wand des Präsidiums.

14

Nur der Förster sieht,
Dass, wo das Gurren der Tauben hallt
Und der Dachs durchs Unterholz zieht,
Einst ein Weg führte durch den Wald.
Rudyard Kipling, The Way Through the Woods

Es war Morse' letztes Frühstück im *Bay Hotel*, an jenem Montag, dem 6. Juli 1992, sechs Tage nach dem langen Gespräch zwischen Strange und Johnson im Präsidium in Kidlington, Oxfordshire. Morse wäre gern noch ein paar Tage länger geblieben, aber das Hotel war ausgebucht, und er hatte ja schon Glück gehabt, überhaupt unterzukommen.

Während er auf seinen Mixed Grill wartete, las er noch einmal den Artikel, wieder an auffallender Stelle auf der ersten Seite – den Artikel, den Howard Phillipson, Literaturkritiker der *Times*, am vergangenen Freitag versprochen hatte:

EINE VORUNTERSUCHUNG

Das Interesse an den Versen über das »Schwedenmädchen«, die in den letzten Wochen in diesen Spalten abgedruckt wurden (Freitag, d. 3. Juli), hat die Büros dieser Zeitung überschwemmt, aber ich selbst bin jetzt hinsichtlich der Lösung des faszinierenden Rätsels, das in den fünf Strophen dargeboten wird, etwas zurückhaltender, als ich ursprünglich war. Ich hatte angenommen, dass in den von der Thames Valley Police erhaltenen Informationen durchaus genügend »innere Logik« vorhanden sein könnte, um zu bestimmten Schlussfolgerungen zu führen. Ich bin nicht mehr so überzeugt davon.

Darum biete ich meine eigene dilettantische Analyse des Rätsels nur sehr zögernd an, ziemlich fest überzeugt, dass die Entschlüssler, Kabbalisten, Kriminologen und Spinner ihre eigenen, wesentlich subtileren Interpretationen dieser quälenden Strophen liefern werden.

Wenn man mich aber schon fragt – ich schlage vor, dass die Parameter des Problems gegeben sind, wenn auch ziemlich vage. Im modernen Mathematikunterricht (wenn ich das richtig sehe) fragt man die Schüler, bevor sie ein Problem anpacken: »Wie, glaubt ihr, könnte die Antwort aussehen? Was für eine Antwort könnt ihr logischerweise erwarten?« Wenn die Aufgabe zum Beispiel die Geschwindigkeit eines Überschallflugzeugs betrifft, das den Atlantik überquert, ist es unwahrscheinlich, dass die Antwort zehn Meilen per Stunde ist, und jedem Schüler, der zu diesem Ergebnis kommt, wird geraten werden, seine Berechnungen durchzusehen und herauszufinden, wo er ein paar Nullen übersehen haben könnte. Wenn wir herausfinden wollen, wie lange die berühmten Wasserhähne brauchen, um die Familienbadewannen zu füllen, ist die Antwort noch immer eher zehn Minuten als zehn Stunden. Gestatten Sie mir also einige Bemerkungen zu der Art von Lösung, die wir erwarten könnten. (Die Verse sind auf Seite 2 noch einmal abgedruckt.)

Das Gedicht spielt eindeutig in einer »waldigen« Umgebung; wir haben »Förster«, »Bach«, »Thymian«, »Falle«, »gejagten Hirsch« und so weiter. Für eine Analyse solcher Art wird es keine Preise geben, das ist mir klar, aber das Offensichtliche zu vernachlässigen ist immer der Anfang von Unklugheit.

Setzen wir also ein Wald- oder Forststück als bekannte Größe voraus, und mein Vorschlag an das Thames Valley CID wäre darum, sein zweifellos begrenztes Menschenpotenzial auf zwei Gebiete in der Umgebung zu konzentrieren, die am meisten zu versprechen scheinen: das waldige Gebiet rund um Blenheim Palace und die Wytham Woods – wobei Letztere zunehmend bekannt werden wegen der dort betriebenen Fuchs- und Dachsforschung.

Wenden wir uns jetzt der konkreteren Bedeutung der Strophen zu. Die Sprecherin des Gedichts, die »persona«, ist eindeutig nicht mehr am Leben. Doch ihre dramatische Botschaft ist ganz eindeutig: Sie ist ermordet worden; sie ist ertränkt worden in einem der Seen oder Bäche in einem der Waldstücke (oder einfach hineingeworfen worden); wenn man diese Gewässer durchforscht und absucht, wird man ihre Leiche finden; vielleicht war die Polizei (etwas?) nachlässig, indem sie ihre Ermittlungen nicht mit sehr viel größerer Ausdauer betrieben hat.

Was kann man aus der Art der Verse selbst schließen? Ihr Verfasser ist sicher kein Herrick oder Housman, doch von der Prosodie her ist der Autor mehr als kompetent. Sein Wortschatz (»azurblau«, »wundersam« etc.) gemahnt eher an das Dozentenzimmer als an die Saloon Bar, und die Verskunst, Zeichensetzung und die Ausdrucksweise deuten auf einen gebildeten und belesenen Mann (oder eine ebensolche Frau) hin!

Kann etwas Genaueres über den Verfasser gesagt werden? Während ich die Verse immer wieder las, spielte ich eine Zeit lang mit der Idee, dass ihr Autor ein Verwandter des toten Mädchens sein könnte. Der Grund für diese Annahme war die sich durch das ganze Gedicht hinziehende Betonung des »Findet mich«-Motivs; es erinnerte mich an die Helden Homers in der Ilias, *bei denen der Tod in der Schlacht ein erwartetes und ehrenhaftes Ende war und es nichts Schrecklicheres gab, als unerkannt, unbegraben, ungefunden in einem unbekannten und fernen Land zu sterben. Ist das Gedicht dann mehr als alles andere der verzweifelte Schrei nach einer christlichen Beerdigung der Leiche? Das wäre sehr verständlich. Wir haben in jüngster Zeit so viele tragische Beispiele gesehen (im Nahen Osten etwa), wo die einfache Rückgabe eines Toten den Weg für irgendeine Friedensinitiative geebnet hat.*

Aber ich glaube nicht mehr, dass das der Fall ist. Ich bin jetzt fest überzeugt, dass die Verse von einer Person ins Polizeipräsidium geschickt worden sind, für die die Zeit – ein Jahr jetzt –

zwischen der Ermordung von Karin Eriksson und der Gegenwart zu einer unerträglichen Hölle geworden ist. Einer Person, die kurz vor dem Zusammenbruch steht. Einer Person, die möchte, dass das Verbrechen endlich aufgeklärt wird, und die jetzt bereit ist, dafür zu büßen. Kurz gesagt, der Mörder!

Kann ich es wagen, noch weiter zu gehen? Detective Chief Inspector Johnson hat mich über zwei weitere (bisher unveröffentlichte) Fakten informiert. Erstens, der Briefschreiber war fähig, den nicht so einfachen oder eindeutigen Namen »Eriksson« richtig zu schreiben. Und zweitens, der Schreiber wusste den Nachnamen vom Vorgänger unseres Chief Constables, doch nicht den des jetzigen. Nach dem alten Spruch »Das macht den Kohl auch nicht mehr fett« nehme ich einmal an, dass der Mörder männlich ist, zwischen dreißig und fünfunddreißig, einen akademischen Grad in Englischer Literatur besitzt, bis vor etwa sechs bis neun Monaten in Oxfordshire lebte, während des letzten Monats den Ort seines Verbrechens wieder aufgesucht hat, sagen wir, während eines Aufenthalts in einer der anspruchsvolleren Pensionen in Woodstock, Oxon.

Damit schließe ich den Beweisvortrag, M'Lord!

»Hey!«, sagte sie. »Darf ich mich zu Ihnen setzen?«

»Ja, gerne«, sagte Morse und arrangierte das letzte Stückchen seines Spiegeleis vorsichtig auf dem letzten Stück seines getoasteten Brots.

»Schon mal etwas von Cholesterin gehört?« Ihre Stimme klang sehr gebildet.

Morse schluckte den letzten Mundvoll herunter und musterte die schlanke, teuer gekleidete Frau, die ihm jetzt gegenübersaß und nur schwarzen Kaffee und ein Croissant bestellte.

»Man sagt, dass wir alle an irgendetwas sterben müssen.« Er bemühte sich, es einigermaßen heiter klingen zu lassen.

»Absurde Einstellung!« Ihre mit einem blassroten Lippenstift gekonnt nachgezogenen Lippen sahen streng aus, doch die grauen Augen in dem zarten, ovalen Gesicht schienen ihn fast zu verspotten.

»Vermutlich ist es das«, sagte er.

»Sie haben ohnehin Übergewicht, nicht wahr?«

»Vermutlich hab ich das«, wiederholte er lahm.

»Mitte fünfzig werden Sie zu hohen Blutdruck haben – oder sind Sie jetzt schon so weit? Dann werden Sie Anfang sechzig wahrscheinlich einen Schlaganfall haben und an einem Herzanfall sterben, bevor Sie siebzig sind.« Sie hatte ihre Tasse schon geleert und winkte der Kellnerin mit anmaßend gehobener, gepflegter Hand. »Was tun Sie beruflich?«

Morse seufzte und betrachtete nachdenklich das letzte Stück Toast in dem Ständer. »Ich bin Polizist, ich komme aus Oxford, und ich mache hier Urlaub bis etwa zehn Uhr heute Vormittag. Ich bin ledig, und vielleicht bin ich kein besonders guter Fang, aber wenn ich gewusst hätte, dass ich …«

»… eine so hübsche Frau wie mich kennenlernen würde! Sicher können Sie etwas origineller sein?« Ihre Augen verspotteten ihn wieder.

Morse nahm das Stück Toast und begann es mit Butter zu bestreichen. »Nein, kann ich nicht. Viel origineller kann ich nicht sein.«

»Vielleicht unterschätzen Sie sich.«

»Was ist mit Ihnen? Was tun Sie?«

»Warum erzählen *Sie* das nicht *mir?* Sie sind doch Polizist, sagen Sie?«

Etwa eine halbe Minute lang sah Morse sie an, den Kopf leicht zur rechten Seite gewandt. Dann fällte er sein Urteil. »Sie sind eine Kosmetikerin, Ende zwanzig, und Sie haben eine vornehme Schule in Cheltenham besucht. Sie sind verheiratet, lassen aber manchmal den Ehering weg – wie jetzt. Sie mögen Haustiere, neigen aber zu der Ansicht, dass Kinder ein etwas übertriebener Zeitvertreib sind. Und wenn Sie mich zu einem Spaziergang auf der Strandpromenade begleiten, werde ich versuchen, unterwegs Fehlendes zu ergänzen.«

»Das gefällt mir viel besser.«

»Nun? Wie war ich?«

Sie lächelte und schüttelte den Kopf. »Heißen Sie Sherlock Holmes?«

»Morse.«

»Bin ich so leicht durchschaubar?«

»Nein. Ich sah Sie gestern Abend mit Ihrem Mann hereinkommen – als Sie direkt nach oben gingen und er …«

»Noch in die Bar ging!«

»Wir haben ein oder zwei Gläser getrunken, und ich fragte ihn, wer die schöne Frau sei …«

»Und er sagte: ›Das ist keine schöne Frau, das ist *meine* Frau!‹«

»Etwas in der Art.«

»Und er sprach über mich?«

»Er sprach nett über Sie.«

»Er war betrunken.«

»Schläft er seinen Rausch aus?« Morse deutete auf die Decke.

Sie nickte mit dem dunklen Lockenkopf. »Er wird also nichts dagegen haben, wenn Sie mit mir einen Spaziergang machen, nicht wahr, Mr Morse? Natürlich erst, wenn Sie mit Ihrem Toast fertig sind.«

15

Im kleinsten Räderwerk unseres Denkens können eine Handvoll Fragen die Grundfesten unserer Antworten sprengen.
Antonio Machado, Juan de Mairena

Am selben Morgen, an dem Morse seinen einzigen Koffer packte (»Unsere Gäste werden höflich gebeten, am Tag ihrer Abreise ihre Zimmer bis 10.30 Uhr zu räumen.«), klopfte Sergeant Lewis an Johnsons Tür und saß bald darauf gegenüber dem Chief Inspector und neben Sergeant Wilkins.

»Sehr freundlich, dass Sie ein paar Minuten Zeit für mich haben.«

»Wenn ich irgendwie helfen kann ...«, sagte Lewis argwöhnisch.

»Sie kennen Morse besser als die meisten von uns.«

»Niemand kennt ihn *richtig* gut.«

»Aber Sie haben eine ziemlich genaue Vorstellung, wie sein Verstand funktioniert.«

»Er hat einen merkwürdigen Verstand ...«

»Nur wenige würden Ihnen widersprechen.«

»In manchen Sachen ist er gut.«

»Zum Beispiel?«

»Fürs Erste, er ist nicht schlecht im Fassen von Mördern.«

»Und Ihnen ist klar, dass wir wahrscheinlich im Begriff sind, jetzt wieder einen Mörder zu fassen, nicht wahr, Sergeant?«

»Wenn es Mord *ist.*«

»Hielt Morse es für Mord?«

»Soweit ich mich erinnere, Sir, hat er den Fall mit Ihnen zusammen nur einen Tag lang bearbeitet.«

»Weniger als das.« (Wilkins hatte seinen ersten Beitrag geliefert.)

»Sie verfolgen diese ... diese Zeitungsgeschichte, nehme ich an, Lewis?«

»Alle lesen jetzt die *Times* vor der *Sun.*«

»Was halten Sie hiervon?« Johnson reichte eine Fotokopie von Morse' »Fünf Fragen« über den Tisch.

Lewis sah hinunter auf die Liste und lächelte. »Kleiner Scherz, einiges davon, oder?«

»Folgen Sie meinem Rat, Lewis, und versuchen Sie nicht, das dem Super zu erzählen!«

»Ich kann keine einzige beantworten«, gab Lewis zu, »ausgenommen (d) ... nun, wenigstens teilweise. Es ist ein ›Morrell's-Pub‹, das *Royal Sun.* Ich hab 'ne ganz schöne Menge Halbe dort bestellt ...«

»Wie, Sie meinen für Morse?«

»Wen sonst?«

»Aber hat er jemals *Ihnen* eine spendiert, Lewis? Das ist doch die wirkliche Frage, was, Wilkins?«

Die beiden Männer lachten hämisch. Und plötzlich hasste Lewis beide.

»Was ist mit dem *White Hart*?«, fuhr Johnson fort.

»Es gibt viele *White Harts* in der Gegend.«

»Ja, das wissen wir!« Johnson nickte Wilkins zu, und dieser las aus seinen Notizen vor: »Headington, Marston, Wolvercote, Wytham, Minster Lovell, Eynsham …«

»Ich denke, Morse könnte die Liste wahrscheinlich noch erweitern«, stichelte Johnson.

Lewis beschloss, von jetzt an so wenig hilfreich wie möglich zu sein, und machte nur eine kurze Bemerkung: »Sie muss weiter als bis zu den ersten beiden gekommen sein.«

Johnson nickte. »Was ist mit Eynsham und Minster Lovell? Beide ganz in der Nähe der A40 – das heißt, wenn sie überhaupt die A40 benutzt hat.«

Lewis schwieg.

»Und was ist mit den beiden anderen, Wolvercote und Wytham? Auf welches würden Sie setzen?«

»Vermutlich auf Wytham.«

»Und warum?«

»Der Wald dort – leicht, da eine Leiche zu verstecken.«

»Wussten Sie, dass Morse den Chief Super vor einem Jahr um die Genehmigung für eine Suche in den Wytham Woods gebeten hat?«

Lewis wusste es, ja. »Erst als die Suche in Blenheim nichts ergeben hat.«

»Wissen Sie, wie groß die Wytham Woods sind, Mann?«

Lewis hatte eine ziemlich genaue Vorstellung, ja. Aber er zuckte nur mit den Schultern.

»Warum sollte Morse sich für den Hund interessieren?«

»Weiß ich nicht. Er hat mir mal erzählt, dass er als Junge nie ein Tier gehabt hat.«

»Vielleicht sollte er sich jetzt eins anschaffen. Viele Junggesellen haben Hunde.«

»Sie müssten es ihm einmal vorschlagen, Sir«, erwiderte Lewis in vertraulichem Ton, und eine seltsame Heiterkeit durchströmte ihn, denn er merkte plötzlich, dass es Johnson war, der sich hier in der Defensive befand, nicht er, Lewis. Sie versuchten, ihn anzuzapfen, weil sie ihn um sein Verhältnis zu Morse beneideten!

»Was ist mit dem Fotoapparat?«, fuhr Johnson fort.

»Sie könnten doch die Daleys fragen, oder? Wenn sie noch dort wohnen.«

»Aber eine sonderbare Frage, finden Sie nicht?«

»Ich weiß es einfach nicht, Sir. Morse hat mir erzählt, dass er einmal eine ›Brownie‹ geschenkt bekommen habe, aber er sagte, er habe nie richtig kapiert, wie sie funktioniert.«

Lewis setzte sich fast völlig entspannt zurück und warf noch einmal einen Blick auf die Fragen. »Das müsste sich leicht feststellen lassen, Frage b, wie das Wetter …«

Johnson nickte Wilkins wieder zu, und Wilkins schaute in seine Notizen. »Laut Radio Oxford … am 9. Juli … Trocken, sonnig, Temperaturen von 22 bis 23 Grad, weitere Aussichten beständig, stellenweise über Nacht Aufkommen von Nebel.«

»Also ein schöner, warmer Tag«, sagte Lewis sanft.

»Und was ist mit diesen *Dendrocopos minor?*« Johnsons Stimme begann aufgebracht zu klingen.

»Passe«, sagte Lewis mit einem milden Lächeln.

»Himmelherrgott, Mann, bei unseren Ermittlungen handelt es sich vielleicht um einen *Mord*, nicht um ein Quiz in einem verdammten *Pub*! Ist Ihnen das nicht klar? Nebenbei bemerkt, es handelt sich um irgendeinen verdammten Specht!«

»Wir lernen immer dazu.«

»Ja, das tun wir, Sergeant. Und ich werde Ihnen noch etwas sagen, wenns recht ist. Er nistet im Wald oder in Parklandschaften, und mehrere Pärchen leben in den Wytham Woods!«

Lewis' neu gewonnenes Selbstvertrauen begann unter Johnsons aggressiven Blicken wieder zu schmelzen.

»Sie sind nicht gerade versessen darauf, uns zu helfen, Sergeant, was? Lassen Sie mich also erklären, warum ich Sie hergebeten habe. Wie Sie wahrscheinlich wissen, beginnen wir heute, Blenheim noch einmal zu durchsuchen, und wir werden suchen und suchen, bis unsere verdammten Gesichter blau anlaufen, okay? Aber wenn wir immer noch nichts finden, übergeben wir an Morse – und an *Sie,* Sergeant. Ich dachte, Sie würden gern wissen, was uns *allen* bevorsteht, verstehen Sie?«

Lewis fühlte sich in zunehmendem Maße gedemütigt. »Ich ... das habe ich nicht gewusst, Sir.«

»Warum sollten Sie auch? Selbst Ihnen erzählen sie nicht alles, oder?«

»Warum sollten sie Ihnen den Fall wohl wegnehmen?«, fragte Lewis langsam.

»Sie – Sie nehmen mir den Fall weg, weil sie mich für beschissen halten«, sagte Johnson bitter und stand auf. »Darum nehmen sie mir den Fall weg!«

16

Zwischen 1871 und 1908 veröffentlichte er
zwanzig Bände Gedichte von geringem literarischem Wert.
Margaret Drabble über Alfred Austin,
The Oxford Companion to English Literature

Morse verbrachte die drei letzten Tage seines Urlaubs im Westen Englands im *King's Arms* in Dorchester (Dorchester, Dorset). Hier begegnete er weder Models noch Kosmetikerinnen, aber immerhin verspürte er allmählich ein gewisses Widerstreben, nach Oxford zurückzukehren. Am Mittwoch hatte er Hardys Dorchester zu Fuß (!) erkundet und den ganzen

Nachmittag im Dorset County Museum verbracht. Es war alles sehr nostalgisch. Und als er endlich zu dem »Führenden Hotel in Casterbridge« zurückkehrte, saß er vor dem Dinner in der Bar, trank sein Bier und sah aus wie ein Mann, der fast zufrieden mit dem Leben war.

Am Donnerstagmorgen fuhr er durch die ländliche Gegend, in der große Teile von *Tess of the d'Urbervilles* spielen, und über die A352 in das östliche Dorchester, dem Vale of the Great Dairies folgend, vorbei an Max Gate und Talbothays in Richtung Wool. Als er durch Moreton fuhr, fragte er sich, ob es ein Echo auf die Phillipson-Untersuchung gegeben hatte (in der Dienstag- und Mittwochausgabe war sie nicht erwähnt worden), und er kaufte bei dem Zeitungshändler des Dorfes das letzte *Times*-Exemplar. Die Antwort war ja – ja, es gab ein Echo. Eine Weile saß er im Sonnenschein neben der Mauer des Friedhofs, auf dem sich das Grab von Lawrence of Arabia befindet, und las den langen Brief, der (wie auch die nachfolgenden Briefe) jetzt seinen natürlichen Platz in der Rubrik »Leserbriefe« gefunden hatte.

Von Professor (emeritus) René Gray
Sir, seit Ihrer Veröffentlichung (am 3. Juli) des an die Thames Valley Police gerichteten Briefes lässt mich, wie zweifellos viele Ihrer Stammleser, der Gedanke an die Geschichte nicht mehr los. Ich bitte Sie um die Liebenswürdigkeit, ein oder zwei meiner Beobachtungen in Ihrer Rubrik aufzunehmen.

Dies ist kein Gedicht von Alfred Austin, wenn auch der Name »A. Austin« darunter steht. Name »Austin« scheint sich nicht auf die Marke eines Automobils zu beziehen; unter einem »A« registrierte Austins stammen aus den Jahren 1983–84, und es gibt keine Übereinstimmung zwischen diesen Daten und denen, die in Klammern in dem Brief genannt werden. Diese Daten sind nicht die des Dichters Austin. Er wurde 1835 geboren und starb 1913. Es besteht eine geringe Möglichkeit, dass die beiden letzten Ziffern des Geburtsdatums aus irgendeinem Grund vertauscht wurden, aber das Todesdatum ist eindeutig falsch. Er ist 1913 gestorben und war zur Zeit seines Todes 78 Jahre alt. Durch einen merkwürdigen Zufall ergibt die Umstellung dieser beiden Ziffern die Zahl 87, die hier genannt wird. Ich komme zu dem Schluss, dass diese Daten nicht sind, was sie zu sein scheinen, und wahrscheinlich den Schlüssel zu einem chiffrierten Text darstellen.

Die Zahlen scheinen keine geografischen Koordinaten zu sein. Sie passen nicht in die Messtischblatt-Koordinaten, und es sind keine Breiten- und Längengrade, da Großbritannien zwischen dem 50. und 60. Breitengrad und zwischen dem 2. Grad östlicher und dem 10. Grad westlicher Länge liegt. Wir haben also sechs Ziffern, die irgendwie den Schlüssel zur Interpretation der Botschaft liefern müssen.

Ich war nicht fähig, das Gedicht zu dechiffrieren. Ich habe es mit dem ersten Wort versucht, gefolgt von dem achten, danach das fünfte. Ich habe die einzelnen Ziffern wieder umgestellt, ohne Erfolg. Ich habe es mit Zeilen versucht, ersten Worten von Zeilen, letzten Worten von Zeilen. Ich habe die Ziffern paarweise genommen, d. h. als 18, 53 (oder 35) und 87, wieder ohne Ergebnis. Ich habe abwechselnd die Anfänge und die Enden der Zeilen genommen und umgekehrt.

Ich habe die Jahreszahlen vereinfacht, indem ich den Bindestrich als Minus-Zeichen aufgefasst habe. Die Antwort, »1766«, bringt auch kein befriedigendes Resultat.

Es gibt eine Vielzahl von anderen Kombinationen und Vertauschungen, aber keine andere Methode, als immer wieder zu versuchen, ob irgendeine einen Sinn macht.

Der größte Vorteil einer mechanischen Methode des Dechiffrierens liegt darin, dass das Gedicht selbst keinen Sinn ergeben muss; eine beliebige Folge von Wörtern würde den gleichen Zweck erfüllen, nämlich die Botschaft zu verstecken. Folglich brauchen merkwürdige Wörter wie etwa »Tiger« überhaupt nicht in die Kategorie wichtiger Wörter zu fallen; an dessen Stelle würden »Lehrstuhl« oder »Postfach« ebenso genügen; diese Wörter entsprechen den Anforderungen der Metrik, würden aber in der dechiffrierten

Botschaft nicht enthalten sein. Die Tatsache, dass das Gedicht an einigen Stellen einen gewissen Sinn ergibt, vergrößert auf diese Weise die Verwirrung nur.

Wenn ich richtig argumentiert habe, spielt es keine Rolle, was das Gedicht aussagt oder was es bedeutet. Was hier gebraucht wird, sind die Dienste eines erfahrenen Entschlüsslers.

Mit freundlichen Grüßen, RENÉ GRAY
136 Victoria Park Road, Leicester

Morse las den Brief nur einmal und beschloss, bis zu seiner Rückkehr ins *King's Arms* zu warten (wo er die beiden früheren Zeitungsausschnitte hatte), um sich die Analyse des guten Professors und die vorgeschlagene Methodik sorgfältiger anzusehen. Gray hörte sich sympathisch an – besonders gefiel ihm die Stelle mit dem »Lehrstuhl« und dem »Postfach«.

Als er am Nachmittag wieder in Dorchester war, ging Morse in die öffentliche Bücherei und schlug »Austin« im *Oxford Companion to English Literature* nach. Er hatte von dem Dichter Austin gehört – *natürlich* hatte er das, aber er hatte nie viel über ihn gewusst, und er kannte ganz gewiss kein Gedicht oder auch nur eine Zeile von dem ehemaligen Hofdichter, die Unsterblichkeit verdient hätten.

Von der Bücherei ging Morse weiter zur Post, wo er eine Schwarz-Weiß-Ansichtskarte von der Dorchester High Street kaufte und übermäßig lange Schlange stand. Er kannte das Porto für eine Postkarte nicht und wollte nicht eine Marke erster Klasse verschwenden, wenn, wie er vermutete, das Porto für Postkarten einige Pence weniger betrug. Es war, so wurde ihm klar, völlig absurd, für eine kleine Einsparung so lange zu warten.

Aber er wartete.

Lewis erhielt die Karte am nächsten Morgen, geschrieben in Morse' kleiner, ordentlicher und gelehrtenhafter Schrift:

Im Allgemeinen habe ich mich seit meinem Urlaub im letzten Jahr nicht mehr so jämmerlich gefühlt, aber hier in D. geht es bergauf. Herzliche Grüße an Sie (und an Mrs Lewis) – doch an keinen unserer Kollegen. Haben Sie das schwedische Mädchen weiterverfolgt? Ich denke, ich weiß, was das Gedicht bedeutet! Mit Sicherheit am Sa. wieder zu Hause.
M.

Diese Karte mit ihrem griesgrämigen Inhalt wurde dem Polizeipräsidium in Kidlington zugestellt, da Morse sich nicht genau an Lewis' Anschrift in Headington erinnern konnte. Und bis sie in Lewis' Hände gelangte, hatte fast jeder im Gebäude sie gelesen. Ein solcher Verstoß gegen das Persönlichkeitsrecht hätte Lewis ärgerlich machen können.

Aber es machte ihn nicht ärgerlich. Es freute ihn.

17

Auszug aus einem Tagebuch vom Freitag,
dem 10. Juli 1992

Bitte, lieber Gott, lass mich aus diesem Traum erwachen! Bitte, lieber Gott, lass sie nicht tot sein! Jene Worte – die ich vor so kurzer Zeit schrieb –, möge man mir diese Worte vergeben! Diese schrecklichen Worte! – mit denen ich meine Liebe zu meinem eigen Fleisch und Blut leugnete, zu meinen eigenen Kindern, zu meiner Tochter. Aber wie kann man mir vergeben? Die Parzen entscheiden anders und haben immer anders entschieden. Die Wörter mögen gelöscht werden, aber sie werden weiterbestehen. Das Papier mag im Ofen verbrannt werden, aber die Wörter werden in Ewigkeit da sein. O Finsternis! O Nacht der Seele! Öffnet das Tor der Hölle weit, teuflische Geister, denn ich bin es, der sich nähert – alle Hoffnung auf Tugend, alle Hoffnung auf Leben dahin! Ich habe das Inferno erreicht und lese jetzt über seinem Portal die schreckliche Verkündung von Verzweiflung.

Ich bin versunken in Elend und in Pein von Geist und Seele. Ich sitze hier an meinem Schreibtisch und vergieße bittere Tränen. Ich rufe: Vergib mir! Vergib mir! Und dann rufe ich wieder: Vergib mir! Vergebt mir alle! Wenn ich noch an Gott glaubte, würde ich versuchen zu beten. Aber ich kann es nicht. Und selbst jetzt – selbst im Abgrund meiner Verzweiflung – habe ich nicht die Wahrheit gesagt! Jeder soll wissen, dass ich morgen wieder glücklich sein werde – einige der Stunden morgen werden mir das Glück wiederbringen. *Sie* kommt. Sie kommt hierher. Sie selbst hat alles arrangiert und organisiert. Es war ihr Wunsch zu kommen. Ist es mir zuliebe? Ist es meinetwegen – wegen meines Kummers? Doch solche Überlegungen sind von geringerer Bedeutung. Sie kommt – morgen wird sie kommen. Diese Frau bedeutet mir noch mehr als selbst die Mutter, die all die Qual erleidet …

(Später) Ich bin so bedrückt, dass ich wünschte, ich wäre tot. Meine Selbstsucht, mein Selbstmitleid sind so groß, dass ich kein Mitleid für die anderen empfinden kann – die anderen, die so großen Kummer haben. Ich habe gerade wieder eines der Gedichte von Hardy gelesen. Früher konnte ich es auswendig. Doch jetzt nicht mehr, und jetzt folgt mein linker Zeigefinger den Zeilen, während ich es langsam abschreibe:

Es scheint, ich bin ein toter Mann,
Der darauf wartet, bald zu sinken,
Und keiner – nicht einmal ich selbst –
Hat je vorausgesehn
Ich würd dran zugrunde gehn.

Ich habe es nie wirklich geschafft, mit dir zu sprechen, meine Tochter. Ich habe es dir nie gesagt, mein Liebling, meine

Tochter – und jetzt wirst du nie wissen, warum, und wirst nie verstehen.

Ich bin zu einer Entscheidung gekommen. Dieses Tagebuch wird nicht mehr weitergeführt. Jedes Mal wenn ich zurückblicke auf das, was ich geschrieben habe, sehe ich nur Sich-gehen-Lassen, Theatralik, Gefühlsduselei. Es war nie gekünstelt oder unaufrichtig oder scheinheilig. Nein, nie! Aber jetzt ist Schluss.

18

»Seltsamen Zufall« nennt, durch welchen Namen
Man sich abfindet mit dem Wundersamen.
Lord Byron, Don Juan

Claire Osborne bog von der A40 nach rechts direkt in die Banbury Road ein und wusste, dass sie nur noch drei- bis vierhundert Meter zu fahren haben würde, weil sie mit der Post einen genauen Stadtplan erhalten hatte. Sie war ein wenig überrascht – ziemlich überrascht –, als sie zu ihrer Rechten das *Cotswold House* entdeckte, ein wesentlich eindrucksvolleres und attraktiveres Gebäude, als die Floskeln »vorstädtisch, modern, alleinstehend« in ihrem *Good Hotel Guide* sie hatten erwarten lassen. Sie spürte ein unerwartetes Entzücken, als sie ihren Metro MG (was für eine Katastrophe, dass sie nicht mit ihm nach Lyme gefahren war!) in der belaubten Umgebung von Nord-Oxford auf dem rostroten Asphalt vor dem zweigiebligen Gästehaus aus honigfarbenem Cotswolds-Stein parkte.

Sie läutete an der von Blumenkörben eingerahmten Vordertür, an der ein weißes Schild verkündete: »KEINE ZIMMER FREI«. Aber Claire hatte gebucht, für zwei Personen.

Ein hochgewachsener, schlanker Mann mit dickem grauem

Haar, schwarzen Augenbrauen und einem etwas scheuen Lächeln öffnete die Tür und sagte mit weichem irischem Akzent: »Hallo.«

»Hallo. Ich bin Mrs Hardinge. Ich habe …«

»Ich habe Sie erwartet, Mrs Hardinge. Ich bin Jim O'Kane. Kommen Sie doch bitte herein. Willkommen in *Cotswold House.*« Und damit nahm er ihren Koffer und führte sie ins Haus, wo Claire sofort zutiefst beeindruckt war.

O'Kane warf einen kurzen Blick auf die Buchungsliste, brachte von irgendwo einen Schlüssel zum Vorschein und ging Claire voran eine halbkreisförmige Treppe hinauf.

»Keine Probleme hierherzufinden, hoffe ich?«

»Nein. Ihr kleiner Stadtplan war sehr nützlich.«

»Hatten Sie eine gute Fahrt?«

»Keine Probleme.«

O'Kane überquerte den Treppenabsatz, schloss die Tür von Zimmer 1 auf, öffnete sie, bat Claire hinein und folgte ihr mit dem Koffer. Dann überreichte er ihr mit einer höflichen, altmodischen Verbeugung einen einzelnen Schlüssel – fast als überreichte er einer schönen Frau einen Blumenstrauß.

»Der Schlüssel passt für Ihr Zimmer *und* für die Eingangstür, Mrs Hardinge.«

»Sehr schön.«

»Und wenn ich Sie erinnern dürfte«, seine Stimme klang beinahe entschuldigend, »in diesem Gästehaus ist Rauchen nicht gestattet … ich habe es erwähnt, als Sie anriefen.«

»Ja.« Aber sie runzelte die Stirn … »Das heißt – überall? Auch in den Schlafzimmern?«

»Besonders in den Schlafzimmern«, erwiderte O'Kane schlicht, wenn auch widerstrebend.

Claire schaute auf den einen Schlüssel. »Mein Mann ist in London aufgehalten worden …«

»Kein Problem! Außer … wir sind immer etwas knapp mit Parkplätzen – wenn Sie *zwei* Autos haben …?«

»Er wird in seinem Auto kommen, ja. Aber machen Sie sich

deswegen keine Gedanken. Es scheint reichlich Platz in den Seitenstraßen zu sein.«

O'Kane schien dankbar für ihr Verständnis und fragte, ob sie sich in Oxford, in Nord-Oxford, auskenne. Und Claire sagte, ja, das tue sie, und ihr Mann kenne die Gegend gut, sodass es da keine Schwierigkeiten gebe.

Mr O'Kane wünschte Mrs Hardinge einen angenehmen Aufenthalt und zog sich zurück, und Claire sah sich mit Entzücken in dem perfekt eingerichteten Zimmer um. Mit eigenem Bad und WC auch noch …

O'Kane empfand sich nicht als Richter, und ohnehin war ihm die Moral seiner Gäste bedeutend weniger wichtig als ihr Komfort. Aber er hatte die Zeichen sofort gedeutet: Einmal die Tatsache, dass sie in verschiedenen Autos ankamen; davon abgesehen hatte O'Kane im Lauf der Jahre festgestellt, dass fast jede verheiratete Frau sich zuerst nach den Annehmlichkeiten des Hauses und dergleichen erkundigte. Doch Mrs Hardinge (?) hatte sich nach nichts Derartigem erkundigt … Wenn man ihn gefragt hätte, hätte er auch der Vermutung Ausdruck gegeben, dass sie die Rechnung möglicherweise mit einem eigenen Scheck begleichen würde, wenn das Paar wieder abreiste – etwa fünfzig Prozent solcher Damen taten das im Allgemeinen. Früher hatten O'Kane solche Dinge etwas beunruhigt. Doch jetzt kaum noch. Spielte es eine Rolle? Spielte es wirklich eine Rolle? Sie war eine liebenswürdige, attraktive Frau, und während O'Kane die Treppe hinunterging, hoffte er, dass sie glückliche Stunden haben würde mit jenem Mann, der zweifellos bald eintreffen und vorgeblich das Wochenende ohne seine Frau auf irgendeiner Konferenz in Oxford verbringen würde.

Oxford war voller Konferenzen …

Claire sah sich entzückt um. Die aufeinander abgestimmten Farben von Dekoration und Einrichtung waren eine reine

Freude – Weiß, Champagner, Cerise und Mahagoni –, und Reproduktionen spätviktorianischer Bilder schmückten die Wände. Neben den Help-yourself-Einrichtungen für die Tee- und Kaffeezubereitung stand ein kleiner Kühlschrank, in dem sie reichlich Milch fand, außerdem zwei Weingläser – und zwei Sektgläser. Eine Weile saß sie auf der geblümten Bettdecke, dann ging sie ans Fenster und schaute über die Blumenkästen mit Fleißigen Lieschen, Geranien und Petunien hinaus auf die Banbury Road unter ihr. Sie stand dort einige Minuten und wusste nicht, ob sie glücklich war oder nicht – versuchte, die Uhr anzuhalten, in der Gegenwart zu leben, den Augenblick zu ergreifen … und zu halten.

Dann begann ihr Herz plötzlich gegen die Rippen zu hämmern. Ein Mann ging den Gehsteig entlang auf den Kreisverkehr zu. Er trug ein rosa Hemd mit kurzen Ärmeln, und seine Unterarme waren gebräunt – als hätte er vor Kurzem vielleicht ein paar Tage am Meer verbracht. In der linken Hand trug er eine Tragetasche mit dem Namen des Spirituosenladens in der Nähe, Oddbins; in der rechten Hand trug er eine Tragetasche mit der gleichen Aufschrift. Er schien tief in Gedanken versunken, während er, ziemlich langsam, Claires Blickfeld durchquerte und weiter auf den Kreisverkehr zuging.

Was für ein erstaunlicher Zufall!, hätte der Mann denken können, wenn sie das bleigefasste Fenster aufgestoßen und gerufen hätte: »Hey! Kennen Sie mich noch? Lyme Regis? Letzte Woche?« Aber das hätte den Kern der Sache nicht getroffen, denn in Wahrheit war es überhaupt kein Zufall. Claire Osborne hatte es arrangiert.

Es wurde leise an die Tür geklopft, und O'Kane fragte, ob sie – ob einer von ihnen am nächsten Morgen gern eine Zeitung hätte; es gehöre zum Service. Claire lächelte. Der Mann gefiel ihr. Sie bat um die *Sunday Times.* Dann, nachdem er gegangen war, fragte sie sich für einen Augenblick, warum sie so traurig war.

Dr. Alan Hardinge traf erst kurz vor 21 Uhr ein, erklärte, entschuldigte sich, war aber ebenso verletzbar, so liebevoll wie immer. Und er hatte – der Gute – eine Flasche Brut Impérial *und* eine Flasche Skye Talisker Malt mitgebracht. Und beinahe, beinahe (wie sie sich später sagte) genoss sie die paar Stunden, die sie in jener Nacht zwischen den makellosen Bettlaken von Zimmer 1 in *Cotswold House* in Nord-Oxford verbrachten.

Morse war am selben Tag um 14.30 Uhr zu Hause angekommen. Niemand (außer Lewis) wusste seines Wissens, dass er zurückgekehrt war, doch um 16 Uhr hatte Strange angerufen. Würde Morse bereit sein, den Fall zu übernehmen? Nun, ob Morse bereit war oder nicht – er *würde* den Fall übernehmen.

»Welchen Fall?«, hatte Morse hinterhältig gefragt.

Um 17 Uhr war er hinunter nach Summertown gegangen und hatte acht Halb-Liter-Dosen eines neu entwickelten »Biers vom Fass« gekauft, das den Geschmack eines handgezapften, im Fass gelagerten Ale versprach, und zwei Flaschen seines Lieblingsrotweins. Morse, der noch immer nicht ganz fit war, trug schwer an der Last, und vor dem Radio-Oxford-Gebäude machte er eine Pause und sah sich um, in der Hoffnung, einen der roten Doppeldeckerbusse aus dem Stadtzentrum kommen zu sehen. Aber es war kein Bus in Sicht, und so ging er weiter. Als er am *Cotswold House* vorbeikam, sah er unter anderem das vertraute weiße Schild »KEINE ZIMMER FREI« an der Tür. Es überraschte ihn nicht. Er hatte viel Gutes über das Gästehaus gehört. Er hätte nichts dagegen, selbst dort abzusteigen.

Besonders wegen des Frühstücks.

19

Ich habe die Dinge lieber angedeutet als weitschweifig ausgeführt. Wenn jede Einzelheit erzählt wird, ruht der Verstand, und die Fantasie hat nicht mehr den Wunsch, die eigenen Flügel zu benutzen.
Thomas Aldrich, Leaves from a Notebook

Strange war eigentlich ganz zufrieden mit all der Publizität. Selten hatte es so viel öffentliches Interesse an einem nur vermuteten Mordfall gegeben, und der außergewöhnliche, obgleich vielleicht nicht ganz gerechtfertigte Einfallsreichtum, mit dem die Leserschaft sich bereits den abgedruckten Versen gewidmet hatte, war sehr erfreulich – wenn auch vorläufig noch ohne viel greifbaren Wert. In der *Times* vom Samstag, dem 11. Juli, hatte es zwei weitere Leserzuschriften gegeben:

Von Gillian Richard
Sir, Professor Gray (9. Juli) scheint mir zu leicht über einen Tatbestand im Schwedenmädchen-Fall hinwegzugehen. Das Mädchen ist, nach meiner Ansicht, gewiss noch am Leben, wird aber offensichtlich hin- und hergerissen zwischen dem Wunsch zu leben – und dem Wunsch zu sterben. Sie hat wahrscheinlich nie in ihrem Leben einen Gedicht-Wettbewerb gewonnen, und ich bezweifle, dass man sie aufgrund ihrer Naturbeschreibung findet. Aber sie ist dort draußen, in der freien Natur, und möglicherweise geht es ihr dreckig, doch sie ist sicherlich nicht in einem Gebäude. Ich möchte eine Vermutung wagen, nämlich dass sie sich, was von Professor Gray zurückgewiesen wird, irgendwo in einem Auto aufhält, und hier kann uns der vermeintliche Name des Autors (A. Austin, 1853–87) einen wesentlichen Hinweis geben. Wie wäre es mit einem Austin mit einer A-Zulassung? Es müsste

ein 1983er-Modell sein, ja, und können wir die Zulassungsnummer nicht auch erraten? Ich schlage vor A 185 – dann drei Buchstaben. Wenn wir 3 = C, 8 = H und 7 = G (der dritte, der achte und der siebente Buchstabe des Alphabets) annehmen, haben wir A 185 CGH. Vielleicht siecht unsere junge Dame also in einem ältlichen Metro dahin? Und wenn das so wäre, Sir, müssen wir eine Frage stellen: Wer ist die Besitzerin dieses Autos? Findet sie!
Mit freundlichen Grüßen, GILLIAN RICHARD
26 Hayward Road, Oxford

Von Miss Polly Rayner
Sir, ich entnehme Ihrem Bericht über das Verschwinden einer schwedischen Studentin vor einem Jahr, dass ihr Rucksack in der Nähe des Dorfes Begbroke in Oxfordshire gefunden wurde. Es mag sein, dass ich Ihren eigenen Kreuzworträtseln zu sehr verfallen bin, aber sicher ist es doch gerechtfertigt, hier ein paar »Hinweise« zu entdecken? Das »broke« im Namen des Dorfes geht auf das angelsächsische Wort »brok« zurück, was »fließendes Wasser« oder »Bach« bedeutet. Und da »beg« ein Synonym von »ask« (fragen) ist – wie sonst sollen wir die drei ersten Wörter in Zeile 7 deuten: »Fragt den Bach«? Tatsächlich wird dieser Hinweis fast umgehend zwei Zeilen weiter bestätigt mit der Aufforderung »Fragt die Sonne«. Als »Sonne« bezeichnen die Bewohner von Begbroke ihr Wirtshaus, und auf dieses Wirtshaus und seine Umgebung sollte meiner Meinung nach die Polizei ihre Untersuchungen konzentrieren.
Mit freundlichen Grüßen, POLLY RAYNER
Vorsitzende Woodstock Local History Society
Woodstock, Oxon

Das war schon besser! Strange hatte früher am Tag die vorgeschlagene Zulassungsnummer durch den Verkehrscomputer des Präsidiums gejagt. Kein Glück! Doch dies war genau die Art von närrischer, einfallsreicher Idee, die das Geheimnis lüften und zusätzlich noch mehr Ideen dieser Art anregen könnte. Als er (auch er hatte die Postkarte gelesen!) Morse am selben Samstagnachmittag anrief, war er nicht im Geringsten erstaunt über Morse' scheinbaren (doch sicher nur scheinbaren?) Mangel an Begeisterung, den Fall sofort zu übernehmen. Ja, Morse hatte noch ein paar Tage Urlaub übrig – aber nur bis Freitag! Doch wirklich, dieser Fall lag genau auf der Linie des Alten! Wie zugeschnitten auf Morse, dieser Fall des Schwedenmädchens …

Strange beschloss jedoch, die Dinge für eine Weile ruhen zu lassen – nun ja, bis zum nächsten Tag. Er hatte im Augenblick genug am Hals. Der vergangene Abend war übel gewesen, Stadt- und Grafschaftspolizei voll im Einsatz bei dem (tatsächlich!) Aufruhr in der Siedlung Broadmoor Lea: Autodiebstahl, Spritztouren, Einbrüche, Steinewerfen … Und Samstag- und Sonntagabend standen noch bevor! Betrübt dachte er nach über den beginnenden Zusammenbruch von Recht und Ordnung, die Missachtung von Autorität – Polizei, Kirche, Eltern, Schule … Doch in einer lästigen, unerforschten kleinen Ecke seiner Erinnerungen wusste er, dass er *beinahe* etwas von alldem verstehen konnte – einen winzigen Bruchteil. Er erinnerte sich, dass er als Junge – und als ziemlich privilegierter Junge obendrein – den geheimen Wunsch gehegt hatte, einen kompakten Ziegelstein durch das Fenster eines besonders wohlausgestatteten Hauses zu werfen …

Aber ja – ganz eindeutig ja! –, er würde sehr erleichtert sein, wenn Morse die Verantwortung für den Fall übernehmen und ihn, Strange, entlasten würde.

So kam es, dass Strange Morse an jenem Samstagnachmittag angerufen hatte.

»*Welchen* Fall?«, hatte Morse gefragt.

»Sie wissen verdammt gut –«

»Ich habe noch Urlaub, Sir. Ich versuche, meine Wohnung auf Vordermann zu bringen.«

»Haben Sie getrunken, Morse?«

»Fange gerade an, Sir.«

»Was dagegen, wenn ich komme und Ihnen Gesellschaft leiste?«

»Nicht heute Nachmittag, Sir. Ich bin in Gesellschaft einer – seltsam, eigentlich! – wundervollen Schwedin.

»Oh!«

»Hören Sie«, sagte Morse langsam, »wenn es einen Durchbruch in dem Fall gibt, wenn es irgendeinen Grund gibt –«

»Sie haben die Leserzuschriften gesehen?«

»Lieber würde ich auf meine Lieblingssendung im Radio verzichten, *Die Archers!*«

»Halten Sie das Ganze für einen Schwindel?«

Strange hörte Morse tief Luft holen. »Nein! Nein, das tue ich nicht. Ich denke nur, dass wir eine Menge falsche Hinweise und falsche Geständnisse bekommen werden – Sie kennen das ja. Bekommen wir immer. Das Problem ist – wie stehen wir denn da, wenn wir alles *zu* ernst nehmen?«

Ja, Strange war genau der gleichen Meinung. »Hören Sie, Morse, kann ich Sie morgen anrufen? Wir müssen diese verdammten Rabauken in Broadmoor Lea zur Strecke bringen …«

»Ja, ich habe davon gelesen, als ich weg war.«

»Hatten Sie einen schönen Urlaub – in Lyme?«

»Nicht besonders.«

»Nun, ich überlasse Sie jetzt wohl besser Ihrer … Ihrer ›wundervollen Schwedin‹, was?«

»Ja, das wäre nett.«

Nachdem Morse den Hörer aufgelegt hatte, schaltete er seinen CD-Spieler wieder ein, um die Opfer-Szene aus Wagners *Götterdämmerung* zu hören, und bald ertönte die reine und klare Stimme der schwedischen Sopranistin Birgit Nilsson in der Wohnung des Chief Inspectors.

20

Als ich mich beklagte, dass ich an einem prächtigen Tisch gegessen hätte, ohne einen einzigen Satz zu hören, an den zu erinnern sich lohne, sagte er (Dr. Johnson): »Eine solche Konversation ist selten.«
James Boswell, Das Leben Samuel Johnsons

Am Sonntag, dem 12. Juli, lag Claire Osborne in den frühen Morgenstunden noch immer wach im Bett und fragte sich wieder einmal, was sie eigentlich vom Leben erwartete. Es war in Ordnung gewesen – es war gewöhnlich »in Ordnung«. Alan war physisch auf der Höhe – und so liebevoll. Sie mochte ihn sehr gern, aber sie könnte ihn niemals lieben. Sie hatte ihm so viel von sich selbst gegeben, wie sie konnte, aber war es das wert? Wo blieb die andauernde Freude an einer weiteren ihrer kurzen, verbotenen, etwas beunruhigenden Begegnungen?

»Zum Teufel mit all diesem Sex-Quatsch, Claire!«, hatte ihre beste Freundin in Salisbury gesagt. »Finde einen Mann, der interessant ist, das ist meine Meinung. Wie Johnson. *Das* war ein interessanter Mann!«

»*Doktor* Johnson? Er war ein großer, fetter, gewöhnlicher Kerl, der sich immer die Suppe über die Weste tropfen ließ, und er roch streng und wechselte nie die Unterhosen!«

»Nie?«

»Du weißt, was ich meine.«

»Aber alle wollten ihn reden hören, nicht wahr? Das ist es, was ich meine.«

»Ja. Ich weiß, was du meinst.«

»Na also!«

Und die beiden Frauen hatten gelacht – wenn auch wenig überzeugt.

Alan Hardinge hatte wenig über den schrecklichen Unfall

gesagt: Ein paar Einzelheiten über die Beerdigung, mit steinerner Stimme hervorgebracht, über den kleinen Gottesdienst, den sie in der Schule abhalten würden, über die unerwartete Hilfsbereitschaft der Polizei, der Behörden, der Nachbarn und Verwandten. Aber Claire hatte ihn nicht nach seinem eigenen Kummer gefragt. Sie würde damit, das wusste sie, Territorium betreten, das ihr nicht gehörte und nie gehören würde …

Es war 3.30 Uhr, als sie endlich in einen unruhigen Schlaf fiel.

Am Frühstückstisch am nächsten Morgen erklärte sie kurz, dass ihr Mann abberufen worden sei und nur sie frühstücken werde: Kaffee und Toast bitte, sonst nichts. Etwa ein Dutzend Zeitungen, in der rechten oberen Ecke mit den Zimmernummern versehen, lagen in einem Stapel auf einem Tisch gleich neben der Tür zum Frühstückszimmer. Die *Sunday Times* war nicht darunter.

Jim O'Kane interessierte sich nicht besonders für die Titelseiten der Sonntagsblätter, aber zehn Minuten bevor Claire auftauchte, fiel sein Blick auf das Foto. Das Mädchen hatte er doch schon einmal gesehen! Er nahm die *Sunday Times* mit in die Küche, wo seine Frau auf den verschiedenen Grillgeräten das Garen von Speck, Eiern, Tomaten, Champignons und Bratwürsten überwachte. Er zeigte auf das Schwarz-Weiß-Foto auf der Titelseite: »Erkennst du sie?«

Anne O'Kane musterte das Foto ein paar Sekunden lang, drehte den Kopf nachdenklich erst zur einen, dann zur anderen Seite und versuchte eine Ähnlichkeit zu irgendeiner ihr bekannten jungen Frau festzustellen. »Sollte ich?«

»Ich glaube, ich *kann* mich an sie erinnern. Erinnerst du dich an die blonde junge Frau, die eines Sonntags – vor etwa einem Jahr – fragte, ob wir ein Zimmer frei hätten, und die dann später noch einmal kam – als wir kein freies Zimmer mehr hatten?«

»Ja, ich erinnere mich tatsächlich«, sagte Anne langsam, »ich glaube jedenfalls, dass ich es tue.« Sie hatte rasch den Artikel unter dem Foto überflogen und sah jetzt zu ihrem Ehemann auf, während sie gleichzeitig ein halbes Dutzend Scheiben Speck umdrehte. »Du meinst doch nicht …?«

Aber Jim O'Kane meinte.

Claire war bei ihrem letzten Stück Toast, als sie ihre Gastgeberin mit der Zeitung in der Hand neben sich fand. »Wir haben uns die Zeitung für einen Moment ausgeliehen – ich hoffe, Sie haben nichts dagegen?«

»Aber nein.«

»Es ist nur«, Anne zeigte auf das Bild, »nun, sie sieht so ähnlich aus wie eine junge Frau, die einmal hier war. Eine junge Frau, die vor etwa einem Jahr verschwunden ist.«

»Eine lange Zeit, ein Jahr.«

»Ja. Aber Jim – mein Mann – vergisst selten ein Gesicht. Und ich glaube, er hat recht.«

Claire schaute hinunter auf das Foto und den Artikel und ließ sich (hoffte sie) ihre Erregung nicht anmerken. »Das sollten Sie ihnen – der Polizei – wohl lieber mitteilen, oder?«

»Ja, das sollten wir wohl. Es ist nur, Jim hat vor Kurzem auf einer Wohltätigkeitsveranstaltung mit einem der Männer vom CID gesprochen, und dieser Mann sagte, eines der größten Probleme bei Morden seien all die falschen Geständnisse und falschen Hinweise, die sie immer bekommen.«

»Aber wenn Sie sie wirklich erkennen?«

»Nicht hundertprozentig. Eigentlich nicht. Woran ich mich genau erinnere, ist, dass dieses Mädchen, das ich meine, an die Tür kam und fragte, ob wir ein Zimmer hätten, und als sie hörte, was es kosten würde, machte sie irgendwie den Eindruck … nun, ich glaube, sie konnte es sich nicht leisten. Dann kam sie später noch einmal, dasselbe Mädchen …«

»Und Sie waren ausgebucht?«

Anne O'Kane nickte traurig, und Claire aß ihren letzten Bissen Toast. »Nicht immer leicht zu wissen, was das Beste ist.«

»Nein.«

»Aber wenn Ihr Mann diesen Mann vom CID kennt, könnte er es einfach, na ja, inoffiziell erwähnen, nicht wahr?«

»Ja-a. Könnte nicht schaden. Sie haben recht. Und er wohnt nur ein Stück weiter die Straße hinauf. In einer dieser Junggesellenwohnungen.«

»Wie heißt er? Lord Peter Wimsey?«

»Morse. Chief Inspector Morse.«

Claire schaute hinunter auf ihren leeren Teller und faltete ihre weiße Leinenserviette zusammen.

»Noch etwas Toast?«, fragte Anne O'Kane.

Claire schüttelte den Kopf, und ihre makellos nachgezogenen Lippen zeigten weder Interesse noch Überraschung.

21

Nur die erste Flasche ist teuer.
Französisches Sprichwort

Claire Osborne hatte noch am selben Vormittag gefunden, was sie suchte. Aber erst am nächsten Vormittag, am 13. Juli (den Sonntag hatte sie mit Alan Hardinge verbracht), unternahm sie etwas hinsichtlich des Ergebnisses ihrer Nachforschungen. Es war schrecklich einfach gewesen – nur ein rasches Blättern im zwei Zoll dicken Telefonbuch von Oxford und Umgebung, das neben dem Münzfernsprecher lag: mehrere Morse, doch nur ein »Morse, E.« – und die Telefonnummer obendrein! Leys Close, stellte sie auf dem Stadtplan von Oxford an der Wand der Halle fest, schien kaum mehr als zweihundert Meter entfernt zu sein. Sie hätte natürlich die O'Kanes fragen können … aber es war aufregender, es nicht zu tun.

Es war wieder ein schöner, sonniger Vormittag, und nachdem sie ihren Koffer gepackt und im Kofferraum ihres Metro verstaut hatte, und mit der Erlaubnis, den Wagen auf dem Parkplatz stehen zu lassen (»Sollte nicht allzu lange dauern«, erklärte sie), ging Claire langsam auf den Kreisverkehr zu und kam bald zu dem Schild: »Privat. Kein Durchgangsverkehr«. Sie wandte sich nach links und durchquerte einen Hof, bis sie an eine Reihe von zweistöckigen Häusern aus gelbem Backstein mit einheitlich weiß gestrichenem Holzwerk gelangte. Die Nummer, die sie suchte, war die erste, die sie sah.

Nachdem sie leise geklopft hatte, sah sie durch das Fenster links von ihr die weißen Regale einer Küche und eine große Plastikflasche Persil auf dem Abtropfbrett. Sie sah auch, dass das Fenster direkt über ihr weit geöffnet war, und wusste, dass er zu Hause sein musste, noch bevor sie die verschwommene Silhouette hinter dem Milchglas erblickte.

»Was zum Teufel tun Sie hier?«, war die Begrüßung, die Claire erwartet hatte. Aber er sagte nichts, als er die Tür öffnete, bückte sich, um eine Flasche halbfetter Milch mit rotem Verschluss aufzuheben, und bat sie mit einer altmodischen Geste der Gastlichkeit ins Haus. Sie fand sich in einem großen Wohnzimmer wieder, in dem zwei Sofas einander gegenüberstanden, das eine, auf das Morse zeigte, links von ihr, mit hellem, honigfarbenem Leder bezogen, wunderbar weich und bequem, wie sie feststellte, als sie sich setzte. Musik spielte – etwas Schwermütiges, Trauriges, das sie fast zu erkennen glaubte. Spätes neunzehntes Jahrhundert? Wagner? Mahler? Sehr eindringlich und schön. Aber Morse drückte einen Knopf in einer hochmodernen Anlage in den Regalen hinter dem zweiten Sofa, das kleiner und mit schwarzem Leder bezogen war, und dort ließ er sich nieder und schaute zu ihr herüber, eine Spur von Belustigung in den blauen Augen, doch keine Überraschung.

»Wegen mir brauchen Sie es nicht abzustellen.«

»Natürlich nicht. Ich habe es wegen mir abgestellt. Ich kann nie zwei Dinge auf einmal tun.«

Mit einem Blick auf das fast leere Rotweinglas auf dem niedrigen Tisch neben ihm wagte Claire, an der buchstäblichen Wahrheit seiner Worte zu zweifeln.

»Es war Wagner, nicht wahr?«

Morse' Augen zeigten einen Funken von Interesse. »Es weist einige der harmonischen und melodischen Merkmale Wagners auf, zugegeben.«

Was für ein aufgeblasener Esel! Zum Teufel mit ihm! Warum *sagte* er es ihr nicht einfach? Sie zeigte auf die Flasche Quercy. »Ich dachte, Sie können nicht zwei Dinge auf einmal bewältigen?«

»Oh! Aber Trinken ist fast wie Atmen. Man braucht nicht darüber nachzudenken, oder? Und es tut einem gut – wussten Sie das? Es gibt diesen neuen Bericht, in dem steht, dass ein regelmäßig eingenommener Tropfen außerordentlich gut für das Herz ist.«

»Aber nicht ganz so gut für die Leber.«

»Nein.« Er lächelte sie jetzt an, auf das Sofa zurückgelehnt und die Arme auf der Rückenlehne ausgestreckt. Er trug dasselbe kurzärmelige rosa Hemd, in dem sie ihn am vergangenen Samstag gesehen hatte. Wahrscheinlich fehlte eine Frau im Haus.

»Ich dachte, man soll warten, bis die Sonne tiefer als die Rahe gesunken ist oder so ähnlich.«

»Das ist ein seltsamer Zufall!« Morse zeigte auf die *Times* auf dem niedrigen Tisch. »Das kam heute Morgen im Kreuzworträtsel: ›Rahe‹.«

»Was genau ist eine Rahe?«

Morse schüttelte den Kopf. »Ich bin an Booten und so was nicht interessiert. Ich richte mich lieber nach dem Shakespeare-Zitat – Sie kennen diesen Vers über die Lust zur Mittagszeit?«

»›The bawdy hand of the dial is now upon the prick of noon.‹«

»Woher zum Teufel wussten Sie das jetzt?«

»Ich hab mal die Amme in *Romeo und Julia* gespielt.«

»Nicht gerade die passendste Rolle für ein Schulmädchen –«

»Das war an der Uni.«

»Oh. Ich selbst stand nie wirklich auf der Bühne. Eigentlich nur das eine Mal. Ich hatte eine Zeile: ›Antonio, ich verhaft euch.‹ Hat das Publikum aus irgendeinem Grund immer zum Lachen gebracht. Hab nie verstanden, warum.«

Ihr Exemplar der letzten *Sunday Times* und die heutige *Times* noch immer fest in der Hand, sah Claire sich um, sah die Bücherregale an den Wänden, die Stapel von Schallplatten überall, die Bilder (eines oder zwei ein klein wenig schief). Besonders gut gefiel ihr das Aquarell über Morse' Kopf, das in bläulich purpurnen Farbtönen die Skyline von Oxford zeigte. Allmählich fand sie Gefallen an dem Wortgeplänkel, aber irgendetwas an dem Mann *irritierte* sie dennoch. Zum ersten Mal sah sie ihn direkt an.

»Sie spielen mir etwas vor, nicht wahr?«

»Pardon?«

»Sie geben vor, dass es Sie nicht überrascht, mich zu sehen.«

»Das bin ich auch nicht. Ich habe Sie gestern vor dem *Cotswold House* sitzen sehen; Sie rauchten eine Zigarette. Ich war auf dem Weg nach Cutteslowe, um mir eine Zeitung zu holen.«

»Haben Sie etwas dagegen, wenn ich jetzt rauche?«

»Nein, überhaupt nicht. Ich, äh, ich habe aufgehört.«

»Seit wann?«

»Seit heute Morgen.«

»Wollen Sie eine?«

»Ja, bitte.«

Claire inhalierte tief, schlug die Beine übereinander und zupfte ihren Jaeger-Rock ein Stückchen über die Knie.

»Warum haben Sie nicht Hallo gesagt?«, fragte sie.

»Ich war auf der anderen Straßenseite.«

»Nicht sehr nett, nicht?«

»Warum haben *Sie* nicht Hallo zu mir gesagt?«

»Ich habe Sie nicht gesehen.«

»Ich denke, doch.« Seine Stimme klang plötzlich sanft, und sie hatte das Gefühl, er wisse viel mehr über sie, als er wissen sollte. »Ich glaube, dass Sie mich auch spät am Samstagnachmittag gesehen haben – kurz nach Ihrer Ankunft.«

»Sie haben mich *gesehen?* Sie haben mich gesehen, als Sie mit Ihrem Schnaps vorbeimarschierten?«

Morse nickte.

Der Teufel soll ihn holen! Der Teufel soll ihn holen!

»Vermutlich glauben Sie, dass Sie wissen, warum ich jetzt zu Ihnen gekommen bin.«

Morse nickte wieder. »Aber nicht, weil ich ein Hellseher bin. Gestern hat mich Jim, Mr O'Kane, angerufen …«

»Wegen dieser Geschichte?« Sie hielt die Zeitungen hoch.

»Wegen des Mädchens, das vielleicht dort nach einem Zimmer gefragt hat, ja. Sehr interessant, und vielleicht auch ein wertvoller Hinweis – ich weiß es nicht. Sie wollen eine Erklärung abgeben. Aber nicht bei mir; ich habe noch Urlaub, erinnern Sie sich?«

»Dann habe ich den Weg wohl umsonst gemacht. Ich wollte Ihnen mitteilen …«

»Nicht umsonst – sagen Sie doch nicht so etwas!«

»Ich … ich musste immer an das Mädchen denken, den ganzen Tag gestern … na ja, ziemlich oft gestern … ich meine, dass sie dort nach einem Zimmer gefragt hat und dann vielleicht nicht genug Geld hatte, und dann …«

»Wie viel kostet jetzt ein Einzelzimmer dort?«

»Ich weiß es nicht genau. Und Sie spielen mir wieder etwas vor! Sie wissen genau, dass ich ein Doppelzimmer bestellt habe, nicht wahr? Ein Doppelzimmer für zwei Nächte. Sie haben O'Kane gefragt – Sie verdammter Schnüffler!«

Ein paar Sekunden lang schien Morse sie mit gleichbleibender Intensität zu mustern. »Sie haben wundervoll elegante Beine«, sagte er einfach, aber sie spürte, dass ihre Antwort ihn verletzt haben mochte. Und plötzlich wünschte sie unsinnigerweise, dass er zu ihr käme und ihre Hand ergriffe. Aber er tat es nicht.

»Kaffee?«, fragte er stattdessen. »Ich habe allerdings nur Pulverkaffee.«

»Einige Leute ziehen Pulverkaffee vor.«

»Sie auch?«

»Nein.«

»Ich darf Ihnen wohl nicht, äh, ein Glas Wein einschenken?«

»Warum um alles in der Welt nicht?«

»Sehr gut«, sagte sie ein oder zwei Minuten später.

»Nicht schlecht, nicht? Aber man braucht eine Menge davon. In kleinen Mengen taugt er nichts.«

Sie lächelte ihr attraktives Lächeln. »Wie ich sehe, haben Sie das Kreuzworträtsel schon gelöst.«

»Ja. Montags ist es immer leicht, wussten Sie das? Sie gehen davon aus, dass montagmorgens jedermann ein bisschen angeschlagen ist.«

»Viele Leute kaufen die *Times* nur wegen des Kreuzworträtsels.«

»Ja.«

»Und wegen der Leserbriefe natürlich.«

Morse beobachtete sie genau. »Und wegen der Leserbriefe«, wiederholte er langsam.

Claire schlug ihr eigenes Exemplar der *Times* vom 13. Juli auf und las aus einem Artikel auf der Titelseite laut vor:

HINWEISE AUF DIE VERSCHWUNDENE STUDENTIN

Die Times *wie auch die Thames Valley Police erhalten noch immer täglich jede etwa ein Dutzend Briefe (und etwa genauso viele Telefonanrufe) als Antwort auf die Bitte um Informationen in Zusammenhang mit dem vor einem Jahr erfolgten Verschwinden der schwedischen Studentin Karin Eriksson, von der angenommen wird, dass sie Gegenstand der anonymen Verse ist, die die Polizei erhielt und die in dieser Zeitung abgedruckt wurden*

(3. Juli). Chief Superintendent Strange vom Thames Valley CID selbst glaubt, dass die scharfsinnigen Vorschläge in einem der letzten Briefe (siehe Leserzuschriften, Seite 15) die interessantesten und möglicherweise bisher bedeutsamsten sind.

»Das müssen Sie doch gelesen haben?«

»Ja. Das Problem ist, genau wie Mr und Mrs O'Kane sagten, dass man nicht jedem Hinweis folgen kann. Nicht einmal einem Zehntel der Sachen, die hereinkommen. Glücklicherweise sind viele von ihnen so bescheuert ...« Er nahm seine eigene *Times* auf, schlug Seite 15 auf und schaute (noch einmal) auf die »scharfsinnigen Vorschläge«.

»Gescheit – gescheite Analyse«, sagte er.

»Offensichtlich ein gescheiter Bursche – der das geschrieben hat.«

»Wie bitte?«, sagte Morse.

»Der Bursche, der den Brief geschrieben hat.«

Morse las den Namen laut vor: »Mr Lionel Regis? Ich kenne ihn nicht.«

»Vielleicht kennt niemand ihn.«

»Wie bitte?«

»Haben Sie die Anschrift gesehen?«

Morse schaute wieder in die Zeitung und schüttelte den Kopf. »Kenne Salisbury nicht besonders gut.«

»Es ist *meine* Anschrift.«

»Tatsächlich? Wollen Sie – wollen Sie damit sagen, *Sie* hätten das geschrieben?«

»Hören Sie auf!« Ihre Stimme klang fast wie ein Kreischen. »*Sie* haben das geschrieben! Sie haben meine Anschrift im Gästebuch in Lyme Regis gesehen, und Sie brauchten einen Absender für diesen Brief, denn sonst würden Ihre ›scharfsinnigen Vorschläge‹ nicht akzeptiert werden. Habe ich recht?«

Morse schwieg.

»Sie *haben* den Brief geschrieben, nicht wahr? *Bitte* sagen Sie es mir!«

»Ja.«

»Warum? Warum dies alberne Geschwätz?«

»Ich habe nur … ich habe nur jemanden gewählt, der in meinen Gedanken ganz oben stand. Und da waren Sie, Claire. Ganz oben.«

Er hatte ganz schlicht gesprochen, und seine Blicke wanderten von ihren Beinen zu ihrem Gesicht. Frustration und Zorn verließen sie plötzlich, und ihre Schultern waren herrlich entspannt, als sie sich gegen die weiche Rückenlehne des Sofas lehnte.

Lange Zeit sprachen sie beide nicht. Dann setzte Claire sich vor, leerte ihr Glas und stand auf.

»Müssen Sie gehen?«, fragte Morse leise.

»Demnächst.«

»Ich habe noch eine Flasche.«

»Nur, wenn Sie mir versprechen, nett zu mir zu sein.«

»Wenn ich Ihnen noch einmal sage, was für wunderschöne Beine Sie haben?«

»*Und* wenn Sie noch einmal die Platte auflegen.«

»Tatsächlich ist es eine CD. Bruckners Achte.«

»Das also war es. Dann lag ich doch gar nicht so falsch, oder?«

»Sogar sehr nahe dran«, sagte Morse. Und dann zu sich selbst: für ein oder zwei Minuten sogar sehr, sehr nahe.

Nach der Hälfte des zweiten Satzes, und nachdem die zweite Flasche zu drei Vierteln geleert war, klingelte es an der Haustür.

»Ich kann Sie im Augenblick nicht hereinbitten, fürchte ich, Sir.«

Strange schnupperte, und seine kleinen Augen waren misstrauisch.

»Tatsächlich? Das überrascht mich ein wenig, Morse. Tatsächlich überrascht es mich, dass Sie nicht *zwei* von mir nicht hereinbitten können!«

22

In einem Definitionen- und Buchstaben-Rätsel besteht jeder Hinweis aus einem Satz, der eine Definition der Antwort und eine Mischung der Buchstaben enthält.
Don Manley, Chambers Crossword Manual

Am nächsten Morgen, Dienstag, dem 14. Juli, waren nur Strange und Lewis in Stranges Büro.

Strange war nicht wenig überrascht gewesen, als Morse es ganz eindeutig abgelehnt hatte, den Rest seines Urlaubs zu verschieben und sofort zum Präsidium zurückzukehren, um den Fall offiziell zu übernehmen, besonders angesichts des letzten Briefes – doch sicherlich der Durchbruch, auf den sie alle gehofft hatten. Andererseits gab es mehr Dinge im Leben als ein blondes Mädel, das vor einem Jahr ermordet worden war oder auch nicht. Diese verdammten Spritztouren zum Beispiel, die jetzt bis in die offiziellen Nachrichten und die Schlagzeilen in den Zeitungen vorgedrungen waren. Aber es diente alles dazu, die Dinge wieder ein wenig in die richtige Perspektive zu rücken – wie der Brief, den er selbst (»Streng vertraulich«) an diesem Morgen mit der Post erhalten hatte:

Chief Superintendent Strange
Polizeipräsidium Kidlington

Dear Sir,
es ist völlig in Ordnung, wenn unsere hervorragenden Krimiautoren vorgeben, dass der Durchschnittskriminelle im UK sich bei der Durchführung seiner Verbrechen eines ganz außergewöhnlichen Scharfsinns rühmen kann. Aber jene von uns, die (wie Sie) ihr Leben der Aufdeckung solcher Verbrechen gewidmet haben,

sollten in diesem Augenblick jedermann daran erinnern, dass die überwältigende Mehrheit der Kriminellen nicht mit den hervorragenden Geisteskräften ausgestattet ist (glücklicherweise!), die man allgemein voraussetzt.

Es liegt natürlich auf der Hand, dass wir alle außerordentlich dankbar wären, wenn irgendein Verbrecher als Folge der Leserkorrespondenz etc. in der nationalen Presse zur Rechenschaft gezogen werden könnte. Aber ich selbst halte ein solches Ergebnis für sehr bedenklich, und in einem weiteren Sinn bin ich sehr besorgt über den zur Diskussion stehenden Präzedenzfall. Wir haben alle von Gerichtsverhandlungen im Fernsehen gehört, und jetzt scheinen wir uns Ermittlungen per Leserzuschriften zu nähern. Das ist einfach absurd. Wie ich die Dinge sehe, ist diese Geschichte ohnehin mit ziemlicher Sicherheit ein Schabernack, bei dem der Initiator (oder die Initiatorin?) sich köstlich amüsiert, während verschiedene Briefschreiber miteinander wetteifern, immer höhere Gipfel einer scharfsinnigen Auslegung der Ereignisse zu erklimmen. Wenn es nicht um einen Schabernack geht, muss ich darauf bestehen, dass jede Erkenntnis in der Sache zuerst an die zuständigen Stellen der Polizei weitergeleitet wird und ganz gewiss nicht an den Rundfunk, das Fernsehen oder die Zeitungen, sodass der Fall auf dem üblichen Weg durch die Kriminalpolizei gelöst werden kann.
Mit freundlichen Grüßen
Peter Armitage (ehemaliger Assistant Commissioner, New Scotland Yard)

PS: Ich bin sicher, ich brauche nicht zu erwähnen, dass dieser Brief in keinerlei Weise zur Veröffentlichung bestimmt ist.

Aber dieser Brief musste höchstwahrscheinlich geschrieben worden sein, bevor sein Verfasser das neueste Kommuniqué von dem bisher unerschrockensten Gipfelstürmer gelesen hatte, von dem Autor des ganz ungewöhnlichen Briefes, der am Tag vorher in den Spalten für Leserzuschriften in der *Times* erschienen war.

Strange wandte sich an Lewis: »Ihnen ist doch klar, dass das den Durchbruch bedeutet?«

Lewis hatte, wie jeder andere Polizist im Präsidium, den Brief gelesen, und ja, er hielt es auch für den Durchbruch. Wie könnte es anders sein? Aber er verstand nicht, warum Strange ihn – *ihn* – an diesem Morgen zu sich gebeten hatte. Er war sowieso sehr müde und sollte von Rechts wegen im Bett liegen. Samstag- wie auch Sonntagnacht hatte er, wie die meisten Polizisten aus der Gegend, seine Zeit fast bis zur Morgendämmerung hinter einem Schutzschild verbracht, einem Hagel von Ziegelsteinen ausgesetzt, und Beschimpfungen von einer Bande von Rowdys, die die halsbrecherischen Schleuderfahrten anderer Jugendlicher in gestohlenen Autos beklatschten – unter denen (wenn Lewis es nur gewusst hätte) ein siebzehnjähriger Schuljunge war, der später den Schlüssel zum Geheimnis des Schwedenmädchens liefern sollte.

»Lewis! Sie hören mir doch zu?«

»Verzeihung, Sir?«

»Sie erinnern sich, wie Morse genörgelt hat, man solle die Suche von Blenheim nach Wytham verlegen?«

»Ja, Sir. Aber er hat den Fall nicht länger als einen Tag oder so bearbeitet.«

»Das weiß ich«, schnauzte Strange. »Aber er muss doch einen *Grund* gehabt haben?«

»Ich konnte einigen seiner Gründe nie ganz folgen.«

»Wissen Sie, wie viel einige dieser verdammten Suchen kosten?«

»Nein, Sir.«

Vielleicht wusste Strange es auch nicht, denn er wechselte sofort das Thema: »Glauben Sie, dass Morse recht hatte?«

»Keine Ahnung, Sir. Ich meine, er ist große Klasse, aber manchmal liegt er furchtbar schief, nicht wahr?«

»Und öfter hat er verdammt recht!«, sagte Strange heftig.

Es war ein merkwürdiger Rollentausch, und Lewis beeilte sich, die Dinge wieder klarzustellen. »Ich glaube, Sir, dass ...«

»Ich gebe keinen Pfifferling auf das, was Sie glauben, Sergeant! Wenn ich den Wald durchsuchen will, werde ich ihn verdammt noch mal durchsuchen bis Freitag in einem Jahr, falls ich – *falls* ich – es für der Mühe wert halte. Klar?«

Lewis nickte wortlos und beobachtete, wie dem Super die Zornesröte ins Gesicht stieg.

»Ich weiß nicht so recht, was ich mit alldem zu tun habe …«, setzte er an.

»Nun, das werde ich Ihnen sagen! Es gibt nur eines, was Sie tun können, Sergeant, und ich nicht, nämlich den mürrischen alten Scheißkerl zurück zur Arbeit bringen – mit Fingerspitzengefühl. Ich stehe von allen möglichen Seiten verdammt unter Druck …«

»Aber er hat Urlaub, Sir.«

»Ich *weiß,* dass er Urlaub hat. Ich hab ihn gestern gesehen; er trank Schampus und hörte Schubert mit irgendeiner Nutte.«

»Sind Sie sicher, dass es *Champagner* war, Sir?«

Aber Strange appellierte jetzt leise, fast rührend, an Lewis: »Der Himmel mag wissen, warum, Lewis, aber er ist immer bereit, Ihretwegen gewisse Umstände auf sich zu nehmen. Ist Ihnen das klar?«

Er telefonierte von Morse' eigenem (leerem) Büro aus.

»Ich bin es, Sir. Lewis.«

»Ich habe Urlaub.«

»Der Super hat gerade mit mir gesprochen –«

»Freitag, habe ich gesagt.«

»Haben Sie den Brief über Wytham gelesen, Sir?«

»Im Gegensatz zu Ihnen und Ihren spießigen Kollegen umfasst meine tägliche Lektüre die königlichen Rundschreiben in der *Times,* die Leitartikel …«

»Was sage ich dem Super, Sir? Er möchte, dass wir – Sie und ich – sofort übernehmen.«

»Sagen Sie ihm, ich werde mich melden – morgen.«

»Ich soll ihm sagen, dass Sie anrufen werden?«

»Nein. Sagen Sie ihm, dass ich morgen den Dienst wiederaufnehme. Sagen Sie ihm, irgendwann nach sieben bin ich in meinem Büro.«

»Da wird er noch nicht wach sein, Sir.«

»Seien Sie nicht zu streng mit ihm, Lewis. Er wird alt – und ich glaube, er hat zu hohen Blutdruck.«

Als Lewis höchst zufrieden den Hörer auflegte, wusste er, dass Strange recht gehabt hatte – was Morse und ihn selbst betraf –, und ihm wurde klar, dass im Fall des Schwedenmädchens sie beide wieder zusammenarbeiten würden – mit Wirkung vom nächsten Tag.

In seinem Büro nahm Strange wieder den Ausschnitt von der *Times* in die Hand und las den Brief noch einmal. Wirklich erstaunlich!

Von Mr Lionel Regis
Sir, wie die meisten der Leser, die Ihnen geschrieben haben, muss ich davon ausgehen, dass die »Schwedenmädchen«-Verse von der Person stammen, die verantwortlich für die Ermordung der unglückseligen jungen Dame ist. Es ist natürlich möglich, dass es sich um einen Schabernack handelt, aber diese Ansicht teile ich nicht. Meiner Meinung nach ist es weitaus wahrscheinlicher, dass der Schreiber wütend ist über die Unfähigkeit der Polizei, auch nur die Leiche zu finden, von einer Festnahme des Mörders ganz zu schweigen. Die Verse, wie ich sie lese, sind ein Schrei des Mörders – nicht des Opfers – nach irgendeiner Art von Enthüllung, einer Absolution, einer Entlastung von schlaflosen, qualvollen Nächten.

Aber ich hätte Ihnen nicht geschrieben, Sir, nur um vage und zweifelhafte Gemeinplätze zur Sprache zu bringen. Ich schreibe, weil ich Kreuzworträtsel fabriziere, und als ich die Verse zum ersten Mal studierte, hatte ich gerade ein Rätsel fertiggestellt, in dem jede Antwort angedeutet wurde durch eine Definition des einzutragenden Wortes, außerdem durch ein Anagramm desselben Wortes. Darum war mein Interesse beträchtlich – und mit einem gerüttelt Maß an Ungläubigkeit gemischt –, als mir nach und nach klar wurde, dass das Wort Wytham, in Form eines Anagramms, in jeder der fünf Strophen auftaucht. Also: THAW MY (Strophe 1); (stre)AM WHY T(ell'st) (Strophe 2); WHAT MY (Strophe 3); (S) AW THYM(e) (Strophe 4) und (no)W THY MA(iden) (Strophe 5).

Fünf Fälle dieser Art gehen sicherlich weit über die Grenzen des bloßen Zufalls hinaus. (Ich habe mit meinen Mathematiker-Freunden über diese Sache gesprochen.) »Wytham«, so habe ich erfahren (ich habe nicht in Oxford studiert), ist der Name eines Waldes im Westen von Oxford. Wenn das Gedicht uns also etwas sagen will, dann sicher dieses: dass die gesuchte Leiche in den Wytham Woods zu finden ist, und mein bescheidener Vorschlag ist, dass alle weiteren Suchaktionen dort vorgenommen werden sollten.
Mit freundlichen Grüßen, LIONEL REGIS
16 Cathedral Mews, Salisbury

Wie Lewis erinnerte auch Strange sich genau an den Wortlaut der Postkarte von Morse: »Ich denke, *ich* weiß, was das Gedicht bedeutet!«, und er schob die Zeitung zur Seite und schaute hinaus über den Parkplatz. »Lionel Regis, du kannst mich mal!«, sagte er leise zu sich.

23

Bei anderer Gelegenheit dachte er darüber nach, wie er den Postboten am besten begrüßen sollte, denn er brachte Nachrichten von einer Welt außerhalb unserer selbst. Ich und er kamen überein, zur üblichen Zeit hinter der Haustür zu warten und ihm bestimmte Fragen zu stellen. An jenem Tag aber kam der Postbote nicht.
Peter Champkin, The Sleeping Life of Aspern Williams

Mittwoch, der 15. Juli, sollte kein besonders denkwürdiger Tag werden. Kein Prophet mit feurigem Gesicht brachte Nachricht von der Botschaft oder dem Namen des Einzigen Wahren Gottes. Einfach ein ziemlich normaler Übergangstag, an dem sich die Dinge getrennt voneinander und nur halb folgerichtig zu ereignen schienen, an dem einige der Hauptfiguren im Fall Schwedenmädchen auf dem Schachbrett auf ihre neuen Positionen bewegt wurden, bevor das Spiel noch begonnen hatte.

Auf einer leicht unterkühlten Besprechung um 10.30 Uhr im Büro des Assistant Chief Constables wurde der Fall Schwedenmädchen im Detail neu aufgerollt vom ACC selbst, Chief Superintendent Strange und den Detective Chief Inspectors Johnson und Morse. Man stimmte allgemein überein (mit nur einer abweichenden Stimme), dass eine Verlängerung der ausgedehnten und kostspieligen Suchaktion auf dem Blenheim-Besitz jetzt wenig bringen würde. Es wurde auch berichtet über die Entscheidung von »höherer Stelle«, dass Morse jetzt die Untersuchung leiten würde und Johnson darum seinen Sommerurlaub wie vorgesehen nehmen könne. Offizielle Äußerungen dieser Art würden natürlich niemanden täuschen – aber sie waren möglicherweise besser als gar nichts.

Unter den Punkten, die noch einmal zur Sprache kamen, befand sich auch ein weiterer Brief, der an diesem Tag in der *Times* abgedruckt war:

Von Mr John C. Chavasse
Sir, die Wytham Woods sind mir außerordentlich vertraut, und ich vermute, fast allen Generationen junger Studenten, die ihre akademischen Grade an der Universität Oxford erworben haben. Wie gut erinnere ich mich an die Sommerwochenenden in den späten Vierzigerjahren, als ich zusammen mit vielen meiner Kommilitonen durch Lower Wolvercote hinauf nach Wytham radelte.

In den Zeilen 14 und 15 der (inzwischen allbekannten!) Verse finden wir »Ein weißes Wesen« (sic) und »Keuchend wie ein gejagter Hirsch« (sic). Wenn das nicht ein verborgener Hinweis auf das prächtige alte Wirtshaus in Wytham, den White Hart, ist, Sir, lass ich mich hängen! Aber ich bin überzeugt, dass ein solcher

Hinweis nur dienen kann, Mr Lionel Regis' brillante Analyse der Verse (Leserzuschriften, 13. Juli) zu erhärten.
Mit freundlichen Grüßen, JOHN C. CHAVASSE
21 Hayward Road, Bishop Auckland

»Mr Lionel Regis« an der anderen Seite des Tisches sah etwas verlegen aus, aber nicht lange, und inzwischen war es ohnehin alles ein offenes Geheimnis. Ihm wurde klar, dass er für einen Tag oder so wenig tun konnte – außer noch einmal alle Unterlagen durchzusehen, die sich aus früheren Ermittlungen angesammelt hatten, abzuwarten, Lewis auf die Verwaltung anzusetzen und vielleicht zu versuchen, etwas intensiver über seine eigene, nicht ganz verständliche Überzeugung nachzudenken, dass die Leiche der jungen Studentin gefunden werden *würde,* und zwar in den Wytham Woods. Es gab schließlich auch neues Beweismaterial – den Anruf von den O'Kanes. Denn wenn sie sich richtig erinnerten, war Karin Eriksson zu irgendeinem Zeitpunkt die Banbury Road vom Kreisverkehr her *hinuntergegangen*; das war eine Bestätigung der Aussage des Mannes, der an jenem Sonntag zur Mittagszeit dort auf einen Bus gewartet hatte. Dieser Aussage hätte man glauben sollen – nicht der des Mannes, der die Sunderland Avenue entlanggefahren war.

Solchen und ähnlichen Gedanken ging Morse gemeinsam mit Sergeant Lewis am frühen Nachmittag nach. Es waren bereits Vorbereitungen im Gange, etwa zwanzig weitere Männer von verschiedenen örtlichen Dienststellen bereitzustellen, zur Ergänzung der dreißig Männer, die sofort von Blenheim abgezogen werden sollten. Allerdings gab es eine kleine Verzögerung. Der Oberförster von Wytham, Mr David Michaels, nahm an diesem Tag an einer Konferenz des National Trust in Durham teil. Aber sie erwarte ihn später am Abend, sagte seine Frau, und er werde höchstwahrscheinlich am nächsten Morgen zur Verfügung stehen.

Die Dinge *gerieten* in Bewegung an diesem Nachmittag.

Aber langsam. Und Morse war ruhelos und ungeduldig. Er ging um 16 Uhr nach Hause und machte sich daran, eine Liste von Schallplatten aufzustellen … Bevor sie ihn am letzten Montag verlassen hatte, eine Viertelstunde nach Stranges lästiger Störung, hatte Claire Osborne ihn gebeten, ihr eine Aufstellung seiner acht Desert-Island-Platten zu schicken und all seine Versionen von Mozarts *Requiem*. Es sei höchste Zeit, dass sie etwas für ihre Bildung tue, hatte sie gesagt, und ob Morse ihr verspreche, ihr dabei zu helfen …? Also hatte Morse es versprochen und sein Versprechen wiederholt, als er sie zum Abschied kurz, zärtlich und voll auf die Lippen küsste.

»Meine Adresse kennst du doch, denke ich?«, hatte sie vom Gartentor her gerufen.

Morse war immer noch nicht ganz sicher, was Nummer sieben und acht betraf, als er spät am Nachmittag vor seiner Schreibmaschine saß und langsam die Liste tippte.

Etwa eine Viertelstunde bevor Morse mit seinem Liebesdienst begonnen hatte, stolzierte Philip Daley prahlerisch aus seinem Klassenzimmer in der Cherwell School an der Marston Ferry Road im Norden Oxfords. Nur noch zwei Tage! Wenn es doch schon so weit wäre! Die Schule würde am 17. Juli aufhören, und er konnte es nicht erwarten, sie los zu sein. Sie ein für alle Mal los zu sein! Seinem Dad (in den eigenen Worten seines Dads) war es scheißegal, aber seine Mum (wie er sehr gut wusste) hätte es gern gesehen, wenn er sich an seine Aufgaben gesetzt hätte und in der sechsten Klasse geblieben wäre und vielleicht später einen anständigen Job an Land gezogen hätte und all der Scheißkram. Aber andere Gedanken herrschten vor in seinem zutiefst unzufriedenen Gemüt, als er an diesem Nachmittag die Banbury Road hinaufging. In der Lunchpause hatte er ein sexy Mädchen aus seiner Klasse gefragt, ob sie mit ihm zur Trimester-Abschlussfeier in die Disko gehen würde, und sie hatte gesagt, das soll wohl ein Witz sein, und außerdem habe sie schon ’nen Typen, oder nicht? Blöder Arsch!

Als er zu den Läden kam, schlug er mit der Faust gegen irgendwelche alten Zäune: Verdammt, verdammt, *verdammt*! Aber wartet nur bis Freitag. Er würde es dem ganzen beschissenen Haufen zeigen.

Um 19.15 Uhr, zwölf Stunden nachdem er früher am Tag das Präsidium betreten hatte, setzte Lewis sich zu Hause an seine geliebten Eier mit Chips.

Der Teufel soll ihn holen!, dachte Claire, als sie sich in jener Nacht in ihrem Bett von einer Seite auf die andere drehte. Sie verstand nicht, warum er ihre Gedanken so mit Beschlag belegte, aber er tat es. Und zum Teufel mit dem anderen Bullen – dem Fettsack, der auf der Türschwelle gestanden und fast eine Viertelstunde mit ihm geredet hatte. Sie hätte ihn ohnehin bald verlassen müssen, das war ihr klar. Aber es hatte bedeutet, dass keine Zeit mehr gewesen war, den kurzen Augenblick von Vertrautheit zwischen ihnen wachsen zu lassen … und jetzt und wieder und wieder ging der Gedanke an ihn ihr durch den Kopf. Verdammt ärgerlich, das alles! Es war nur vorübergehend, so hoffte sie, diese Unfähigkeit zu schlafen, diese Unfähigkeit, ihn aus ihren Gedanken zu verbannen. Sie hoffte nur, dass sie mit der *nächsten* Post einen Brief bekam. Er hatte gesagt, dass er schreiben würde, er hatte es versprochen, und sie hatte ungeduldig Ausschau nach dem Postboten gehalten.

An jenem Tag jedoch kam der Postbote nicht.

24

Es wird sorgfältig darauf geachtet werden, dass der Wald in seiner jetzigen natürlichen Schönheit erhalten bleibt, und die Universität wird alle angemessenen Schritte unternehmen, das Waldgebiet instand zu halten, es für die Ausbildung geeigneter Studenten zu nutzen und Einrichtungen für Forschungsarbeit zur Verfügung zu stellen.

Auszug aus der Urkunde, in der 1943 Col. Fennells Schenkung der Wytham Woods an die Universität von Oxford besiegelt wird

Für viele Oxforder ist »Wytham« das Dorf am Weg zum Wald. Für Morse aber war der Ort das Dorf am Rand des Waldes, in dem das *White Hart Inn* stand, und als Lewis sie beide am nächsten Morgen zu ihrem Treffen mit dem Oberförster fuhr, zeigte Morse liebevoll auf das Wirtshaus.

»Wussten Sie«, fragte Morse und blätterte in seiner Broschüre, »dass in der Gemeinde Wytham, die zum großen Teil aus Wald besteht, der Boden von den Ufern der Themse – oder ›Isis‹ – bis zum Wytham Hill, dem Mittelpunkt der alten Gemeinde, zu einer Höhe von hundertsiebzig Metern ansteigt?«

»Nein, Sir«, erwiderte Lewis und bog kurz nach dem Pub rechts ab, in eine schmaler werdende Straße, an der bald das Schild auftauchte: »Privatbesitz – Universität Oxford«.

»Das scheint Sie nicht besonders zu interessieren …«

»Sehen Sie nur!«, brüllte Lewis. »Haben Sie *das* gesehen?«

»Nein!« In seiner Jugend war Morse in einer Gruppe fast ausnahmslos der Junge gewesen, der nie etwas sah; während seine Mitschüler ständig Vogeleier entdeckten, das blaue Aufblitzen von Eisvögeln oder rötliche Füchse, die für einen Augenblick regungslos am Rand eines Kornfeldes verharrten, hatte der junge Morse selten etwas gesehen. Der alte Morse hatte jetzt auch nichts gesehen.

»Was war der Grund für Ihre Aufregung, Lewis?«

»Rehe, Sir. Ich glaube, Ricken. Zwei, gerade hinter …«

»Unterscheiden sie sich von anderen Rehen?«

»Ich glaube nicht, dass Sie in dieser Ecke des Waldes eine große Hilfe sein werden, Sir.«

Morse äußerte sich nicht zu dieser Bemerkung, und Lewis fuhr etwa eine halbe Meile weiter, vorbei an einem ziemlich dichten Waldgebiet zu ihrer Linken, bis er an einen halbkreisförmigen Parkplatz kam, ebenfalls an der linken Seite. »Pkw müssen auf einem der beiden auf dem Plan eingezeichneten Parkplätze zurückgelassen werden«, stand auf der Karte, und ohnehin machte eine geschlossene Schranke quer zur Straße ein Weiterfahren für Kraftfahrzeuge unmöglich. Lewis parkte den Polizeiwagen neben einem uralten rostigen Ford.

»Schön, wenn man sieht, dass einige Leute sich Gedanken machen, Sir«, bemerkte Lewis und zeigte auf den Aufkleber eines Tierschutzvereins auf dem einen Seitenfenster und auf einen größeren »Rettet den Wal« auf dem anderen.

»Sind wahrscheinlich hier, um unter Ahornbäumen ein bisschen zu knutschen«, erwiderte Morse vergnügt.

Ein niedriges Haus aus Stein stand etwa dreißig Meter entfernt an der anderen Seite des Weges. »Dort muss Mr Michaels wohnen, Sir. Hübscher Ausblick – bis hinüber nach Eynsham!«

»Kommen Sie schon«, sagte Morse.

Durch ein kleines Schwingtor gelangten sie durch die Barriere und stießen zu ihrer Linken auf eine große Lichtung, etwa hundert Meter im Quadrat, deren umzäunter Rand mit Tannenschösslingen bepflanzt war. Innerhalb des Zaunes stand ein ganzer Komplex von Stallungen und Scheunen aus waagerecht übereinander angebrachten Brettern, in deren Nähe sich Tannen- und Fichtenholzstapel und mehrere Traktoren und Geräte für das Fällen von Bäumen befanden.

Von dem am weitesten entfernten Stall kam eine Gestalt den Hang herunter, um sie zu begrüßen, ein Mann von etwa fünfzig Jahren, mit blauen Augen, einem kurz gehaltenen Bart, etwa 1,80 Meter groß, und stellte sich als Oberförster David

Michaels vor. Sie schüttelten ihm die Hand, und Morse hielt sich vorsichtig leicht hinter Lewis, als ein schwarz-weißer Hund, der seinem Herrchen nachgesprungen war, versuchte, sich auch vorzustellen.

In der Hütte des Försters erklärte Michaels ihnen kurz die Anlage des Waldes und verwies dabei wiederholt auf die vier Messtischblätter, die an der Wand zu einem großen Rechteck zusammengepinnt worden waren und das Gebiet zeigten, für das der Förster verantwortlich war. Es gab ein Universitätskomitee, erfuhren die Polizisten, das den Wald verwaltete und demgegenüber er (Michaels) persönlich verantwortlich war, wobei ein Grundstücksverwalter der Universität als Verwaltungsbeamter fungierte, und dieser war es, an den die Polizei sich offiziell wenden müsse. Genehmigung, durch den Wald zu gehen, wurde auf Wunsch allen ortsansässigen Lehrern und Verwaltungsbeamten der Universität erteilt, und natürlich jedem anderen Bürger, Stadt oder Universität, der auf angemessene Weise begründen konnte, warum er das Gebiet aufsuchen wollte.

Morse' Interesse nahm zu, als Michaels näher an die Karten trat und sich über die Hauptanziehungspunkte des Waldes ausbreitete, wobei er mit dem rechten Zeigefinger eine Route einschlug, die für Morse wie ein äußerst attraktiver Katalog klang: Duck Pond, The Follies, Bowling Alley, Cowlease Copse, Froghole Cottage, Hatchett Lane, Marley Wood, Pasticks, Singing Way, Sparrow Lane ... fast selbst wie die Melodie des Waldes und der Vögel.

Doch während er zuschaute und zuhörte, verließ Morse ein wenig von seiner Zuversicht. Es war ein ausgedehntes Waldgebiet, und selbst Michaels, der jetzt seit fünfzehn Jahren hier war, gab zu, dass es einige Gebiete gab, die er nie betreten hatte – und wahrscheinlich nie betreten würde; Gebiete, die nur die Dachse und die Füchse und die Rehe und die Spechtfamilien kannten. Doch aus irgendeinem Grund schien die Erwähnung der Spechte Morse' Selbstvertrauen wiederherzustellen, und er nahm das Angebot des Försters, sie durch den Wald zu führen, dankbar an.

Lewis saß auf dem Boden im hinteren Teil des stabilen, unsagbar unbequemen und schlecht gefederten Landrovers, zusammen mit Bobbie, dem einzigen Hund, der in den Wald durfte. Morse saß vorn, mit Michaels, der die nächsten neunzig Minuten damit verbrachte, den schmalen Wegen und Pfaden und Schneisen zu folgen, die die vorher von ihm aufgezählten Namen miteinander verbanden. Eine Weile lang spielte Morse mit der Idee, vielleicht das Militär hinzuzuziehen – und ein paar Tausend Mann von Einheiten in der Umgebung, unter dem Kommando eines pedantischen Brigadegenerals, der in einem Zelt saß und die Quadratmeter einen nach dem anderen abhakte. Dann sprach er diesen Gedanken aus.

»Wissen Sie, allmählich glaube ich, eine Armee würde ein paar Monate brauchen, um das alles zu durchkämmen.«

»Oh, ich weiß nicht«, sagte Michaels. Überraschend?

»Nein?«

Geduldig erklärte der Förster, dass während der Sommermonate Dutzende von Naturfreunden regelmäßig die Zahlen von Eiern und das Gewicht von flügge gewordenen Vögeln überprüften; die nachts im Hinterhalt lagen, um das Treiben der Dachse zu beobachten; die Fuchsjunge markierten und mit Abhörvorrichtungen versahen, und so viele andere, die während des ganzen Jahres das ökologische Muster überwachten, das die Natur den Wytham Woods auferlegt hatte. Dann gab es die Leute, die ständig mit ihren Vogelführern und ihren Ferngläsern umherwanderten oder Ausschau nach Waldorchideen hielten oder nur den Frieden und die Schönheit rundherum genossen …

Morse nickte während großer Teile des Vortrags automatisch, und er verstand vollkommen, was Michaels meinte; Ähnliches hatte er sich schon gedacht, aber jetzt stand ihm alles klarer vor Augen.

»Sie meinen, einen großen Teil des Waldes können wir wahrscheinlich vergessen ...«

»Genau. Und einen großen Teil wiederum nicht.«

»Wir müssen also Prioritäten setzen«, murmelte Lewis von hinten.

»Das war die, äh, allgemeine Schlussfolgerung, zu der Mr Michaels und ich gerade gekommen waren, Lewis.«

»Vor achtzehn Monaten war all das, sagten Sie?«, fragte Michaels.

»Genau genommen zwölf.«

»Wenn sie also ... wenn man sie ... einfach dort liegen gelassen hat, ich meine, ohne zu versuchen, sie zu verstecken oder so ...?«

»O ja, dann wäre wahrscheinlich nicht mehr allzu viel von ihr da – Sie werden das besser wissen als die meisten. Aber häufiger heißt es ›dicht unter der Oberfläche gefunden‹, nicht wahr? Es ist natürlich verständlich, dass Mörder ihre Verbrechen verbergen wollen; oft graben sie ein bisschen und legen dann Zweige und Blätter und dergleichen über ... obendrauf. Aber dafür braucht man einen Spaten. Im Sommer würde man einen *scharfen* Spaten brauchen – und viel Zeit, und etwas Tageslicht, und ziemlich gute Nerven ... Ich habe gehört, dass zwei Totengräber an die acht Stunden brauchen, um ein anständiges Grab auszuheben.«

Vielleicht war es das Barbarische und Grausame der soeben heraufbeschworenen Szene, das sie jetzt in eine düstere Stimmung versetzte; jedenfalls sprachen sie nicht mehr über den Mord bis ans Ende der holprigen Fahrt. Nur über Vögel. Morse fragte nach Spechten, und Michaels wusste eine Menge über Spechte: den Grünspecht, den Buntspecht, den Kleinspecht – alle waren in dem Wald zu Hause, und alle waren von besonderem Interesse für die Vogelbeobachter.

»Interessiert an Spechten, Inspector?«

»Prächtige Vögel«, murmelte Morse vage.

Als sie wieder in der Hütte waren, wies Morse auf die Grenzen der polizeilichen Möglichkeiten hin und auf die daraus resultierende Notwendigkeit, eine gewisse Auswahl zu treffen. »Was ich gern wüsste, ist Folgendes – seien Sie bitte nicht beleidigt, Mr Michaels: Wenn *Sie* in diesem Wald eine Leiche verstecken wollten, an welche Plätze würden Sie zuerst denken?«

Michaels sagte es ihnen, und Lewis machte sich Notizen, wobei er nicht ganz sicher war, wie einige der Namen, die Morse vorher so bemerkenswert gefunden hatte, sich schrieben.

Zwanzig Minuten später, als die drei zum Polizeiwagen gingen, hörten sie den scharfen Knall eines Gewehrs.

»Einer der Bauern«, erklärte Michaels. »Versucht wahrscheinlich sein Glück bei ein paar Tauben.«

»In Ihrem Büro habe ich keine Gewehre gesehen«, bemerkte Lewis.

»Oh, ich darf sie nicht *dort* aufbewahren! Wäre gegen das Gesetz, Sergeant.«

»Aber Sie brauchen doch sicher ein Gewehr – in Ihrem Beruf, Sir?«

»O ja! Ohne ginge es nicht. In einem Stahlschrank da drinnen …« Michaels zeigte auf das niedrige Haus. »Gut und sicher verwahrt, glauben Sie mir! Tatsächlich will ich jetzt ein wenig schießen.«

»Um das Waldgebiet instand zu halten und einige der lokalen Arten zu schützen, Mr Michaels?«

Aber der Spott hinter Morse' Frage kam bei dem bärtigen Förster offensichtlich nicht gut an; er erwiderte ausgesprochen kühl: »Manchmal – ziemlich häufig – ist es in *jedem* Ökosystem erforderlich, eine gewisse Stabilität aufrechtzuerhalten; wenn Sie wollen, werde ich Ihnen ein paar Daten über die Vermehrungsrate von ein oder zwei Arten unseres geileren Rehwilds geben. Wenn es nach mir ginge, Inspector, würde ich sie alle mit Kondomen aus diesem weißen Apparat in der Herrentoilette im *White Hart* versorgen. Aber sie würden nicht viel Notiz von mir nehmen, was?« Einige Sekunden lang glitzerte in Michaels' Augen der unterdrückte Zorn eines Mannes vom Fach, dem ein ignoranter Amateur Anweisungen gibt, wie er seinen Job zu machen hat.

Morse reagierte schnell. »Es tut mir leid! Wirklich. Es ist nur so, dass ich, je älter ich werde, umso weniger an das Töten von Wesen denken mag. Noch vor ein paar Jahren hätte ich auf eine Spinne getreten, ohne einen Gedanken daran zu verschwenden, aber heute ... ich weiß nicht, warum ... ich fühle mich fast schuldig, wenn ich eine totschlage.«

»*Mich* würden Sie nicht dabei erwischen, dass ich eine Spinne töte!«, sagte Michaels; seine Augen waren noch immer hart, als er ungerührt in Morse' Augen starrte, Blau gegen Blau, und Morse fragte sich, was genau Michaels töten *würde* ... und jetzt töten würde.

25

Wo das Aas ist, da sammeln sich die Geier.
Matthäus, Kap. 24, Vers 28

Regis' (Morse') Knacken der Schwedenmädchen-Verse hatte eine ganze Serie von Briefen über den großen Wald bei Wytham ausgelöst. Aber nur einem dieser Briefe war es vergönnt, in dieser Woche von der *Times* abgedruckt zu werden; tatsächlich sollte er eine der letzten der Zuschriften sein, die fast eine Woche lang so viele Leser dieser Tageszeitung in Atem gehalten hatten.

Von Stephen Wallhead, Mitglied der Royal Academy
Sir, ich habe mit Interesse die doch sicherlich letzte Analyse des Falls Schwedenmädchen gelesen. Ich selbst war natürlich nicht einmal in die Nähe der außerordentlich scharfsinnigen Deutung der Vorfälle (Leserzuschriften vom 13. Juli) gekommen, in der

auf die Wytham Woods hingewiesen – sicherlich mehr als nur hingewiesen – wird als Ruhestätte des unglückseligen Mädchens. Mein Brief kann nur ein kleiner Nachtrag sein, doch ich hoffe, ein interessanter, da die Aufforderung »Findet des Försters Kind« (Zeile 6 des Gedichtes) jetzt möglicherweise von entscheidender Bedeutung sein könnte.

John Everett Millais arbeitete 1850/51 an einem Ölgemälde Die Försterstochter. Es stellt den jungen Sohn eines Gutsherrn dar, der der jungen Tochter eines Försters seine Handvoll Erdbeeren anbietet. Millais war (wie immer) peinlich genau mit seiner Arbeit, und er hat für das ganze Bild minutiös recherchiert; wir wissen zum Beispiel von dem Künstler Arthur Hughes, dass die Erdbeeren in den Händen des Jungen im März 1851 in Covent Garden gekauft wurden!

Der Hintergrund dieses Bildes zeigt ein Waldgebiet mit klarer Perspektive und deutlicher Anordnung von Bäumen, und ich halte es zumindest für möglich, dass selbst nach Jahrzehnten des Abholzens und der Neubepflanzung die ursprüngliche Stelle ermittelt werden könnte. Aber dies ist die Pointe, Sir! Aus den Tagebüchern von einer Freundin des Künstlers, Mrs Joanna Matthews, RA, erfahren wir Folgendes: »In den Wytham Woods arbeitet Millais nach der Natur hart an dem Hintergrund seines Bildes« (die Hervorhebung ist von mir). Könnte ein solcher Hintergrund nicht zu der Stelle führen, wo die Leiche versteckt ist? Und können wir nicht weiter folgern, dass unser Mörder nicht nur sehr vertraut mit dem Wald ist, sondern auch mit den präraffaelitischen Malern?
Mit freundlichen Grüßen, STEPHEN WALLHEAD
Wymondham Cottage Helpston, Lincs

Früh am Freitag, dem 17. Juli, hatten Strange, Morse, Lewis und die meisten Diensthabenden vom Thames-Valley-Präsidium diesen Brief gesehen. Aber nicht alle.

»Erklär mir doch bitte mal, was zum Teufel wir eigentlich suchen sollen!«, beschwerte sich Constable Jimmy Watt bei seinem Kollegen, Constable Sid Berridge, als die beiden zwischen dem Marley-Wald zu ihrer Rechten und Pasticks zu ihrer Linken eine Pause einlegten.

Sie waren zu siebzehnt und arbeiteten sich fast wissenschaftlich durch dieses besondere Gebiet. Watt war erst an diesem Tag vom Verkehrsdienst abkommandiert worden (und durchaus mit seinem Einverständnis), während Berridge den ersten Teil der Woche in Blenheim verbracht hatte. Und um die Wahrheit zu sagen: Ihre gegenwärtige Aufgabe kam ihnen beiden nicht unwillkommen; es war schon morgens angenehm warm und der Himmel von einem fast wolkenlosen Hellblau.

»Wir suchen nach einem Kondom, Jimmy – vorzugsweise eins mit einer Handvoll Fingerabdrücken …«

»Was? Das liegt doch ein verdammtes Jahr zurück!«

»… damit Morse weiß, mit welcher Hand ers übergestreift hat.«

»Zu meiner Zeit nannte man sie ›Pariser‹«, sagte Watt, mit einer Spur von Sehnsucht in der Stimme.

»Ja. Die Dinge verändern sich eben.«

»Ja. Ein paar von uns haben ’ne Menge nicht mitgekriegt, meinst du nicht? Wie die Jungs es heute …«

»Ja.«

»Aber mit wem hättest du schon Lust, *da* reinzugehn?« Watt zeigte nach links, auf ein dichtes Untergehölz.

Berridge stellte sich der Herausforderung. »Brigitte Bardot? Liz Taylor? Joan Collins? Madonna? Der Frau von meinem Nachbarn …«

»Aber *da* drinnen?«

Berridge beschloss, seine Ansprüche herunterzuschrauben. »Vielleicht nicht … vielleicht nur mit der Frau von nebenan.«

Eine Stunde früher, um 8.30 Uhr, hatte ein Mitglied der Wytham-Stiftung ihre Gruppe angesprochen und erklärt, warum Pasticks ein einigermaßen sicherer Tipp für eine Stelle sei, wo eine Leiche ziemlich lange unentdeckt hätte liegen können. Warum? Nun, die meisten Leute würden annehmen, dass das Fällen von Bäumen und der Verkauf des Holzes an Großhändler ein einträgliches Geschäft sei. Doch das war es nicht! Die Kosten für die Männer, die die Bäume fällten, die gefällten Stämme zurechtschnitten, sie abtransportierten und bearbeiteten und schließlich das Holz an Möbelhändler und Zaunhersteller und den ganzen Rest verkauften – diese Kosten würden immer beträchtlich bleiben. Und die Stiftung war schon vor Langem übereingekommen, dass sie am besten fahren würden, wenn sie die ganze Angelegenheit des Lichtens des Baumbestandes etc. als, nun, als Wie-du-mir-so-ich-dir-Geschäft betrachten würden: *Sie* würden für das Zurückschneiden des vielen Unterholzes und der Dickichte nichts bezahlen, und die Holzfäller und Fuhrunternehmer ihrerseits erhielten den Erlös aus dem Verkauf von Zehntausenden von verschiedenen Baumstämmen, die jährlich die Wytham Woods verließen. Aber gelegentlich funktionierte das System nicht so recht – wenn etwa einige der Aufforstungsareale noch nicht bereit für eine Dezimierung waren oder wenn das Lichten eines bestimmten Gebietes, aus welchen Gründen auch immer, für ein paar Jahre zurückgestellt werden musste.

Eine solche Situation hatte sich im Vorjahr bei der letzten Bepflanzung (1958–62) ergeben – eine gemischte Bepflanzung von Rottanne, Eiche, Buche, Virginischem Wacholder –, in dem Gebiet, das Pasticks genannt wurde. Und das wäre kein schlechter Platz für eine Leiche! Die Bäume dort ließen nur wenig Licht durch, und mittendrin gab es drei oder vier alte Dickichte, die schon vor der Zeit der Stiftungsurkunde existiert hatten. Dichte Stellen. Doppeldicht.

Berridge und Watt fanden ihre Aufgabe jedenfalls sehr wenig einladend. Nach zwei oder drei Metern im Wald schien überall ein Vorhang vor ihnen herunterzufallen und jede weitere Suche unmöglich zu machen, wobei die waagerechten und senkrechten, blattlosen Äste eine Art verschleierndes, verworrenes braunes Netz bildeten, das ihnen die Sicht nahm.

Ziemlich viele Stunden später, um 15.55 Uhr, hörten die beiden zutiefst pessimistischen und fortschreitend pessimistischeren Constables irgendwo links von ihnen einen triumphierenden Schrei. Man hatte eine Leiche gefunden, und sehr bald hatten die einzelnen Flügel der Suchmannschaft den Fundort umschlossen wie die Flügel einer Vogelmutter, die ihre Jungen beschützt.

Die Füchse waren schon da gewesen – wie es aussah, recht oft –, und die Dachse und die Vögel ... denn die Knochen von offenbar einem einzigen Menschen waren auseinandergezerrt – und in einigen Fällen augenscheinlich entfernt worden. Doch nicht so weit entfernt, dass das ursprüngliche Muster nicht mehr zu erkennen gewesen wäre. Ein Oberschenkelknochen befand sich noch immer in annähernd normaler Lage zum Becken; einige Rippen in etwa paralleler Anordnung darüber; ein Schulterknochen lag ungefähr richtig zur Wirbelsäule, und die Wirbel selbst waren zwei oder drei Fuß entfernt von einem verhältnismäßig kleinen und schlimm zugerichteten Schädel. Nicht weit entfernt von dem Schädel fand sich ein verblichenes Halstuch mit Fransen; man konnte die ursprünglichen Farben noch erkennen – die stolzen Farben der schwedischen Nationalflagge.

26

Wissenschaft ist Spektralanalyse; Kunst ist Photosynthese.
Karl Kraus

Es sprach sich schnell herum, und überall hörte man das Gleiche: Das war wieder mal typisch für ihn, erst zwei Tage ermittelt, erst einen Tag den Wald durchkämmt, und heureka! Gescheiter Bursche, der Morse! Vielleicht auch ein bisschen Glück dabei. Hätte noch eine Woche dauern können, wenn sie an der anderen, der westlichen Seite des Waldes angefangen hätten.

»Nichts berühren!«, »Abstand halten!«, war befohlen worden, und eine ziemlich unordentliche Absperrung war um ein ungestörtes, unbetretenes Gebiet von vier oder fünf Quadratmetern teppichartigen dunkelbraunen Waldbodens gezogen worden.

Morse traf innerhalb von zwanzig Minuten ein; er stand jetzt schweigend da und machte keinen Versuch, über das hüfthohe, rot-weiße Band zu gelangen; seine Augen registrierten das, was er vor sich sah. Er sah die auseinandergezerrten Knochen, die noch übrig gebliebenen zerstreuten Kleidungsstücke, und im Besonderen sah er das Halstuch mit Fransen neben dem schrecklich zugerichteten Kopf. Es erinnerte ihn an etwas aus einem Do-it-yourself-Handbuch, wo verschiedene Pfeile von den äußeren Teilen auf eine angenommene Mitte zeigen und Anweisungen für den Zusammenbau des erworbenen Gegenstandes erteilen: »Fügen Sie dieses Teil *dort* ein, befestigen Sie dieses Teil *dort,* verbinden Sie *hier,* es wird sich alles zusammenfügen, wenn Sie sich genug Zeit nehmen, die Anweisungen sorgfältig lesen und wissen, dass Sie auf dem falschen Weg sind, wenn mehr als sanfter Druck für den Zusammenbau erforderlich ist.« Gelegentlich verlagerte Morse sein Gewicht ein wenig auf den dicht aufeinandergepressten Zweigen und dem Laub unter seinen Füßen, aber er sagte noch immer nichts. Und die anderen, die dort standen, schwiegen auch, wie linkische Trauergäste bei einer Beerdigung.

Lewis war an diesem Nachmittag damit beschäftigt, mit den Universitätsbehörden zu verhandeln, und würde nicht kommen. Aber keiner von ihnen, weder Morse noch Lewis, würde zu diesem Zeitpunkt viel tun können. Max würde die Hauptperson sein, und Max war bereits unterrichtet worden und schon auf dem Weg, Max, der zehn Minuten später schwerfällig über den knisternden Farn stampfte und keuchend neben Morse stehen blieb.

Stumm, genauso wie Morse vorher, betrachtete der Arzt den traurigen Anblick am Fuß eines immergrünen Baumes, dessen untere Äste blattlos, zerbrechlich, tot waren. Wenn ein Versuch gemacht worden war, die Leiche zu verstecken, war das jetzt nicht mehr zu sehen, und es war beunruhigend, dass einige der größeren Knochen fehlten, so der ganze linke Unterarm. Es sah so aus, als wären die Kleider etwas besser erhalten als der Körper: mehrere Fetzen eines fleckig weißen Stoffes und wesentliche Teile von etwas, das wie Blue Jeans aussah, vielleicht, und etwas gelbliches, strohfarbenes Haar klebte grausigerweise noch am Schädel.

Aber Morse hatte nicht lange auf den Schädel geschaut …

»Ist es das, was du gesucht hast, Morse?«

»Ja. Ich glaube, das ist sie.«

»Sie?«

»Ich bin überzeugt, dass es eine Sie ist«, sagte Morse bestimmt.

»Weißt du, was die letzten Worte meiner alten Mutter waren? Sie hatte vorher am Tag, dem Tag, an dem sie starb, gebacken. Dann musste sie sich ins Bett legen, aber sie wollte trotzdem wissen, was aus dem Kuchen geworden war. Und der Kuchen war flach. Das verdammte Ding hatte vergessen *aufzugehen,* Morse! Und sie sagte: ›Weißt du, das Leben ist voller Ungewissheiten.‹ Dann schloss sie die Augen – und starb.«

»Es ist das Mädchen«, wiederholte Morse.

Max gab keinen weiteren Kommentar von sich und sah zurückhaltend zu, als Morse dem Tatortbeamten und dem Polizeifotografen zunickte, die beide schon einige Zeit gewartet hatten. Wenn noch etwas von Bedeutung dort lag, was Morse hätte auffallen müssen, so war es ihm nicht aufgefallen, aber er war noch immer nervös wegen des Bodens innerhalb der Absperrung und gab den beiden Anweisung, sich so weit wie möglich von dem schrecklichen Fund fernzuhalten. Nachdem der Fotograf einige Minuten mit Blitzlicht gearbeitet hatte, betrat Max etwas zaghaft das abgesperrte Gebiet, hakte sich eine uralte Brille hinter die großen Ohren, sah hinunter auf die Reste des Skeletts und nahm einen Knochen in die Hand.

»Femur, Morse. *Femur, femoris,* Neutrum. Der Oberschenkelknochen.«

»Und?«

Max legte den Knochen vorsichtig wieder hin und wandte sich an Morse. »Hör mal, alter Freund, ich bitte nicht oft um forensische Belehrung, aber gib mir ausnahmsweise einen Rat? Was zum Teufel soll ich mit diesem verdammten Haufen Knochen?«

Morse schüttelte den Kopf. »Ich bin mir nicht sicher.« Aber plötzlich glühten seine Augen, als ob in ihm ein innerer Strom eingeschaltet worden wäre. »Ich wusste, dass sie hier sein würde, Max«, sagte er langsam. »Irgendwie *wusste* ich es. Und ich werde herausfinden, wer unser Schwedenmädchen ermordet hat. Und ich möchte, dass du mir hilfst, Max! Hilf mir, ein Bild zu bekommen von dem, was an diesem Ort vor sich gegangen ist.«

Die beinahe messianische Heftigkeit, mit der Morse diese Worte gesprochen hatte, hätte die meisten Menschen bewegt. Doch nicht Max.

»Du bist der Künstler, mein lieber Junge. Ich bin nur ein bescheidener Wissenschaftler.«

»Wie lange brauchst du?«

»Mir die Knochen anzusehen, meinst du?«

»Und die Kleider ... und die Unterwäsche.«

»Ah, ja! Ich erinnere mich. Du hast dich immer für Unterwäsche interessiert.« Er schaute auf seine Uhr. »Die Pubs machen um sechs auf? Ich werde mich in der Bar im ersten Stock im *White Hart* mit dir –«

»Geht nicht. Ich habe um halb sieben eine Besprechung im Präsidium.«

»Tatsächlich? Ich dachte, *du* hättest diesen Fall übernommen, Morse.«

Es waren wieder die vier zusammen: der ACC, Strange, Johnson und Morse, und Morse wurde natürlich großzügig gratuliert. Johnsons Gefühle jedoch waren sehr gemischt: Morse hatte die Leiche der jungen Frau in wenigen Tagen gefunden, während er selbst in zwölf Monaten nichts erreicht hatte. Und das war die simple Wahrheit. Es war natürlich gut für den *Fall,* aber nicht so gut für seine eigene Arbeitsmoral oder seine Stellung unter seinen Kollegen oder für seine Frau … und schon gar nicht für seine jüngst erworbene Schwiegermutter. Aber als eine Stunde später die Besprechung abgebrochen wurde, schüttelte er Morse die Hand und wünschte ihm alles Gute und meinte es fast ehrlich.

Nachdem der ACC und Johnson gegangen waren, wünschte Strange seinerseits Morse anhaltenden Erfolg und bemerkte dabei, dass jetzt, da Morse eine Leiche gefunden hatte, er nur noch einen Mörder herbeizuschaffen brauchte, sodass er, Strange, einen hübschen kleinen Bericht für den Director of Public Prosecutions erhalten würde. Keine Probleme! Dann würden sie den Klugscheißern von Verteidigern in den Hintern treten und den Scheißkerl, der es getan hatte, für den Rest seiner Tage einlochen. Ihm einen Strick um den verdammten Hals legen, wenn es nach *ihm,* Strange, ginge.

»Vielleicht besser, dass wir die Birmingham Six nicht gehängt haben«, sagte Morse leise.

27

Foxeys Maxime hieß (ich spreche von unserm ehrwürdigen Vater, meine Herren): Trau, schau, wem!
Charles Dickens, Der Raritätenladen

Am Morgen des nächsten Tages, Samstag, dem 18. Juli, schien Morse, wie Lewis es sah, etwas zurückhaltend, etwas reserviert. Es war üblich für den Chef, einen neuen Fall mit einem Übermaß an Selbstvertrauen und Eifer zu beginnen (wenn auch nicht immer fortzuführen), und zweifellos würde das auch bald wieder so sein, nur im Augenblick war es das nicht.

»Allzu viele Anhaltspunkte gibt es da nicht, Sir.« Lewis wies mit dem Kopf auf die beiden roten Aktenordner auf dem Tisch.

»Ich habe meine Hausaufgaben auch gemacht, müssen Sie wissen.«

»Wo fangen wir an?«

»Schwer zu sagen. Wir sollten eigentlich warten, bis wir von Max hören, bevor wir zu viel unternehmen.«

»All das DNA-Zeug, meinen Sie?«

»DNA? Er weiß nicht, was das bedeutet!«

»Wann ist sein Bericht fällig?«

»Heute im Lauf des Tages, sagte er.«

»Und was heißt das?«

»Heute Abend?« Morse zuckte mit den Schultern. Aber er beugte sich plötzlich vor aus dem schwarzen Lederstuhl, schien munter zu werden, zog seinen silbernen Parker-Kugelschreiber hervor und machte ein paar winzige Notizen, während er redete: »Es gibt mehrere Leute, die wir ziemlich bald sprechen müssen.«

»An wen denken Sie, Sir?«

»An wen ich denke? Nun, Nummer eins, da wäre der Bursche, der den Rucksack gefunden hat – Daley. Wir werden seine Aussage mit einem Läusekamm durchgehen. Er hat mir von Anfang an nicht gefallen.«

»Sie haben ihn nie gesehen, oder?«

»Nummer zwei. Da ist die Frau vom YWCA, die mit Karin sprach, bevor diese sich auf den Weg nach Oxford machte. Sie hört sich nett an.«

»Aber Sie haben sie nie ...«

»Ich habe mit ihr telefoniert, Lewis, wenn Sie es genau wissen wollen. Sie hört sich nett an – mehr habe ich nicht gesagt. Sie haben doch nichts *dagegen?*«

Lewis lächelte. Es tat gut, wieder im gewohnten Trott zu sein.

»Nummer drei.« Morse nahm den Faden wieder auf. »Wir müssen uns ausführlich mit dem Typ aus Wytham unterhalten – dem einsamen Ranger, oder wie er sich nennt.«

»Oberförster, Sir.«

»Genau.«

»Hat *er* Ihnen gefallen?«

Morse betrachtete die tintenbeschmierten Finger seiner rechten Hand. »Er hat uns praktisch erzählt, wo sie lag, nicht wahr? Hat uns gesagt, wo *er* eine Leiche verstecken würde, wenn er es müsste ...«

»Nicht sehr wahrscheinlich, dass er es uns gesagt hätte, wenn er selbst sie dort hingelegt hätte, oder? Selbstbezichtigung wäre das!«

Morse schwieg.

»Die Zeugen, die sagten, sie hätten sie gesehen, Sir – hat es Sinn, wenn wir sie uns noch einmal vornehmen?«

»Ich bezweifle es, aber ... Also, schreiben wir sie auf, Nummer vier. Und Nummer fünf, die Eltern ...«

»Nur die Mutter, Sir.«

»... in Uppsala ...«

»In Stockholm jetzt.«

»Ja. Wir werden noch einmal mit ihr sprechen müssen.«

»Zuerst müssen wir es ihr doch sicher sagen.«

»Wenn es Karin *ist,* meinen Sie?«

»Sie haben keine großen Zweifel, nicht wahr, Sir?«

»Nein!«

»Ich nehme an, Sie werden selbst hinfliegen? Nach Stockholm, meine ich.«

Morse sah auf, offensichtlich ziemlich überrascht. »Oder Sie, Lewis. Oder Sie!«

»Sehr freundlich von Ihnen, Sir.«

»Keineswegs. Nur dass ich Angst vorm Fliegen habe – das wissen Sie ja.« Aber seine Stimme klang wieder etwas traurig.

»Alles in Ordnung?«, fragte Lewis leise.

»Wirds bald wieder sein – machen Sie sich keine Gedanken. Und jetzt frage ich mich, ob Mr Daley noch immer beim Blenheim Estate arbeitet.«

»Aber heute ist Samstag. Wahrscheinlich hat er frei.«

»Ja … Und sein Sohn … Philip, glaube ich? … der Junge, der kurzfristig einen Fotoapparat besaß, Karin Erikssons Apparat. Er ging im letzten Jahr noch zur Schule.«

»Tut er wahrscheinlich noch immer.«

»Nein, das ist nicht ganz korrekt, Lewis. Die staatlichen Schulen in Oxfordshire haben gestern, am 17., geschlossen.«

»Wie haben Sie das herausgefunden?«

»Ich habe angerufen und gefragt. So habe ich es herausgefunden.«

»Sie haben sich ja mächtig ins Zeug gelegt am Telefon!«, sagte Lewis fröhlich, stand auf und ging das Auto holen.

Während er über die A44 nach Begbroke fuhr, wanderten Lewis' Blicke kurz und nicht besonders neugierig nach links, als Morse einen Umschlag öffnete, einen einzelnen handbeschriebenen DIN-A4-Bogen herausnahm und las (tatsächlich nicht zum ersten, nicht einmal zum vierten Mal):

Lieber Chief Inspector,
S h D f I B und für die interessante Plattenauswahl. Es würde ein gutes Thema für eine Debatte in der Oxford Union abgeben – »Dieses Haus ist der Ansicht, dass bei Fragen der Untreue Offenheit dem Betrug vorzuziehen ist.« Aber lassen Sie mich sagen, was Sie wissen möchten. Ich habe 1976 geheiratet, wurde 1982 geschieden, habe 1984 wieder geheiratet und lebe seit 1988 getrennt. Ein Kind, eine Tochter, die jetzt zwanzig ist. Nun rechnen Sie sich das aus, Schlaumeier! Wie Sie wissen, treffe ich mich ziemlich regelmäßig mit einem verheirateten Mann aus Oxford und weniger regelmäßig mit anderen. Fertig! Und jetzt, lieber Gott, kommen Sie daher, und ich hasse Sie deswegen, weil Sie meine Gedanken beherrschen, und das zu einem Zeitpunkt, als ich mir gesagt hatte, dass ich all diesen Unsinn hinter mir habe.

Ich schreibe aus zwei Gründen. Erstens, um zu sagen, dass ich eine Vorstellung habe, wie die junge Frau, die Ihre Gedanken beherrscht, an etwas Bargeld herangekommen sein könnte. (Genauso wie ich!) Zweitens, um zu sagen, dass Sie ein aroganter Kerl sind! Sie schreiben mir, als hielten Sie mich für ein ahnungsloses kleines Schulmädchen. Lassen Sie mich Ihnen sagen, dass Sie nicht die einzige sensible Pflanze im ganzen verdammten Universum sind. Sie zitieren diese Dichter, als glaubten Sie, Sie seien mit ihnen allen durch eine direkte persönliche Leitung verbunden. Nun, Sie irren sich. Es gibt Hunderte von Nebenanschlüssen, wie in dem Büro, in dem ich einmal gearbeitet habe. Also bitte!

Bitte schreiben Sie wieder.

Darf ich es wagen, Ihnen ein wenig von meiner Liebe zu schicken? C.

Morse hatte den Rechtschreibfehler vorher nicht bemerkt, und während er den Brief wegsteckte, versprach er sich selbst, ihn nicht zu erwähnen … wenn er zurückschrieb.

»Mir ist noch immer nicht ganz klar, warum wir mit Mr Daley sprechen wollen, Sir.«

»Er verheimlicht uns etwas, darum.«

»Aber Sie können nicht behaupten –«

»Hören Sie, Lewis, wenn er nichts verheimlicht, gibt es keinen Grund für uns, mit ihm zu sprechen, stimmts?«

Lewis war, nicht ungewohnt, verwirrt über diese närrische Logik und beließ es dabei.

Jedenfalls hörte Morse sich plötzlich erstaunlich heiter an.

28

Sei es noch so bescheiden – es gibt keinen besser geeigneten Ort als zu Hause, um einen langsam verrückt zu machen.
Diogenes Small, Obiter Dicta

George Daley machte Überstunden und pflanzte Blumen im Garden Centre von Blenheim, als er aufschaute und zwei Männer vor sich sah, von denen der kleinere ihm kurz einen Ausweis vor die Nase hielt. Er wusste natürlich, worum es ging. Die *Oxford Mail* hatte lebhaftes Interesse an dem wiedererwachten Fall gezeigt, und Daley wusste, dass es nur eine Frage der Zeit war, bis die Polizei wieder auftauchte.

»Mr Daley? Chief Inspector Morse. Und das ist Sergeant Lewis.«

Daley nickte, drückte mit gespreizten Fingern eine Ringelblume fest und erhob sich. Er war ein Mann Mitte vierzig, von schlanker Gestalt, und er trug einen schäbigen kakigrünen Filzhut, den er jetzt etwas zurückschob und damit eine rote Linie auf seiner schweißnassen Stirn enthüllte.

»Es geht um das Ding, was ich gefunden habe, nehm ich an?«

»Um die Dinge, ja«, sagte Morse bedacht.

»Ich kann Ihnen nur das sagen, was ich denen schon damals gesagt habe. Ich hab eine Aussage gemacht und sie unterschrieben. Mehr kann ich nicht tun.«

Morse nahm ein gefaltetes DIN-A4-Blatt aus seiner Tasche, entfaltete es und reichte es Daley. »Ich möchte gern, dass Sie sich das durchlesen und sich vergewissern, dass es ... nun, Sie wissen schon, ob Sie nicht noch etwas hinzufügen können.«

»Ich habe Ihnen doch gesagt, dass das alles ist.« Daley fuhr sich mit der Hand über die unrasierte Wange und erzeugte ein Geräusch wie Sandpapier auf Holz.

»Ich möchte gern, dass Sie sich das *noch einmal* durchlesen«, sagte Morse. »Mehr will ich ja gar nicht.«

»Dazu brauch ich meine Brille. Sie ist im Schuppen ...«

»Machen Sie sich deswegen jetzt keine Gedanken. Besser, wenn Sie sich etwas Zeit lassen. Nur keine Hast. Wie ich sagte, ich möchte nur, dass Sie sich überzeugen, dass alles genauso ist, wie Sie sagten, dass nichts vergessen worden ist. Wissen Sie, manchmal sind es die Kleinigkeiten, die etwas völlig verändern können.«

»Wenn da noch was andres wäre, hätte ich es wohl dem anderen Inspector gesagt, oder?«

Bildete Lewis es sich ein, oder stand für einen Augenblick ein besorgter Ausdruck in den blassen Augen des Gärtners?

»Sind Sie heute Abend zu Hause, Mr Daley?«, fragte Morse.

»Was ... am Samstag? Am Wochenende gehe ich gewöhnlich rüber ins Pub, ein oder zwei Bierchen trinken, aber ...«

»Wenn ich gegen ... sagen wir sieben bei Ihnen wäre?«

George Daley stand regungslos da und sah mit zusammengekniffenen, unbewegten Augen den beiden Polizisten nach, wie sie unter dem Torbogen hindurch zum Parkplatz für Besucher gingen. Dann fiel sein Blick wieder auf seine fotokopierte Aussage. Da war nur die eine Sache, die ihm Sorgen machte, ja. Es war sein verdammter Sohn, der alles versaut hatte. Brachten mehr Ärger, als sie wert waren, Kinder. Besonders *er*! Wurde zu einem richtigen Unruhestifter, kam nach Hause, wann es ihm passte – wie letzte Nacht. Um 3.30 Uhr, verdammt. War zusammen mit seinen Kumpels, sagte er – nach der Sause zum

Ende vom Trimester. Er hatte natürlich einen Schlüssel, aber seine Mutter konnte nie schlafen, bevor er nach Hause kam. Alberne Gans!

»Wohin, Sir?«, fragte Lewis.

»Ich denke, wir werden Mrs Daley kurz besuchen.«

»Was halten Sie von Mr Daley?«

»Ein bisschen nervös.«

»Die meisten Leute reagieren etwas nervös auf die Polizei.«

»Einige von ihnen mit gutem Grund«, sagte Morse.

Lewis hatte Margaret Daley früher am Tag angerufen und gefragt, wo ihr Ehemann sei, und die Frau, die ihnen die Tür von Blenheim Villas Nr. 2 öffnete, zeigte keine Überraschung. Sie schien, nach dem ersten Eindruck, auf einer höheren Stufe zu stehen als ihr Gärtner-Gemahl: adrett gekleidet, mit angenehmer Stimme, gepflegt, das hellbraune Haar kunstfertig von blonden und grauen Strähnen durchzogen.

Morse entschuldigte sich für die Störung, sah sich in dem neu tapezierten, nett eingerichteten, sich von vorne bis nach hinten erstreckenden Wohnzimmer um, machte ein paar Komplimente von der Art »Hübsch haben Sies hier« und erklärte ihr, warum sie gekommen seien und um sieben Uhr abends wiederkommen würden – jedenfalls einer von ihnen.

»Sie waren es, Mrs Daley, nicht wahr, die Ihren Mann dazu veranlasste, den Rucksack abzugeben?«

»Ja, aber er hätte es auch von sich aus getan, etwas später, das weiß ich.«

Die Regale an den Wänden waren gefüllt mit Porzellanfiguren aller Formen und Größen; Morse ging hinüber zu dem Bord über dem elektrischen Kaminfeuer, nahm vorsichtig die Figur eines kleinen Hundes herunter und betrachtete sie kurz, bevor er sie wieder an ihren Platz zurückstellte.

»King Charles?«

Margaret Daley nickte. »Cavalier King Charles. Wir hatten

einen – bis zum vergangenen Februar. Mycroft. Lieber kleiner Hund! Liebes Gesicht! Wir haben alle geweint, als der Tierarzt ihn einschläfern musste. Leider keine sehr widerstandsfähige Züchtung.«

»Die Leute nebenan von uns haben einen«, warf Lewis kühn ein. »Immer beim Tierarzt. Hat eine Krankengeschichte so lang wie mein Arm.«

»Danke, Lewis. Ich denke, Mrs Daley ist nicht besonders erpicht darauf, an einen schmerzlichen Verlust erinnert zu werden …«

»Oh, das ist schon in Ordnung. Eigentlich spreche ich gern über ihn. Wir alle – Philip und George auch – hatten ihn ins Herz geschlossen. Er war so etwa das Einzige, was Philip manchmal aus den Federn brachte.«

Aber Morse' Aufmerksamkeit schien nicht mehr Hunden zu gelten; er schaute durch die Terrassentür, und seine Augen waren offenbar auf einen Punkt am Ende des Gartens gerichtet – ein Garten, der etwa die Breite des Hauses hatte und sich über rund fünfzehn Meter bis zu einem Drahtzaun erstreckte, hinter dem die freien Felder begannen. Es war hier wie auch bei dem Stück Grün vor dem Haus: George Daley, musste man annehmen, war der Ansicht, er mache genug Gartenarbeit, wenn er sein tägliches Brot in Blenheim verdiene, und ließ wenig, wenn überhaupt etwas von seinem gärtnerischen Fachwissen dem ziemlich vernachlässigten Rasen, der den unmittelbaren Hintergrund von Nr. 2 bildete, angedeihen.

»Nicht zu glauben!«, sagte Morse. »Sind das nicht *Asphodeline lutea?*«

Mrs Daley ging zur Terrassentür.

»Dort!« Morse zeigte die Richtung. »Die gelben Dinger, gleich hinter dem Zaun.«

»Butterblumen!«, sagte Lewis.

»Sie haben nicht, äh, ein Fernglas zur Hand, Mrs Daley?«

»Nein … ich … haben wir nicht, fürchte ich.«

»Haben Sie etwas dagegen, wenn wir mal einen Blick darauf

werfen?«, sagte Morse. »Muss mir immer widersprechen, mein Sergeant!«

Zu dritt gingen sie durch die Küchentür und durch die (offene) Tür des Nebengebäudes weiter zu dem Rasen hinter dem Haus, wo Gänseblümchen, Löwenzahn und Wegerich sich großzügig hatten ausbreiten dürfen. Morse trat an den Zaun und musterte den Boden um ihn herum; dann warf er einen flüchtigen Blick auf die gelben Blüten, die er vorher entdeckt hatte, und gab zu, dass es sich tatsächlich um nichts anderes als Butterblumen handelte. Mrs Daley lächelte Lewis vage an, doch Lewis hörte jetzt mit weit größerem Interesse auf Morse' scheinbar zielloses Geschwätz.

»Kein Komposthaufen?«

»Nein. George kümmert sich nicht viel um den Garten hier, wie Sie sehen. Er sagt, es reicht ihm, wissen Sie …« Sie zeigte unbestimmt in Richtung Blenheim und ging ihnen voran wieder ins Haus.

»Wie werden Sie Ihren Abfall dann los?«

»Manchmal bringen wir ihn zur Müllkippe. Man kann auch diese Beutel bei der Gemeindeverwaltung kaufen. Früher haben wir ihn verbrannt, aber vor ein paar Jahren haben unsere Nachbarn sich aufgeregt, Ascheflocken auf der Wäsche, Sie wissen schon, und …«

»Wahrscheinlich auch gegen die Gemeindesatzung«, fügte Lewis hinzu, und ausnahmsweise schien Morse den Zusatz zu billigen.

Lewis entdeckte auch, als sie sich verabschiedeten, zwischen den Regenschirmen, den Spazierstöcken und dem verzogenen Squashschläger das Gewehr in dem Ständer direkt hinter der Eingangstür.

»Geht Ihr Mann gelegentlich auf die Jagd?«

»Ach, *das!* Ja, George, manchmal … ja …«

Freundlich erinnerte Lewis sie zum zweiten Mal an die Vorschriften der Gesetze: »Sollte unter Verschluss sein. Vielleicht würden Sie Ihren Mann daran erinnern, Mrs Daley.«

Margaret Daley beobachtete sie durch das Fenster, als sie zu ihrem Auto gingen. Etwas hartnäckig, der Sergeant, was ihre Bürgerpflichten betraf. Der Inspector dagegen ... nun, er schien viel netter zu sein, mit seinem Interesse für Hunde und Blumen und die Dekoration des Wohnzimmers – *ihre* Dekoration. Doch während der letzten Minuten hatte sie ihre Beurteilung etwas infrage gestellt, und sie hatte das Gefühl, dass es wahrscheinlich Morse sein würde, der am Abend noch einmal kam. Nicht dass es wirklich etwas gab, worüber man sich Sorgen machen müsste. Na ja, die eine Sache vielleicht.

Obwohl es ein Samstag war – und der erste Ferientag –, war Mrs Julie Ireson, Berufsberaterin an der Cherwell School, Oxford, durchaus bereit gewesen, gleich nach dem Lunch mit Lewis zu sprechen. Lewis war daran gelegen, das Treffen so bald wie möglich hinter sich zu bringen, weil er völlig übermüdet war und Morse' strikte Anweisung, eine lange Ruhepause einzulegen – ganz gewiss für den Rest des Tages und vielleicht auch für den nächsten Tag, Sonntag, falls sich keine dramatische Entwicklung ergab –, gern akzeptiert hatte.

Sie wartete auf dem verlassenen Parkplatz, als Lewis eintraf, und führte ihn sofort hinauf in ihr Arbeitszimmer im ersten Stock, wo die Regale an den Wänden übersät waren mit Literatur über Pflegeberufe, Sekretärinnenkurse, Lehrlingsausbildung, Gewerbeschulen, polytechnische Schulen, Universitäten ... Für Lewis (dessen einzige Berufsberatung der Rat seines Vaters gewesen war, meistens die Klappe zu halten und immer auf regelmäßigen Stuhlgang zu achten) war eine schuleigene Berufsberatung für abgehende Schüler eine interessante Neuheit.

Ein lederfarbener Ordner, der Berichte über die Leistungen von Philip Daley enthielt, lag auf dem Tisch für Lewis bereit. Nicht-Leistungen eher. Philip war jetzt siebzehn Jahre alt und hatte jede weitere Ausbildung mit Wirkung vom 17. Juli, dem Vortag, offiziell abgelehnt. Die Schule war nicht völlig pessimistisch über einige kleinere Erfolge in den fünf Fächern für das General Certificate of Secondary Education, in denen er während des vergangenen Trimesters versucht hatte (wenn auch offensichtlich nicht sehr intensiv), seine Prüfer zu befriedigen: Englisch, Technisches Zeichnen, Geografie, Allgemeine Naturwissenschaften und Kommunikation. Über die Jahre jedoch hatten seine Zeugnisse selbst in den nichtakademischen Fächern einen bemerkenswerten Mangel an Begeisterung und an Fortschritt gezeigt. Doch bis vor verhältnismäßig kurzer Zeit schien er kein übermäßig großes Problem in der Schulgemeinschaft dargestellt zu haben: eindeutig begrenzt in intellektuellem Vermögen, begrenzt auch in den meisten technischen Fähigkeiten; im allgemeinen etwa Durchschnitt.

Die im Augenblick herrschende Pädagogik, so erfuhr Lewis, beinhalte ein gewisses Maß an *Selbstbewertung,* und unter anderem befand sich in dem Ordner ein Fragebogen, auf den Philip vor achtzehn Monaten seine sechs Hauptfreizeitinteressen/-beschäftigungen, geordnet nach ihrer Rangstufe, eingetragen hatte. Die Liste sah so aus:

Fußball
Popmusik
Fotografieren
Haustiere
Motorräder
Fernsehen

»Seine Rechtschreibung ist okay«, war Lewis' Kommentar.

»Keine besonders schwierigen Wörter, Sergeant.«

»Nun – Fotografieren …«

»Musste er wahrscheinlich nachschlagen.«

»Sie mochten ihn nicht?«, fragte Lewis langsam.

»Nein. Ich fürchte, nein. Ich bin froh, dass er abgegangen ist, wenn Sie es wissen wollen.« Sie war jünger, als Lewis erwartet hatte: vielleicht auch leichter verwundbar?

»Gab es einen besonderen Grund?«

»Eigentlich nur ganz allgemein.«

»Vielen Dank also, Mrs Ireson. Könnte ich den Ordner mitnehmen?«

»Gibt es einen besonderen Grund, warum Sie sich über ihn informieren wollen?«

»Nein. Eigentlich nur ganz allgemein«, sagte auch Lewis.

Er schlief durch von 18.30 Uhr bis fast 10 Uhr am folgenden Morgen. Als er schließlich aufwachte, erfuhr er, dass Morse am vergangenen Abend angerufen habe: Er solle am Sonntag auf keinen Fall ins Präsidium kommen. Aber es wäre gut, wenn er sich vergewissern würde, dass sein Reisepass in Ordnung sei.

Hm, hm.

29

Jedes Dach ist dem Auge angenehm, bis es gehoben wird; dann finden wir Tragik und jammernde Frauen und Männer mit harten Augen.

Ralph Waldo Emerson, Experience

Die Uhr auf dem Armaturenbrett des Jaguars zeigte zwei Minuten vor sieben, als Morse auf der Zufahrt zu Blenheim Villas Nr. 2 hielt. Er war jetzt seiner selbst ziemlich sicher, besonders nachdem er den Ordner, den Lewis ihm überlassen hatte, durchgeblättert hatte. Gewiss war er sich natürlich des elektrischen Feuers im großen Wohnzimmer der Daleys, fast gewiss des Umbaus vom alten Kohlenschuppen in einen Nutzraum, in dem er einen flüchtigen Blick auf Waschmaschine und Wäschetrockner auf neu verlegten Fliesen erhascht hatte; nicht ganz so gewiss jedoch des baumlosen Gartens hinter dem Haus, denn Morse war lächerlich stolz, nie ein Boy Scout gewesen zu sein, und seine Kenntnisse von Lagerfeuern und Kakao-Barbecues waren fast gleich null.

Ausnahmsweise war er erleichtert, dass er allein war, als er an die Haustür klopfte. Die Polizei als Ganzes erlebte schwere Zeiten im öffentlichen Ansehen: Gerüchte über korrupte Beamte, untergejubeltes Beweismaterial, unvorschriftsmäßiges Vorgehen – derartige Behauptungen hatten zwangsläufig zu Misstrauen und auch zu Feindseligkeit geführt. Und – ja, Morse wusste es – er geriet selbst gelegentlich in Versuchung, die Grenzen des Erlaubten ein wenig zu überschreiten – wie er es in Kürze wieder tun würde. Es war ein bisschen so, wie wenn ein Dartspieler sich beim Werfen ein paar Zentimeter zu nah vor das Brett stellt. Und Lewis würde das nicht dulden und ihm das auch sagen.

Im Wohnzimmer saßen in nicht eben gemütlicher Atmosphäre die Daleys nebeneinander auf dem Sofa, und Morse, im Sessel gegenüber, kam zur Sache.

»Sie haben sich die Aussage noch einmal angesehen, Mr Daley?«

»Sie haben nichts dagegen, wenn meine Frau dabei ist?«

»Es ist mir eigentlich sogar lieber«, sagte Morse mit Unschuldsmiene.

»Wie ich schon sagte, da gibts nichts, was ich hinzufügen kann.«

»Wunderbar.« Morse griff über den Tisch, nahm die inzwischen ziemlich schmutzig aussehende Fotokopie und las den Text langsam noch einmal durch, bevor er den Blick auf George Daley richtete.

»Lassen Sie mich ehrlich sein, Sir. Es ist diese Geschichte mit dem Fotoapparat, die mir Sorgen macht.«

»Was ist damit?«

Morse ging versteckt zum Angriff über: »Sie sind selbst an Fotografie interessiert?«

»Ich? Nicht besonders, nein.«

»Sie, Mrs Daley?«

Sie schüttelte den Kopf.

»Aber Ihr Sohn Philip?«

»Ja, na ja, er hat in der letzten Zeit angefangen, sich dafür zu interessieren, hat er doch, Schatz?« Daley wandte sich seiner Frau zu, die unbestimmt nickte, die Augen die ganze Zeit auf Morse gerichtet.

»Bisschen mehr als nur ›in der letzten Zeit‹ vielleicht?«, schlug Morse vor. »Er hat es im letzten Schuljahr auf seine Liste von Hobbys gesetzt – zu Beginn des letzten Jahres, ein paar Monate bevor Sie den Fotoapparat fanden.«

»Ja, wie ich gesagt hab, wir wollten ihm sowieso einen kaufen, zum Geburtstag. Wollten wir doch, Schatz?« Wieder schien Margaret Daley, von einem kaum erkennbaren Nicken abgesehen, nicht bereit, eine so unschuldige Aussage mit Worten zu bestätigen.

»Aber Sie hatten nie selbst einen Fotoapparat?«

»Stimmt!«

»Woher wussten Sie, dass der Film im Fotoapparat voll war?«

»Na ja, die Nummern, nicht? Daran merkt man, dass man ans Ende gekommen ist.«

»Wenn da zum Beispiel zehn steht, meinen Sie?«

»So ähnlich, ja.«

»Und wenn da zwölf Bilder auf der Rolle sind?«

»Weiß ich nicht.« Daley schien der etwas aggressivere Ton der Frage nicht das geringste auszumachen. »Wahrscheinlich hat Philip so was gesagt.« Er wandte sich wieder an seine Frau. »Hatte er zehn oder zwölf drauf, Schatz? Kannst du dich erinnern?«

Morse stürzte sich auf die Antwort: »Er hatte also schon *vorher* einen Fotoapparat?«

»Ja, nur ein billiges Ding, das wir ihm gekauft haben …«

»In Spanien.« (Mrs Daley hatte ihr Schweigen gebrochen.)

»Wüssten Sie, wie man einen Film *aus* einem Fotoapparat rausnimmt, Mr Daley?«

»Na ja, nicht, wenn nicht, wissen Sie …«

»Aber hier steht …«, Morse schaute wieder auf die Aussage, »hier steht, dass Sie den Film verbrannt haben.«

»Ja, das stimmt, nicht, Schatz? Ich weiß, dass wir ihn besser behalten hätten. Na ja, wie ich schon sagte – wir machen alle mal 'n Fehler, oder etwa nicht? Und wir haben schon gesagt, dass es uns alles leidtut, haben wir doch, nicht, Schatz?«

Morse wurde allmählich klar, dass die letzten Worte mit ihren angemessenen Varianten nur ein rhetorischer Refrain waren und keiner besonderen Erwiderung bedurften.

»Wo haben Sie ihn verbrannt?«, fragte Morse leise.

»Weiß ich nicht mehr. Kann mich nicht erinnern. Einfach aufs Feuer geschmissen, nehm ich an.« Daley gestikulierte unbestimmt mit seiner rechten Hand.

»*Der* ist elektrisch«, sagte Morse und zeigte auf den Kamin.

»Und nebenan haben wir einen Kaminofen. Zufrieden?« Daleys Stimme zeigte endlich eine gewisse Wut.

»Hatten Sie an dem Tag ein Feuer angemacht?«

»Wie zum Teufel soll ich mich *daran* erinnern?«

»Können *Sie* sich erinnern, Mrs Daley?«

Sie schüttelte den Kopf. »Vor über einem Jahr, nicht wahr? Könnten *Sie* sich nach so langer Zeit noch erinnern?«

»Ich habe seit fünfzehn Jahren in meiner Wohnung den Ofen nicht mehr angefeuert, Mrs Daley. Darum könnte ich mich erinnern, ja.«

»Es tut mir leid«, sagte sie leise. »*Ich* kann es nicht.«

»Wissen Sie, dass die Temperatur in Oxfordshire an jenem Tag 23 Grad Celsius betrug?« (Morse hoffte, dass es einigermaßen stimmte.)

»Was? Um zehn Uhr abends?« Daley verlor offensichtlich seine Gelassenheit, und Morse nutzte das sofort aus.

»Wo *haben* Sie Ihre Kohle? Ihr Kohleschuppen ist in einen Nutzraum umgebaut worden – Ihre Frau zeigte …«

»Wenn es nicht hier gewesen ist … okay, es war nicht *hier* – muss es wohl im Garten gewesen sein, oder?«

»Was verbrennen Sie im Garten?«

»Was ich verbrenne? Was ich *verbrenne?* Ich verbrenne die verdammten Zweige und das Laub und –«

»Sie haben keine Bäume. Und selbst wenn Sie welche hätten – Juli ist ein bisschen früh für Laub.«

»O lieber Gott! Hören Sie –«

»Nein!« Morse' Stimme klang plötzlich rau und herrisch. »*Sie* hören zu, Mr Daley. Wenn Sie Ihren Abfall draußen im Garten verbrennen, kommen Sie und zeigen mir, wo!« Morse ließ jede Verstellung fallen und fuhr fort: »Und wenn Sie darüber noch mehr Lügen erfinden, lasse ich ein paar Kriminaltechniker herkommen und Ihren halben Rasen wegkarren!«

Die beiden Daleys saßen stumm da und sahen einander nicht an.

»Haben Sie den Film entwickeln lassen, Mr Daley? Oder war es Ihr Sohn?« Morse' Stimme war wieder ruhig.

»Es war Philip«, sagte Margaret Daley schließlich und übernahm damit die Führung. »Er war in der Schule befreundet mit 'nem Jungen, dessen Vater Fotograf war und eine Dunkelkammer und all das hatte, und sie haben ihn da entwickelt, glaub ich.« Ihre Stimme hörte sich für Morse so an, als hätte sie plötzlich den Anstrich einer gewissen Feinheit verloren, und er begann sich zu fragen, wer von den beiden mehr log.

»Sie müssen mir sagen, was auf den Fotos war.« Morse bemühte sich, seine Aufforderung nicht so dringend klingen zu lassen, aber seine Stimme verriet die Furcht, dass alles umsonst gewesen sein könnte.

»Er hat sie nicht aufbewahrt, soviel ich weiß –«, begann Daley.

Aber seine Frau unterbrach ihn. »Es waren nur sechs oder sieben von den zwölf, die was geworden sind. Da waren ein paar Fotos von Vögeln – eins war eine Art rosa Vogel mit einem schwarzen Schwanz …«

»Eichelhäher!«, sagte Daley.

»… und da waren zwei von einem Mann, ein jüngerer

Mann – wahrscheinlich ihr Freund. Aber die anderen, wie ich sagte … Sie verstehen, aus denen ist … einfach nichts geworden.«

»Ich muss sie haben«, sagte Morse ruhig, fast unerbittlich.

»Er hat sie bestimmt weggeschmissen«, sagte Daley. »Warum zum Teufel sollte er sie behalten?«

»Ich muss sie haben«, wiederholte Morse.

»Lieber Gott! Verstehen Sie nicht? Ich hab sie nicht mal *gesehen!*«

»*Wo* ist Ihr Sohn?«

Ehemann und Ehefrau sahen einander an, und Ehemann antwortete: »Nach Oxford gegangen, denk ich – Samstagabend …«

»Zeigen Sie mir bitte das Zimmer.«

»Das werden wir verdammt noch mal nicht tun!«, knurrte Daley. »Wenn Sie sich hier umsehen wollen, Inspector, bringen Sie mir erst einen Durchsuchungsbefehl, okay?«

»Ich brauche keinen. Sie haben ein Gewehr hinter der Haustür, Mr Daley, und es ist ziemlich wahrscheinlich, dass Sie irgendwo eine Schachtel Patronen herumliegen haben. Ich brauche Ihnen lediglich Statutory Instrument 1991 Nr. 1531 zu zitieren – wohlgemerkt, nur *zitieren.* Verstehen Sie? Sie beide? Nur dazu bin *ich* gesetzlich verpflichtet.«

Aber Morse brauchte nicht ungenau aus den kürzlich erlassenen Gesetzen über Sprengstoff zu zitieren. Margaret Daley stand auf und schien im Begriff, das Wohnzimmer zu verlassen.

»Sie werden Philips Zimmer mit *meiner* Genehmigung nicht durchsuchen, Inspector. Aber wenn er diese Fotos behalten hat, könnte ich sie vielleicht …«

Morse hörte sie die Treppe hinaufgehen, und sein Herz klopfte: Bitte! Bitte! Bitte!

Kein Wort wurde zwischen den beiden Männern gewechselt, die einander gegenübersaßen und das Knarren der Dielenbretter in den Zimmern über ihnen hörten. Es wurde auch nicht viel gesagt, als Margaret Daley einige Zeit später mit sieben Farbfotos in der Hand zurückkam. Sie überreichte die Fotos Morse – wortlos.

»Danke. Ist das alles?«

Sie nickte.

Nachdem Morse gegangen war, stellte Margaret Daley in der Küche den Wasserkocher an und tat Pulverkaffee in einen Becher.

»Ich nehm an, du gehst saufen«, sagte sie tonlos, als ihr Mann in die Küche kam.

»Warum zum Teufel hast du *mir* nichts von den Bildern gesagt?«

»Halt die Klappe!« Sie spuckte die drei Wörter bösartig aus und wandte sich zu ihm.

»Wo zum Teufel hast du sie gefunden, du –«

»Halt die Klappe! Und hör mir zu! Wenn du es wissen musst, ich hab mich in seinem Zimmer umgesehen, George Daley. Wenn wir nicht bald rauskriegen, was vor sich geht, und was dagegen tun, wird er im verdammten Knast landen oder so was, darum! Verstehst du? Da waren zwölf Fotos, fünf vom Mädchen –«

»Du blöde Kuh!«

»Hör mir zu!«, kreischte sie. »Ich hab ihm doch nicht *die* gegeben! Ich hab sie versteckt, und jetzt schaff ich sie weg, und ich werd sie dir nicht zeigen! Du kümmerst dich in der letzten Zeit sowieso um nichts!«

Daley ging mit verkniffenem Gesicht zur Tür. »Hör auf mit dem Gejammere, alte Schlampe!«

Seine Frau hatte eine große Küchenschere aus einer Schublade genommen. »Sprich nie wieder so zu mir, George Daley!« Ihre Stimme zitterte vor Wut.

Wenige Minuten nachdem die Haustür hinter ihm zugeschlagen war, ging sie hinauf ins Schlafzimmer und nahm die fünf

Fotos aus ihrer Unterwäscheschublade. Es waren alles Fotos von Karin Eriksson, nackt oder halbnackt in lasziv aufreizenden Stellungen daliegend. Sie konnte nur raten, wie oft ihr Sohn diese und ähnliche Fotos angestarrt hatte, die er in einer Schachtel hinten in seinem Kleiderschrank versteckt hielt und die sie beim Frühjahrsputz im vergangenen April entdeckt hatte. Sie ging mit den fünf Fotos zum Klo, wo sie sich über die Schüssel beugte und Streifen auf Streifen von dem Gesicht, den Schultern, den Brüsten, den Hüften und den Beinen der schönen Karin Eriksson abschnitt und die Zelluloidstücke mithilfe der Spülung in die Abwässer von Begbroke beförderte.

30

Für einen Mann ist sein Bett ein Ruheplatz,
doch das Bett einer Frau ist häufig ihre Folterbank.
James Thurber, Further Fables for Our Time

Der Krankenwagen kam mit blinkendem Blaulicht und heulender Sirene um 21.15 Uhr vor der Notaufnahme des John-Radcliffe-2-Hospitals endlich zum Stillstand. Das graue Gesicht des Mannes, der auf einer Trage hastig durch die automatischen Türen gebracht wurde – die Stirn schweißfeucht, der Atem flach und mühsam –, hatte der Oberschwester mit dem roten Gürtel genug gesagt; sie rief sofort den diensthabenden Arzt an und half dann einer ihrer Kolleginnen, den Mann zu entkleiden und ein Krankenhaushemd um seinen übergewichtigen Körper zu ziehen. Eine Reihe hastig abgelesener Werte – EKG, Blutdruck, Röntgenbild der Brust – bestätigte bald das ohnehin ziemlich Offensichtliche: eine schwere Koronarthrombose, die beinahe sofort tödlich verlaufen wäre.

Zwei Krankenpfleger schoben die Trage rasch durch die Korridore zur Intensivstation für Herz-Kreislauf-Erkrankungen, wo sie den schweren Mann auf ein Bett hoben. Fünf Leitungen wurden mit der Brust des Mannes verbunden und dann an den Bildschirm neben dem Bett angeschlossen, die Herzrhythmus, Blutdruck und Pulsschlag aufzeichneten. Eine sehr hübsche, leicht rundliche junge Schwester sah zu, wie der Stationsarzt Morphium injizierte.

»Besteht noch Hoffnung?«, fragte sie ein oder zwei Minuten später leise, als sie an dem Mitteltisch standen, wo die Monitore von jedem der sechs Betten in der kleinen Station aufgestellt waren.

»Man kann nie wissen, aber …«

»Ziemlich bekannter Mann, nicht wahr?«

»Hat mich als Student unterrichtet. Na ja, ich war in seinen Vorlesungen. Blut – das war eigentlich sein Fach, und als Venerologe war er eine weltweit anerkannte Kapazität. Die Polizei zieht ihn auch ständig hinzu; Autopsien und so was.«

Die Schwester schaute auf den Monitor: Die Werte schienen jetzt wesentlich stabiler, und sie stellte fest, dass sie ernsthaft wünschte, der Alte würde es überleben.

»Geben Sie ihm Frusemid, Schwester, so viel Sie wollen. All die Flüssigkeit in seiner Lunge gefällt mir nicht.«

Der Stationsarzt beobachtete den Monitor noch einige Minuten länger, dann ging er wieder ans Bett, wo die Schwester gerade einen Krug Wasser und ein Glas auf den Nachttisch gestellt hatte.

Nachdem der Arzt gegangen war, blieb Schwester Shelick neben dem Bett des kranken Mannes und blickte auf ihn hinunter mit der leidenschaftlichen Anteilnahme, die sie jedem ihrer Patienten entgegenbrachte. Obwohl sie noch unter dreißig war, gehörte sie eigentlich zu jener altmodischen Schule, die die Ansicht vertrat, dass, was immer auch die Vorteile einer hochentwickelten Technologie sein mochten, die Vorzüge einer einfachen menschlichen *Pflege* fast ebenso unentbehrlich waren. Sie legte die rechte Hand auf die nasse, kalte Stirn und wischte dann sein Gesicht sanft mit einem warmen, feuchten

Waschlappen ab, wobei sie plötzlich bemerkte, dass seine Augen sich geöffnet hatten und auf sie gerichtet waren.

»Schwester?«

»Ich höre Sie, ja?«

»Würden Sie … würden Sie … sich für mich mit jemandem in Verbindung setzen?«

»Natürlich! Natürlich!« Sie hielt ihr rechtes Ohr an seine blau angelaufenen Lippen, konnte aber nicht ganz verstehen, was er sagte. »Bitte?«

»Morse!«

»Es tut mir leid. Sagen Sie es bitte noch einmal. Ich bin mir nicht ganz sicher …«

»Morse!«

»Ich habe noch immer … es tut mir leid … bitte.«

Aber die Augen des Mannes, der auf dem Bett lag, hatten sich wieder geschlossen, und es kam keine Antwort auf ihre sanft wiederholten Fragen.

Es war 23.15 Uhr.

Die schöne junge Frau des Oberförsters lag zu dieser Zeit auch im Bett. Auch sie lag auf dem Rücken, und sie lag noch immer auf dem Rücken, wachsam und wartend, bis sie endlich, gegen 23.35 Uhr, hörte, wie die Haustür geöffnet, dann zugeschlossen, dann verriegelt wurde.

Trotz vier Halber und zwei Whisky im *White Hart* wusste David Michaels, dass er sehr nüchtern war – viel *zu* nüchtern –, denn irgendetwas stimmte ganz und gar nicht, wenn ein Mann nicht betrunken werden konnte, das wusste er. Nachdem er sich die Zähne geputzt hatte, ging er ins Schlafzimmer, legte seine Kleider rasch ab und schlüpfte unter das leichte Federbett. Sie schlief immer nackt, und nach ihrer Heirat war er ihrem Beispiel gefolgt und stellte oft fest, dass ihn nicht so sehr die Tatsache oder der Anblick ihrer Nacktheit erregte, sondern der bloße Gedanke daran. Und als er sich jetzt in dem verdunkelten Raum neben sie legte, wusste er, dass sie plötzlich und wunderbar wieder notwendig für ihn war. Er drehte sich zu ihr, und mit der rechten Hand griff er sanft über sie und streichelte ihre Brust. Aber sie packte mit ihrer rechten Hand sein Handgelenk und schob es mit erstaunlicher Kraft von sich.

»Nein. Nicht heute Nacht.«

»Ist etwas nicht in Ordnung?«

»Ich will dich heute Nacht einfach nicht – verstehst du das nicht?«

»Ich denke, ich verstehe ganz gut.« Michaels' Stimme war schwerfällig, und er drehte sich auf den Rücken.

»Warum musstest du es ihnen sagen?«, fragte sie heftig.

»Weil ich die verdammte Gegend besser kenne als irgendwer sonst, darum!«

»Aber ist dir nicht klar …«

»Ich musste ihnen irgendetwas erzählen. Verstehst du das nicht? Ich wusste es nicht, oder?«

Sie setzte sich im Bett auf, die rechte Hand auf dem Kissen neben seinem Kopf. »Aber sie werden denken, dass *du* es getan hättest, David.«

»Sei nicht dumm. Ich würde ihnen keine Auskünfte geben, wenn *ich* es gewesen wäre. Verstehst du das nicht? Ich bin der Allerletzte, den sie verdächtigen werden. Aber wenn ich nicht geholfen hätte …«

Sie sagte nichts mehr, und er fragte sich eine Weile, ob es sinnvoll wäre, hinunterzugehen und ihnen zwei Tassen siedend heißen Kaffee zu machen und dann vielleicht die Nachttischlampe einzuschalten und seine wunderschöne Frau zu betrachten. Aber es war nicht nötig. Offensichtlich hatte Cathy Michaels die Logik seiner Worte akzeptiert und war jetzt entspannter, denn sie legte sich wieder hin und wandte sich zu ihm, und bald spürte er die seidenweiche Liebkosung ihres Beines an seinem Körper.

31

Der Hintergrund enthüllt das wahre Wesen eines Menschen oder eines Dinges. Wenn ich den Hintergrund nicht kenne, mache ich den Menschen transparent, das Ding transparent.
Juan Ramón Jiménez, Selected Writings

Es war, als versuchte man, die Antwort auf eine knifflige Kreuzworträtsel-Definition zu finden, fand Morse, als er um 23 Uhr in derselben Nacht in seinem Wohnzimmer in Nord-Oxford saß und die bisher genossenen Getränke mit einem Glenfiddich abrundete und noch einmal die Fotos betrachtete, die Margaret Daley ihm gegeben hatte. Je näher er der Definition kam – je näher er den Fotos kam –, umso weniger sah er wirklich. Man musste zurücktreten, die Dinge perspektivisch sehen, das Problem *synoptisch* betrachten.

Nachdem er sich die Fotos wieder angesehen hatte, war es der Mann, der auf zweien von ihnen auftauchte, der sein Interesse weckte: klein bis mittelgroß, etwa Ende zwanzig, mit ziemlich langem hellem Haar, in einem weißen T-Shirt und verwaschenen Jeans, sonnengebräunt und mit der Andeutung eines Eintagebarts um das Kinn. Aber die Einzelheiten waren zu undeutlich und zu unscharf und vermittelten kein deutliches Bild, als hätte der Fotograf – oder sehr wahrscheinlich die Fotografin – nicht die erforderliche Erfahrung, um mit den Problemen des hellen Sonnenlichts fertigzuwerden, das so offensichtlich über dem Garten lag, in dem die Aufnahmen gemacht worden waren. Aber obwohl Morse wenig (nun – nichts) von Fotografie verstand, begann er allmählich den Verdacht zu hegen, dass vielleicht etwas mehr Fähigkeit in der Anordnung des »Objekts« im Verhältnis zum »Hintergrund« bestand, als er ursprünglich vermutet hatte.

Der Mann war in einem spitzen Winkel über den Garten hinweg aufgenommen worden; links von der Gestalt war deutlich ein Haus zu sehen: ein drei Stockwerke hohes Haus aus rosenroten Backsteinen mit einer Terrassentür im Erdgeschoss, die halb geöffnet war, und einem Fenster direkt darüber und einem weiteren über diesem, alle weiß gestrichen, und mit einem schwarzen Abflussrohr, das bis zum Boden führte. Rechts von der Gestalt stand ein ziemlich kleiner Baum mit großen gekräuselten Blättern, nicht zu identifizieren für Morse, der wenig (nun – nichts) von diesen Dingen verstand. Aber es gab noch mehr zu erfahren. Der Fotograf hatte sich eindeutig niedergekniet oder hingesetzt, um die Aufnahmen zu machen, denn der Kopf des Mannes überragte um ein gutes Stück die Gartenmauer, die sich deutlich hinter Gebüsch und Laubwerk abzeichnete. Und es gab noch mehr zu erfahren!, entschied Morse, als er den Hintergrund noch einmal studierte. Die Dachlinie des Hauses erstreckte sich in einer leicht konvexen Kurve (so schien es) über dem Kopf des Mannes und war dann am oberen Ende des Fotos in der Mitte abgeschnitten, aber es sah so aus, als könnte das Haus eines in einer Häuserreihe sein.

Es war verblüffend, dachte Morse, wie viel er übersehen hatte, als er die Fotos zum ersten Mal betrachtete, und auf sonderbare Weise überzeugt, dass es am Ende eine Lösung des Geheimnisses gäbe, wenn er nur lange genug schaute, starrte und starrte er, bis es ihm vorkam, als sähe er zwei Häuser statt des einen. Na, wenn schon? Wenn es wirklich Teil einer Häuserreihe wäre? Es gab Myriaden von dreistöckigen Reihenhäusern aus rotem Backstein in Großbritannien; allein in Oxford mussten es … Morse schüttelte den Kopf und schüttelte seine Gedanken. Nein. Es war fast unmöglich, das Haus und den Garten ausfindig zu machen; so blieb eigentlich nur das Gesicht des Mannes übrig.

Oder?

Plötzlich kam ihm ein erregender Gedanke. Eine gerade

Linie konnte als Kurve gesehen werden, hatte er angenommen, weil entweder der Fotoapparat sie auf eine besondere Weise aufgenommen hatte oder weil bei einem größeren Ausschnitt die Linie sich in einer Art abgerundeten Perspektive krümmte. Aber solche Erklärungen waren sicherlich weit weniger wahrscheinlich als die absolut offensichtliche Tatsache, die ihm buchstäblich ins Gesicht *starrte:* die Tatsache, dass die Dachlinie der Häuserreihe, die den Hintergrund des Fotos bildete, sich aus einem äußerst einfachen und völlig hinreichenden Grund konvex krümmte: Sie war konvex!

Konnte es sein ...? Konnte es sein ...? Glaubte Morse in diesem Augenblick, dass er *wusste,* wo es war? Er spürte das alte vertraute Prickeln auf den Schultern, und die Haare in seinem Nacken stellten sich plötzlich auf. Er erhob sich aus seinem Armsessel und ging hinüber zu den Bücherregalen, wo er den dicken Penguin-Band *Oxfordshire* aus der »Buildings of England«-Reihe hervorzog, und seine rechte Hand zitterte etwas, als er im Index »Park Town« nachschlug – Seite 320. Dort las er:

1853–55 angelegt, war dies das erste Entwicklungsgebiet in Nord-Oxford, auf Grund und Boden gebaut, der ursprünglich für ein Armenhaus bestimmt war. Der für den Ausbau gebildete Trust versprach elegante, in (Morse' Herz machte einen Satz bei dem nächsten Wort) Terrassen angelegte Villen. Was daraus wurde, ist dieses: zwei halbmondförmige Straßen (das Blut prickelte wieder) nördlich und südlich eines den Mittelpunkt bildenden elliptischen Parks, mit spätklassizistischen Vorderfronten und Backsteinmauern nach hinten hinaus (!) und mit reizvollen Terrassentüren (!), die zu kleinen, ummauerten (!) Gärten führen.

Lieber Gott!

Verdammt noch mal!

Wenn ihm der Sinn danach stünde (das wusste Morse), könnte er jetzt hingehen und das Haus sofort identifizieren! Es musste im südlichen Crescent sein – das Sonnenlicht schloss Crescent North aus. Und mit dem Baum mit seinen großen, pelzigen, gespreizten (hübschen!) Blättern, dem Abflussrohr, den Fenstern, der Mauer und dem Rasen …

Als er sich wieder in den schwarzen Ledersessel setzte, zeigte sein Gesicht einen hohen Grad von Genugtuung – da klingelte das Telefon. Es war jetzt Viertel vor zwölf, und die Stimme war die einer Frau – rau, etwas schüchtern, aus dem Norden Englands. Sie sagte, sie sei Dr. Laura Hobson, eine der neuen Mitarbeiterinnen im Laboratorium der Pathologie, und gehöre zu Max' Schützlingen. Sie hätte noch spät mit Max zusammengearbeitet – an Morse' Knochen –, als sie ihn kurz vor 21 Uhr auf dem Boden des Labors gefunden habe. Herzanfall – schwerer Herzanfall. Er sei die meiste Zeit bewusstlos gewesen, seit sie ihn ins Krankenhaus gebracht hatten … aber die Schwester habe sie – Dr. Hobson – angerufen, und es bestehe die Möglichkeit, dass er – Max – versucht habe, nach ihm – Morse – zu fragen … wenn er – Morse – wisse, was sie – Dr. Hobson – sagen wolle …

Oje!

»Auf welcher Station liegt er?«

»Intensivstation Herz-Kreislauf-Erkrankungen …«

»Ja. Aber *wo?*«

»Das JR2. Aber es hat keinen Sinn zu versuchen, ihn jetzt zu sehen. Die Schwester sagt –«

»Wollen Sie verdammt noch mal *wetten?*«, bellte Morse.

»Bitte! Da ist noch etwas, Inspector. Er hat den ganzen Tag an den Knochen gearbeitet und –«

»Vergessen Sie die Scheißknochen!«

»Aber –«

»Hören Sie. Ich bin Ihnen außerordentlich dankbar, Dr. äh …«

»Hobson.«

»… aber bitte verzeihen Sie, wenn ich auflege. Wissen Sie«, plötzlich war Morse' Stimme kontrollierter, sanfter, »Max und ich … nun, wir … sagen wir, wir haben beide nicht allzu viele Freunde, und … ich möchte den alten Jungen noch einmal sehen, wenn er im Sterben liegt.«

Aber Morse hatte den Hörer schon aufgelegt, und Dr. Hobson hörte die fünf letzten Wörter nicht mehr. Auch sie war sehr traurig.

Sie kannte Max erst seit sechs Wochen. Aber es war etwas Grundgütiges an dem Mann, und erst vor einer Woche hatte sie einen leicht erotischen Traum von dem hässlichen, barschen, arroganten Pathologen gehabt.

Zumindest im Augenblick jedoch schien der Pathologe sich bemerkenswert gut erholt zu haben; er unterhielt sich völlig klar, wenn auch langsam und leise, mit Schwester Shelick, als er von seinem Besucher hörte, und er drohte, dem Stationsarzt die Berufserlaubnis entziehen zu lassen, wenn Morse (denn um diesen handelte es sich) nicht unverzüglich Eintritt gewährt werden würde.

Aber eine Patientin, die gerade ins JR2 eingeliefert worden war, erholte sich in dieser Nacht nicht. Marion Bridewell, ein achtjähriges Mädchen von den Westindischen Inseln, war in der Broadmoor-Lea-Siedlung an diesem Abend um 19 Uhr von einem gestohlenen Auto überfahren und sehr schwer verletzt worden.

Sie starb kurz nach Mitternacht.

32

Und Apollo vertraute Sarpedon zur Führung
den beiden stürmenden Boten Schlaf und Tod,
den Zwillingsbrüdern; die setzten im Fluge nieder
ihn bald im blühenden Reiche des Lykiervolkes.
Homer, Ilias, Gesang XVI

Wie geht es dir, alter Freund?«, fragte Morse mit aufgesetzter Heiterkeit.

»Ich sterbe.«

»Sie haben einmal zu mir gesagt, dass wir uns alle auf den Tod zubewegen, mit einer Durchschnittsgeschwindigkeit von vierundzwanzig Stunden *per diem*.«

»Ich war immer exakt, Morse. Nicht sehr fantasiereich, zugegeben, aber immer exakt.«

»Du hast mir immer noch nicht gesagt, wie …«

»Jemand hat gesagt … jemand hat gesagt: ›Nichts ist besonders wichtig … und am Ende ist überhaupt nichts wichtig.‹«

»Lord Balfour.«

»Du warst immer sehr kenntnisreich.«

»Dr. Hobson hat mich angerufen …«

»Ah. Die schöne Laura. Weiß nicht, wie die Männer es schaffen, die Hände von ihr zu lassen.«

»Vielleicht schaffen sie es auch nicht.«

»Ich habe gerade eben an sie gedacht … Hast du noch erotische Tagträume, Morse?«

»Fast ständig.«

»Wäre nett … wäre nett, wenn sie an mich gedacht hätte.«

»Das kann man nie wissen.«

Max lächelte sein unbeholfenes, melancholisches Lächeln, aber sein Gesicht sah müde und aschfahl aus. »Du hast recht.

Das Leben ist voller Ungewissheit. Habe ich dir das schon einmal gesagt?«

»Viele Male.«

»Ich habe mich immer … ich habe mich immer für den Tod interessiert, weißt du. War eigentlich eine Art Hobby von mir. Schon als ich noch ein junger Bursche war …«

»Ich weiß. Hör mal, Max, sie haben mir gesagt, sie würden mich nur zu dir lassen, wenn –«

»Keine Unterhose – wusstest du das?«

»Bitte? Bitte, Max?«

»Die Knochen, Morse.«

»Was ist mit den Knochen?«

»Glaubst du an Gott?«

»Hm. Die meisten Bischöfe glauben nicht an Gott.«

»Und du hast *mir* immer vorgeworfen, dass ich keine Fragen beantworte!«

Morse zögerte. Dann schaute er hinunter auf seinen alten Freund und sagte: »Nein.«

Paradoxerweise vielleicht schien die Aufrichtigkeit der einen Silbe den Polizeiarzt zu trösten, aber seine Gedanken stotterten jetzt über eine unterbrochene Bahn.

»*Überrascht,* Morse?«

»Bitte?«

»Du warst überrascht, nicht wahr? Gib es zu!«

»Überrascht?«

»Die Knochen! Es sind nicht die Knochen einer *Frau.*«

Morse fühlte, wie sein Herz beharrlich klopfte, irgendwo – überall in seinem Körper –, fühlte, wie sein Blut von den Schultern nach unten strömte, vorbei am Herzen, vorbei an den Lenden. *Nicht die Knochen einer Frau* – war es das, was Max eben gesagt hatte?

Der bucklige Arzt hatte einige Zeit gebraucht, um das zu sagen, was er zu sagen hatte. Morse spürte ein Klopfen auf seiner Schulter und drehte sich um und sah Schwester Shelick hinter ihm stehen. »Bitte!«, formten ihre Lippen, nachdem sie einen besorgten Blick auf die müden und immer wieder zufallenden Augen ihres Patienten geworfen hatte.

Aber bevor er ging, beugte Morse sich vor und flüsterte dem sterbenden Mann ins Ohr: »Morgen bringe ich eine Flasche Malt mit, Max, und wir werden einen winzigen Tropfen trinken, mein lieber Freund. Nimm dich also zusammen … nimm dich bitte zusammen! … Nur für mich!«

Es wäre eine Freude für Morse gewesen, das flüchtige Aufblitzen in Max' Augen zu sehen. Aber Max hatte das Gesicht von ihm abgewandt, zur vor Kurzem gestrichenen blassgrünen Wand der Intensivstation hin. Und er schien zu schlafen.

Zwei Stunden nachdem Chief Inspector Morse ihn verlassen hatte, überließ sich Maximilian Theodore Siegfried de Bryn (seine weiteren Vornamen waren selbst für seine wenigen Freunde eine Überraschung) einer fast willkommenen Mattigkeit und verlor kurz nach drei Uhr morgens endgültig den Halt. Seine sterblichen Überreste hatte er der Medical Research Foundation des JR2 vermacht. Er hatte ernsthaft den Wunsch gehabt, dies zu tun. Und man würde Gebrauch von dem Angebot machen.

Viele hatten Max gekannt, wenn auch nur wenige seine seltsame Art verstanden hatten. Und viele verspürten eine flüchtige Trauer, als er starb. Aber er hatte (wie wir gesehen haben) nur wenige Freunde. Und es gab nur einen Mann, der still weinte, als er am Sonntag, dem 19. Juli 1992, um neun Uhr in seinem Büro im Thames-Valley-Polizeipräsidium in Kidlington die Nachricht erhielt.

33

Was ist ein Komitee? Eine Gruppe von Unwilligen,
ausgewählt unter den Unfähigen, um Unnötiges zu tun.
Richard Harkness, New York Herald Tribune, 15. Juni 1960

Sonntag ist kein guter Tag, um zu arbeiten. Oder um von anderen zu erwarten, dass sie arbeiten – oder auch nur aufgestanden sind. Doch Dr. Laura Hobson war an diesem Tag ziemlich früh aus dem Bett und erwartete Morse um 9.30 Uhr in der (verlassenen) William Dunn School of Pathology.

»Hallo.«

»Hallo.«

»Sie sind Inspector Morse?«

»Chief Inspector Morse.«

»Tut mir leid.«

»Und Sie sind Dr. Hobson, meine Liebe?«

»Das bin ich. Und ich bin nicht Ihre ›Liebe‹. Sie müssen meine Unhöflichkeit verzeihen, aber ich bin niemands ›Schatz‹ oder ›Liebe‹ oder ›Darling‹ oder ›Herzchen‹. Ich habe einen Namen. Bei der Arbeit ziehe ich es vor, Dr. Hobson genannt zu werden. Und wenn ich mich bei einem Drink entspanne, habe ich auch einen Vornamen: Laura. Das war meine kleine Rede, Chief Inspector. Sie sind nicht der Erste, der sie zu hören bekommt.« Aber sie lächelte, während sie sprach, und zeigt dabei kleine, sehr weiße Zähne – eine Frau Anfang dreißig, mit heller Haut, einer unproportioniert großen Brille auf der hübschen Nase, eine kleine Person, etwa 1,60 Meter. Aber ihre Stimme interessierte Morse am meisten; der nordenglische Tonfall mit den breiten Vokalen – und die vielleicht nicht unangenehme Aussicht, sich irgendwann zu einem Drink zu treffen …

Sie saßen auf zwei hohen Hockern, in einem Raum, der Morse an das von ihm verabscheute Physiklabor in der Schule erinnerte, und sie berichtete ihm über die einfachen, aber erstaunlichen Erkenntnisse. Der Bericht, an dem Max gearbeitet hatte, war zwar unvollständig, doch unanfechtbar: Die Knochen aus dem Wald waren die eines erwachsenen Mannes, weiß, etwa 1,67 Meter groß, schlank, kurzköpfig, helles Haar …

Aber Morse' Gedanken waren schon ein ganzes Stück vorausgelaufen. Er war sich sicher gewesen, dass es sich um Karin Erikssons Knochen handelte. Okay, er hatte sich geirrt. Aber jetzt wusste er, wessen Knochen es waren – denn das Gesicht des Mannes auf dem Foto starrte ihn an, unmissverständlich. Er bat um eine Fotokopie von Dr. Hobsons kurzem, vorläufigem Bericht und stand auf, um zu gehen.

Sie gingen schweigend zur verschlossenen Außentür; der Tod von Max bedrückte auch sie.

»Sie kannten ihn gut, nicht wahr?«

Morse nickte.

»Ich bin so traurig«, sagte sie.

Morse nickte wieder. »Der Wagen ist zu Stücken zerbrochen, der holprige Weg ist jetzt zu End.«

Sie schaute ihm nach, dem schon etwas kahl werdenden, grauhaarigen Mann, wie er für einen Moment neben seinem Jaguar stand. Er hielt den fotokopierten Bericht in der linken Hand und hob sie kurz zum Gruß. Dr. Hobson schloss die Tür wieder ab und ging nachdenklich zurück zum Labor.

Morse überlegte, ob er zum JR2 fahren sollte, entschied sich aber dagegen. Die Zeit drängte ohnehin. Für elf Uhr war im Präsidium eine eilige Besprechung für höhere Polizeibeamte angesetzt worden, und für Max konnte er sowieso nichts mehr tun. Er fuhr über die Parks Road, vorbei am Keble College und dann nach rechts in die Banbury Road. Er hatte noch ein paar Minuten Zeit, und er bog bei der zweiten Straße nach rechts ab und fuhr dann langsam weiter nach Park Town hinein, folgte im Uhrzeigersinn der North Crescent, dann der South Crescent ... Aber die Aussicht, an diesem Tag etwas zu erreichen, war gering, und in jedem Fall wäre es besser, die Dinge für vierundzwanzig Stunden oder so aufzuschieben.

Höhere Polizeibeamte aus der Stadt wie auch aus der Grafschaft trafen sich zu einer Zeit, da es in der Öffentlichkeit beträchtliche Unruhe gab – und auch Kritik. Bisher hatte allgemein der Eindruck geherrscht, dass der Polizei bekannte Bandenführer ihre Spritztouren und Ladeneinbrüche fast ungestraft begehen konnten und dass die Polizei wenig unternahm, um die jugendlichen Rabauken in Schach zu halten, die viele Teile von Broadmoor Lea in Angst und Schrecken versetzten. Der Eindruck täuschte, da die Polizei sich ständig behindert fand durch die Weigerung der Anwohner, Namen zu nennen und mitzuwirken bei dem Bemühen, die Gegend von Übergriffen und Verbrechen zu säubern. Aber der Tod von Marion Bridewell hatte all das geändert.

An diesem Sonntag, dem 19. Juli, wurden größere Entscheidungen gefällt und ihre sofortige Durchführung geplant: Am folgenden Morgen würde in einer koordinierten Razzia eine Reihe von Festnahmen vorgenommen werden, und für die folgenden zwei Abende waren Sondersitzungen für die erstinstanzlichen Gerichte vorgesehen. Städtische Arbeiter würden während der nächsten Tage abgestellt, Poller zu errichten und auf einigen ausgewählten Straßen Stolperschwellen zu verlegen. Während der nächsten Woche würde der Einsatz von Polizisten in der Siedlung verdoppelt, und ein aus Polizeibeamten, lokalen Schulleitern, Sozialarbeitern und Geistlichen bestehender Ausschuss würde sofort gegründet werden. Es war eine lange Sitzung mit zeitweilig übelgelaunten Teilnehmern, und Morse trug wenig von Bedeutung zu den Beratungen bei, denn seine Gedanken waren weit weg, und nur einmal wurde sein Interesse voll in Anspruch genommen. Es war eine von Stranges unverbesserlich zynischen Bemerkungen über Ausschüsse gewesen, die die kleine Ablenkung hervorgerufen hatte: »Noch ein oder zwei Wochen weiter so«, brummte Strange, »und wir haben einen ständigen Ausschuss, einen Ausschuss für die Tagesordnung, einen Sonderausschuss – was Sie wollen. Was wir tun sollten, ist, sie treffen, wo es wehtut. Ihnen Strafen aufbrummen. Ihren Dads Strafen aufbrummen. Sie vom Lohn ihrer Dads abziehen. Das ist meine Meinung.«

Der Chief Constable hatte leise zugestimmt. »Großartige Idee – und die neuen Gesetze werden uns eine große Hilfe sein, denke ich. Nur hat die Sache einen Haken, nicht wahr? Viele von diesen jungen Burschen *haben* nämlich gar keinen Vater, Superintendent.«

Strange hatte etwas verlegen ausgesehen.

Und Morse hatte zum zweiten Mal an diesem Tag gelächelt.

34

Der Neuzugezogene in Nord-Oxford wird wahrscheinlich feststellen, dass sein Nachbar nebenan, obwohl er einen hohen akademischen Grad an einer renommierten Universität erworben hat, nicht ganz so schlau ist wie seine Frau.
Country Living, Januar 1992

Morse war allein, als er am Vormittag des nächsten Tages hinunter nach Park Town und wieder langsam durch die beiden Crescents fuhr, die den elliptischen, großzügig mit Bäumen und blühenden Büschen bepflanzten Park begrenzten. Es gab reichlich Parkplätze, und nach seiner zweiten Runde ließ er den Jaguar an der südlichen Seite stehen und ging zu Fuß an den zwölf Häusern mit den italienisch wirkenden Fassaden vorbei, aus denen die terrassenartig angelegte Häuserreihe bestand. Am östlichen Ende folgte er einer schmalen Gasse und bog dann in den etwa drei Meter breiten Weg ein, der hinter den Grundstücken entlangführte. Die durchgehende Backsteinmauer rechts von ihm, die die kleinen Gärten hinter den Häusern abschirmte, war nur etwa eineinhalb Meter hoch, und er sah, dass er nicht einmal einen der Gärten betreten musste, um zu finden, was er suchte. Es war alles kinderleicht – kein messerscharfer Verstand wie der eines Sherlock Holmes war hier erforderlich; ein kurzes Auskundschaften in der Art Watsons würde fast umgehend zu der Stelle führen. So lehnte Morse sich nur wenige Minuten später über die Mauer des am weitesten nach Westen liegenden Grundstücks und fand die Einzelheiten von seinen Fotos spielend leicht wieder: die schwarzen Abflussrohre, die waagerechte Fernsehantenne und dann, entscheidend, den Baum, an dessen niedrigstem Ast jetzt die rote Schaukel eines Kindes befestigt war. An der von Morse aus gesehen linken Seite des Gartens stand ein Gartenstuhl aus Holz, der sich fast in seine Bestandteile aufgelöst hatte, und er spürte mit erregender Gewissheit, dass von diesem Stuhl aus, in diesem Garten, irgendjemand – und sehr wahrscheinlich Karin Eriksson selbst – die beiden Fotos von dem hellhaarigen, kurzköpfigen, schlanken … was hatte Dr. Hobson noch gesagt? Er konnte sich nicht mehr erinnern. Und es spielte keine Rolle. Überhaupt keine Rolle.

Er ging zu der imposanten Eingangstür des Anwesens am Ende der Häuserreihe, das sich auf einem kleinen Schild rechts von der Pforte »Seckham Villa« nannte; darunter befanden sich drei Klingeln: zweiter Stock: Dr. S. Levi; erster Stock: Ms Jennifer Coombs; Erdgeschoss: Dr. Alasdair McBryde. Eindeutig eine Gegend, wo Dr. phil.s und PhDs nur so aus dem Boden schossen. Er drückte auf den untersten Knopf.

Ein ziemlich großer Mann mit einem dichten Bart, etwa Mitte dreißig, öffnete die Tür und studierte Morse' Ausweis sorgfältig, bevor er Fragen beantwortete. Er komme aus »Oustreylia« (sagte er), zusammen mit seiner Frau, und habe einen Forschungsauftrag in Mikrobiologie; sie wohnten seit letztem

August hier und würden in zwei Wochen nach Hause zurückkehren; er habe über einen Freund im Mansfield College von dieser Wohnung gehört, der sich im vergangenen Sommer nach einer geeigneten Unterkunft umgesehen habe.

Seit letztem August …

Sollte dies Morse' Glückstag werden?

»Kannten Sie die Leute – sind sie Ihnen begegnet –, die vor Ihnen hier gewohnt haben?«

»Fürchte, nein«, sagte der Australier.

»Darf ich mich kurz drinnen umsehen?«

Ohne große Begeisterung führte McBryde Morse in das Wohnzimmer, einen großzügig angelegten Raum mit einer hohen Decke, und während Morse sich umsah, versuchte er, seine Sinne auf die leisesten Vibrationen einzustimmen. Ohne Erfolg. Erst als er durch die Terrassentür auf den sonnenbeschienenen Streifen Rasen schaute, spürte er einen leichten Schauer der Erregung: Ein dunkelhaariges kleines Mädchen in einem rosa Kleid schaukelte müßig unter dem Baum hin und her; ihre in weißen Söckchen steckenden Füße erreichten gerade den Boden.

»Ihre Tochter, Sir?«

»Ja. Haben Sie auch Kinder, Inspector?«

Morse schüttelte den Kopf. »Nur noch eine Sache, Sir. Haben Sie Ihr Mietbuch, Sie wissen schon, Ihren Mietvertrag oder wie man das nennt, zur Hand? Ich muss unbedingt Verbindung aufnehmen zu den, äh, Leuten, die im letzten Jahr vor Ihnen hier gewohnt haben …«

McBryde trat an einen Sekretär neben der Terrassentür und holte seinen Mietvertrag hervor; auf dem Deckel stand: »Finders Keepers«.

»Ich bin nicht im Rückstand«, sagte McBryde mit der ersten Andeutung eines Lächelns.

»Das sehe ich. Und ich bin kein Gerichtsvollzieher, Sir«, sagte Morse und reichte den Vertrag zurück.

Die beiden Männer gingen wieder zur Eingangstür, und

McBryde klopfte sehr leise an eine Tür rechts von ihm und legte das Ohr an die Füllung.

»Darling? Darling?«

Aber es kam keine Antwort.

An der Wohnungstür stellte Morse seine letzte Frage: »›Finders Keepers‹ – das ist das Büro an der Banbury Road, nicht wahr?«

»Ja. Wollen Sie jetzt dahin?«

»Ja, ich denke, ich werde gleich hingehen.«

»Haben Sie Ihren Wagen hier geparkt?«

Morse zeigte auf den Jaguar.

»Nun, an Ihrer Stelle würde ich ihn hierlassen. Sind nur fünf Minuten zu gehen, wenn nicht weniger – und an der North Parade finden Sie nie einen Parkplatz.«

Morse nickte. Gute Idee. Und das *Rose and Crown* war auch in der North Parade.

Bevor er jedoch Park Town verließ, schlenderte Morse hinüber in den ovalen Park, der die beiden Crescents voneinander trennte, und las den einzigen Hinweis, den er finden konnte, am Stamm einer Zeder befestigt:

Dieser Park, etwa 1850 angelegt, wird von den Anliegern
unterhalten und dient der Erholung.
Bitte respektieren Sie das, was er zu bieten hat.
Keine Hunde, Fahrräder, Ballspiele oder Transistorgeräte.

Für ein paar Minuten setzte Morse sich auf eine der Holzbänke, wo irgendjemand offensichtlich keinen Respekt gezeigt hatte, denn ein längliches Schild, das zweifellos den Namen eines früheren Anliegers getragen hatte, war vor Kurzem aus der Rückseite herausgestemmt worden. Aber es war ein friedlicher Ort, und Morse ging jetzt langsam um das Oval herum, mit seinen Gedanken halb bei Max' Tod, halb bei den im zum Erdgeschoss gehörenden Garten der Seckham Villa gemachten Fotos. Als er sich am westlichen Rand des Parks umwandte, sah er, dass ebendiese Seckham Villa genau ihm gegenüber auf der anderen Seite der Straße lag; sein brauner Jaguar war links von ihr geparkt. Und als er noch einmal die hübschen Fassaden bewunderte, hatte er flüchtig den Verdacht, dass ein bärtiges Gesicht sich sehr plötzlich hinter die ziemlich schäbigen Gardinen des Vorderzimmers im Erdgeschoss der Seckham Villa zurückgezogen hatte, wo Mrs Sowieso McBryde lag und an Gott weiß was litt. War ihr Ehemann etwas neugieriger, als er zu sein vorgab? Oder war es der Jaguar, der häufig interessierte Blicke auf sich zog?

Nachdenklich verließ Morse Park Town und wandte sich nach links in die Banbury Road. »Finders Keepers« war ganz in der Nähe. Das war die North Parade ebenfalls. Und das *Rose and Crown* auch.

35

Geschäfte zu machen, ohne zu werben, ist,
wie einem Mädchen im Dunkeln zuzublinzeln.
Du weißt, was du tust, aber niemand sonst weiß es.
Stewart Henderson Britt, New York Herald Tribune,
30. Oktober 1956

Nach zwei Bier vom Fass im *Rose and Crown* ging Morse das kurze Stück zum »Finders Keepers«-Büro, wo er kurze Zeit später durch das Vorzimmer, vorbei an zwei mit ihren Computern beschäftigten jungen Damen, in das Privatzimmer von Mr Martin Buckby, dem dunklen, modisch gekleideten Manager der Property Letting Services, geführt wurde. Es war fast Lunchzeit, aber Mr Buckby sei nur zu gern bereit zu helfen – natürlich.

Ja, seine Geschäftsstelle vermiete ziemlich viele der Anwesen in Park Town, von denen die meisten aus Einfamilienhäusern in zwei, manchmal drei Wohnungen umgebaut worden waren, die meistens an Akademiker vermietet wurden, gelegentlich auch an Studenten. Die Einrichtung der Wohnungen war natürlich unterschiedlich, aber einige, besonders die im Erdgeschoss – oder im ersten Stock, wie einige es nannten –, waren geräumig, elegant und gut ausgestattet. Das Mietjahr bestand im Allgemeinen aus zwei Abschnitten: Oktober bis Juni, was dem akademischen Jahr an der Universität Oxford entsprach, und Juni/Juli bis Ende September, in welcher Zeit sehr häufig Besucher aus Übersee an kurzfristigen Mietverträgen interessiert waren. Anzeigen über die Verfügbarkeit solcher Wohnungen wurden regelmäßig in die *Oxford Times* gesetzt und manchmal in die *Property Weekly*. Aber nur einmal, denn die Wohnungen gingen gewöhnlich weg wie warme Semmeln. Diese Anzeigen gaben eine kurze Beschreibung der zu vermietenden Wohnung und nannten die Miete: zurzeit etwa zweihundert bis zweihundertfünfzig Pfund die Woche für eine kurzfristige Vermietung und etwas weniger (im angemessenen Verhältnis) für eine längerfristige. Das Geschäft wickle sich zuerst gewöhnlich telefonisch ab, oft über Makler, und jemand – entweder der Interessent selbst oder ein Vertreter des Maklers – würde vorbeikommen und sich die Wohnung ansehen (»Sehr wichtig, Inspector!«), bevor die Schreibarbeit erledigt wurde, entweder in den Büros der Firma hier am Ort oder, in zunehmendem Maß jetzt, direkt über Telefax. Eine Anzahlung werde hinterlegt, ein Mietvertrag unterschrieben, eine Referenz genannt – so funktioniere das. Natürlich gab es keine Garantie, und gewöhnlich musste man sich auf sein Gefühl verlassen, aber sie hätten eigentlich selten Probleme. Wenn ein neuer Mieter einzog, begleitete ihn ein Vertreter der Firma, schloss die Wohnung auf, übergab die Schlüssel, erklärte die Handhabung von Gas, Strom, Absperrhähnen, Zentralheizung, Sicherungen, Thermostaten und händigte dem Mieter ein vollständiges Verzeichnis der gesamten Ausstattung aus. Dieses Verzeichnis musste vom Mieter überprüft und innerhalb von sieben Tagen zurückgegeben werden, sodass es später keine Auseinandersetzungen über fehlende Fischmesser oder Federkissen gab. Das System funktionierte gut. Der einzige Fall ungewöhnlichen Verhaltens im vergangenen Jahr war das plötzliche Verschwinden eines Herrn aus Südamerika gewesen, der seine Schlüssel mitgenommen hatte – und absolut nichts sonst. Aber da, wie bei allen kurzfristigen Vermietungen, die Miete im Voraus bezahlt worden war wie auch eine Kaution von fünfhundert Pfund, war kein Schaden entstanden – abgesehen von der Notwendigkeit, das Schloss an der Haustür auszuwechseln und neue Schlüssel anfertigen zu lassen.

»Haben Sie das der Polizei mitgeteilt, Sir?«

»Nein. Hätte ich das tun sollen?«

Morse zuckte mit den Schultern.

Er hatte jetzt eine gute Vorstellung, wie das Vermieten funktionierte (erklärte er), doch sei ihm immer wohler, wenn ihm typische Fälle geschildert würden. Wäre es zum Beispiel in Ordnung, wenn er frage, was Dr. McBryde für die Erdgeschosswohnung in der Seckham Villa zahle?

Buckby nahm einen grünen Ordner aus dem Aktenschrank hinter ihm und durchblätterte ihn rasch. »Dreizehnhundert Pfund im Monat.«

»Puh! Ziemlich gepfeffert, oder?«

»Es ist der übliche Preis – und es ist eine hübsche Wohnung, nicht wahr? Eine der schönsten im ganzen Crescent.« Buckby nahm ein Blatt aus dem Ordner und las die Einzelangaben vor.

Aber Morse hörte ihm nur oberflächlich zu. Das war ja schließlich der Job eines Managers. Das meiste aus dem zu machen, was Morse mit eigenen Augen als eine ziemlich begrenzte Wohnfläche gesehen hatte, besonders für ein Ehepaar mit einem Kind – mindestens *einem* Kind.

»Haben Sie nicht eben gesagt, dass das Maximum für eine kurzfristige Vermietung zweihundertfünfzig Pfund die Woche sei?«

Buckby grinste. »Nicht für *das* Haus – na ja, Sie haben es

gesehen. Und was veranlasst Sie zu der Annahme, dass es sich um eine kurzfristige Vermietung handelt, Inspector?«

Es prickelte wieder in Morse' Nacken, und unterschwellig kamen ihm einige der von Buckby vorgelesenen Einzelheiten zu Bewusstsein. Er griff über den Tisch nach dem Blatt.

Diele, Wohnzimmer, Esszimmer, gut ausgestattete Küche, zwei Schlafzimmer, Atelier/Arbeitszimmer, Badezimmer, überall Gaszentralheizung, kleiner ummauerter Garten.

Zwei Schlafzimmer ... in einem von ihnen eine kranke Frau ... Atelier ... und ein kleines Mädchen auf einer Schaukel ... lieber Gott! Morse schüttelte den Kopf über seine eigene Begriffsstutzigkeit.

»Eigentlich bin ich gekommen, um Sie zu fragen, Sir, ob Sie irgendwelche Unterlagen darüber hätten, wer im Juli vergangenen Jahres in der Wohnung gelebt hat. Aber ich glaube – ich glaube –, Sie werden mir sagen, dass es Dr. Alasdair McBryde war, dass er keine Frau hat, dass die Leute, die oben wohnen, ein kleines schwarzhaariges Mädchen haben, dass der Bursche vermutlich von Malta stammt ...«

»Gibraltar, genau genommen.«

»Haben Sie Ersatzschlüssel, Sir?«, fragte Morse, fast verzweifelt.

Vor der Seckham Villa stand der Jaguar unberührt, aber in der Wohnung war kein Dr. McBryde mehr zu sehen. Doch das kleine Mädchen saß noch immer auf der Schaukel und streichelte sanft das Haar seiner Puppe. Morse schloss die Terrassentür auf und ging über den Rasen zu dem Kind.

»Wie heißt du?«

»Ich heiße Lucy, und meine Puppe heißt Amanda.«

»Wohnst du hier, Lucy?«

»Ja. Mummy und Daddy wohnen da oben.« Ihre strahlenden Augen richteten sich auf das oberste Fenster.

»Hübsche Puppe«, sagte Morse.

»Würden Sie sie gern halten?«

»Das würde ich sehr gern, aber im Augenblick habe ich gerade eine Menge zu tun.«

In Gedanken hörte er eine Stimme brüllen: »Hilfe, Lewis!«, und er wandte sich wieder zum Haus und fragte sich, wo in aller Welt er anfangen sollte.

36

Neun Zehntel des Reizes der Pornografie sind den unsauberen Gefühlen in sexueller Hinsicht zuzuschreiben, die der Jugend von Moralpredigern eingetrichtert werden. Das andere Zehntel ist physiologisch bedingt und wird auf diese oder jene Weise in Erscheinung treten, gleichgültig, wie die Gesetzeslage ist.

Bertrand Russell, Ehe und Moral

Lewis traf um 14.15 Uhr in der Seckham Villa ein und brachte die Frühausgabe der *Oxford Mail* mit, in der der Welle von Kfz-Kriminalität viel Raum gewidmet war, die Oxfordshire – und auch mit zunehmender Regelmäßigkeit die nationale Presse – geißelte. Jeder und alles wurde abwechselnd verantwortlich gemacht: die Polizei, die Eltern, die Lehrer, die Kirche, die Rezession, die Arbeitslosigkeit, der Mangel an Jugendzentren, die Autohersteller, das Wetter, das Fernsehen, die Brauer, die linken Sozialarbeiter, die rechten Sozialarbeiter, und selbst der Teufel blieb nicht verschont. Paradoxerweise schien eher die Polizei auf der Anklagebank zu sitzen als die Täter der zunehmend bösartigen Verbrechen. Aber wenigstens der Einsatz an diesem Vormittag war erfolgreich gewesen, berichtete Lewis; das einzige Problem sei, dass weitere Polizeiaktivitäten in den Wytham Woods drastisch eingeschränkt worden waren – vier Männer standen nur noch zur Verfügung, von denen einer in dem abgesperrten Gebiet in Pasticks Wache stand.

Der vorübergehend deprimierte Morse nahm die Nachricht ohne große Überraschung entgegen und brachte Lewis kurz auf das Laufende hinsichtlich seiner eigenen ambivalenten Aktivitäten des Vormittags: dass er den Garten entdeckt hatte, wo Karin Eriksson aller Wahrscheinlichkeit nach einige Zeit verbrachte, bevor sie verschwand, und die Leichtgläubigkeit, mit der er McBryde – mit ziemlicher Gewissheit eine Schlüsselfigur in dem Drama – mehr als genug Zeit zugebilligt hatte, sich eilig aus dem Staub zu machen.

Am äußeren Ende des Korridors vor dem Eingang zur Wohnung führte eine ziemlich steile Treppe in einem Bogen zum Kellergeschoss der Seckham Villa, und hier machten sie die erste Entdeckung. Der Keller bestand aus einer großen, modernisierten Küche und dahinter, durch einen Bogengang zu erreichen, einem großen Aufenthaltsraum mit Sesseln, einer Polsterbank, niedrigen Tischen, Bücherborden, TV, HiFi-Anlage – und einem Doppelbett aus Mahagoni, auf dem eine hellblaue Matratze lag. Neben dem Bett war eine Reihe von vier miteinander verbundenen, rechteckigen Holzbrettern angebracht, an denen entlang zwei Stahlschienen liefen – Schienen, so wurde sofort angenommen, auf denen vor Kurzem und wahrscheinlich häufig eine Filmkamera hin und her bewegt worden war.

Morse verbrachte (mit Lewis und einem der Detective Constables) den größten Teil des Nachmittags hier, nachdem die Männer für Fingerabdrücke, der ranghöchste Tatortbeamte und der Fotograf ihre üblichen Arbeiten abgeschlossen hatten. Deutliche Fingerabdrücke an dem (nicht abgewaschenen) Kochtopf und den Bestecken im Spülstein würden zweifellos mit den unzähligen anderen, die man in der ganzen Wohnung gefunden hatte, übereinstimmen, würden zweifellos McBrydes sein und würden (wie Morse das sah) zweifellos die Ermittlung kein bisschen weiterbringen. Keine Kleidungsstücke, abgesehen von zwei Paar schmutzigen beigefarbenen Socken in einem der Schlafzimmer, keine Toilettenartikel auf den Ablagen im Badezimmer, keine Videokassetten, keine Briefe, keine zerrissenen Papiere in den beiden Papierkörben oder in dem Mülleimer neben der Hintertür. Alles in allem schien es ziemlich eindeutig, dass die Wohnung »entrümpelt« worden war – vielleicht erst vor Kurzem? – für den Fall einer schnellen Flucht. Doch es gab Dinge, die nicht zusammengepackt und in den weißen Lieferwagen gestopft worden waren, den McBryde (wie schnell ermittelt wurde) für Reisen benutzt hatte, und Schränke im Erdgeschoss wie auch im Keller enthielten Federbetten, Bettlaken, Kopfkissenbezüge, Decken, Handtücher und Tischdecken – zweifellos Dinge, die auf dem Inventarverzeichnis der Wohnung standen. Die Vorratskammer war angemessen gefüllt mit Konservendosen – Bohnen, Obst, Lachs, Spaghetti, Thunfisch und Ähnlichem.

Aber es waren natürlich die Schienen neben dem Doppelbett im Keller, die das größte Interesse erregten, manches Hochziehen der Augenbrauen und viele schlüpfrige Randbemerkungen unter jenen Untersuchungsbeamten, deren detektivische Fähigkeiten, zumindest in diesem Fall, denen des Chief Inspectors entsprachen. Es hätte in der Tat ein besonders schafsköpfiger Mann sein müssen, der sich nicht vorstellen konnte, wie Kamera und Mikrofon sich langsam neben der Matratze entlangbewegten, um die verschiedenartigsten Akte der Unzucht auf dem quietschenden Bett aufzunehmen. Morse selbst hatte versucht, seiner Fantasie nicht zu freien Lauf zu lassen. Manchmal tauchten im Präsidium pornografische Videofilme auf, die bei einer Razzia oder beim illegalen Handel konfisziert worden waren. Oft hätte er sich gern einige der primitiven, verdorbenen, verführerischen Streifen angesehen, doch ebenso oft hatte er seine Kollegen wissen lassen, dass *er* zumindest nicht das geringste Interesse an diesen Dingen habe.

In einer Ecke in der Küche lagen, sauber gebündelt wie für eine bevorstehende Sammlung der Friends of the Earth, Stapel von alten Zeitungen, hauptsächlich die *Daily Mail*, und verschiedene Zeitschriften, darunter *Oxford Today, Oxcom, TV Times,* zwei Vogelschützer-Journale und die Angebote vom letzten Weihnachten von der Spastic Society. Morse hatte den Stapel flüchtig durchgeblättert, in der Hoffnung, das obligatorische Pornoheftchen zu finden, aber außer einigen Bildern von Lachmöwen auf dem Loch Kinnordy, die er über eine Minute lang betrachtete, fand er nichts, was ihn interessierte.

Lewis fand sie schließlich, in eine der kostenlosen Lokalzeitungen gefaltet, den *Star*. Vierzehn DIN-A4-Bögen, aufeinandergestapelt, offensichtlich fotokopiert (und schlecht fotokopiert) von einer ausführlicheren Veröffentlichung auf Glanzpapier. Auf jedem Bogen waren mehrere Fotos derselben Frau abgebildet, in verschiedenen Entkleidungsstadien, und am Fuß eines jeden Bogens standen ein Vorname und Einzelheiten über Größe, Brust-, Taillen- und Hüftumfang, Kleider-, Schuh- und Handschuhgröße und Farbe von Haar und Augen. In beinahe jedem Fall zeigte das Bild links unten das Model völlig nackt, und in drei oder vier Fällen nahm es eine sexuell aufreizende Stellung ein. Die Namen stammten aus der glitzernden Welt der Revuegirls: Jayne, Kelly, Lindy-Lu, Mandy … und die meisten schienen (denn das Alter wurde nicht genannt) Mitte zwanzig zu sein. Aber vier der Bögen zeigten ältere Frauen, deren Namen möglicherweise gewählt worden waren, um auf ihre Reife hinzuweisen: Elaine, Dorothy, Mary, Louisa … Die einzige andere Information (Adressen gab es nicht) war eine priorisierte Auflistung (1., 2., 3.) der angebotenen »Dienstleistungen«. Lewis, selbst durchaus nicht uninteressiert, las amüsiert ein paar Stichproben: Sport-Aufnahmen, Escort-Dienste, Dessous, Strümpfe, Leder, Badekleidung, Sommerkleider, BHs, Aktmodellieren, Frisuren, Handschuhe. Doch sicher nichts, was gegen das Gesetz verstieß. Aber drei der Frauen waren wesentlich deutlicher in der Beschreibung ihrer Spezialitäten; Mandy nannte 1. häusliche Videos, 2. pornografische Filme und 3. Über-Nacht-Escort-

Dienste, und Lindy-Lu, abgebildet in Lederstiefeln, die bis zu den Oberschenkeln reichten, verkündete eine ausgesprochene Fertigkeit im Zuschlagen.

Während Morse und Lewis noch über diese Dinge nachdachten, wurde ein großer Fund gemacht. Einer der beiden DCs, der den Auftrag hatte, den Hauptwohnraum oben zu durchsuchen, hatte, eingeklemmt in die oberste Schublade des Sekretärs, eine Liste von Namen und Adressen gefunden: doch sicherlich eine Kundenliste! Kunden, die ihre pornografischen Unterlagen vermutlich in einfachen braunen Umschlägen erhielten, mit festgeklebter Klappe. Und auf der Liste, an vierter Stelle von oben, stand der Name, auf den sich das Interesse von Morse und Lewis sofort konzentrierte: George Daley, 2 Blenheim Villas, Begbroke, Oxon.

Morse war entzückt über den Fund gewesen – natürlich! Und er hatte den DC wortreich gelobt, vielleicht (in Lewis' Augen) etwas übertrieben wortreich. Aber als er jetzt auf dem Sofa saß und wieder die geöffneten Reißverschlüsse und Knopfleisten der Models betrachtete und die Namensliste noch einmal durchlas, schien er Lewis in Gedanken verloren und traurig.

»Alles in Ordnung, Sir?«

»Was? O ja. Bestens. Wir kommen großartig voran. Machen wir weiter so!«

Aber Morse selbst trug wenig zu ihrem Weiterkommen bei, und nachdem er etwa zehn Minuten lang planlos umhergewandert war, setzte er sich noch einmal hin und nahm das Blatt mit den Adressen in die Hand. Er müsste Lewis informieren, entschied er – nicht gerade jetzt, aber … Er warf wieder einen Blick auf den siebzehnten Namen auf der Liste, den Namen, den ihm das Präsidium in Kidlington genannt hatte, als er von Lyme Regis aus die Zulassungsstelle für Fahrzeuge (H35LWL) angerufen hatte, und den er nie vergessen würde: Dr. Alan Hardinge.

Er nahm die Bilder von den Models in die Hand und sah sich noch einmal ihre Namen und ihre Körpermaße und ihre besonderen Fertigkeiten an. Im Besonderen sah er sich noch einmal eines der reiferen Models an, das Model, das sich »Louisa« nannte, das Model, mit dem er so viel Spaß wegen ihres Namens gehabt hatte im *Bay Hotel* in Lyme Regis, die Frau, die hier abgebildet war, völlig nackt und unsagbar begehrenswert.

Claire Osborne.

»Schade, dass wir keine Adresse haben für … nun, es muss wohl eine Art Modelagentur sein, oder?«

»Kein Problem, Lewis. Wir können einfach einen von diesen Typen auf der Liste anrufen.«

»Vielleicht wissen *sie* es auch nicht.«

»Ich besorge Ihnen die Adresse in zehn Minuten, wenn Sie sie wirklich haben wollen.«

»Ich will sie nicht für mich selbst, wissen Sie.«

»Natürlich nicht!«

Morse entschied, dass seine Anwesenheit in der Seckham Villa nicht länger erforderlich war, nahm seine Papiere an sich, wies Lewis an, noch ein oder zwei Stunden zu bleiben, und kehrte zum Präsidium zurück, wo er ihre Telefonnummer wählte.

Sie war zu Hause.

»Claire?«

»Morse!« (Sie hatte seine Stimme erkannt!)

»Sie hätten mir sagen können, dass Sie für eine Modelagentur arbeiten!«

»Warum?«

Morse fiel keine Antwort ein.

»Sie hielten mich für verdorben, aber nicht für *so* verdorben?«

»Vermutlich.«

»Warum setzen Sie sich nicht in Ihr Auto und kommen heute Abend rüber? Ich würde mich freuen.«

Morse seufzte. »Sie sagten, Sie hätten eine Tochter …«

»Und?«

»Stehen Sie noch in Verbindung mit dem Vater?«

»Mit dem Vater? Großer Gott, vergessen Sie es. Ich könnte Ihnen nicht einmal sagen, wer der Vater *ist*!«

Wie der Vorhang im Tempel zerriss Morse' Herz plötzlich in zwei Stücke, und nachdem er sie noch nach Namen und Adresse der Modelagentur gefragt hatte (sie lehnte es ab, ihm die zu nennen), legte er auf.

Zehn Minuten später läutete das Telefon auf Morse' Schreibtisch, und Claire war am Apparat – er wusste nicht, wie sie an seine Nummer gekommen war. Sie sprach nur etwa dreißig Sekunden und ignorierte Morse' Unterbrechungen.

»Halt die Klappe, du Scheißkerl! Du merkst auch überhaupt nichts, oder? Ist dir nicht klar, dass ich sämtliche lüsterne Typen, die ich jemals hatte, für dich eingetauscht hätte – und anstatt zu versuchen zu verstehen, fragst du mich nur – lieber Gott! – wer der Vater –«

»Hör zu, Claire –«

»Nein! Du hörst verdammt noch mal zu. Wenn du nicht akzeptieren kannst, was dir eine Frau über sich selbst erzählt, und in der Vergangenheit herumstochern musst und verdammt überflüssige Fragen stellen, warum und wer er war und …« Aber die Stimme versagte ihr jetzt völlig.

»Hör mir bitte zu!«

»Nein! Verpiss dich einfach, Morse, und ruf mich nicht noch mal an, weil ich wahrscheinlich gerade mit jemandem vögel und so viel Spaß dabei hab, dass ich nicht gestört werden will –«

»Claire!«

Aber sie hatte aufgelegt.

Während der nächsten Stunde wählte Morse ihre Nummer alle fünf Minuten und ließ es jedes Mal dreißigmal klingeln. Aber niemand nahm ab.

Lewis hatte nichts Neues in der Seckham Villa gefunden, und um 18 Uhr rief er im Präsidium an, wie Morse es gewünscht hatte.

»In Ordnung. Gehen Sie heute früh nach Hause, Lewis. Und sehen Sie zu, dass Sie genug Schlaf kriegen. Und viel Glück für Morgen!«

Lewis sollte am nächsten Tag den 7.30-Uhr-Flug nach Stockholm nehmen.

37

Lebend begraben zu werden ist fraglos der schrecklichste aller Schrecken, die je zum Los bloßer Sterblicher wurden.
Edgar Allan Poe, Tales of Mystery and Imagination

Die Traurigkeit über den Tod von Max umhüllte Morse noch immer wie ein Mantel, als er am nächsten Morgen in seinem Büro saß. Während der vergangenen Nacht hatte er sich in Gedanken viel mit dem Tod beschäftigt, und diese Stimmung hielt noch an. Als Junge hatten ihn die Worte des sterbenden Sokrates bewegt, die besagten, wenn der Tod nur ein einziger langer, ungebrochener, traumloser Schlaf sei, könne der Menschheit kaum ein größerer Segen gewährt werden. Aber was war mit dem Körper? Die Seele war vielleicht fähig, für sich selbst zu sorgen, aber was war mit dem sinnlich wahrnehmbaren Körper? In Morse' Lieblingsgeschichte aus der *Ilias* hatten die Brüder und Verwandten Sarpedons seinen Körper begraben, mit Erdhügel und Säule, in dem reichen, weiten Land Lykien. Ja! Es war schicklich, einen Grabstein zu haben, mit einem Namen darauf. Aber es gab all diese Furcht einflößenden Geschichten – Geschichten über Menschen, die verfrüht begraben worden waren und in ungeheurem Entsetzen erzitternd aufwachten, den unbeweglichen Deckel des Sarges nur wenige Zoll über ihnen. Nein! Verbrennen war gewiss besser als Begraben … Morse hatte keine Ahnung, was geschah, wenn die Vorhänge sich über den leichten Holzsärgen in den Krematorien schlossen … wie die Vorhänge am Ende der *Götterdämmerung*, vom Klatschen natürlich abgesehen. Alles schnell erledigt, und wenn jemand deine vergängliche Asche über der Gedächtnisstätte ausstreuen wollte – nun, das tat vielleicht auch den Rosen gut. Er hätte auch nichts gegen ein oder zwei Hymnen. »The day Thou gavest« vielleicht. Eine schöne Melodie. Solange es keine Gebete gab und keine Abweichung von der Bibelübersetzung von 1611 … Vielleicht hatte Max es richtig gemacht, die Wahl zwischen Beerdigung und Verbrennung geschickt umgangen: Der clevere alte Junge hatte seinen Körper dem Krankenhaus vermacht, und die Chancen waren groß, dass das eine oder das andere seiner Organe ihnen reichlich zu denken gab. Haha!

Morse lächelte in sich hinein, und als er plötzlich aufsah, stand Strange in der Tür.

»Privater Witz, Morse?«

»Oh, es ist nichts, Sir.«

»Kommen Sie schon. Das Leben ist hart genug.«

»Ich dachte gerade an Max' Leber …«

»Kein schöner Anblick!«

»Nein.«

»Sie nehmen es sich ein bisschen sehr zu Herzen, nicht wahr? Das mit Max, meine ich.«

»Ein bisschen, vielleicht.«

»Haben Sie schon das Neueste gesehen?«

Strange schob ein Exemplar der *Times* über den Tisch, mit einer kurzen Notiz auf der Titelseite, die die Leser informierte, dass »die in den Wytham Woods gefundenen Knochen mit Sicherheit nicht die der schwedischen Studentin seien, deren Verschwinden Ursache der Verse und der folgenden Analyse in dieser Zeitung war (siehe Leserzuschriften, Seite 13)«.

»Irgendetwas, was uns weiterhilft?«, fragte Morse zweifelnd und schlug die Zeitung auf.

»Kaum der Rede wert, wenn Sie mich fragen«, erwiderte Strange.

Morse sah hinunter auf Seite 13:

Von Mr Anthony Beaulah
Sir, wie bei dem Text eines frühgriechischen Liebesgedichts hat man bei den Versen über die schwedische Studentin den Eindruck, es sei so erschöpfend über sie nachgedacht worden, dass vielleicht nicht mehr viel zu sagen bleibt. Und vielleicht ist die Suche bereits beendet. Aber es gibt noch einen wichtigen (doch sicherlich?) Aspekt der Verse, der bisher nur wenig Beachtung gefunden hat. Die Verbindung von dem »Tiger« mit der »brennenden Nacht« (Zeilen 9 und 12) ist zwar erwähnt worden, aber in nichtspezifischem Zusammenhang. Nach meiner Ansicht, Sir, sollte man den Tiger (die Katze) vielleicht interpretieren als auf Autofahrer in der Dunkelheit zurückstarrend. Und die brillant einfache Erfindung, die schon seit Langem den von der Dunkelheit überraschten Fahrer durch den oft zitierten Wald der Nacht (William Blake) gesteuert hat? Katzenaugen!

Ich selbst lebe zu weit entfernt von Oxford, als dass ich eine solche These überprüfen könnte. Aber könnte die Polizei dies nicht als echten Hinweis betrachten und nach einem Stück Straße suchen (in oder bei Wytham?), wo vor kurzem Reflektoren angebracht worden sind?
Mit freundlichen Grüßen, ANTHONY BEAULAH
Felsted School, Essex

»Hat es Sinn, Lewis darauf anzusetzen?«, fragte Strange, als Morse den Brief gelesen hatte.

»Nicht heute Vormittag, Sir. Wenn Sie sich erinnern, er, äh, macht Ferien.« Morse warf einen Blick auf seine Uhr. »In diesem Augenblick sieht er wahrscheinlich auf Jütland hinunter.«

»Warum sind *Sie* nicht geflogen, Morse? All die blonden Schwedinnen und so …«

»Ich dachte, es sei eine gute Erfahrung für ihn.«

»Hm.«

Eine Weile schwiegen sie beide. Dann nahm Strange seine Zeitung an sich und stand auf. »Haben Sie schon ein Testament gemacht, Morse?«

»Ich habe nicht viel zu vererben, eigentlich.«

»All Ihre Platten zum Beispiel?«

»Etwas überholt, fürchte ich. Wir kaufen heute alle CDs.«

»Vielleicht sind *die* auch bald überholt.«

Morse nickte. Strange machte selten so scharfsinnige Bemerkungen.

38

Es macht die Menschen stärker, wenn sie erkennen, dass die helfende Hand, die sie brauchen, sich am Ende ihres eigenen rechten Arms befindet.
Sidney J. Phillips, Rede im Juli 1953

Auf der zwanzig Kilometer langen Busfahrt vom Arlanda-Flughafen nach Süden in Richtung Stockholm genoss Lewis den für ihn ziemlich seltenen Anblick eines anderen Landes. Nach einer Weile gingen die ausgedehnten Kiefern- und Tannenwälder in kleinere Gehölze und offene Felder über, dann kamen Bauernhöfe, rot, mit Scheunen, die ebenfalls rot waren, und einige wenige gelbe Herrenhäuser aus Holz, kurz vor dem Stadtrand von Stockholm mit seinen Fabriken und ordentlichen, noch neuen Gebäuden – und alles so außerordentlich sauber und ohne jeden Abfall. In kleinen Waldgebieten in der Stadt selbst standen drei- und vierstöckige Wohnblöcke, und schließlich kam das Ende der Fahrt, der Zentrale Omnibusbahnhof.

Lewis hatte auf der Schule nie Sprachen gelernt, und seine Reisen ins Ausland hatten sich bisher beschränkt auf drei

Wochen in Australien, zwei Wochen in Italien und einen Nachmittag in einem Supermarkt in Calais. Dass er keine Schwierigkeiten hatte, ein Taxi herbeizurufen, lag allein an dem hervorragenden Englisch des jungen Fahrers, der Lewis bald in den Vorort Bromma und dann zu einem achtstöckigen weißen Wohnblock in Bergsvägen brachte.

Die Kriminalpolizei von Stockholm hatte angeboten, einen Mann zu schicken, der ihn abholte, aber Lewis hatte keinen Gebrauch von dem Angebot gemacht, als er am Tag zuvor die Einzelheiten seines Besuchs plante. Es war selten, dass er unabhängig entscheiden konnte, und hier war seine Chance.

Die Eingangshalle war aus poliertem rosa Granit, und ein Schild mit den Namen der Mieter hing an einer Wand:

ANDREASSON	8A
ENGSTRÖM	8B
FASTÉN	7A
OLSSON	7B
KRAFT	6A
ERIKSSON	6B

Sechster Stock!

Lewis war aufgeregt, als er den Namen sah; es war fast, als ob … als ob er im Begriff wäre, eine bedeutsame Entdeckung zu machen.

Die Tür mit dem Namensschild ERIKSSON wurde von einer Frau Mitte vierzig geöffnet, mittelgroß, rundlich, mit hellbraunen Augen und kurzem, bräunlichblondem Haar.

»Mrs Eriksson?«

»Irma Eriksson«, sagte sie, gab ihm die Hand und bat ihn in die Wohnung.

An den Wänden der kleinen Diele standen Schränke, an einer hing ein großer Spiegel, an einer anderen ein Wandteppich, der selbst gewebt aussah. Durch die offene Tür an seiner rechten Seite sah Lewis eine wunderschön eingerichtete

Küche, frisch und glänzend vor Sauberkeit, mit einem Kupferkessel auf dem Herd und alten Tellern an den Wänden.

»Hier hinein, Mr Lewis.« Sie zeigte lächelnd nach links und ging ihm voran.

Ihr Englisch war sehr gut, fließend und korrekt, mit nur einer Spur von ausländischem Akzent, wahrnehmbar vielleicht allein in der Dehnung des kurzen »i« (»Miester Lewis«).

Die ganze Wohnung war so *sauber* und der Parkettboden im Besonderen war so peinlich sauber, dass Lewis sich fragte, ob er anbieten sollte, seine Schuhe auszuziehen, denn sie selbst stand in Strümpfen da: Mit einer freundlichen Geste bot sie ihm einen Platz auf einem braun gestreiften Sofa an.

Als Lewis später versuchte, Morse die Einrichtung zu beschreiben, war ihm mehr als alles andere die große Menge von Dingen bewusst, die in dieses Wohnzimmer gepackt worden waren: zwei Couchtische aus massivem, dunklem Holz, eine große Anzahl von Zimmerpflanzen, Gruppenbilder und Fotos überall, Dutzende von Kerzenhaltern, ein großes Fernsehgerät, hübsche Kissen, wo man nur hinschaute, Vasen mit Blumen, eine Gruppe Dalapferde, zwei Kruzifixe und, wie Lewis später erfuhr, ein Satz Carl-Larsson-Drucke über dem Backsteinkamin. Doch trotz all der Fülle war das ganze Zimmer hell und luftig: Die dünnen Gardinen waren von dem nach Süden gehenden Fenster zurückgezogen.

Die Unterhaltung war mühelos und, für Lewis, interessant. Er erfuhr etwas von den Lebensverhältnissen der Mittelklasse in schwedischen Städten, hörte, wie und warum die Erikssons von Uppsala nach Bergsvägen gezogen waren, fast ein Jahr nachdem … nachdem Karin zugestoßen war, was ihr zugestoßen war. Während Lewis kurz die Aussage durchging, die sie vor einem Jahr gemacht hatte, beobachtete Irma Eriksson ihn wachsam (wie er sehen konnte), nickte hier und da und schaute ein- oder zweimal traurig hinunter auf einen kleinen Orientteppich vor ihren Füßen. Aber ja, es war alles da, und nein, sie konnte nichts hinzufügen. Von jenem Tag bis zu diesem hatte sie keine weiteren Nachrichten von ihrer Tochter erhalten – keine einzige. Zuerst, gab sie zu, hatte sie gehofft und gehofft und nicht glauben können, dass Karin tot sei. Aber nach und nach war ihr nichts anderes übrig geblieben als diese Schlussfolgerung, und es war wirklich besser so – die absolute Gewissheit zu akzeptieren, dass Karin ermordet worden war. Sie war der englischen Polizei dankbar – wie sollte sie es nicht sein? – für ihre erneuten Bemühungen – noch einmal! –, und sie hatte natürlich die Leserzuschriften gelesen, die sie regelmäßig von einer englischen Freundin erhielt.

»Darf ich Ihnen einen Kaffee anbieten? Und einen kleinen schwedischen Schnaps vielleicht?«

Als sie hinaus in die Küche ging, konnte Lewis kaum glauben, dass er »ja« zum ersten und »ja« zum zweiten Angebot gesagt hatte. Oft in seiner Laufbahn hätte er viel dafür gegeben, Morse in seiner Nähe zu wissen, nicht jedoch jetzt. Er stand auf und ging langsam durch das Zimmer und musterte längere Zeit einige der Fotos, im Besonderen eines von ihnen: drei junge Frauen in schwedischer Nationaltracht.

»Ah! Ich sehe, Sie haben meine schönen Töchter gefunden.«

Mrs Eriksson war leise hereingekommen und stand jetzt neben ihm, zehn bis fünfzehn Zentimeter kleiner als der über 1,80 Meter große Sergeant. Er konnte die süße sommerliche Frische ihres Körpers wahrnehmen, und er fühlte ein unbekanntes Zucken in seiner rechten Schläfe.

»Katarina, Karin, Kristina.« Sie zeigte nacheinander auf jede der drei. »Und alle hübscher als ihre Momma, nicht?«

Lewis antwortete nicht direkt und hielt noch immer das eingerahmte Foto in der Hand. Die drei sahen sich so ähnlich; alle hatten langes, glattes, goldblondes Haar, alle hatten reine Haut und hohe Wangenknochen.

»Das in der Mitte ist Karin, sagen Sie?« Lewis betrachtete sie noch einmal, die, die vielleicht ein wenig ernsthafter als die beiden anderen aussah.

Momma nickte, dann nahm sie – überraschend – Lewis das

Foto aus der Hand und stellte es wieder auf seinen Platz, ohne ihr etwas schroffes Verhalten zu erklären.

»Wie kann ich Ihnen sonst noch helfen?« Sie saß mit übereinandergeschlagenen Beinen Lewis gegenüber in einem Sessel und stürzte den Schnaps aus dem kleinen, dickwandigen Glas hinunter, bevor sie einen Schluck von dem heißen, starken Kaffee trank.

Lewis stellte ihr eine Reihe von Fragen und machte sich bald ein sehr viel deutlicheres Bild von der Tochter, von der die Mutter jetzt so liebevoll sprach.

Karin war ein gescheites Mädchen gewesen, wenn auch manchmal etwas zur Faulheit neigend. Sie hatte mit achtzehn die höhere Schule in Uppsala verlassen, mit guten Zukunftsaussichten; sie war attraktiv, eine *sehr* gute Schwimmerin und Tennisspielerin und hatte eine größere Anzahl von Auszeichnungen von Arbeitsgemeinschaften in der Schule und bei den Pfadfinderinnen erworben, für Vogelbeobachtung, Landkartenlesen, Felsenklettern, Judo, Sticken und Amateur-Musicals. Kurz nachdem Karin die Schule verlassen hatte, war Irmas Ehemann, Staffan Eriksson, mit einer geheimnisvoll verführerischen Brünette zusammengezogen, die er auf einer Geschäftsreise nach Norwegen kennengelernt hatte, und, nun, das war es in etwa. Irma Eriksson stellte die Beine nebeneinander und lächelte Lewis sanft an.

»Noch einen Schnaps?«

»Warum nicht«, sagte Mr Lewis.

Katarina (so fuhr Irma Eriksson fort), ihre älteste Tochter, war verheiratet und arbeitete als Dolmetscherin bei der Europäischen Kommission in Straßburg, die jüngste Tochter, Kristina, erst achtzehn, war in ihrem letzten Schuljahr und wollte Sozialwissenschaft studieren. Sie wohnte zu Hause, hier in der Wohnung, und wenn Mr Lewis gern mit ihr sprechen würde …? Wenn Mr Lewis länger in Stockholm bliebe?

Es zuckte wieder in Lewis' Schläfe, und er lenkte die Unterhaltung zurück auf Karin.

Wie *war* Karin – als Person? Nun, ihre Mutter nahm an, man könnte sie »unabhängig« nennen – ja, das vor allem anderen. Im Sommer bevor sie nach England ging, hatte sie zwei Monate in einem Kibbuz in der Nähe von Tel Aviv verbracht, und im Jahr davor hatte sie sich einer Gruppe von Umweltschützern im Arctic Circle angeschlossen. Aber sie war nie (zum ersten Mal schien Irma Eriksson Schwierigkeiten mit ihrem englischen Wortschatz zu haben) ein »leichtes« Mädchen gewesen. Nein! Das war es nicht, was sie meinte! Sie war nie eine von denen gewesen, die ins Bett gingen mit … Sie wissen …?

»War sie … glauben Sie, dass sie noch Jungfrau war, Mrs Eriksson?«

»Irma, bitte!«

»Soweit Sie wissen … Irma?«

»Ich bin mir nicht sicher. Abgesehen von dem Ärger in Israel – wenn sie Sex mit irgendwem hatte, wäre es jemand gewesen, den sie mochte. Sie wissen, wie ich das meine, nicht wahr?«

»Sie hat gern Vögel beobachtet, sagten Sie?« Lewis verlor den Faden. (Oder nicht?)

»O ja! Nie ging sie auf Urlaub oder machte einen Spaziergang, ohne ihr Fernglas mitzunehmen.« (Das korrekte Englisch bröckelte ab, ein ganz klein wenig.)

Es gab jetzt nur noch einen Punkt, den zu bestätigen Morse ihn gebeten hatte: die Pass- und Arbeitserlaubnisbestimmungen für eine junge Frau wie Karin.

Kein Problem. Zum ersten Mal glaubte Lewis, Kummer in den traurigen Augen zu sehen, während Irma Eriksson erklärte, da Schweden nicht zur EG gehöre, müssten alle schwedischen Staatsbürger Antrag auf Arbeitserlaubnis stellen, falls sie die Absicht hätten, für längere Zeit im Vereinigten Königreich zu bleiben, und dass es selbst für eine Au-pair-Beschäftigung ratsam sei, dies zu tun. Aber Karin hatte einen solchen Antrag nicht gestellt; sie wollte nicht länger als drei Wochen im Großbritannien bleiben, und dafür hätte ihr für zehn Jahre gültiger schwedischer Pass genügt.

Lewis spürte plötzlich, dass, *falls* Mrs Eriksson sich bisher etwas kokett verhalten hatte, die Situation jetzt verändert war.

»Sie haben Karins Pass behalten, nicht wahr?«, fragte sie leise.

Lewis nickte. Als sie sein Stirnrunzeln sah, erklärte sie rasch: »Sehen Sie, wir hofften, sie könnte – wenn sie noch lebte –, sie könnte einen neuen Pass beantragen, falls sie den alten *verloren* hätte. Verstehen Sie?«

Lewis nickte wieder.

»Und das hat sie nicht, nicht wahr, Mr Lewis?« Sie stand auf und schlüpfte in schwarze, halbhohe Schuhe. »Also!«

»Ich fürchte, ich kann Ihnen keine Hoffnungen machen – leider nicht«, sagte Lewis und stand auf.

»Das wusste ich eigentlich von Anfang an. Es ist nur …«

»Ich weiß. Und ich danke Ihnen. Sie haben uns sehr geholfen. Nur eine Sache noch – könnten Sie mir ein Foto von den drei Mädchen leihen, nur *leihen …?*«

Als sie in der Diele standen, wagte Lewis ein ehrlich gemeintes Kompliment:

»Wissen Sie, ich beneide Menschen wie Sie immer, Mrs … Irma … Sie wissen, Menschen, die andere Sprachen sprechen.«

»Mit Englisch fangen wir auch früh an. In der vierten Klasse, mit zehn Jahren. Na ja, ich selbst war zwölf, aber meine Töchter haben alle mit zehn angefangen.«

Sie gaben sich die Hand, und Lewis ging hinunter ins Erdgeschoss. Dann stand er mehrere Minuten vor einem Spielplatz, der von einer niedrigen Palisade aus dunkelbraunen Pfählen umgeben war. Es war jetzt früher Nachmittag an einem schönen Sommertag, mit einem wolkenlos blauen Himmel und einer gelben Sonne – wie die Farben der Flagge auf dem Rucksack, den man in Begbroke, Oxfordshire, gefunden hatte.

Von ihrem Balkon hoch oben schaute Irma Eriksson ihm nach, als er ging. Sobald er in der Hauptverkehrsstraße verschwunden war, kehrte sie zurück in ihre Wohnung und betrat das hintere Schlafzimmer, wo sich auf Schwedisch folgende Unterhaltung entspann:

»War er intelligent?«

»Nicht besonders. Aber sehr nett – *sehr* nett.«

»Hast du ihn aufgefordert, mit dir zu schlafen?«

»Ich hätte es vielleicht getan, wenn *du* nicht hier gewesen wärest.«

»Glaubst du, dass er Verdacht geschöpft hat?«

»Nein.«

»Aber du bist froh, dass er wieder weg ist?«

Irma Eriksson nickte. »Willst du einen Kaffee?«

»Ja, bitte!«

Als ihre Mutter gegangen war, musterte die junge Frau sich im dämmerigen Zimmer in dem hohen Wandspiegel und entschied, dass sie müde aussah und dunkle Schatten um die Augen hatte. Doch wenn Lewis sie an dem Nachmittag gesehen hätte, wäre er beeindruckt gewesen von ihrer blassen und eleganten Schönheit, auch wäre ihm sofort die große Ähnlichkeit mit dem Passfoto der Studentin aufgefallen, das in dem Rucksack bei Begbroke in Oxfordshire gefunden worden war.

39

In einer Welt, in der Pflicht und Selbstdisziplin Hedonismus und Selbstzufriedenheit unterlegen sind, gibt es nichts Besseres, als die Augen zu schließen und sich von der Strömung tragen zu lassen. Wenigstens in der Fantasie findet von da an alles ein glückliches Ende.
Edwina Currie, Observer, 23. Februar 1992

Alan Hardinge hatte in Cambridge beide Abschlussprüfungen in den naturwissenschaftlichen Fächern mit Auszeichnung bestanden, war an dieser Universität geblieben, um seinen Dr. phil. zu machen, war dann zwei Jahre lang an der Harvard-Universität in der Forschung tätig gewesen, bis er schließlich an der »anderen« Universität zum Fellow gewählt worden war. Ein Jahr später hatte er sich in eine Bibliothekarin von der Bodleian verliebt, sie sechs Monate später geheiratet, in der Folge zwei Kinder gezeugt, beides Mädchen. Die eine studierte jetzt Psychologie an der Universität von Durham, die andere war tot, vor neunzehn Tagen überfahren worden, als sie den Cumnor Hill hinunter nach Oxford hineingeradelt war.

Er war nicht völlig überrascht gewesen, als er am Dienstag, dem 21. Juli, vormittags den Anruf von Chief Inspector Morse erhielt, und man einigte sich auf ein Treffen am selben Tag um 14 Uhr in Hardinges Zimmern im Lonsdale College.

»Was weiß Ihre Frau über Ihre Interessen in der Seckham Villa?«

»Nichts. Absolut gar nichts. Können wir Lynne, meine Frau, also *bitte* raushalten? Sie ist noch immer schrecklich durcheinander und nervös … Gott weiß, was …«

Dr. Hardinge sprach in abgehackten Sätzen, die von Gedankenstrichen unterbrochen wurden. Er war ziemlich klein, hatte krauses graues Haar und trug einen dunklen Anzug, jetzt, im Hochsommer, während viele seiner Kollegen in T-Shirts und Trainingshosen durch die High Street gingen.

»Das kann ich natürlich nicht versprechen …«

»Verstehen Sie nicht? Ich würde alles tun – wirklich alles –, damit Lynne nicht leidet. Ich weiß, dass sich das schwächlich anhört – es *ist* schwächlich – es ist das, was alle sagen – ich weiß –, aber es ist wahr.« Zwischen den hochgezogenen Schultern beugte Hardinges Kopf sich vor wie der einer ernsthaften Schildkröte.

»Kennen Sie diesen Mann?« Morse reichte ihm eines von den im Garten der Seckham Villa gemachten Fotos …

Hardinge nahm eine Halbbrille aus ihrem Etui, schien sie aber gar nicht zu benötigen; er schaute nur ein oder zwei Sekunden auf das Foto und gab es Morse wieder zurück.

»James – oder Jamie? – Myton. Ja, ich kenne ihn – kannte ihn –, eine Art Hansdampf in allen Gassen.«

»Wie haben Sie ihn kennengelernt?«

»*Hören* Sie – ich glaube, es wäre besser, wenn ich Ihnen etwas über mich erzähle, es wäre wirklich besser.«

Morse lauschte mit Interesse und ohne moralische Empörung, als Hardinge von seinen lebenslangen sexuellen Begierden erzählte.

Als er noch ein Junge war, hatte sich regelmäßig eine Reihe von älteren Frauen in seine Träume gedrängt, und er hatte sich bereitwillig, *beinahe* ohne Schuldgefühle, den sexuellen Fantasien hingegeben, die er so leicht hervorzaubern konnte – Fantasien, bei denen es keine Konsequenzen gab, keine Enttäuschungen. Als er in den Zwanzigern war, hätte er es vorgezogen – *zog* er es vor –, sich die pornografischen Filme und Videos anzusehen, an die man damals so leicht rankam. Dann hatte er Lynne kennengelernt – lieb, anständig, vertrauensvoll –, die völlig entsetzt und so verletzt sein, sich schämen würde, wenn sie auch nur einen Bruchteil der Wahrheit argwöhnte. Aber nach seiner Heirat bestanden seine Fantasien weiter, nahmen sogar noch zu. Er sehnte sich nach einer immer größeren Abwechslung in seiner sexuellen Befriedigung, und dies hatte nach und nach zu einer Reihe von ziemlich erbärmlichen Erfahrungen geführt: private Filmclubs, importierte Videos und Magazine, Live-Sex-Shows, Hostess-Partys – überall war er ein eifriger Stammkunde geworden. Die *Erwartung* solcher Ereignisse! Die außerordentlich erregenden Worte, die zum »Sesam, öffne dich!« für derartige erotische Unterhaltung wurden: »Ist jedermann bekannt?«

»Und das spielte sich regelmäßig in der Seckham Villa ab?«

»Ziemlich regelmäßig, selten mehr als fünf oder sechs Teilnehmer, gewöhnlich Leute, die wir ein- oder zweimal vorher gesehen hatten.«

Morse beobachtete den adretten Betrüger, der sich die ganze Zeit vorbeugte, ein Mann in den mittleren Jahren, mit Adlernase, blasser Hautfarbe, etwas pedantischer Ausdrucksweise. Er hatte das Gefühl, er sollte den Mann wenigstens ein wenig verachten, aber er konnte es nicht. Wenn Hardinge leicht pervers war, so war er es auf eine außerordentlich ehrliche Weise, und seine verblassten, wässrigen Augen ließen ihn müde und etwas verloren aussehen, schwach, ohne Stärke vorzutäuschen.

»Sie sind kein ›medizinischer‹ Doktor, Sir?«, fragte Morse, als das Geständnis der fleischlichen Begierden abgeschlossen war.

»Nein. Meine Doktorarbeit beschäftigte sich mit ...«

»Mit?«

»Sie versprechen, dass Sie nicht lachen?«

»Machen Sie einen Versuch.«

»Das Körpergewicht der Kohlmeise im Verhältnis zu ihren verschiedenen Vorkommen in Nordeuropa.«

Morse lachte nicht. Vögel! So viele Leute in diesem Fall schienen sich für Vögel zu interessieren ...

»Das war echte *Forschungsarbeit?*«

»Es gibt keine andere, soviel ich weiß.«

»Und Sie wurden darüber *geprüft?*«

»Anders können Sie die Doktorwürde nicht erwerben.«

»Aber derjenige, der Sie prüfte – er konnte doch nicht so viel wissen wie *Sie,* oder?«

»Tatsächlich war es eine Sie. Es geht um – nun, das wird behauptet –, um die Forschungsarbeit, die Art, wie Sie beobachten, wie Sie Dinge aufzeichnen, nach Kategorien ordnen und dann zu einer Schlussfolgerung kommen. Ein bisschen wie Ihr Job, Inspector.«

»Ich dachte nur, Sir, dass es vielleicht nicht schwer gewesen wäre, einige der Fakten zu erfinden ...«

Hardinge runzelte die Stirn und beugte den Kopf wieder vor. »Ich habe nichts über die Seckham Villa erfunden, Inspector, wenn es das ist, worauf Sie hinauswollen.«

»Und dort haben Sie Claire Osborne kennengelernt?«

»Sie hat Ihnen gesagt, dass das ihr Name sei?«

»Sie nannte sich auch ›Louisa Hardinge‹.«

Hardinge lächelte traurig. »Der erste und einzige Tribut, den sie mir gezollt hat! Aber sie liebt es, den Namen zu wechseln – ständig –, sie weiß gar nicht wirklich, wer sie ist – oder was sie will, Inspector. Sie ist so etwas wie ein Chamäleon, nehme ich an. Aber das wissen Sie wahrscheinlich? Wie ich höre, haben Sie sie kennengelernt.«

»Wie heißt sie wirklich?«

»Der Name auf ihrer Geburtsurkunde? Ich habe keine Ahnung.«

Morse schüttelte den Kopf. Gab es in diesem Fall *irgendjemanden,* der ihm die Wahrheit sagte?

»Sie ist nie selbst in der Seckham Villa gewesen, soweit ich weiß«, fuhr Hardinge fort. »Ich habe sie über eine Agentur kennengelernt. McBryde – Sie haben mit ihm gesprochen? –, über McBryde. Sie geben einem Fotos – mit sexuellen Angeboten –, Sie wissen, was ich meine.«

»Maße?«

»Maße.«

»Und Sie sind auf sie geflogen?«

Hardinge nickte. »Fällt einem nicht schwer, oder?«

»Sie lieben sie noch immer?«

»Ja.«

»Und sie liebt Sie auch?«

»Nein.«

»Sie werden mir die Adresse der Agentur geben müssen.«

»Das habe ich vermutet.«

»Wie kommen Sie an all das Zeug ran, ohne dass Ihre Frau etwas merkt?«

»Unauffällige Umschläge – Päckchen – hierher – ins College. Ich bekomme eine Menge wissenschaftliche Unterlagen hierher – kein Problem.«

»Kein Problem«, wiederholte Morse leise, endlich mit einem gewissen Widerwillen in der Stimme, während die Autorität auf dem Gebiet der Kohlmeisen eine kurze Adresse notierte.

Hardinge beobachtete von seinem Fenster aus, wie der Chief Inspector auf die Pförtnerloge neben dem gut gewässerten, unkrautfreien Rasen des vorderen Innenhofes zuging. Er schien Verständnis zu haben, und vermutlich sollte er, Hardinge, dankbar dafür sein. Aber wenn Morse etwas intelligenter wäre, hätte er vielleicht ein oder zwei Fragen zu Myton gestellt. Hardinge jedenfalls kannte unter anderem die Fernsehgesellschaft, für die gearbeitet zu haben der lüsterne Kameramann behauptet hatte. Doch merkwürdigerweise schien der Chief Inspector sich wesentlich mehr für Claire Osborne zu interessieren als für den widerlichsten Menschen, dem zu begegnen Hardinge je das Pech gehabt hatte.

40

Dann lernte der kleine Hiawatha
Von jedem Vogel seine Sprache,
Seinen Namen und all seine Geheimnisse.
Henry Wadsworth Longfellow, The Song of Hiawatha

An jenem Nachmittag hatte Police Constable Pollard »die Schnauze voll« vom Leben, wie er seine Gemütsverfassung seinen Kollegen in Kidlington später schilderte. Er hatte über zwei Stunden mit niemandem gesprochen, seit die beiden Burschen vom Pathologie-Labor da gewesen waren, um das abgeriegelte Gebiet zu durchsuchen und aus der bräunlichen Erddecke, wo die Knochen gelegen hatten, mehrere Spatenstiche herauszuheben und sie in durchsichtigen Plastiktüten abzutransportieren. Nicht dass sie viel zu ihm gesagt hätten, als sie kurz nach der Lunchpause gekommen waren: die Art von Männern (Pollard zweifelte kaum daran) mit akademischen Graden in Naturwissenschaften und Biochemie und all dem Quatsch. Er sah natürlich ein, dass solche Leute nötig waren, obwohl er fand, dass die Polizei allmählich zu viele von diesen Klugscheißern von den Universitäten einstellte. Er sah ein, dass es wichtig war, die Neugierigen vom Tatort fernzuhalten – wenn es ein Verbrechen *war*. Wer genau diese Leute eigentlich waren, wusste er nicht so recht. Ein Pärchen musste einen Zeltboden für ein bisschen heimlichen Sex ganz schön weit tragen, und sicher würden sie doch nicht *dorthin* gehen? Er hatte auf dem Weg ein paar Vogelbeobachter gesehen, aber auch nicht *dort*. Es war zu dunkel, und die Vögel konnten nirgends hineinfliegen; es wäre, als versuchten Flugzeuge, zwischen den Seilen von Sperrballons hindurchzufliegen.

Der Nachmittag hatte sich müde dahingeschleppt, und zum x-ten Mal warf Pollard einen Blick auf seine Uhr: 16.25 Uhr. Für 17 Uhr war ein Polizeiwagen am Singing Way versprochen, mit weiteren Instruktionen und – hoffentlich – mit einer Ablösung. Wenn sie nicht beschlossen, die ganze Sache zu streichen, nachdem der Boden durchkämmt worden und die erste Aufregung erloschen war.

16.45 Uhr.

16.55 Uhr.

Pollard faltete sein Exemplar der *Sun* zusammen und nahm die Feldflasche, die sie ihm gegeben hatten, vom Boden auf. Er setzte sich die schwarz-weiß karierte Mütze auf und folgte langsam dem Waldweg, ohne den winzigen Waldbaumläufer zu bemerken, der in Spiralen an einer Buche links von Pollard hinauflief, noch den Kleinspecht, der ein Stück weiter plötzlich sehr still auf einem kurzen Eichenast verharrte, als die knirschenden Schritte sich vorbeibewegten.

Auch ein anderes Augenpaar beobachtete den Rücken des hemdsärmeligen Constables, wie er sich immer weiter entfernte; die Augen eines Mannes, der sich nicht rührte, bis es wieder vollkommen still im Wald war, mit nur gelegentlichen Vogelrufen – dem dünnen »Ziet-ziet« des Waldbaumläufers und nach einer Weile dem hohen »Ki-ki« des Spechts, das durch den späten, stillen Sommernachmittag tönte. Im

Gegensatz zu Constable Pollard wusste dieser Mann viel über den Wald und über die Vögel.

Der Mann bahnte sich einen Weg zu dem Waldstück hinter dem abgesperrten Gebiet, beugte sich vor und begann mit unablässig auf den Boden gehefteten Blicken so langsam, wie das Gelände es gestattete, das Terrain zu sondieren, etwa zwanzig Meter weit, bevor er kehrtmachte und seine Schritte etwa eineinhalb Meter tiefer in den Wald zurückverfolgte. Er wiederholte diesen Vorgang immer wieder, bis er eine Fläche von an die fünfzehn Quadratmeter abgeschritten hatte. Ein- oder zweimal hob er irgendeinen Gegenstand von dem dicht bewachsenen Boden auf, nur um ihn umgehend wieder fortzuwerfen. Das Gleiche wiederholte er in dem links von dem abgesperrten Gebiet liegenden Gelände – das selbst er kein einziges Mal betrat – und arbeitete sich langsam vor, ständig wachsam, ständig auf der Hut und manchmal zur Regungslosigkeit erstarrend. Auf diese Weise betätigte er sich über eine Stunde, wie ein Ochse, der die Pflugschar bis zum Ende des Feldes zieht, dann kehrtmacht und eine parallele Furche gräbt, von rechts nach links ... links nach rechts. Bustrophedon – Furchenschrift.

Kurz nach 18 Uhr fand er es. *Beinahe* hätte er es übersehen; nur die Spitze des schwarzen Griffes schaute heraus. Seine Augen glitzerten mit der Hochstimmung des Jägers, der sich auf sein Opfer stürzt, doch während er seinen Fund in die Tasche steckte, erstarrte sein Körper von Neuem. Ein Rascheln ... in der Nähe. Sehr nahe. Dann fühlte er, ebenso plötzlich, wie seine Schultermuskeln sich entspannten, sich auf wunderbare Art entspannten. Der Fuchs stand nur drei Meter entfernt von ihm, die Ohren gespitzt, und starrte ihm frech in die Augen, bevor er sich umdrehte und ins Unterholz trottete, als ob er beschlossen hätte, dass dieser Eindringling jedenfalls kaum sein altehrwürdiges Territorium molestieren würde.

Der Polizeiwagen kam sehr spät (»Verkehr!«, sagte der Fahrer), und sie könnten alle vier – die drei an den Fahrzeugzugängen zu dem Wald und Pollard selbst – leider erst um 19 Uhr abgelöst werden. Priorität hatten noch immer die Jugendlichen mit ihren Spritztouren in gestohlenen Autos, und ohnehin schien niemand zu wissen, *wer* eigentlich verantwortlich war: Sergeant Lewis war zu einem Skiurlaub nach Schweden abgehauen – lieber Gott! –, und Chief Inspector Morse – zur Hölle mit ihm! – war vorübergehend »nicht verfügbar«. Wahrscheinlich hockte er in einem Pub. Eine Schande, dass das Funksprechgerät nicht etwas besser funktionierte, wahrscheinlich all die verdammten Bäume, was?

Der Waldbaumläufer war verschwunden, und der Kleinspecht ebenfalls, als Pollard widerwillig zu seinem Posten zurückkehrte.

Und etwas anderes war auch verschwunden.

41

Nun, die Welt ist voll von Makkern.
Sie lenken alles, sie verderben alles.
Jean Giraudoux, Die Irre von Chaillot

Ob die Agentur sehr beschäftigt war oder ob das Telefon kaputt war oder ob irgendjemand einfach nicht mit ihm sprechen wollte – Morse hatte keine Ahnung. Aber es war 16.30 Uhr, bevor er endlich durchkam, und 17 Uhr, bevor er, durchs Verkehrsgewühl kriechend, schließlich auf dem kleinen betonierten Parkplatz der »Elite Booking Services« in der Abingdon Road hielt. Das Unternehmen, so schien es Morse, hätte eigentlich ein glitzerndes Gebäude aus Marmor und Glas sein sollen, mit einer verführerischen Oben-ohne-Brünette am Empfang, die nachdenklich ihre langen, scharlachroten Fingernägel betrachtete. Aber so war es nicht.

Das vordere Zimmer der etwas schäbigen Doppelhaushälfte

war so vollgestopft mit Aktenordnern und Pappkartons, dass nur Platz blieb für zwei Stühle mit gerader Rückenlehne – für die beiden Geschäftsinhaberinnen: Die eine war sehr groß und gewiss schlecht beraten, einen karmesinroten Hosenrock zu tragen; die andere war ziemlich klein und flachbrüstig und trug schwarze Strümpfe und einen Minirock. Beide rauchten Mentholzigaretten, und nach den übervollen Aschenbechern im Zimmer zu urteilen, rauchten beide ununterbrochen Mentholzigaretten. Morse hatte das Gefühl, dass Letztere der Boss sei – wenn es überhaupt einen gab. Aber es war die große Frau (Ende zwanzig?), die zuerst sprach: »Das ist Selina, meine Assistentin. Ich bin Michelle – Michelle Thompson. Was kann ich für Sie tun?«

Ihr Lächeln mit den Grübchen in den runden Wangen schien warm, sogar attraktiv, und Morse akzeptierte – unwillig – Selinas Stuhl, stellte seine Fragen und erhielt seine Antworten.

Die Agentur empfing, verglich und verteilte »Informationen« aus allen Teilen des Landes, die nützlich und von Interesse sein könnten für verschiedenartige Unternehmen von Fernsehanstalten über Filmproduzenten, Modedesigner, Magazinherausgeber bis hin zu, nun, Händlern mit etwas anrüchigeren Produkten. In ihren Verträgen distanzierte die Agentur sich offiziell, legal und ausdrücklich von irgendwelchen Verpflichtungen im Fall eines *Missbrauchs* ihrer Leistungen. Wenn ein bestimmter Kunde ein bestimmtes Model buchte, wurde eine solche Buchung abgeschlossen mit dem strikten Vorbehalt, dass jeder Missbrauch der vertraglichen Vereinbarungen zwischen Model und Kunden zu regeln sei – nie zwischen Model und Agentur. Aber Schwierigkeiten dieser Art waren selten – sehr selten. McBryde war seit etwa zwei Jahren Kunde: ein sehr guter Kunde, wenn vollständige und prompte Zahlung der Maßstab waren – achtzig Prozent des ausgehandelten Honorars an das Model, zwanzig Prozent an die Agentur.

Jedes Jahr im Frühling wurde ein Model-Jahrbuch herausgebracht; es gab natürlich immer neue Models und immer neue Kunden mit neuen, unterschiedlichen Interessen. Aber eine der Vertragsbedingungen war es (»Schrecklich wichtig, Inspector!«), dass jede ursprünglich der Agentur preisgegebene Information hinsichtlich bestimmter Models und jede in der Folge von der Agentur erhaltene Information über Aktivitäten von Kunden oder Models immer streng vertraulich behandelt wurden. Und das müsse auch so bleiben, außer, na ja … Aber zumindest könne der Inspector doch verstehen – wenn das Vertrauen erst dahin sei …

»Und darum haben Sie sich nie mit der Polizei in Verbindung gesetzt?«

»Genau«, erklärte Ms Thompson.

Die Verbindung zur YWCA in London sei sehr einfach. Die Frau, die von der Polizei befragt worden sei, Mrs Audrey Morris, war Ms Thompsons Schwester. Am Freitag bevor Karin per Anhalter nach Oxford gefahren war, hatte Audrey angerufen und gesagt, dass sie eine junge schwedische Studentin bei sich hätten, die nur noch ein paar Pence besitze, dass die YWCA ihr eine Zehnpfundnote aus ihrem Hilfsfonds gegeben hätte und dass Audrey ihr Namen, Anschrift und Telefonnummer der Eliteagentur aufgeschrieben habe. Sie hätte Michelle versichert, dass die junge Frau wohlgeformt, *sehr* fotogen und wahrscheinlich erfahren genug sei, um zu wissen, dass eine Sitzung mit einem Fotografen bei einem leeren Portemonnaie Wunder wirken könne.

»Sie arbeiten sonntags?«

»Sonntag ist ein guter Tag für die Sünde, Inspector. Und wir hatten einen Kunden, der bereit war und wartete – falls sie kommen sollte.«

»Und sie ist gekommen?«

»Sie rief von einer Telefonzelle an der Wentworth Road in Nord-Oxford an, und Selina fuhr in ihrem Mini dorthin, um sie abzuholen …«

Morse konnte sich nicht länger beherrschen. »Verdammte Scheiße! Ist Ihnen klar, wie viel Zeit und Mühe Sie uns hätten ersparen können? Kein Wunder, dass wir so viele nicht aufgeklärte Verbrechen haben, wenn –«

»Über welches *Verbrechen* sprechen wir eigentlich, Inspector?«

Morse ließ das Thema fallen und bat sie fortzufahren.

Aber eigentlich war es das auch schon gewesen – es gab nicht mehr viel zu sagen. Selina hatte sie zur Abingdon Road gebracht: attraktiv, braungebrannt, blond, kurvenreich, knapp bekleidet; mit einem Rucksack, ja, einem roten Rucksack, und sehr wenig sonst. Der Kunde aus der Seckham Villa hatte nach solchem und ähnlichem Ausschau gehalten. Ein Anruf. Eine telefonische Vereinbarung: hundert Pfund für eine Sitzung von einer Stunde – achtzig Pfund für das Mädchen, zwanzig Pfund für die Agentur.

»Wie kam sie zur Park Town?«

»Keine Ahnung. Sie sagte, sie würde ins Zentrum laufen – das waren nur fünf Minuten – und eine Kleinigkeit essen. Schien keine Hilfe zu wollen. Selbstständige Person.«

Das wars also. Jedenfalls für den Augenblick.

Bevor Morse ging, bat er, einen Blick in das laufende Model-Jahrbuch werfen zu dürfen, eine dicke, in Schwarz gebundene Broschüre, aus der, ziemlich sicher, die Auswahl von Fotokopien in der Seckham Villa zusammengestellt worden war. Die Fotos waren alle in Schwarz-Weiß, aber in dieser Ausgabe fand Morse weder Claire noch Louisa unter den eleganten Frauen in ihren halb aufgeknöpften Blusen und den an Strumpfhaltern befestigten Strümpfen. Es war auch keine Karin unter den »Ks«: nur Katie und Kelly und Kimberly und Kylie …

»Wenn ich das mitnehmen dürfte?«

»Natürlich.«

»Und ich fürchte, ich muss Sie noch einmal belästigen – mit meinem Sergeant. Wahrscheinlich morgen. In Ordnung?«

Als Morse im Begriff war zu gehen, läutete das Telefon, und Selina machte Anstalten, den Anruf entgegenzunehmen. Aber Michelle nahm den Hörer auf, legte die Hand über die Sprechmuschel und sagte ihrem Besucher auf Wiedersehen. So war es die schweigsame Selina, die den Chief Inspector an die Tür begleitete und, ein wenig zu Morse' Überraschung, mit ihm zum Jaguar ging.

»Es gibt etwas, was Sie wissen sollten«, sagte sie. »Es ist nicht wichtig, ich weiß, aber ...«

Im Gegensatz zu den Anklängen an Cockney in der Sprache ihrer Partnerin waren ihre Vokale merkwürdig gerollt: die Vokale von Oxfordshire und Gloucestershire.

»Ich habe sie mitgenommen, verstehen Sie. Sie war wunderschön.«

»Ja?«

»Verstehen Sie nicht? Ich *wollte* sie, Inspector. Ich fragte sie, ob sie zu mir kommen würde, danach. Ich habe eine Menge Geld, und sie hatte ... sie hatte nichts.« Eine Träne, die bald langsam über die magere Wange rollen würde, hatte sich in Selinas rechtem Auge gebildet.

Morse sagte nichts und vertraute darauf, dass sein Instinkt ihn ausnahmsweise das Richtige tun ließ.

»Sie hat ›nein‹ gesagt«, fuhr die Frau schlicht fort. »Das ist es, was ich Ihnen eigentlich sagen sollte: Sie hätte ... *einige* Dinge nicht getan. Sie wollte es einfach nicht. Sie war nicht käuflich – nicht wie die meisten von ihnen.«

Morse legte ihr die Hand auf die knochige Schulter und lächelte sie verständnisvoll an und hoffte, dass er aufgenommen hatte, was immer sie ihm hatte mitteilen wollen. Er dachte, dass er es getan hatte.

Als Morse fortfuhr, sah er die überdimensionale Michelle noch immer eifrig beschäftigt mit den Wünschen eines anderen Kunden. Sie war mit Sicherheit der dominante Partner im Geschäft, aber er fragte sich, wer der dominante Partner im Bett sein mochte.

Er kam erst um Viertel vor sieben ins Präsidium in Kidlington zurück, wo er erfuhr, dass man Anweisungen brauchte – möglichst bald! – wegen der Männer in den Wytham Woods. Sollte der Polizeitrupp dort aufgelöst werden? Im Großen und Ganzen hielt Morse es für Zeitverschwendung, dort weiter eine Wache aufrechtzuerhalten. Aber Logik hatte manchmal weniger Gewicht in Morse' Vorstellungen als Gefühle und Eingebungen, und so entschied er, dass er vielleicht doch weitermachen sollte mit der Wache.

Er fuhr vom Parkplatz des Präsidiums hinunter und stellte das Radio ein, aber er hatte es gerade verpasst – verdammt! – und hörte nur noch die ausklingende Erkennungsmelodie der *Archers,* während er in Richtung Oxford fuhr und sich fragte, was sonst noch er an diesem Tag verpasst haben mochte.

Am Banbury-Road-Kreisverkehr bog er nach rechts ab, fuhr hinunter nach Wolvercote und kehrte im *Trout* ein, wo er über eine Stunde auf der gepflasterten Terrasse zwischen den Sandsteinmauern des Gasthofs und dem niedrigen Geländer saß und über den Fluss schaute; er trank und dachte nach – dachte nach über die merkwürdig quälenden neuen Fakten, die er über den Tod des schwedischen Mädchens erfahren hatte.

Lewis rief um 22.15 Uhr an. Er sei zurück. Seine Reise sei einigermaßen erfolgreich gewesen, glaubte er. Wollte Morse ihn sofort sprechen?

»Nur, wenn Sie von ganz außergewöhnlichen Enthüllungen zu berichten haben.«

»Ganz so weit würde ich nicht gehen.«

»Dann warten Sie damit bis morgen früh«, entschied Morse. Nicht dass irgendeine Entscheidung, die Morse in jener Nacht traf, besonders relevant war, da die tägliche Routine von praktisch jeder Abteilung im Polizeipräsidium für die nächsten drei oder vier Tage unterbrochen war. Es hatte wieder Ärger in Broadmoor Lea gegeben, wo die Hälfte der Bewohner sich bitter über zu wenig Polizeischutz beklagte und die andere Hälfte heftig gegen Überreaktionen der Polizei protestierte. Städtische Arbeiter wurden eingeschüchtert; Nachahmer-Kriminalität wurde aus dem benachbarten Buckinghamshire und aus Berkshire gemeldet; eine weitere Besprechung auf höchster Ebene war für Donnerstag und Freitag angesetzt worden; der Innenminister hatte sich eingeschaltet und einen umfassenden Bericht verlangt. Die Ermittlungen in einem möglichen Verbrechen, das vielleicht vor einem Jahr in Blenheim Park oder in den Wytham Woods oder wo zum Teufel auch immer (wie der ACC es am folgenden Morgen ausdrückte) begangen worden war, hatten keine Priorität in einer Stadt, in der die Durchsetzung von Recht und Ordnung jetzt wirklich in Gefahr war.

42

In geringem Grade machten diese griechischen Philosophen Gebrauch von ihrem Beobachtungsvermögen, doch nur vereinzelt, bis zur Zeit des Aristoteles. Ihr Vermächtnis liegt woanders: in ihrer erstaunlichen Fähigkeit, deduktiv und induktiv zu denken.

W. K. C. Guthrie, The Greek Philosophers

Lewis' Bericht aus Schweden war sehr viel interessanter, sehr viel anregender gewesen, als Morse hatte erwarten können. Es kam wieder Fleisch auf die Knochen, sozusagen, wenn auch nicht auf jene besonderen Knochen, die in Pasticks entdeckt worden waren. Auch die Gedanken anderer schienen sich von dem Ort, wo man am besten nach dem Schwedenmädchen graben sollte, abzuwenden und auf den Mörder, der das Loch überhaupt gegraben hatte (sicherlich war es doch ein »er«?), zu richten, auf seine Interessen, seine besonderen Merkmale, sein psychologisches Phantombild gewissermaßen. Besonders die im letzten Brief an die *Times* vom Freitag, dem 24. Juli, zum

Ausdruck gebrachten Gedanken interessierten Morse nicht unbeträchtlich.

Von Reverend David M. Sturdy
Sir, wie so viele, die Ihre Zeitung regelmäßig lesen, war ich tief beeindruckt von dem Einfallsreichtum in den Zuschriften zu den inzwischen allbekannten Schwedenmädchen-Versen. Wir alle hatten gehofft, dass solche Mühe schließlich ihre Belohnung finden würde – ganz besonders die absolut brillante Analyse (13. Juli), die zu der »Wytham-Hypothese« führte. Darum lasen wir mit großer Enttäuschung von dem Befund des Polizeipathologen in Oxford (Dienstag, d. 21. Juli).

Ich selbst kann nicht hoffen, die deduktive Logik früherer Briefschreiber zu erreichen. Aber würde es sich nicht lohnen, sich ein Beispiel an Aristoteles zu nehmen und sich jetzt nach einer induktiven Hypothese umzusehen? Anstatt zu fragen, was der Autor der Verse als Hinweise verstanden wissen wollte, sollten wir vielleicht eine ganz andere Frage stellen, nämlich: Was sagen uns die Verse über die Person, die sie schrieb, besonders wenn diese Person versuchte, fast ebenso viel zu verbergen, als zu enthüllen sie bereit war.

Zwei Dinge fallen dem Leser vielleicht sofort auf. Erstens die veralteten Ausdrücke, die in den Versen so häufig Vorkommen (»tell'st«, »know'st«, »Wither«, »thy«, »thee« etc.) und die nachdrücklich suggerieren, dass der Verfasser durchdrungen ist von der Sprache der Heiligen Schrift. Zweitens das häufige Zurückgreifen auf Worte aus Kirchenliedern: »The day thou gavest, Lord, is ended« (Z. 11); »As pants the hart for cooling streams« (Z. 15); »When I survey the wondrous cross« (Z. 17) – das alles scheint die Vermutung zu bestätigen, dass der Autor ein Mann ist, der ständig linguistischen Einflüssen dieser Art ausgesetzt ist.

Darf ich daraus den Schluss ziehen, dass es sich nicht um einen Mörder, sondern um einen Diener der Kirche Gottes handelt? Darf ich noch weiter gehen? Und einen katholischen Geistlichen vorschlagen, für den die Beichte etwas Alltägliches ist und der in seltenen Fällen in eine schlimme Zwangslage geraten mag – etwa die Situation, wenn ein Sünder ein schreckliches Verbrechen gesteht und der Priester in Versuchung kommen mag, das Beichtgeheimnis aufs Spiel zu setzen, um die Gesellschaft vor einem Psychopathen zu warnen, besonders dann, wenn der Psychopath selbst den Wunsch nach einem solchen Vorgehen geäußert hat.

Könnte es also für das Thames Valley CID nicht der Mühe wert sein, diskrete Erkundigungen unter den katholischen Geistlichen einzuziehen, in einem Radius von, sagen wir, zehn Meilen von der Carfax aus?

Mit freundlichen Grüßen, DAVID M. STURDY
St. Andrew's Vicarage, Norwich

Dieser Brief wurde auch von Inspector Harold Johnson gelesen, der sich mit seiner Frau auf Urlaub auf der Llyn Peninsula in Nordwales befand. Der kleine Dorfladen führte die *Times* nicht, aber an diesem Morgen hatte er bei einem Einkaufsbummel durch das benachbarte Pwllheli ein Exemplar erstanden. Der Hinweis auf den »Befund des Polizeipathologen in Oxford« hatte ihn verwirrt. Und nicht nur verwirrt, sondern auch mächtig gefreut, wenn er ehrlich sein wollte. Es war nicht sehr klar ausgedrückt, aber es bedeutete doch sicherlich, dass das Mädchen noch immer nicht gefunden worden war. Sie hatten irgendeinen *anderen* armen Kerl gefunden. Ha! Das musste den verdammten Morse getroffen haben. Ihn in den Hintern getroffen haben, wenn Strange die Finger am Drücker gehabt hatte. Er las den Brief rasch ein zweites Mal, während seine Frau die Tragetaschen vom Supermarkt im Kofferraum des Maestros verstaute.

»Worüber lächelst du, Darling?«, fragte sie.

In Broadmoor Lean hatte die Errichtung von Pollern und Betonklötzen, die Verlegung von Stolperschwellen quer über die Straße und die einfachere Maßnahme, mehrere Löcher von einigen Fuß Tiefe zu graben, weiteren Spritztouren ein Ende gesetzt. Alles war etwas behelfsmäßig, aber durchaus wirkungsvoll. Der Tod der jungen Frau hatte Abscheu hervorgerufen. Und mehr Unterstützung durch die Bewohner. Die Polizei war der Gewinner. So sah es jedenfalls aus. Marion Bridewell war von einem Auto überfahren worden (einem funkelnagelneuen BMW, in High Wycombe gestohlen), in dem vier junge Leute gesessen hatten. Das Auto war im benachbarten Blackbird Leys abgestellt worden, aber eine ganze Anzahl der Bewohner in der Umgebung kannten den einen oder anderen von ihnen, und einige wenige Zuschauer (und in der Tat einige wenige von denen, die vorher die Geschicklichkeit der Teenager mit Beifall bedacht hatten) waren jetzt halb bereit, über Namen und Vorfälle auszusagen. Früher in der Woche waren vierzehn Jugendliche und zwei Männer Mitte zwanzig in der Siedlung festgenommen worden. Ihnen wurde eine Reihe von Verkehrsdelikten vorgeworfen; sechs von ihnen saßen noch in den Zellen. Sehr bald würden vier weitere hinzukommen – die vier aus dem BMW –, und aus der Sicht der Polizei aus Stadt und Grafschaft schien es ziemlich sicher, dass fast sofort wieder normaler Polizeidienst aufgenommen werden könnte.

Am nächsten Tag, Samstag, dem 25. Juli, war Philip Daley mit dem 11-Uhr-Bus nach Oxford gefahren, und seine Mutter hatte ihm nachgeschaut, bis er in der Hauptstraße verschwunden war, bevor sie sich leise und furchtsam mit dem Staubsauger in sein Zimmer wagte. Der rote Taschenkalender, den sie ihm zu Weihnachten geschenkt hatte, hatte bis Anfang dieses Monats unbenutzt in der Schublade gelegen, bis die Eintragungen begannen. Die erste stammte von Samstag, dem 4.; die Schrift war zusammengedrückt und passte kaum in den schmalen für einen Tag vorgesehenen Raum:

Heute Abend wieder. Toll!!! Was fürn Heuler was für ne Schönheit. Ich war noch nie so aufgeregt.

Und dann die letzte Eintragung, vierzehn Tage später:

Ende Aus Vorbei! Wir haben es nicht gewollt, keiner von uns nicht. Die Schreie hörten sich an wie die Reifen aber wir haben es nicht gewollt.

Margaret Daley schaute noch einmal auf das Datum, Samstag, 18. Juli. Das Herz wurde ihr wieder schwer, und in ihrem Elend wünschte sie, dass sie tot wäre.

43

Es sind nicht die kriminellen Dinge, die am schwersten zu beichten sind, sondern jene Dinge, deren wir uns schämen.
Rousseau, Bekenntnisse

Mrs Margaret Daley parkte ihren weißen Mini auf dem Asphaltplatz (»Nur für Kirchenbesucher«) oberhalb von St. Michael and All Angels am nördlichen Ende der Woodstock Road in Oxford, einem weißen, mit Kieselsteinen gesprenkelten Gebäude mit einem spitzwinkligen Dach, dessen höchste Stelle von einem kleinen Steinkreuz überragt wurde. Obwohl sie nicht regelmäßig zur Kirche ging – etwa einmal im Monat und gelegentlich zum Oster-, Pfingst- oder Weihnachtsgottesdienst –, war Margarets Gesicht hier nicht unbekannt, und am Sonntagmorgen, dem 26. Juli, tauschte sie halb lächelnd ein paar Grüße aus, jedoch nur wenige, denn die Gemeinde war beim ersten Hochamt um acht Uhr dünn vertreten.

Das Auto gehörte eigentlich George, aber er fuhr so oft den Transporter von Blenheim Estate, dass sie den Wagen fast immer benutzen konnte, und besonders an Sonntagvormittagen. Es waren nur sehr wenige Autos unterwegs gewesen, als sie die Schnellstraße zum Pear-Tree-Kreisverkehr hinunterfuhr, zutiefst von quälenden Gedanken in Anspruch genommen.

Es hatte vor zwei Jahren begonnen, als George das Videogerät gekauft hatte, überraschend, weil er kein besonderer Fernsehfan war und an den meisten Abenden ein Pint im *Sun* der Seifenoper im Fernsehen vorzog. Aber er hatte ein Videogerät gekauft und dann ein paar Videobänder – die Höhepunkte großer Sportereignisse hauptsächlich: Englands Sieg im World-Cup 1966, Bothams Wundertaten gegen die Australier, solche Sachen. Das Gerät war recht kompliziert, und von Anfang an war es für jedermann streng verboten, es ohne seiner Lordschaft Genehmigung und Überwachung zu bedienen. Es war *sein* Spielzeug. Diese Besitzgier hatte den jungen Philip geärgert, aber das Problem löste sich zufriedenstellend, als der Junge zu seinem fünfzehnten Geburtstag ein eigenes kleines tragbares Fernsehgerät bekam. Doch trotz seiner wachsenden Sammlung von Bändern sah ihr Ehemann diese selten an. Das dachte sie jedenfalls. Nach und nach war ihr jedoch klar geworden, dass er sich die Bänder schon ansah – wenn sie nicht zu Hause war und im Besonderen an den zwei Abenden in der Woche, an denen sie regelmäßig wegging: Aerobic dienstags und Women's Institute donnerstags. An einem Dienstagabend hatte sie sich unwohl und fiebrig gefühlt und den Kursus vorzeitig verlassen, und als sie nach Hause kam, sprang ihr Ehemann hastig von seinem Platz auf dem Boden neben dem Bildschirm auf, stellte das Videogerät ab und das ITV-Programm ein und nahm das Band heraus. Am nächsten Tag, als er arbeitete, brachte sie es zum ersten Mal fertig, das elende Ding in Betrieb zu setzen, und sah einige Minuten lang eindeutige und (für sie) scheußliche, abstoßende Pornografie. Aber sie hatte nichts gesagt, hatte noch immer nichts gesagt.

Andere Dinge fügten sich ein. Etwa einmal alle drei Wochen befand sich ein einfacher brauner DIN-A4-Umschlag unter Georges begrenzter Post, der, wie sie vermutete, irgendein Magazin von dreißig bis vierzig Seiten enthielt. Häufig kam die Post, bevor George zur Arbeit ging, aber als sie sich einmal verspätete, benutzte Margaret die Gelegenheit, die Briefklappe über Dampf zu öffnen, und sie entdeckte mehr als genug, um ihren Verdacht zu bestätigen. Aber wieder sagte sie nichts, hatte noch immer nichts gesagt und würde auch nichts sagen. Denn obwohl es die Hälfte ihrer Probleme war, war es die Hälfte, die sie leichter ertragen konnte …

Vielleicht war alles etwas leichter, als sie an jenem frühen Sonntagmorgen in einer der hinteren Bänke der Messe folgte und sich dabei nach den vertrauten Kreuzwegstationen umsah. Sie selbst konnte kaum Latein – nur was sie als junges Mädchen in den katholischen Gottesdiensten in der Douay Martyrs Secondary School in Solihull gelernt hatte. Und besonders hatte ihr der Klang von einigen langen Worten gefallen, die sie alle gesungen hatten: Worte wie »immolatum« aus dem *Ave Verum Corpus* – ein ernsthaftes Wort, hatte sie immer gedacht, irgendwie eindrucksvoll und traurig und melodisch mit all den »m's«. Obwohl sie nie erfuhr, was es bedeutete, war sie betrübt, dass man das meiste Latein abgeschafft und in den Gottesdiensten das nüchterne Englisch eingeführt hatte; sie spürte diese Betrübnis auch jetzt wieder, als der Zelebrant sie entließ: »Die Messe ist beendet. Gehet hin in Frieden.«

»Danket dem Herrn«, erwiderte sie und wartete an ihrem Platz, bis nur noch eine andere einsame Gestalt in der Kirche verweilte, kniend und mit gebeugtem Kopf, in einer der Seitenbänke.

Nachdem er am Portal seiner Gemeinde einige milde Ermahnungen mit auf den Weg gegeben hatte, betrat Father Richards die Kirche wieder, und Margaret Daley stand auf und sprach ihn an; sie bat um die Abnahme der Beichte zu einer der vorgesehenen Zeiten: Samstags von 11 bis 12 Uhr und von 17.30 bis 18.15 Uhr. Vielleicht war es ihr großer Ernst, vielleicht waren es ihre feuchten Augen, die Tränen andeuteten, vielleicht ihre Stimme – unglücklich, zögernd, zitternd … Doch was es auch war, es spielte keine Rolle. Father Richards ergriff ihren Arm sanft und sagte leise zu ihr: »Wenn es eine Hilfe ist, meine Tochter, komme jetzt! Lasse Christus, durch Sein Kreuz und Seine Auferstehung, dich von allen Sünden lossprechen!«

Es war nicht im normalen Beichtstuhl, sondern in einem kleinen Arbeitszimmer in dem Pfarrhaus hinter der Kirche, wo Father Richards so viel hörte, wie Margaret Daley bereit war, ihm mitzuteilen. Und selbst dabei log sie – log, als sie sagte, sie sei ins Zimmer ihres Sohnes gegangen, um seine schmutzige Wäsche zusammenzusuchen, log über ihre tiefsten und verborgensten Ängste.

Zweimal schaute Father Richards verstohlen auf seine Armbanduhr, während er zuhörte. Aber er unterbrach sie nicht, bis sie ihm genug erzählt hatte, bis er glaubte, er habe genug verstanden. Die Last ihrer Sünde war schwer; doch noch schwerer (er spürte es) fühlte sie sich schuldig wegen ihres Herumschnüffelns in den Angelegenheiten anderer, ihrer Angstvorstellung, dass es gerade *wegen* ihres Herumschnüffelns, *wegen* ihrer Einmischung in die Angelegenheiten anderer solche schrecklichen Geheimnisse zu entdecken gegeben hatte. Hätte sie das nicht getan … *hätten die Geheimnisse selbst vielleicht gar nicht bestanden.* Das war ihre Strafe. O Gott, was sollte sie tun?

Für eine Weile bot Father Richards keine Worte des Trostes an; er wusste, wie wichtig es war, die Zisterne vom vergifteten Wasser zu befreien. Aber bald – bald würde er mit ihr sprechen. Und so saß er und wartete und hörte zu, bis ihre Augen wieder trocken waren, bis ihre Schuldgefühle und ihre Demütigung und ihr Selbstmitleid für den Augenblick verbraucht waren. Sie mochte ihm viel oder wenig erzählt haben, sie war sich nicht sicher, aber sie hatte ihm genug erzählt, und jetzt war er an der Reihe.

»Du musst mit deinem Sohn sprechen, meine Tochter, und du musst fühlen, dass du fähig bist, ihm zu vergeben, und du musst zu Gott beten und ihn um Anleitung und Kraft bitten. Und das verspreche ich dir … dass auch ich zu Gott beten werde für dich.« Für einen Moment glitzerte es in den Augen des alten Priesters. »Weißt du, wenn zwei von uns für das Gleiche beten, wird er vielleicht ein klein wenig besser zuhören.«

»Danke, Father«, flüsterte Margaret.

Der Priester legte seine Hand auf die ihre und schloss die Augen, während er ihr die Absolution erteilte: »Möge Gott der Allmächtige Erbarmen mit dir haben, dir deine Sünden vergeben und dich auf den Pfad der Rechtschaffenheit führen.«

Ein »Amen« wäre angebracht gewesen, aber Margaret Daley war nicht fähig, ein einziges Wort zu sprechen. Sie verließ das Pfarrhaus und fischte in ihrer Handtasche nach den Autoschlüsseln. Der Mini stand als einziger Wagen noch auf dem Parkplatz, aber eine Person hing dort herum, wartete wahrscheinlich darauf, mitgenommen zu werden; die Person, die noch in der Kirche gekniet hatte, als alle anderen schon gegangen waren, eine Person, die sich jetzt umdrehte und Margaret ins Gesicht sah – dann an ihrem Gesicht vorbeischaute, ohne sie zu erkennen, und sich abwandte. Der Blick hatte nur eine Sekunde lang gedauert, doch in dieser Sekunde hatte eine plötzliche Angst Margaret Daley erschauern lassen.

44

Es mag Eindrücke geben, die mit Bindegliedern ausgestattet sind und die einander erfassen können und eine Art von Vereinigung möglich machen.
John Livingston Lowes, The Road to Xanadu

Am Montagmorgen, dem 27. Juli, waren Morse und Lewis wieder im Präsidium in Kidlington: Lewis nahm sich (auf Morse' Drängen) seine Reise nach Schweden noch einmal bis ins kleinste Detail vor – besonders die Einrichtung und die Fotos in Irma Erikssons Wohnzimmer, und Morse versuchte (wie immer), sich davon zu überzeugen, dass es wahrscheinlich einen wesentlichen Hinweis gab, den er übersehen hatte, oder, wenn nicht gerade übersehen, einen Hinweis, dessen wahre

Bedeutung ihm bisher entgangen war. Seit dem frühen Morgen hatte er, sozusagen, die Atome geschüttelt und gehofft, dass ein paar Haken und Ösen sich miteinander verbinden und eine neue Gedankenkette formen würden, einen neuen Gedankengang … Gang in den Wald … Vögel beobachten … Vögel … Ja, Vögel hatten (wie auch Hunde!) bis jetzt überall eine Rolle gespielt, besonders der Kleinspecht – aber noch immer fehlte das Verbindungsglied. Er dachte noch einmal über Karins Liste von bald zu identifizierenden Vögeln in Großbritannien nach, und ihm fiel ein, dass er bis jetzt noch keinen Kontakt mit der Frau aufgenommen hatte, die in der Nähe von Llandovery lebte, der Heimat der Rotmilane … Llandovery, in Wales, über die A40 … A40, die dritte der Möglichkeiten … die dritte der Straßen, die vom Woodstock-Road-Kreisverkehr wegführten. Inspector Johnson hatte es mit der Straße, die zum Blenheim Park führte, versucht, und er selbst, Morse, mit der Straße hinunter nach Wolvercote und Wytham. Aber wenn sie sich beide geirrt hätten? Morse hatte noch einmal die Aussage von Mrs Dorothy Evans gelesen (offenbar keine Tante, sondern eine Cousine zweiten oder dritten Grades), in der sie schlicht und einfach versicherte, dass Karin Eriksson sie nie besucht habe, sie während der Zeit nicht einmal angerufen habe, dass sie tatsächlich die »kleine Karin« nicht mehr gesehen habe, seit das jetzt ziemlich große Mädchen zehn Jahre alt gewesen war. Nein! Die Lösung des Problems war hier in Oxford zu finden, in der Umgebung von Oxford; Morse war überzeugt davon.

Um 10.30 Uhr entschied er, dass er noch einmal mit David Michaels sprechen musste, dem Mann, der fast buchstäblich den Weg zu der Leiche in Pasticks gewiesen hatte; dem Mann, der die Wege in den Wytham Woods besser kannte als beinahe irgendwer sonst.

Von dem Kreisverkehr aus, wo Karin Eriksson ihre verhängnisvolle Entscheidung getroffen haben konnte, fuhr Lewis durch die sich windende Straße von Lower Wolvercote, vorbei am *Trout Inn* und dann den Hügel hinauf zum Dorf Wytham.

»Was genau ist eigentlich eine Handbremsenwende?«, fragte Morse plötzlich.

»Wissen Sie es wirklich nicht?«

»Nun, ich habe natürlich eine vage Vorstellung ...«

»Einen Moment, Sir. Warten wir bis zur nächsten Kurve, dann zeig ichs Ihnen.«

»Nein! Ich wollte nicht –«

»Nur ein Scherz, Sir.«

Lewis lachte über das Unbehagen seines Vorgesetzten, und selbst Morse brachte ein gequältes Lächeln zustande.

Der Polizeiwagen fuhr bis zur T-Kreuzung im Dorf Wytham, bog nach links ab, gleich darauf nach rechts, vorbei an dem Taubenschlag auf dem Parkplatz vom *White Hart*, und dann wieder nach rechts auf den Weg, der zu den Wytham Woods führte. An einem Türpfosten an der rechten Seite war ein Plakat angebracht, schwarze Buchstaben auf verwegenem orangefarbenem Untergrund:

Die Amateuropernguppe Wytham zeigt
DER MIKADO
von
GILBERT & SULLIVAN
Donnerstag, den 30. Juli, Freitag, den 31. Juli & Samstag, den 1. August
Eintrittskarten £ 3.50 (Senioren und Kinder £ 2.50)

»Meine Frau mag Gilbert und Sullivan sehr gern. Viel besser als all Ihr Wagner-Zeug, das da«, sagte Lewis kühn.

»Wenn Sie meinen, Lewis.«

»Voll von Liedern – Sie wissen, was ich meine?«

»Wir interessieren uns bei Wagner nicht für ›Lieder‹; wir interessieren uns für ›ununterbrochenen Wohlklang‹.«

»Wenn Sie meinen, Sir.«

Sie fuhren zur halbkreisförmigen Lichtung am Rand des großen Waldes.

»Wir haben es in der Schule eingeübt. Ich selbst habe nicht mitgespielt, aber ich kann mich erinnern, alle rausgeputzt in diesen orientalischen Klamotten.«

»Sie meinen den *Mikado*? O ja. Gut gemacht!«

Morse schien fast zu schlafen, als Lewis anhielt und hinüber zum Steincottage schaute, wo Michaels wohnte.

»Wir haben Glück, Sir.« Lewis drehte seine Scheibe hinunter und zeigte auf den Förster, der ein Gewehr unter dem rechten Arm trug, den Lauf in einem Winkel von fünfundvierzig Grad auf den Boden gerichtet. Der schwarz-weiße Bobbie sprang ihm fröhlich schnüffelnd voran.

»Lassen Sie den Motor wieder an, Lewis«, sagte Morse sehr leise.

»Wie bitte?«

»Zurück zum Dorf!«, zischte Morse.

Als der Wagen an Michaels vorbeifuhr, war es Morse, der seine Scheibe hinunterdrehte.

»Morgen, Mr Michaels. Herrlicher Tag!«

Aber bevor der Förster antworten konnte, war das Auto schon weitergefahren, und im Rückspiegel sah Lewis Michaels hinter ihnen herstarren, einen ziemlich verwirrten Ausdruck im Gesicht.

Sie waren fast die ersten Kunden im *White Hart*, und Morse bestellte ein Pint Best Bitter für sich selbst.

»Welches möchten Sie, Sir? Wir haben –«

»Was die Einheimischen trinken.«

»Gerades Glas oder mit Henkel?«

»Gerades. Optische Täuschung, ich weiß, aber es sieht immer so aus, als wäre mehr drin.«

»Beide haben genau …«

Aber Morse hatte sich zu Lewis gewandt: »Sie trinken besser nicht zu viel. Denken Sie dran, dass Sie fahren.«

»Orangensaft, in Ordnung, Sir.«

»Und, äh ...« Morse fischte in seinen Hosentaschen. »Ich habe kein Kleingeld dabei. Ich bin sicher, dass der Wirt nicht schon so früh am Tag eine Zwanzigpfundnote wechseln will.«

»Reichlich Wechselgeld ...«, setzte der Wirt an, aber Morse hatte sich mit seinem Glas zur Wand begeben und studierte eine mittelalterliche Karte von den alten Gemeinden rund um Wytham ...

Zu der Zeit, da Morse seine erste Halbe hob, stand Alasdair McBryde an der Rezeption des *Prince William Hotel* in der Spring Street gegenüber dem Bahnhof Paddington. Nachdem er Oxford verlassen hatte – mit welch einem Aufwand an geistiger und physischer Energie! –, war er mit dem schnell und chaotisch beladenen Lieferwagen über die M20 nach London gefahren, wo er den Wagen in einer Mietgarage in der Nähe der Seven Sisters Road abgestellt hatte, bevor er mit einem Koffer mit der Untergrundbahn nach Paddington fuhr – ins *Prince William*. Es hob sein Selbstvertrauen beträchtlich, dass er, falls erforderlich, innerhalb einer Minute nach Verlassen des Hotels vor der Ankunft/Abfahrt-Tafel des Bahnhofs stehen konnte – notfalls auch aus dem Hotel hinausspringen, denn das einzige Fenster seines Zimmers *en suite* lag nicht mehr als sechs Fuß über dem Gehweg.

Der Hotelbesitzer war ein kleiner, ständig schlecht rasierter Italiener, der die Hälfte seiner Arbeitszeit an der Rezeption damit verbrachte, die Rennen in der *Sporting Life* zu studieren. Er schaute auf, als McBryde seine Brieftasche hervorholte.

»Sie bleiben noch einen Tag, Mr Mac?«

»Mc« war das Einzige, was er von dem unleserlichen Gekritzel auf der Anmeldung hatte entziffern können. Und es gab keine maschinengeschriebenen Namen auf irgendwelchen Schecks – nur die beiden druckfrischen Zwanzigpfundscheine, die er jeden Morgen für die folgende Nacht und das Frühstück erhielt, mit der täglich wiederholten Aufforderung: »Geben Sie das Wechselgeld dem Frühstücksmädchen.« Kein besonders großzügiges Trinkgeld; Übernachtung und Frühstück kosteten 39.50 Pfund.

Bald studierte Luigi Bertolese wieder die Namen der Rennpferde, die um 14 Uhr im Sandown Park starteten, und besonders die Angaben zu einem Pferd, das »Full English« hieß und ganz gut in Form sein sollte. Er schaute hinunter auf einen der Zwanziger und fragte sich, ob der Allmächtige ihm einen Tipp ins Ohr geflüstert hatte.

»Sehen Sie also, alter Freund? *Sehen* Sie?« Morse strahlte über das ganze Gesicht, während er seine zweite Halbe leerte. »Es war alles *Ihnen* zu verdanken. Wieder einmal!«

Lewis sah wirklich; ausnahmsweise sah er völlig klar. Und das war für ihn die Freude, mit dem merkwürdigen Mann, der Morse hieß, zusammenzuarbeiten; einem Mann, der irgendwie fähig war, sich aus den einengenden Umständen eines Verbrechens herauszuwinden und dieses Verbrechen von einem Punkt außerhalb des Geschehens zu betrachten. Es war einfach nicht fair! Aber Lewis war sehr stolz, dass er, mit all seinen Grenzen, manchmal (so wie jetzt) der Katalysator in der seltsamen chemischen Zusammensetzung von Morse' Vorstellungen sein konnte.

»Wollen Sie etwas essen, Sir?«

Morse hatte etwa eine halbe Stunde gesprochen, leise, ernsthaft, erregt. Es war jetzt 12.15 Uhr.

»Nein. Heute nehme ich meine Kalorien in flüssiger Form zu mir.«

»Na ja, ich denke, ich hole mir ...«

»Hier!« Morse holte die kostbare Zwanzigpfundnote aus seiner Brieftasche. »Aber flippen Sie nicht gleich aus! Holen Sie sich ein Käsebrot oder so etwas – und noch ein Pint für mich.« Er schob sein Glas über den etwas wackligen Tisch. »Und besorgen Sie einen Bierdeckel oder so was und legen ihn unter eines dieser Beine.«

Während Lewis an der Bar stand, schaute er kurz zurück zu seinem Chef. Mehrere andere Gäste saßen jetzt in dem Pub, und ein junger Mann sah fast peinlich glückselig aus, als er einer unscheinbaren jungen Frau mit Brille neben ihm in die Augen blickte. Er sah, entschied Lewis, fast so glücklich aus wie Chief Inspector Morse.

45

Seine Alkoholsucht veranlasste mich eine Zeit lang, Aspern Williams zu kritisieren, bis ich erkannte, dass Räder Öl brauchen, wenn sie nicht auf Nylonachsen laufen. Er konnte stillstehen und ohne Öl auskommen oder sich bewegen – wenn er den Widerstand überwinden konnte.
Peter Champkin, The Waking Life of Aspern Williams

Nachdem Dr. Laura Hobson ihre Untersuchung der Wytham-Knochen wiederaufgenommen hatte, begann sie damit, in ihrem Labor den Bericht zu schreiben. Es war eigentlich keine Wiederaufnahme, denn die Knochen hatten sie über das Wochenende kaum verlassen. Schon sehr früh hatte sie die leichte Furche in der linken unteren Rippe entdeckt. Es konnte sich natürlich um die Kerbe handeln, die der Zahn eines Nagetiers hinterlassen hatte, aber sie sah zu ausgeprägt aus, die schwach V-förmige Stelle. Es sah fast so aus, als hätte jemand absichtlich eine Kerbe in die Rippe gemacht – mit einem Messer oder einem ähnlichen Instrument. Könnte es wichtig sein? Aber nein, das war die falsche Einstellung. Es *könnte* wichtig sein – kein Fragezeichen. Seltsamerweise war Laura sehr bestrebt, bei ihrer ersten selbstständigen Untersuchung ein paar Punkte zu sammeln – wie bei den Pfadfindern. Auf jeden Fall würde sie sich gern ein wenig bei dem ungewöhnlichen Polizisten einschmeicheln, der in den letzten Tagen ihre Gedanken beherrscht hatte. Es war merkwürdig, wie man die Gedanken an einen Menschen nicht aus dem Bewusstsein verbannen konnte, wie sehr man sich auch bemühte …

Sie studierte noch einmal die Fotografien vom Tatort, und sie konnte ohne Schwierigkeiten den Knochen erkennen, der sie im Augenblick beschäftigte. Er hatte offensichtlich *in situ* gelegen – war nicht weggeschleppt worden wie so viele andere. Sie war sich ziemlich sicher, dass die Kerbe, die ihre geduldige Untersuchung enthüllt hatte, wahrscheinlich nicht von dem Zahn irgendeines Tiers verursacht worden war, das sich einen Bissen von den noch mit Fleisch bedeckten Knochen gerissen hatte. *Konnte* die Furche von einem Messer hervorgerufen worden sein, fragte sie sich; schließlich ging es um einen *Mord.* Wenn es also nicht die Füchse oder die Dachse oder die Vögel gewesen waren … Wieder stellte sie das scharfe Mikroskop auf die Oberfläche des Rippenknochens ein, aber sie wusste, dass es hier nie *eindeutige* forensische Feststellungen geben konnte. Das Äußerste, was sie in ihrem Bericht sagen würde, war, dass die deutliche schräge Furche auf dem untersten linken Rippenknochen möglicherweise von einem Schneidezahn verursacht worden sei oder, was wahrscheinlicher war, von einem scharfen Instrument – zum Beispiel einem Messer. Und wenn es ein Messer gewesen war, das den unteren Teil der Brust durchstochen hatte, konnte das durchaus die Todesursache gewesen sein – war es wahrscheinlich die Todesursache. Es würde viel Blut gelaufen sein; die Kleider (falls es welche gab?) wären von Blut durchtränkt worden, das dann in den Boden unter dem Körper gesickert wäre, und nicht einmal die Wintermonate, nicht einmal das Laub und der Abfall des Wachstums rundum würden solche Spuren je völlig auslöschen. Diesem Aspekt jedoch wurde in der University Agricultural Research Station nachgegangen (die zufällig in Wytham untergebracht war), und zweifellos würde sie bald von dort hören. Ja und? Selbst wenn dort deutliche

Spuren von Blut gefunden würden, hätte bestenfalls *sie* eine Blutgruppe, und *Morse* würde davon ausgehen können, dass das Opfer *in situ* ermordet worden war. Toll.

Morse! Sie hatte gehört, dass er etwas pedantisch sei, was Rechtschreibung und Zeichensetzung betraf, und sie wollte einen möglichst guten Eindruck machen. In der Mitte der ersten Seite ihres Berichts stand ein Wort, bei dem sie Zweifel hatte, und als sie ein *Chambers Dictionary* auf Max' Regalen entdeckte, schlug sie es rasch nach.

Im Thames-Valley-Präsidium informierte sich an jenem Nachmittag ein anderer Berichtschreiber im *Pocket Oxford Dictionary.* Orthografische Unregelmäßigkeiten waren nicht ungewöhnlich in Lewis' Berichten, aber er machte ständig Fortschritte, und er war (wie sein Chef) sehr zufrieden mit dem Leben, als er die ausführlichen Notizen, die er bei seinen Recherchen in Schweden gemacht hatte, abtippte.

Um 16 Uhr klopfte Mrs Irma Eriksson leicht an die Tür des Zimmers ihrer Tochter und brachte ein Tablett mit einem gekochten Ei und zwei Scheiben gebutterten Toast hinein. Es war eine schwere Grippe gewesen, aber jetzt fühlte die Patientin sich wesentlich besser und sehr viel entspannter.

Und das tat ihre Mutter auch.

Um 18.45 Uhr fand die erste – jedenfalls die erste ernst zu nehmende – Probe für den *Mikado* statt. Es war wirklich erstaunlich, wie viele lokale Talente es gab, und noch erstaunlicher, wie bereitwillig, fast eifrig, diese lokalen Talente einen so großen Teil ihrer Zeit dem Amateurtheater widmeten und sich den (in diesem Fall) manchmal recht absurden Forderungen eines Regisseurs aussetzten, der glaubte, er wisse – und tatsächlich wusste –, wie man das Publikum anlockte, lobende Kritiken in der Lokalpresse erwirkte, den talentierteren Sängern die anspruchsvolleren Rollen gab und vor allem die kleinen

Kabbeleien und Eifersüchteleien glättete, die beinahe zwangsläufig bei einem solchen Unternehmen entstehen.

Drei Stunden, hatte seine Frau gesagt, etwa drei Stunden, und David Michaels wartete seit 21.30 Uhr vor der Dorfhalle. Es war gar nicht so weit weg von zu Hause – den Weg hinunter, am Pub vorbei und dann wieder hinauf auf der Straße, die in den Wald führte, etwas über eine Meile, genau gesagt, aber jetzt wurde es richtig dunkel, und er wollte kein Risiko eingehen – nicht wenn es sich um seine wunderschöne und begabte Frau handelte. Bei der Revue im letzten Jahr war sie nur ein Mitglied der Tanzgruppe gewesen, aber alle waren der Meinung gewesen, dass bei der nächsten Vorführung eine größere Rolle absolut gerechtfertigt sei. Man hatte sie also vorsingen lassen, und jetzt war sie eines der *Three Little Maids from School.* Hübsche Rolle. Leicht zu lernen.

Um 22.10 Uhr tauchte sie endlich auf, und Michaels fuhr etwas ungehalten sofort zum *White Hart.*

»Das Übliche?«, fragte er, während sie auf einen Barhocker kletterte.

»Ja, bitte.«

Michaels bestellte also ein Pint Best Bitter für sich und eine Orangenlimonade für seine Frau.

Eine Stunde später, als er den Landrover zurück zum Cottage fuhr, griff er neben dem Schaltknüppel nach der Hand seiner Frau und drückte sie. Aber sie war bisher sehr schweigsam gewesen und blieb es auch jetzt, während sie mit dem Libretto unter dem Arm ausstieg und die Beifahrertür hinter sich abschloss.

»Wird es was werden?«, fragte er.

»Wird *was* was werden?«

»Was glaubst du, meine ich? Der *Mickadu!*«

»Ich hoffe es. Du wirst jedenfalls deine Freude an *mir* haben.«

Michaels schloss die Tür an seiner Seite ab. »Ich möchte jetzt meine Freude an dir haben.«

Sie ergriff seine Hand, während sie auf die vordere Veranda zugingen.

»Heute Nacht nicht, David. Ich bin so schrecklich müde – versteh das bitte.«

Zu dieser Zeit war auch Morse auf dem Nachhauseweg. Er hatte zu viel Bier getrunken, das war ihm klar, aber zumindest hatte er alles getan, um diesen Tag zu feiern. Das sagte er sich jedenfalls, als er durch die Straßen ging, mit nur gelegentlich leicht wackligen Beinen, wie ein etwas unsicherer Seiltänzer.

Dr. Alan Hardinge beschloss an diesem Montagabend, im College zu bleiben, wo er zu früherer Stunde eine gut einstudierte Vorlesung über »Der Mensch und seine natürliche Umwelt« gehalten hatte. Seine weitgehend amerikanische Zuhörerschaft hatte ihn mit großzügigem Beifall bedacht, und er (wie andere an diesem Abend) hatte zu viel getrunken – zu viel Wein getrunken, zu viele Liköre. Als er um 23.30 Uhr seine Frau anrief, um ihr zu sagen, dass es wohl besser sei, wenn er im College übernachten würde, hatte sie nicht das Mindeste dagegen gehabt.

Weder Michaels noch Morse noch Hardinge war es bestimmt, jenen langen ungestörten Schlaf zu schlafen, von dem Sokrates einst sprach, denn alle drei wälzten Probleme – wenn auch unterschiedliche Probleme.

46

Ein Dummkopf sieht nicht denselben Baum wie ein Weiser.
William Blake, The Marriage of Heaven and Hell

Mittwoch, der 29. Juli, versprach ein geschäftiger Tag zu werden, und als solcher erwies er sich dann auch.

Inspector Johnson, am Tag zuvor aus dem Urlaub zurückgekehrt, war jetzt fast auf dem Laufenden mit der Entwicklung im Fall Schwedenmädchen. Um 9.30 Uhr gab er sich einen Ruck – und rief Strange an.

»Sir? Johnson am Apparat.«

»Nun?«

»Ich habe mit Bedauern gelesen, dass die Dinge in Wytham sich nicht ...«

»Ja?«

»Wenn Sie mir eine Chance geben würden, wieder ein paar Männer für Blenheim zu bekommen ...«

»*Keine* Chance. Ist Ihnen nicht klar, dass wir, während Sie nackt am Strand gelegen haben, all diese verdammten Spritztouren mit gestohlenen Autos hatten ...«

»Ich habe alles darüber gelesen, Sir. Ich dachte nur –«

»Vergessen Sies. Morse leitet jetzt die Untersuchungen, nicht Sie. Schon gut, er macht wahrscheinlich einen verdammten Schlamassel daraus. Haben *Sie* auch getan. Und bis ich mich anders entscheide, behält er die Leitung. Wenn Sie mich also entschuldigen wollen, ich muss einen Zug erwischen.«

·

Das musste Morse auch. Er fuhr mit dem 10-Uhr-Schnellzug nach London, wo Lewis für ihn ein Treffen mit einem Vertreter der schwedischen Botschaft (zum Lunch) arrangiert hatte und ein weiteres mit der Leiterin der King's Cross YWCA (zum Tee).

Für Lewis selbst gab es, nachdem er Morse zum Bahnhof gebracht hatte, eine Menge zu tun. Untersuchungen am Tag zuvor hatten angedeutet – eigentlich bestätigt –, dass Morse' Analyse des Falls (in die Lewis, und bisher allein Lewis, eingeweiht war) in den meisten Aspekten im Wesentlichen zutraf. Oft in der Vergangenheit war Morse auf ähnliche Weise dem Feld einige Hundert Meter voraus gewesen, nur hatte sich später herausgestellt, dass er auf dem falschen Rennen war. Diesmal aber sah es wirklich so aus, als hätte der Alte recht, und aus Lewis' Sicht war es, als ob er in der Nacht zuvor vom Gewinner geträumt hätte und jetzt auf dem Weg zum Buchmacher wäre, um ein paar Pfund auf ein Pferd zu setzen, das den Zielpfosten schon passiert hatte.

Zum Glück hatte sich die Lage in Broadmoor Lea vorläufig entspannt, und Lewis gelang es ohne große Mühe, zusätzlich Männer zu bekommen. Zwei DCs wurden ihm für den Rest des Tages zugeteilt, und die beiden waren bald auf dem Weg, sowohl in Oxford als auch in der Grafschaft Berichte über Autodiebstähle, Autoeinbrüche, Autozerstörungen etc. in den Tagen, nachdem das Schwedenmädchen zum letzten Mal gesehen worden war, zu überprüfen. Carter und Helpston schienen fähige Männer zu sein, und das würde sich später an diesem Mittwoch als richtig erweisen.

Im Laufe des Vormittags rief Lewis die *Oxford Mail* an und sprach mit dem Herausgeber. Er würde gern einen Text hinüberfaxen – einen Text, den Morse früher am Tag aufgesetzt hatte –, für die Abendausgabe des Blattes. Würde das in Ordnung gehen? Kein Problem offenbar.

NEUE ENTWICKLUNGEN IM GEHEIMNIS UM DAS SCHWEDENMÄDCHEN

Detective Chief Inspector Morse vom Thames Valley CID ist überzeugt, dass vor Kurzem ausfindig gemachtes Beweismaterial ein völlig neues Licht auf den rätselhaften Fall Karin Eriksson wirft, die vor über einem Jahr in Oxford verschwand und deren

Rucksack man bald darauf unter einer Hecke in Begbroke fand. Die Leiche, die bei einer Suchaktion in den Wytham Woods gefunden wurde, war nachweislich nicht die der schwedischen Studentin, und der Chief Inspector erklärte unserem Reporter, dass weitere Suchaktionen in dem Gebiet jetzt abgebrochen wurden. Die Untersuchung des Mordfalls jedoch geht weiter, und wie verlautet, konzentrieren sich die Aktivitäten der Polizei jetzt wieder auf den Blenheim-Besitz in Woodstock – den Ort der ersten intensiven Nachforschungen vor einem Jahr.

Die Polizei bittet auch jeden, der Informationen über Dr. Alasdair McBryde, bis vor Kurzem wohnhaft in Seckham Villa, Park Town, Oxford, besitzt, sich zu melden. Rufen Sie 0865/846000 an oder Ihre nächste Polizeidienststelle.

Im Laufe des Tages würden sowohl Chief Superintendent Strange als auch Inspector Johnson diese Notiz lesen: Ersterer in beträchtlicher Verwirrung, Letzterer verständlicherweise aufgebracht.

Und noch jemand würde die Notiz lesen.

Die schlanke Selina war besorgt gewesen, seit Morse die Agentur aufgesucht hatte. Nicht, weil sie irgendeine Weisung vernachlässigt hätte, sondern weil sie etwas versäumt hatte. Als Morse fragte, ob sie irgendetwas über McBryde wüsste, war sie fast überzeugt, dass es irgendwo ein Foto von McBryde gab. Jedes Jahr an Weihnachten hatte die Agentur ein kleines Fest mit Kanapees und Rotwein gegeben, und später an jenem Nachmittag in der Abingdon Road – und vorübergehend ohne die allmächtige Michelle – hatte sie eine Idee, wo, wenn überhaupt, das Foto sein könnte. Sie schlug den Ordner »Partys etc.« auf, und da war es: ein schwarz-weißes 10-x-15-cm-Foto von etwa einem Dutzend von ihnen, mit Papiermützen auf dem Kopf, die Weingläser hochhaltend – eine fröhliche, großzügig geölte Runde. Und in der Mitte stand der bärtige McBryde, die Arme um zwei Mitfeiernde gelegt.

Morse hatte ein Exemplar der *Times* am Menzies-Bücherstand im Bahnhof von Oxford gekauft. Für den Fall als Ganzes waren die zwei Leserzuschriften, die er kurz nach Didcot las (im Kreuzworträtsel war nur noch eine Frage offen), ohne besondere Bedeutung. Doch für Morse war der erste Brief bemerkenswert. Er erinnerte ihn an ein Verspaar, das er lange in seinem geistigen Gepäck mit sich herumgetragen hatte.

Von Mr Gordon Potter
Sir, mein Interesse an den Schwedenmädchen-Versen ist minimal; ich bin überzeugt, dass die ganze Geschichte ein zeitraubender Schabernack ist. Aber es wird Zeit, dass jemand eine kurze Anmerkung zu dem großartigen Brief hinzufügt, der am 13. Juli in Ihrer Zeitung abgedruckt wurde. Wenn wir unter Priestern römisch-katholischen Glaubens nach dem Verfasser der Verse suchen sollen, möchte ich vorschlagen, dass er fast mit Sicherheit auch ein Bewunderer des größten Dichters und Gelehrten unseres eigenen Jahrhunderts ist. Ich meine A. E. Housman. Wie sonst können wir Zeile 3 der abgedruckten Verse (»Dry the azured skylit water«) erklären? Lassen Sie mich Norman Marlow in seinem kritischen Kommentar zu A. E. Housman, Seite 145, zitieren: »Zwei der schönsten Zeilen in Housmans Arbeit sind gewiss folgende:

And like a skylit water stood
The bluebells in the azured wood.

Hier haben wir wieder eine Wasserspiegelung, und diesmal wird die magische Wirkung erzeugt durch das Wiederholen der Silbe ›like‹ im Wort ›Skylit‹, aber umgekehrt, wie auch eine Spiegelung im Wasser umgekehrt ist.«
Mit freundlichen Grüßen, J. GORDON POTTER
»Arlington«, Leckhampton Road
Cheltenham, Glos.

Der zweite Brief war entzückend.

Von Miss Sally Monroe
Sir, »hunt« (Zeile 18)? »kiss« (Zeile 20). Ich kann erst ein Gedicht auswendig. »Jenny kissed me when we met« von Leigh Hunt (1784–1859).
Mit freundlichen Grüßen, SALLY MONROE (9 Jahre alt)
22 Kingfisher Road
Bicester, Oxon

47

Erleichternd manche andre schwere Last
Zogen die Jahreszeiten sonder Hast
Entlang der ländlichen Chausseen:
In London muss es ohne Helfer gehen.
A. E. Housman, A Shropshire Lad

Morse' Tag war zufriedenstellend, doch wenig mehr.

Er kam eine Viertelstunde zu spät in Paddington an. Die Diesellok war die beiden letzten Meilen nach Paddington im Schritttempo dahingehumpelt, aus Gründen (vermutete Morse jedenfalls), die selbst dem Lokführer nicht genau bekannt waren. Doch traf er immer noch rechtzeitig genug in der Schwedischen Botschaft am Montague Place ein für seine Verabredung mit Ingmar Engström, einem schlanken blonden Burschen Mitte vierzig, der eine Art antiseptischer Sauberkeit auszustrahlen schien, sich aber als fähig und hilfreich erwies und bereit war, sofort zu veranlassen, dass in der Angelegenheit, die Morse ihm (mit äußerster Sorgfalt) erklärte, Erkundigungen eingezogen würden.

Der Lunch wurde in Engströms Büro gebracht, und Morse schaute ohne Begeisterung hinunter auf die dünne, blasse Scheibe Pastete, die halbe Pellkartoffel und die große Schüssel mit nicht angemachtem Salat.

»Sehr gut für die Figur«, kommentierte der Schwede gut gelaunt. »Und hier ist auch kein Zucker drin. Garantiert rein!« Und er goss gekühlten Orangensaft in ihre Gläser.

Morse flüchtete aus der Botschaft, sobald der Anstand es gestattete. Er bedankte sich überschwänglich, lehnte aber weitere Angebote von Quark, fettarmem Joghurt oder frischem Obst ab, und bald darauf konnte man hören, wie er dem Wirt eines Pubs in Holborn Komplimente machte, weil er sein Ruddles Country Bitter so gut in Schuss hielt.

Tee als Mahlzeit hatte selten, Tee als Getränk noch nie einen großen Stellenwert bei Morse eingenommen. Obwohl er daher erleichtert war, dass er nicht zwischen chinesischem und indischem Tee wählen musste, hätte er auch gut auf den großen Plastikbecher schwach aussehenden, lauwarmen Tees verzichten können, den er sich aus der Gemeinschafts-Teemaschine in der praktisch verlassenen Kantine des YWCA-Gebäudes einschenkte. Eine Weile lang schwatzten sie freundlich, wenn auch ziellos miteinander: Morse fand heraus, dass Mrs Audrey Morris einen Waliser geheiratet hatte, noch immer mit demselben Waliser verheiratet war, keine Kinder hatte, nur die eine Schwester – die in Oxford – und, nun, das wärs. Sie sei als Sozialarbeiterin im East End ausgebildet worden und habe die Stelle als Leiterin der YWCA vor vier Jahren angenommen. Ihre Aufgabe gefiel ihr, aber die Situation in London wurde allmählich hoffnungslos. Sicher, die Herberge mochte zwei Stufen besser als die Situation der Pappkarton-Brigade sein, aber all die alten Kategorien verschmolzen jetzt in einer Art Gemeinschaftselend. Frauen, deren Behausungen wieder von den Besitzern beansprucht worden waren, Ehefrauen, die zusammengeschlagen worden waren, junge Frauen, die arbeitslos oder leichtsinnig gewesen waren oder ohne einen Penny dastanden – gewöhnlich alles auf einmal, Zugvögel, Drogensüchtige, potenzielle Selbstmörderinnen und natürlich ziemlich häufig ausländische Studentinnen, die sich mit ihrem

Geld verkalkuliert hatten – Studentinnen wie Miss Karin Eriksson.

Morse ging noch einmal die wichtigsten Punkte ihrer Aussage vom letzten Sommer durch, aber es schien nichts zu geben, was sie hätte hinzufügen können. Wie ihre jüngere Schwester hatte sie beachtliches Übergewicht und ein rundliches, attraktives Gesicht, und ihr Lächeln schien arglos und hilfsbereit. Morse entschied, dass er seine Zeit verschwende, und suchte nach Antworten auf andere Fragen: Fragen, wie Karin *sei*, wie sie sich benommen habe, wie sie mit den anderen ausgekommen sei.

Hatte Morse eine Litanei über Karins verführerischen Charme erwartet – den Charme einer jungen Frau mit tief ausgeschnittenem Dekolleté, einem fast unziemlich kurzen, eng anliegenden Rock, die langen, gebräunten Beine herausfordernd übereinandergeschlagen, während sie an ihrer Diät-Cola nippte ... oder an einem Cognac? Wohl nur halb erwartet, denn sein Wissen über Karin wuchs allmählich an, wuchs jetzt wieder, als Mrs Morris sich sehr freundlich an ein Mädchen erinnerte, das immer die Blicke der Männer auf sich ziehen würde, das sich seiner Anziehungskraft durchaus bewusst war und das offensichtlich die Aufmerksamkeit genoss, die es immer erregte. Aber ob sie zu jenen jungen Frauen gehörte, die unter Anwendung von ein wenig Druck schnell – oder auch langsam – die Beine öffnen würde, nun, da hatte Audrey ihre Zweifel. Karin habe den Eindruck erweckt, sie habe sich selbst und andere ganz schön unter Kontrolle. O ja!

»Aber sie könnte – sie könnte Männer vielleicht ein wenig an der Nase herumführen?«, fragte Morse.

»Ja.«

»Aber vielleicht ...« – Morse hatte Schwierigkeiten, sich auszudrücken – »nicht viel weiter gehen?«

»Nicht viel weiter als was?«

»Was ich meine – nun, wir hatten einen Ausdruck für solche Mädchen, als ich zur Schule ging.«

»Ja?«

»Ja.«

»Die Jungs ›aufgeilen‹? Ist das der Ausdruck, nach dem Sie suchen?«

»So ähnlich«, sagte Morse und lächelte etwas verlegen, während er aufstand und sich anschickte zu gehen, genauso, wie Karin Eriksson sich erhoben und dieses Gebäude verlassen haben musste, mit zehn Pfund in der Tasche und der festen Absicht (wenn man Mrs Morris glauben konnte), per Anhalter nicht nur nach Oxford, sondern viel weiter über die A40 zu fahren, nach Llandovery, der Heimat des Rotmilans.

Audrey Morris brachte ihn an die Tür und sah ihm nach, wie er rasch auf die Untergrundbahnstation King's Cross zuging; dann kehrte sie in ihr Büro zurück und rief ihre Schwester in Oxford an.

»Ich hatte gerade deinen Inspector hier!«

»Kein Ärger, hoffe ich?«

»Nein! Ziemlich attraktiv, nicht?«

»Findest du?«

»Nun hör mal! Das hast *du* doch gesagt.«

»Hast du ihm ein Glas von dem Malt angeboten?«

»Was?«

»Du hast ihm keinen Drink angeboten?«

»Es ist doch gerade erst vier.«

»A-u-d-r-e-y!«

»Wie sollte *ich* das wissen?«

»Hast du seinen Atem nicht gerochen?«

»So nahe bin ich ihm nicht gekommen.«

»Du hast das nicht besonders gut hingekriegt, Schwesterchen, oder?«

»Lach bitte nicht, aber … ich habe ihm eine Tasse *Tee* angeboten.«

Trotz der Unterlassungssünde lachte die Senior-Chefin der Elite Booking Services am anderen Ende der Leitung lange und herzlich.

Morse traf um 18.25 Uhr wieder in Oxford ein, und als er die Brücke von Bahnsteig 2 überquerte, summte er leise eine der bekanntesten Melodien aus dem *Mikado* vor sich hin:

Als höchster Richter lass Milderungsgründe
Ich gelten jederzeit;
Indem ich passende Strafen finde,
Erreg ich Heiterkeit …

48

Spieler, Sir! Ich sehe in ihnen nichts Besseres als Wesen, die auf Tische und Hocker gesetzt werden, um Gesichter zu schneiden und Lachen zu produzieren, wie tanzende Hunde.
James Boswell, Das Leben Samuel Johnsons

Für mehrere Personen, die entweder eng oder nur locker in den Fall verwickelt waren, über den auf diesen Seiten berichtet wird, war der Donnerstagabend, der 30. Juli, von großer Bedeutung, obwohl sich nur wenige der Betroffenen zu dem Zeitpunkt darüber klar waren, dass die Flut der Ereignisse sich ihrem Höhepunkt näherte.

19.25 Uhr.

Eines der drei japanischen Mädchen spähte hinter dem schäbigen, schlecht funktionierenden Vorhang hervor und sah, dass die Halle schon zum Bersten voll war, hundertzwölf Besucher, das Äußerste, was die Feuerwehr zuließ, sah auch ihren Ehemann David – der Gute! – in der hintersten Reihe. Er hatte darauf bestanden, sich eine Karte für jede der drei Vorstellungen zu kaufen, und das hatte sie sehr glücklich gemacht. Sah er nicht ein kleines bisschen verloren aus, wie er so gar nichts zu der angeregten Unterhaltung rund um ihn beitrug? Aber er würde sich schon amüsieren, und sie – *sie* fühlte sich strahlend und erregt, als sie vom Vorhang zurücktrat und sich zu ihren Darstellerkollegen gesellte. Zugegeben, es gab nur wenige Quadratmeter Platz hinter der Bühne, und die Bühne selbst war auch so klein, das Orchester war so unzulänglich und dilettantisch, Beleuchtung und besondere Effekte waren nur mitleiderregend. Und doch ... und doch, die ganze Magie war irgendwie da: einige gute Sänger, hervorragendes Make-up, besonders für die Damen, hinreißende Kostüme, großartige Unterstützung vom ganzen Dorf und der Nachbarschaft und ein brillanter junger Pianist, ein Student am Keble, der einen großen Ohrring trug und die hohen Tenor-Rollen der Händel-Opern wie ein Engel singen konnte und seine Freizeit meistens damit verbrachte, in einsamen Nachtwachen die Dachse in den Wäldern der Umgebung zu beobachten.

Ja, bei Cathy Michaels floss das Adrenalin reichlich, und irgendwelche Sorgen, die ihr Ehemann ihretwegen haben mochte – oder sie seinetwegen! –, waren vergessen, als der Dirigent mit wenigen scharfen Schlägen des Taktstocks die Halle zum Schweigen brachte. Mit den ersten Takten der Ouvertüre hatte der *Mikado* begonnen. Cathy warf noch einmal einen raschen Blick in den Spiegel auf die japanische Dame mit dem weißen Gesicht, den schwarzen Haaren und den briefkastenroten Lippen, die sie selbst war, und wusste, warum David sie so attraktiv fand. David ... viel älter als sie natürlich, und von seiner Vergangenheit wusste sie nur sehr wenig. Aber sie liebte ihn und würde alles für ihn tun.

19.50 Uhr.

Die vier Jugendlichen, zwölf, vierzehn, siebzehn und siebzehn Jahre alt, wurden von der Polizei von St. Aldate's noch immer festgehalten. Nach allen Aussagen in den Siedlungen von Ost-Oxford waren sie ein einschüchternder Haufen gewesen, jetzt sahen sie, einzeln betrachtet, wenig bemerkenswert aus. Sehr schnell nach ihrer Festnahme hatte sich das herausfordernde Benehmen dieses Quartetts in seine Bestandteile aufgelöst, und als Sergeant Joseph Rawlinson jetzt noch einmal einen der beiden Siebzehnjährigen musterte, sah er nur einen nervösen, mürrischen, nicht besonders sprachgewandten Jungen. Die Prahlerei und Aggression, die er im hinteren Teil des Polizeiwagens zur Schau gestellt hatte, als sie ihn von zu Hause abgeholt hatten, waren verschwunden – und jetzt brachten sie ihn zurück.

»Ist das alles, was du bei dir hattest, mein Sohn?«

»Nehm ich an, ja.«

Rawlinson nahm die Gegenstände auf, einen nach dem anderen, und reichte sie hinüber: »Fünfer, ein Pfund, ein Pfund, fünfzig Pence, zehn Pence, fünf Pence, fünf Pence, fünf Pence, zwei Pence, zwei Pence, ein Penny, okay? Kamm; Marlboro-Zigaretten, Wegwerffeuerzeug, Päckchen Kondome, Featherlite – nur noch eine übrig, halbe Schachtel Polos, zwei Busfahrkarten, einen blauen Kugelschreiber. Okay?«

Der Junge starrte verdrossen vor sich hin, sagte aber nichts.

»Und *dieses*!« Rawlinson nahm einen roten Taschenkalender in die Hand, durchblätterte rasch die eng linierten Seiten und steckte ihn in die eigene Tasche. »Den behalten wir, Sohn. Jetzt unterschreibe bitte hier.« Er reichte ein maschinengeschriebenes Blatt hinüber und zeigte auf den unteren Teil.

Zehn Minuten später war Philip Daley wieder zu Hause in Begbroke, Oxon.

»Macht einen nachdenklich, Sarge!«, sagte einer der Constables, als Rawlinson sich in der Kantine Kaffee bestellte.

»Hm.« Rawlinson wollte sich in der Angelegenheit nicht so sehr festlegen: Sein eigener Sohn, fünfzehn Jahre alt, war in den letzten sechs Monaten so bolschewistisch geworden, dass seine Mum sich allmählich große Sorgen machte.

»Aber immerhin, mit diesem – wie heißt es noch – Aggravated Vehicle Taking Act … Unbegrenzte Geldstrafen! Lässt sie vielleicht ’n bisschen mehr nachdenken.«

»Aber manche von ihnen waren von Anfang an arme Schweine.«

»Du wirst doch nicht weich, Sarge?«

»O nein! Härter, glaub ich«, sagte Rawlinson leise, nahm seinen Kaffee und ging hinüber an einen leeren Tisch auf der anderen Seite der Kantine.

Er hatte den Jungen nicht erkannt. An den *Namen* aber hatte er sich sofort erinnert – aus der Zeit im vergangenen Sommer, als er unter Chief Inspector Johnson drüben in Blenheim gearbeitet hatte. Es hätte natürlich einfach einer jener kleinen Zufälle sein können, die im Leben ständig passieren – wäre da nicht der Taschenkalender gewesen: ziemlich beunruhigend einiges, was darin stand. Tatsächlich hatte er beinahe erwartet, am Wochenende seinen alten Chief Johnson draußen in der Siedlung zu treffen, mitten zwischen den halben Ziegelsteinen und den zerbrochenen Flaschen. Aber irgendwer hatte gesagt, er sei auf Urlaub – beneidenswerter Bursche! Trotzdem – Rawlinson beschloss, sich mit ihm in Verbindung zu setzen, wenn es möglich war; er würde am nächsten Tag versuchen, ihn anzurufen.

20.15 Uhr.

Anders Fastén, ein junger Mitarbeiter der schwedischen Botschaft, hatte endlich gefunden, was er suchte. Es war eine lange Suche gewesen, und ihm wurde klar, dass er sich viele, viele Stunden hätte sparen können, wenn die Akten mit mehr System abgelegt worden wären. Er würde das seinem Chef gegenüber erwähnen, und – wer weiß? – vielleicht könnte die nächste knifflige Reisepassfrage in Minuten beantwortet werden. Aber er war froh, dass er es gefunden hatte; es sei *wichtig*, hatte man ihm gesagt. In jedem Fall würde sein Chef befriedigt sein. Und er wollte das Gefallen seines Chefs erregen, denn sein Chef war eine sehr schöne Frau.

21.00 Uhr.

Sergeant Lewis war eine halbe Stunde früher vom Präsidium nach Hause gekommen, hatte ein Mahl aus Spiegeleiern (zwei), Bratwürsten (sechs) und Chips (einem Berg) zu sich genommen, lehnte sich jetzt in seinem Lieblingssessel zurück, stellte die BBC-Nachrichten ein und blickte mit erheblicher Befriedigung auf den Tag zurück …

Morse war natürlich besonders entzückt über das Foto von Alasdair McBryde gewesen und noch entzückter, dass Lewis aus eigener Initiative Polizeihandzettel hatte drucken lassen und veranlasst hatte, dass am nächsten Tag in der *Oxford Mail*, am Freitag in der *Oxford Times* – und im *Evening Standard* Suchmeldungen der Polizei abgedruckt wurden.

»Das ist ein Meisterstück!«, hatte Morse ausgerufen. »Wie kamen Sie auf den *Evening Standard?*«

»Sie sagten, Sie seien sicher, dass er nach London gefahren sei, Sir.«

»Ah ja!«

»Sie haben ihn nicht zufällig getroffen?«, fragte Lewis fröhlich …

Nach der Wettervorhersage – wieder ein schöner sonniger Tag, mit Temperaturen von 22 Grad im Süden – stellte Lewis die zwei üblichen Milchflaschen hinaus, verschloss und verriegelte die Haustür und beschloss, früh ins Bett zu gehen. Er hörte seine Frau eine walisische Melodie summen, während sie abwusch, und er ging in die Küche und legte die Arme um sie.

»Ich geh ins Bett – bin ein bisschen müde.«

»Zufrieden auch, so wie du dich anhörst. Hattest 'nen guten Tag?«

»Ganz gut.«

»Weil der verdammte Morse sich abgesetzt und dich allein gelassen hat?«

»Nein! Eigentlich nicht.«

Sie trocknete sich die Hände ab und wandte sich zu ihm. »Du arbeitest gern für ihn, nicht?«

»Manchmal«, stimmte Lewis zu. »Er … er *hebt* mich ein bisschen, irgendwie, wenn du verstehst, was ich meine.«

Mrs Lewis nickte und legte das Spültuch über den Wasserhahn. »Ja, versteh ich«, erwiderte sie.

22.30 Uhr.

Schon vor einer halben Stunde hatte Dr. Alan Hardinge entschieden, dass es Zeit sei, ein Taxi zu seinem Haus am Cumnor Hill zu nehmen. Aber er saß immer noch über seinem Scotch im *White Horse*, dem schmalen Pub, das die beiden Flügel von Blackwell's Buchhandlung voneinander trennte. Die zweite seiner beiden Vorlesungen war kein uneingeschränkter Erfolg gewesen, und er war sich bewusst, dass sein Vorlesungsstoff zu wenig einstudiert, sein Vortrag wenig mehr als mechanisch gewesen war. Und nur ein einziges Glas Wein hatte ein mittelmäßiges Menü begleitet!

Aber trotzdem: hundert Pfund waren hundert Pfund …

Er hatte festgestellt, dass es für ihn immer schwieriger wurde, betrunken zu werden, wie sehr er es auch versuchte. Er hatte seit Monaten keine vernünftige Literatur mehr gelesen, aber in seiner Jugend war Kipling einer seiner Helden gewesen, und er erinnerte sich vage an ein paar Worte in einer der Kurzgeschichten: etwas darüber zu wissen, wie es in Wahrheit in der Hölle aussieht, »wo der Alkohol nicht mehr greift und die Seele eines Mannes in ihm verrottete«. Aber Hardinge wusste, dass er zunehmend rührselig wurde, und er öffnete seine Brieftasche, um sich wieder ein Bild seiner Tochter anzusehen … er erinnerte sich an die Höllenqualen, die sie beide durchstanden hatten, er und seine Frau, als sie das erste Mal *wirklich* spät nach Hause kam, und dann an jene schreckliche Nacht, als sie überhaupt nicht nach Hause gekommen war, und jetzt die fast unerträgliche Leere, die vor ihm lag, da sie nie mehr nach Hause kommen würde, nie mehr …

Er zog auch das Foto von Claire Osborne zwischen seinen Mitgliedskarten und seinen Kreditkarten hervor: ein kleines Passfoto, auf dem sie grimmig an die Wand irgendeines Kiosks starrte – kein gutes Foto, aber Claire durchaus ähnlich.

Er steckte es weg und leerte sein Glas; es war eigentlich absurd, nicht Schluss zu machen mit der Affäre. Aber wie konnte er anders? Er liebte die Frau, und er hatte sich in der letzten Zeit wieder mit allen Symptomen der Liebe vertraut gemacht, konnte sie auch leicht bei *anderen* erkennen – oder besser das Fehlen der Symptome. Er wusste zum Beispiel ganz genau, dass seine Frau ihn nicht mehr liebte, ihn aber nie gehen lassen würde; wusste auch, dass Claire ihn nie geliebt hatte und ihre Beziehung morgen beenden würde, wenn es ihr passte.

Noch eine Sache machte ihm an diesem Abend Sorgen – hatte ihm seit dem Besuch von Chief Inspector Morse zunehmend Sorgen gemacht. Er würde nicht sofort etwas unternehmen, war sich aber ziemlich sicher, dass er in Kürze genötigt sein würde, die Wahrheit über das, was vor einem Jahr geschehen war, zu enthüllen …

22.30 Uhr.

Nachdem sie sich die Wettervorhersage angesehen hatte, schaltete Claire Osborne die *ITV News at Ten* ab – wieder eine halbe Stunde Tod, Zerstörung, Leiden und Katastrophen. Allmählich empfand sie kaum noch etwas dabei, stellte sie fest, während sie sich einen Gin und trockenen Martini mischte und eines der getippten Blätter ansah, die Morse ihr geschickt hatte:

MOZART: *Requiem* (KV 626)
Helmuth Rilling (Master Works)
H. von Karajan (Deutsche Grammophon)
Schmidt-Gaden (Pro Arte)
Victor de Sabata (Everest)
Karl Richter (Telefunken)

In zwei Tagen wurde sie vierzig, und sie würde sich eine Kassette oder eine Schallplatte des *Requiem* kaufen. Morse hatte gesagt, dass er all seine Versionen auf Schallplatte habe: »Aber bald werden sie keine Platten mehr herstellen, und einige von diesen sind ohnehin Museumsstücke.« Aber aus irgendeinem Grund wollte sie eine der Versionen kaufen, die *er* hatte, obwohl ihr klar war, dass es vermutlich viel vernünftiger wäre, in einen CD-Spieler zu investieren. Herbert von Karajan war der einzige Dirigent, von dem sie gehört hatte, und »Deutsche Grammophon« klang so eindrucksvoll ... Ja, sie würde versuchen, die Karajan-Version zu bekommen. Sie schaute wieder auf das Blatt und versuchte, sich die korrekte Schreibweise des schwierigen Wortes »Deutsche« mit seiner komplizierten Buchstabenfolge »t«, »s«, »c«, »h«, »e« zu merken.

Zehn Minuten später hatte sie ihr Glas geleert und stellte es hin. Sie fühlte sich sehr einsam. Und dachte an Morse. Und füllte ihr Glas noch einmal, diesmal mit etwas mehr Eis. Plötzlich hatte sie das Gefühl, ihr Körper sei auch aus Eis.

»Allmächtiger Gott!«, flüsterte sie.

4.30 Uhr.

Morse erwachte in der geräuschlosen Dunkelheit. Seit seiner Jugend waren ihm gelegentliche halberotische Tagträume nicht fremd gewesen, doch bisher hatte er selten nachts von schönen Frauen geträumt. Aber gerade jetzt – merkwürdig! – hatte er einen sehr lebhaften Traum geträumt. Nicht von einer der schönen Frauen, denen er bisher in dem Fall Schwedenmädchen begegnet war – nicht von Claire Osborne oder von Laura Hobson, sondern von Margaret Daley, der Frau mit den blond-grauen Strähnen im Haar, das Lewis zu seiner Kardinalfrage veranlasst hatte: »Warum, denken Sie, wollen manche Leute sich älter machen, als sie sind, Sir? Scheint mir die Sache auf den Kopf zu stellen.« Aber in Morse' Traum war Margaret Daley ganz jung. Und irgendwo in dem Traum war ein Brief gewesen: »Ich habe so viel an Dich gedacht, seit Du fort bist. Ich denke noch immer an Dich und bitte Dich, manchmal an mich zu denken – mich vielleicht auch mal wieder zu besuchen. In der Hoffnung, dass ich Dich nicht aus der Fassung bringe, sende ich Dir meine Liebe ...« Aber es *gab* natürlich keinen Brief; nur die Worte, die in seinen Gedanken jemand gesagt hatte. Er stand auf und machte sich eine Tasse Pulverkaffee. Auf dem Küchenkalender sah er, dass die Sonne um 5.19 Uhr aufgehen würde. Er ging wieder ins Bett, drehte sich auf den Rücken, die Hände hinter dem Kopf, und wartete geduldig auf die Dämmerung.

49

Eine Vereinigung von Männern, die nicht miteinander streiten, ist etwas, das es noch nie gegeben hat, vom größten Staatenbund bis hinunter zu einer Bürgerversammlung oder der Versammlung einer Kirchengemeinde.
Thomas Jefferson, Letters

Dr. Laura Hobson, eine jener Frauen, die nicht in Morse' Träume eingeladen worden war, betrat am folgenden Morgen kurz vor neun Uhr sein Büro, wo sie, nachdem sie mit Sergeant Lewis bekannt gemacht worden war, Platz nahm und das Wort ergriff.

Es lief, gab sie zu, eigentlich auf recht wenig hinaus, und es stand ohnehin alles in dem Bericht. Aber sie vermutete, dass der Mann, dessen Knochen in Pasticks gefunden worden waren, etwa dreißig Jahre alt war, von mittlerer Größe, mindestens seit neun oder zehn Monaten tot war und durchaus ermordet worden sein könnte – durch einen Messerstich ins Herz, der ihm vielleicht von einem rechtshändigen Täter beigebracht worden war. Die Spuren von Blut, die neben und unter der Leiche gefunden worden waren, gehörten zur Blutgruppe 0, und obwohl das Blut von anderen Verletzungen stammen oder die Wunde durch andere Werkzeuge beigebracht sein konnte, nun, bezweifelte sie das eigentlich.

Das wäre also das. Der Körper war sehr wahrscheinlich dort »abgetreten« (Morse zuckte zusammen), wo man die Knochen gefunden hatte; es schien nicht wahrscheinlich, dass er nach Eintreten des Todes dorthin getragen oder gezerrt worden war. Es *gab* noch andere Untersuchungen, die man durchführen könnte, doch nach Dr. Hobsons Ansicht zumindest blieb kaum noch etwas zu entdecken.

Morse hatte sie aufmerksam beobachtet, während sie sprach. Bei ihrer ersten Begegnung hatte er ihren nordenglischen Akzent (war es Newcastle? Durham City?) ein wenig störend gefunden, aber allmählich fragte er sich, ob sie nicht etwas übertrieb. Auch die hohen Backenknochen fielen ihm wieder auf, und die etwas atemlose Art zu sprechen. Machte er sie *nervös?*

Morse war nicht der Einzige, der die neue Pathologin mit stiller Bewunderung anschaute, und als sie ihm die vier getippten Bögen ihres Berichts übergab, stellte Lewis die Frage, die ihm seit zehn Minuten auf der Zunge brannte: »Sie kommen aus Newcastle?«

»Schön, es einmal richtig ausgesprochen zu hören! Etwas außerhalb von Newcastle.«

Morse hörte nicht besonders geduldig zu, als die beiden ein paar lokale Reminiszenzen austauschten, bevor sie aufstanden und zur Tür gingen.

»War jedenfalls nett, Sie kennenzulernen«, sagte Lewis. Dann wedelte er mit dem Bericht und sagte: »Und vielen Dank für dies, meine Liebe!«

Ihre Schultern strafften sich plötzlich, und sie seufzte hörbar. »Hören Sie! Ich bin nicht Ihre ›Liebe‹, Sergeant. Verzeihen Sie, dass ich so deutlich bin, aber ich bin niemandes ›Liebe‹ oder …« Aber als sie Morse neben der Tür über das ganze Gesicht grinsen und Lewis etwas verlegen am Schreibtisch stehen sah, hielt sie plötzlich inne. »Entschuldigung, es ist nur so, dass ich …«

»Bitte verzeihen Sie meinem Sergeant, Dr. Hobson. Er meint es gut, nicht wahr, Lewis?«

Morse bemerkte ihre schlanken Beine, als sie sein Büro mit noch immer geröteten Wangen verließ.

»Worum ging es denn überhaupt?«, setzte Lewis an.

»Etwas empfindlich, wie man sie nennt, das ist alles.«

»So ähnlich wie Sie, Sir?«

»Sie ist nett, finden Sie nicht?«, fragte Morse und ignorierte die sanfte Stichelei.

»Um die Wahrheit zu sagen, Sir, ich finde, sie ist toll.«

Aus irgendeinem Grund kam diese einfache Feststellung einer Tatsache, von einem ehrlichen und rechtschaffenen Mann gemacht, überraschend für Morse. Es war, als hätte die schlichte Verkündung eines ganz offensichtlichen Tatbestandes ihn zum ersten Mal seine *Wahrheit* erkennen lassen. Und für ein paar Sekunden hoffte er, dass Dr. Laura Hobson zurückkommen würde, weil sie etwas vergessen hatte. Aber sie war eine ordentliche junge Frau und hatte nichts vergessen.

Kurz bevor Morse und Lewis das Büro verließen, um in der Kantine eine Tasse Kaffee zu trinken, wurde ein Anruf von PC Pollard durchgestellt. Dieser nicht besonders engagierte Wächter von Pasticks war einer von vier uniformierten Constables, die zu den in alle Himmelsrichtungen führenden Eingängen von Blenheim Park abkommandiert worden waren. Jetzt rief er an, mit leicht erregter Stimme, um zu melden, dass der Landrover von den Wytham Woods, gefahren von David Michaels (den er sofort erkannt hatte), soeben in das Garten-Zentrum gefahren war. Sollte er versuchen, herauszufinden, was da geschah? Sollte er … *ermitteln?*

Morse übernahm das tragbare Telefon von Lewis. »Guter Mann! Ja, versuchen Sie herauszufinden, was da los ist. Aber machen Sie es nicht zu offensichtlich, okay?«

»Wie zum Teufel soll er das anstellen?«, fragte Lewis, als Morse fertig war. »Er ist in *Uniform!*«

»Ist er? Oh.« Morse schien kein rechtes Interesse an der

Angelegenheit zu haben. »Wird sich aber wichtig vorkommen, glauben Sie nicht?«

Chief Inspector Johnson war bei seiner zweiten Tasse Kaffee, als Morse und Lewis in die Kantine kamen. Er hob eine Hand und winkte Morse zu sich: Er wäre dankbar für ein paar Worte, wenn das in Ordnung sei. Aber nur sie beide, nur er und Morse.

Zehn Minuten später erfuhr Morse in Johnsons kleinem Büro im zweiten Stockwerk von dem roten Taschenkalender, der am Tag zuvor bei Philip Daley gefunden worden war. Aber bevor die beiden Polizisten über die Sache sprachen, war es Johnson, der das Friedensangebot machte: »Hören Sie. Wenn es etwas böses Blut gegeben hat – vergessen wirs, was? Was meinen Sie?«

»Kein böses Blut bei mir«, behauptete Morse.

»Bei mir schon«, sagte Johnson leise.

»Ja! Bei mir auch«, gab Morse zu.

»Also alles okay?«

»Alles okay.«

Die beiden Männer schüttelten sich die Hand, fest, wenn auch ohne Lächeln, und dann schilderte Johnson seinen Fall. In den letzten Tagen hatte es eine Flut von Informationen gegeben, und etwas war jetzt ziemlich sicher: Daley junior war einer von den vier Jugendlichen in dem gestohlenen BMW gewesen – allerdings nicht der Fahrer –, mit dem Marion Bridewell überfahren worden war. Nach allen Berichten war der Wagen außer Kontrolle geraten und hatte das arme kleine Ding durch ein Ladenfenster geschleudert.

»Merkwürdiger Zufall, dass der Junge in beide Fälle verwickelt ist«, sagte Morse.

»Aber Zufälle haben Sie noch nie gestört, nicht?«

Morse zuckte mit den Schultern. »Ich glaube nicht, dass er viel mit dem Eriksson-Fall zu tun hatte.«

»Außer dass er den Fotoapparat hatte«, sagte Johnson langsam.

»Ja-a.« Morse runzelte die Stirn. Etwas beunruhigte ihn ein wenig, wie ein Sandkörnchen in einem gut geölten Mechanismus; wie ein kleines Stück Schale in einem weich gekochten Ei.

Seit dem Unglück hatte Mrs Lynne Hardinge, eine schlanke, gepflegte, grauhaarige Frau von fünfzig, sich mit fast hektischer Energie in ihre wohltätigen Aktivitäten gestürzt: Essen auf Rädern, Sterbebegleitung, Altenhilfe, Unterstützung von Opfern … Jedermann sagte, was für eine großartige Frau sie sei, wie gut sie mit allem fertigwerde.

Zu der Zeit, als Morse und Johnson miteinander redeten, verließ sie den Beifahrersitz des achtfenstrigen Volvos, nahm zwei mit Stanniol beschichtete Behälter an sich, Hauptgericht und Nachtisch, und klopfte energisch an eine Tür in der Siedlung Osney Mead.

Die meisten jener, die ihr Essen auf Rädern viermal die Woche erhielten, waren dankbar und freundlich. Aber nicht alle.

»Die Tür ist auf!«

»Da wären wir also, Mrs Gruby.«

»Hoffentlich ist es nicht wieder dieser Fisch!«

»Geschmortes Lamm und Zitronencreme.«

»Am Dienstag wars Essen kalt – wussten Sie das?«

»Oje!«

Die so großartig mit allem fertigwerdende freiwillige Helferin sagte nichts mehr, aber sie bewegte wütend die Lippen, während sie die Tür hinter sich schloss. Warum hast du es denn nicht in den verdammten Ofen gestopft, du elende alte Schlampe? Manchmal hatte sie das Gefühl, sie könnte durchdrehen, völlig durchdrehen. Und seit Kurzem hatte sie auch das Gefühl, sie könnte mühelos jemanden *erschießen* – vorzugsweise ihren jämmerlichen fremdgehenden Ehemann.

50

Es gibt nur ein wahrhaft ernst zu nehmendes philosophisches Problem, und das ist Selbstmord. Zu entscheiden, ob das Leben lebenswert ist oder nicht, bedeutet, die fundamentale Frage der Philosophie zu beantworten.
Albert Camus, Der Mythos von Sisyphos

Unmittelbar nach Morse' alkoholfreiem Lunch (fast noch nie da gewesen: ein Käsesandwich und *Kaffee*) kam es zu dem entscheidenden Durchbruch in dem Fall. Und Lewis hatte das Glück, die gute Nachricht in die Kantine zu bringen, wo Morse saß und den *Daily Mirror* las.

Als Morse früher in der Woche behauptet hatte, dass ein Auto erforderlich gewesen wäre, dass ein Auto unentbehrlich gewesen wäre, dass ein Auto hätte beseitigt werden müssen – als Morse vor einigen Tagen diese Punkte geltend gemacht hatte, waren die Zündkerzen in Lewis' praktischem Verstand stotternd zum Leben erwacht: verlorene Autos, gestohlene Autos, zerstörte Autos, ausgebrannte Autos, abgestellte Autos, Autos, die man auf den Straßen gefunden hatte, abgeschleppte Autos – Lewis hatte sofort die Möglichkeiten abgeschätzt, und indem er einen Kreis mit einem Radius von etwa zwanzig Meilen um Oxford zog, sah er sich nach einer Besprechung mit der Verkehrspolizei in der Lage, eine Reihe ziemlich einfacher Überprüfungen in Bewegung zu setzen, wobei die Aufmerksamkeit sich auf die wenigen Tage konzentrierte, die dem letzten Auftauchen von Karin Eriksson folgten.

Der Hauptbeweis wäre kaum zu übersehen gewesen, nachdem die Daten einmal festgelegt worden waren. Lt. Col. Basil Villiers, MC, hatte während des Zeitraums, um den es ging, die Polizei nicht weniger als zwölfmal angerufen und sich beschwert, dass das Auto, das abgestellt und zerstört aufgefunden worden sei und später noch mehr zerstört und schließlich angesteckt wurde, ein Schandfleck in der schönen Landschaft sei, eine Schmach, eine Beleidigung fürs Auge und ein Makel; dass er (der bereits erwähnte Colonel) nicht gegen Gewaltherrschaft, Diktaturen, totalitäre Systeme und Tyrannei gekämpft habe, um jetzt abgewimmelt zu werden mit lächerlichen Entschuldigungen, bei denen es um Versicherung, Haftpflicht, Verbindlichkeiten und Verfügbarkeit von Personal gehe. Aber nur unter beträchtlichen Schwierigkeiten (Nummernschilder inzwischen verschwunden) konnte der Besitzer des Fahrzeugs ausfindig gemacht werden, und der beleidigende »Schandfleck« war abgeschleppt worden, fort aus der Nähe zum Bungalow des Colonels zu einem Auto-Walhalla; ein Farbfoto erinnerte als Einziges an das, was einst ein neugeborenes, schnittiges, schimmerndes Erzeugnis irgendeines japanischen Montagebands gewesen war.

Das Eingeben der auf den Fensterscheiben noch vorhandenen Zulassungsnummer in einen Computer hatte jetzt (wie vermutlich schon vor einem Jahr?) in wenigen Sekunden Namen und Adresse des Besitzers hervorgebracht: James Myton, 24 Hickson Drive, Ealing; oder besser: *früher* 24 Hickson Drive, Ealing, da sofortige Nachforschungen bei dieser Anschrift nur bestätigt hatten, dass James Myton seit über einem Jahr nicht mehr dort lebte. Die Kraftfahrzeugzulassungsstelle in Swansea hatte drei Briefe an die genannte Adresse geschickt, ohne eine Antwort zu erhalten. LMJ 594 E war eine abgelaufene Zulassungsnummer, wenn auch noch nicht aus den amtlichen Listen in Süd-Wales gestrichen.

Was Myton selbst betraf: Sein Name erschien auf Scotland Yards Liste vermisster Personen für die zweite Hälfte von 1991. Aber in dem Jahr waren allein in London über dreißigtausend Personen als »vermisst« gemeldet worden, und ein vor Kurzem erschienener, von Sir Peter Imbert – dem Commissioner des Metropolitan Police Service – persönlich voll unterstützter Bericht deutete an, die Liste sei inzwischen so ungenau, dass man eine neue Liste anlegen sollte, mit einer nochmaligen Überprüfung eines jeden einzelnen der unzähligen Namen. Wie Morse die Dinge jedoch sah, würde es mehr als einer »nochmaligen Überprüfung« bedürfen, um irgendwelche Hoffnungen wiederzubeleben, dass der vermisste Mr James Myton jemals lebendig gefunden werden würde.

Mitte des Nachmittags kam aus Ealing die Bestätigung, dass die in Pasticks gefundene Leiche die des James William Myton sei, der als Junge zuerst unter Aufsicht der Ortsbehörden gestellt wurde und später bei einem ältlichen Ehepaar (jetzt verstorben) in Brighton lebte. Danach wurde er eine Zeit lang auf der Isle of Wight in einer der Borstal-Anstalten Ihrer Majestät beaufsichtigt. Aber der junge Mann hatte immer gewisse praktische Fähigkeiten gezeigt, und 1989, mit sechsundzwanzig Jahren, verließ er die Insel Wight und zeigte angemessene Kenntnisse auf den Gebieten Zimmerhandwerk, Innenausstattung und Fotografie. Achtzehn Monate hatte er in den Fernsehstudios in Bristol gearbeitet. Eine Frau, die zwei Türen von ihm entfernt in Ealing lebte, beschrieb ihn so: »Er hatte einen irgendwie schwächlichen Mund, in dem die unteren Zähne klein waren und mit ihren regelmäßigen Abständen aussahen wie die Zinnen einer Spielzeugburg.«

»Die Frau hätte Schriftstellerin werden sollen«, sagte Morse.

»Sie *ist* Schriftstellerin«, sagte Lewis.

Jedenfalls war Myton jetzt nicht mehr zu finden, und es war unwahrscheinlich, dass man ihn noch fand. In der Vergangenheit war er häufig ohne ständigen Wohnsitz gewesen, und in der Gegenwart, davon war Morse überzeugt, hatte er seinen ständigen Wohnsitz im Reich der Toten aufgeschlagen, wie die Schriftstellerin es hochtrabend ausgedrückt haben könnte.

Doch im Ganzen liefen die Dinge sehr gut – liefen ziemlich genau so, wie Morse es vorausgesagt hatte. Und für den Rest des Nachmittags entwickelte der Fall sich ruhig weiter: keine Überraschungen, keine Rückschläge. Um 17.45 Uhr machte Morse Feierabend und fuhr in seine Wohnung in Nord-Oxford.

Für etwa zwei Stunden saß an jenem Nachmittag, wie an jedem Wochentag, die schwer übergewichtige Frau von Luigi Bertolese an der Rezeption im *Prince William Hotel*, während ihr Ehemann seine täglichen Geschäfte mit Mr Ladbroke (Buchmacher) betrieb. Die Frühausgabe des *Evening Standard* lag neben ihr, und sie setzte sich ihre Lesebrille auf die kleine Nase und begann zu lesen. Zu solchen Zeiten mochte sie einige ihrer Gäste an eine Eule erinnern, die nach einem kräftigen Mahl ruhig auf einem Zweig saß – halb benommen, als ihre Augenlider sich langsam schlossen, und dann überaus weise, als sie sich wieder öffneten ... sich *jetzt* öffneten, als Nummer 8 hereinkam, nach seinem Lunch. Und nach seinem Drink, wenn man von seiner Fahne ausging.

Das Foto war auf der Titelseite, unten links: nur ein kleines Foto, das ihn mit Bart zeigte, dem Bart, den er am Tag nach seiner Ankunft im Hotel abrasiert hatte. Obwohl Maria Bertoleses Englisch ziemlich dürftig war, verstand sie den Text unter dem Foto mühelos: »Der Polizei liegt daran, diesen Mann, Alasdair McBryde, zu sprechen ...«

Sie gab ihm den Zimmerschlüssel und zwei Zwanzigpfundnoten und wies mit dem Kopf auf die Zeitung. »Ich will keinen Ärger für Luigi – sein Herz ist nicht gut – ist schlecht.«

Der Mann nickte, legte einen der Zwanziger in seine Brieftasche und gab ihr den anderen zurück: »Für das Frühstücksmädchen.«

Als Luigi Bertolese um 16 Uhr vom Wettbüro zurückkehrte, war Nummer 8 samt Gepäck verschwunden.

Am Fahrkartenschalter im Bahnhof Paddington verlangte McBryde eine einfache Karte nach Oxford. Der 16-Uhr-20-Zug, der in Reading, Didcot Parkway und Oxford hielt, war schon auf Gleis 9 eingelaufen, aber bis zur Abfahrt waren noch zehn Minuten Zeit, und von einer Telefonzelle direkt vor der Menzies-Buchhandlung rief er eine Nummer (Direktverbindung) im Lonsdale College, Oxford, an.

Dr. Alan Hardinge legte langsam den Hörer auf. Wirklich ein Zufall, dass er in seinem Zimmer gewesen war. Aber vermutlich hätte McBryde ihn irgendwo, irgendwann doch erwischt; es hätte einen Morgen, einen Nachmittag oder einen Abend gegeben, da er hätte Rechenschaft ablegen müssen, eine *Rechnung* begleichen, wie die Deutschen sagten. Er hatte sich natürlich bereit erklärt, den Mann zu treffen. Was blieb ihm anderes übrig? Und er *würde* sich mit ihm treffen, und sie würden kühl bei einem Drink zusammensitzen und über viele Dinge reden: was getan werden musste und was nicht getan werden musste.

Und dann?

Großer Gott, was dann?

Er legte den Kopf in die Hände und riss an den Wurzeln seines dicken Haars. Es war die Häufung all dieser verdammten Dinge, die so schrecklich war. Während der letzten Tage hatte er daran gedacht, allem ein Ende zu machen. Aber, merkwürdig vielleicht, es war keine Angst, die den Tod selbst betraf, was ihn abgehalten hatte, sondern eher seine eigene Unfähigkeit, mit den *praktischen* Aspekten eines Selbstmords fertigzuwerden. Er gehörte zu jenen Leuten, die mit allen Maschinen, allen Apparaten ständig auf Kriegsfuß stehen, und sein ganzes Leben hatte er es nicht geschafft, sich mit Drähten und Schaltern und Sicherungen und Schrauben zu arrangieren. Da gab es zum Beispiel diese Sache mit der Garage – mit geschlossenen Türen und Auspuffgasen –, doch Hardinge hatte den Verdacht, dass er das völlig vermasseln würde. Aber er musste etwas tun; das Leben wurde allmählich unerträglich für ihn. Das Scheitern seiner Ehe, die Tatsache, dass die einzige Frau, die er wirklich liebte, ihn zurückgewiesen hatte, die Sinnlosigkeit seiner akademischen Grade, seine jämmerliche Pornografie-Sucht, der Tod seiner Tochter und jetzt, vor nur wenigen Minuten, die Erinnerung an das vielleicht Schrecklichste von allem …

Die zweite Vorstellung von *Mikado* sollte, wie Morse sich erinnerte, ebenso wie die erste, um 19.30 Uhr beginnen. Eigentlich noch reichlich Zeit, sich fertig zu machen und hinzufahren. Aber auch an diesem Abend entschied er sich dagegen.

Die erste Aufführung war in Ordnung gewesen, ja, aber alle waren ein bisschen nervös gewesen, hätten ein flaues Gefühl im Magen gehabt, wie die anderen sagten. Doch am zweiten Abend würden sie wirklich gut in Form sein. David hatte gesagt, sie hätte es fein gemacht am ersten Abend – *fein!* Aber diesmal würde sie besser sein – sie würde es ihm zeigen!

Sie hatten noch fünf Minuten, und sie schaute wieder hinter dem Vorhang hervor. David hatte für alle drei Vorstellungen eine Karte für die hintere Reihe gekauft. Aber sie sah keinen David. Wahrscheinlich, dachte sie, stand er draußen vor der Halle und unterhielt sich mit irgendwem, bevor die Aufführung begann. Aber Platz K5 sollte unbesetzt bleiben, bis während der letzten vierzig Minuten eine der Programmverkäuferinnen beschloss, ihren schmerzenden Füßen eine willkommene Ruhepause zu gönnen.

51

Wer unten ist, braucht keinen Fall zu fürchten,
wer bedrückt ist, keinen Hochmut.
John Bunyan, The Pilgrim's Progress

Lewis war sich nicht so sicher, ob Morse etwas Derartiges erwartet hatte. Gewiss aber war, dass der Chief Inspector kaum überrascht war, als am nächsten Morgen der Anruf von Dr. Hardinge durchgestellt wurde. Könnte er bitte Morse sprechen? Nein, es sei nicht sehr dringend – das heißt, doch, es war eigentlich sehr dringend, jedenfalls für ihn.

Morse war offensichtlich völlig einverstanden, dass Lewis ein oder zwei auf der Hand liegende Fragen einwarf, während er aufmerksam zuhörte, wenn auch mit einer Andeutung von Spott im Ausdruck. Vielleicht – so sah Lewis die Dinge –, waren es die einleitenden Worte, die den Chef ein wenig sauer hatten werden lassen.

Morse: Es hat mir sehr leidgetan, vom Unfall Ihrer Tochter zu erfahren, Dr. Hardinge. Es muss … eine schreckliche …
Hardinge: Woher wollen Sie das wissen? Sie haben keine Kinder.
Morse: Woher wissen Sie das?
Hardinge: Ich dachte, wir hätten eine gemeinsame Freundin, Inspector.

Nein, es war kein sehr glücklicher Anfang gewesen, obwohl das Gespräch wesentlich friedlicher geendet hatte. Hardinge hatte sich bereitwillig einverstanden erklärt, dass seine Aussage auf Band aufgenommen wurde, und die außerordentlich befähigte WPC Wright sollte später eine sehr knappe und saubere Niederschrift anfertigen, angenehm frei von den unzähligen Tipp-Ex-Änderungen, die gewöhnlich Lewis' Kampf mit der Schreibmaschine charakterisierten.

»Am Sonntag, dem 7. Juli 1991, traf ich mit vier anderen Männern in der Seckham Villa, Park Town, Oxford, zusammen. Das gemeinsame Interesse, das uns zusammengebracht hatte, ist mir eher peinlich, als dass ich mich seiner schäme. Anwesend waren Alasdair McBryde, George Daley, David Michaels, James Myton und ich selbst. McBryde teilte uns mit, dass wir wahrscheinlich einen interessanten Nachmittag vor uns haben würden, da eine junge schwedische Studentin kommen und vor einer Kamera Model sitzen würde – wie wir es euphemistisch nannten. Wir erfuhren, dass sie sehr schön sei und dringend Geld brauche. Wenn wir zusehen wollten, würde das noch einmal fünfzig Pfund kosten, hundert Pfund im Ganzen. Ich stimmte zu. Daley ebenfalls. Michaels auch. Ich war zuerst gekommen. Daley und Michaels trafen ein wenig später zusammen ein, und ich hatte den Eindruck, dass einer den anderen mitgenommen hatte. Ich wusste fast gar nichts über diese beiden Männer, außer dass sie beide irgendwie mit Wald zu tun hatten. Ich war beiden zwei- oder dreimal vorher begegnet, aber noch nie beiden auf einmal.

Der fünfte Mann war Myton, den ich schon vorher gekannt hatte, muss ich zu meiner Schande sagen, als den Herausgeber einer Serie von Sex-Magazinen, deren besonderes Programm von Bestialität zu Pädophilie reichte. Er war ziemlich klein und zierlich gebaut, von wieselartigem Aussehen – mit einer scharfen Nase und stechenden kleinen Augen. Er brüstete sich oft mit seiner Zeit beim ITV-Zodiac-Produktionsteam, und wie sehr er auch übertrieben haben mag, etwas war völlig klar: Was immer er für Videobänder aufnahm, was immer er für Standfotos fotografierte – Myton hatte den magischen Touch des geborenen Künstlers.

An den ersten Teil des Nachmittags kann ich mich nur vage erinnern. Das Zimmer, in dem wir saßen, das Kellerzimmer, hatte eine große, aufrichtbare Leinwand, und wir alle (mit Ausnahme von Myton) sahen uns dänische Hartporno-Videos an, als wir merkten, dass der gespannt erwartete schwedische Star eingetroffen war.

Es hatte geklingelt, McBryde hatte uns verlassen, und kurz darauf hörten wir Stimmen im Garten draußen – die Stimmen von Myton und der jungen Frau, von der ich jetzt weiß, dass es Karin Eriksson gewesen sein muss. Ich erinnere mich, dass ich zu dem Zeitpunkt sehr erregt war. Aber es kam anders, als wir dachten. Es stellte sich bald heraus, dass das Mädchen die Art ihres Jobs missverstanden hatte; dass sie gern bereit war, eine Serie von Nacktfotos zu machen, doch nur hinter verschlossener Tür, mit einer Kamera und mit einem Kameramann. Keine Diskussion.

Etwa eine halbe Stunde später hörten wir den schrecklichen Tumult im Zimmer direkt über uns, und wir folgten McBryde die Treppe hinauf. Die junge Frau (ihren Namen erfuhren wir erst Tage später) lag auf dem Bett. Sie lag bewegungslos da, überall auf den Bettlaken war Blut, leuchtend rotes Blut, frisches Blut. Doch es war nicht ihr Blut; es war Mytons! Er war auf dem Fußboden zusammengebrochen, hielt sich die linke Seite, keuchte jämmerlich, und seine Augen waren vor Schmerzen geweitet – und vor Furcht. Aber im Augenblick war es die nackte Frau, die unsere Aufmerksamkeit auf sich lenkte. Es waren scheußliche hellrote Flecken auf ihrem Hals, und ihr Mund schien merkwürdig geschwollen, und Blut rann tröpfchenweise über ihre Wange. Ja, ihre Wange. Denn es war die Lage ihres Kopfes, die uns so erschreckte – nach hinten gebogen, als versuchte sie mit aller Kraft, über ihre Stirn hinweg auf das Kopfbrett des Betts zu blicken. Da wussten wir, vielleicht nicht sofort, aber sehr bald, dass sie tot war.

Wenn mir das Herz jemals vor Angst stockte und in Panik erstarrte, dann war es in diesem Augenblick. Häufig in der Vergangenheit, wenn ich mir irgendwo einen Sexfilm ansah, fragte ich mich, was passieren würde, wenn plötzlich ein Feuer ausbräche und die Ausgänge mit in Panik geratenen Männern blockiert wären. Gleiche Gedanken überfluteten mich jetzt. Und dann, hinter mir, ein schreckliches Geräusch!, als gurgelte es in einem Spülstein in der Küche, und als ich mich umdrehte, sah ich, wie plötzlich dunkelrotes Blut aus Mytons Mund floss und sich in einem Schwall über den Teppich ergoss. Sechs- oder siebenmal hob sich sein Körper in gewaltigen Zuckungen; dann lag auch er still, wie die junge Frau auf dem Bett.

Es ist unmöglich, sich Gewissheit zu verschaffen über die Folge der Ereignisse, die zu dieser Doppeltragödie führten. Ich habe keine Ahnung, was die anderen dachten; ich weiß auch nicht wirklich, was ich dachte. Vermutlich stellte ich mir vor, dass Myton sie filmte, während sie ihre verschiedenen Posen einnahm, dass ihn dann die Gier packte und er versuchte, sie dort zu vergewaltigen, aber sie wehrte ihn ab, mit einem Teilerfolg. Mehr als einem Teilerfolg.

Uns allen war klar, dass sie ihn mit einem Messer erstochen hatte, von der Art von Taschenmesser, die Pfadfinder bei sich tragen, denn sie umklammerte das Messer noch immer mit ihrer rechten Hand, als rechnete sie damit, dass er sich noch einmal auf sie stürzen würde. Wie sie es schaffte, eine solche Waffe bei sich zu haben – wie ich schon sagte, war sie völlig nackt –, weiß ich nicht.

Meine nächste klare Erinnerung ist, dass ich mit den drei anderen in dem Zimmer unten saß, dass wir Whisky pur tranken und uns fragten, was um alles in der Welt wir tun sollten, versuchten, einen Plan zu entwickeln. Irgendetwas! Was auch immer!

Wir alle – ganz gewiss drei von uns – waren von der gleichen Angst besessen, dessen bin ich mir sicher: vor der Gesellschaft, unseren Freunden, Familien, Kindern, vor jedermann bloßgestellt zu werden, bloßgestellt als das, was wir wirklich waren – billige, schmutzige Perverse. Skandal, Schande, Ruin – nie zuvor war ich von so panischer Angst und Verzweiflung ergriffen.

Ich komme jetzt zu dem schwierigsten Teil meiner Aussage, und ich kann mich nicht für die exakten Motive eines jeden von uns oder für bestimmte Details verbürgen. Aber die wesentlichen Punkte jenes Tages stehen noch ziemlich klar vor mir – wenn sie auch in der Rückschau in einer Art unwirklichem Nebel stattgefunden zu haben scheinen. Lassen Sie es mich einfach ausdrücken. Wir beschlossen, die ganze scheußliche Tragödie zu vertuschen. Es muss fast unglaublich erscheinen, dass wir solche gewaltigen Anstrengungen auf uns nahmen, um das Ganze zu verheimlichen, doch wir taten genau das. McBryde sagte uns, dass außer uns nur die Modelagentur vom Besuch des Schwedenmädchens wisse und dass er sich darum kümmern werde, dass von der Seite kein Ärger komme. Es blieben also – wie schrecklich das alles jetzt klingt – zwei Tote übrig, zwei Leichen. Es war nicht daran zu denken, sie vor Einbruch der Dunkelheit beiseitezuschaffen, und so kamen wir überein, dass wir vier uns um 21.45 Uhr in der Seckham Villa einfinden würden.

Während der letzten Monate hatte Myton aus Koffern gelebt, aus zwei großen zerbeulten braunen Koffern. Und hatte mit Unterbrechungen bei McBryde gewohnt, seit mehreren Wochen. Aber McBryde verwünschte sich noch immer, dass er die beiden, Myton und das Mädchen, hinaus in den Garten hinter dem Haus hatte gehen lassen, denn wenn Nachbarn Karin Eriksson gesehen hatten, würden sie sich mit Sicherheit an sie erinnern. Seine Befürchtungen in dieser Hinsicht aber scheinen grundlos gewesen zu sein. Was Mytons Koffer und persönliche Habe betraf, so würde McBryde sie hinten in seinen Lieferwagen packen und früh am nächsten Morgen zur Redbridge-Müllkippe schaffen. Mytons Auto war ein größeres Problem, aber der enorme Anstieg der Fahrzeug-Kriminalität in Oxford im vergangenen Jahr bot eine verhältnismäßig einfache Lösung. Es wurde beschlossen, dass ich um 22.45 Uhr derselben Nacht den Honda an den Rand von Otmoor fahren, alle Türen einschlagen und alle Scheiben zertrümmern und mit einem Hammer an den Motor herangehen würde. Und so geschah es. McBryde war mit seinem Lieferwagen hinter mir hergefahren und half mir sogar bei der Zerstörung, bevor er mich zurück nach Oxford brachte.

Das war meine Rolle. Aber da war das andere gewaltige Problem – die Beseitigung von zwei Leichen. Und auch den Rucksack des Mädchens mussten wir loswerden. Warum wir den Rucksack nicht zusammen mit Mytons Koffern auf die Müllkippe warfen, ist mir völlig unklar. Und als was für ein beklagenswerter Fehler sollte sich das erweisen! Schließlich wurden die beiden Leichen in McBrydes Lieferwagen geschleppt und im Schutze der Dunkelheit – so habe ich es verstanden – zuerst nach Wytham gefahren, wo, nachdem Michaels die Schranke zum Weg in den Wald aufgeschlossen hatte, die beiden Förster

Mytons Leiche in den Landrover schafften und dann losfuhren, um den Toten irgendwo im Wald zu vergraben; ich habe keine Ahnung, wo.

Dann fuhren die beiden Männer nach Blenheim, wo Daley natürlich Zugang zu allen Teilen des Großen Parks hatte, und stießen die Leiche Karin Erikssons, in eine Decke gewickelt und mit Steinen beschwert, in den See dort – auch in dem Fall weiß ich nicht, wo.

In der Rückschau erscheint das Ganze so roh und grausam. Aber manche Menschen reagieren merkwürdig, wenn sie unter Stress stehen, und an jenem schrecklichen Tag standen wir alle unter ungeheurem Stress. Ob die übrigen Beteiligten bereit sind, diesen Verlauf der Ereignisse zu bestätigen, weiß ich nicht. Ich habe diese Aussage aus freiem Willen gemacht, ohne Nötigung oder Beeinflussung, und sie entspricht der Wahrheit.«

Diese Aussage war auf den 01.08.1992 datiert und von Dr. Alan Hardinge, Fellow des Lonsdale College, Oxford, unterschrieben, in Anwesenheit von Detective Chief Inspector Morse, Detective Sergeant Lewis und WPC Wright; auf Dr. Hardinges Wunsch war kein Rechtsanwalt zugegen.

Während Hardinge etwa die Hälfte seiner Aussage hinter sich hatte, war George Daley, wie immer bereit, Überstunden zu machen, damit beschäftigt, in dem ummauerten Garten im Blenheim Garden Centre Petunien in Kästen zu pflanzen. Er hatte keine Schritte gehört, aber er spürte eine Hand auf seiner Schulter und zuckte nervös zusammen.

»Gott verdamm mich! Sie sind schnell hier.«

»Sie sagten, es sei dringend.«

»Es ist verdammt dringend.«

»Was ist dringend?«

»Na, hören Sie mal ...!«

»Nein, *Sie* hören! Die Polizei kriegt diese Aussage irgendwann am Vormittag – hat sie wahrscheinlich schon. Und wir haben zugestimmt – Sie haben zugestimmt –, vergessen Sie das nicht!«

Daley nahm seinen Hut ab und fuhr sich mit dem Rücken seines Handgelenks über die verschwitzte Stirn.

»Ich stimme verdammt noch mal nicht länger zu, Kumpel! Sehn Sie sich das an!« Daley zog einen Brief aus der Tasche. »Kam heut Morgen mit der Post. Darum hab ich angerufen. Sehn Sie, was die mir anhängen wollen? Mir! Und alles nur wegen dem verdammten Scheißkerl von einem Sohn! Nee, Kumpel! Was wir abgemacht haben, gilt nicht mehr. Ich will doppelt so viel – oder 's wird nichts aus der Sache! Vier will ich. Nicht zwei. Vier!«

»*Vier?* Wo zum Teufel soll das herkommen?«

»Ihr Problem, oder?«

»Wenn ich es aufbringen könnte«, sagte der andere langsam, »woher soll ich wissen, dass Sie nicht ...«

»Wissen Sie nicht. Vertrauen, oder? Ich werd nicht nach mehr fragen niemals nicht – wenn ich vier kriege.«

»Ich komm an nichts ran, das wissen Sie, nicht bevor die Banken am Montag wieder aufmachen.«

Beide schwiegen.

»Sie werdens nicht bedauern, Kumpel«, sagte Daley schließlich.

»Aber *Sie,* wenn Sie mir noch einmal mit so was kommen!«

»Drohen Sie mir nicht!«

»Ich drohe Ihnen nicht nur, Daley – ich werde Sie verdammt noch mal *umbringen,* wenn Sie es noch mal versuchen!«

Seine leise Stimme klang jetzt gefährlich und kraftvoll, er wandte sich um und sagte im Gehen: »Sie kommen besser zu mir – weniger Leute dort.«

»Ist mir recht.«

»Gegen zehn; früher hat es keinen Sinn. In meinem Büro, okay?«

»Sagen wir *vor* Ihrem Büro.«

Der andere zuckte die Achseln. »Ist mir egal.«

52

Es kommt alles, wenn man nur wartet.
Benjamin Disraeli, Tancred

Eine Stunde nachdem Hardinge gegangen war – hatte gehen dürfen –, kam Lewis mit drei Fotokopien des Dokuments zurück in Morse' Büro.

Morse nahm einen der Bögen auf und sah sich ziemlich flüchtig, so schien es, die Übertragung von Hardinges Aussage an. »Was halten Sie von dem Ganzen?«

»Ein oder zwei Sachen sind etwas seltsam, Sir.«

»Nur ein oder zwei?«

»Na ja, eigentlich zwei Sachen. Ich meine, da ist dieser Daley, nicht? Er ist an dem Nachmittag in Park Town, und in der Nacht stößt er die Leiche des Mädchens in den See von Blenheim.«

»Ja?«

»Und dann schiebt er den Rucksack des Mädchens unter eine Hecke bei Begbroke. Ich meine –«

»Ich wollte, Sie würden nicht immer ›ich meine‹ sagen, Lewis.«

»Na ja, man sollte doch denken, dass er ihn Meilen entfernt verstecken würde, oder? Er hätte ihn leicht bei Burford oder Bicester oder sonst wo abladen können. Ich mei–«

»Warum nicht in die Decke wickeln? Zusammen mit der Leiche?«

»Nun, ja. Irgendwo – außer dort, wo er ihn versteckt hat.«

»Ich glaube, Sie haben recht.«

»Warum fragen wir ihn nicht einfach?«

»Alles zu seiner Zeit, Lewis! Sie sagten, *zwei* Sachen, nicht wahr?«

»Na ja. Eigentlich ist es genau das Gleiche. Sie beschlossen, die Leiche von Myton in die Wytham Woods zu bringen, einverstanden? Und sie *haben* sie dorthin gebracht, weil wir sie gefunden haben. Was ich nicht verstehe: Warum hat Michaels Ihnen gesagt, wo sie war? Ich meine – tut mir leid, Sir.«

»Aber das hat er nicht getan, oder? Er hat uns nicht gerade eine Planquadratangabe gemacht.«

»Aber er hat mit Ihnen über Pasticks gesprochen.«

»Unter anderem, ja.« Eine Weile sah Morse hinaus über den asphaltierten Hof, mit leerem Blick offenbar, obwohl er ernsthaft nickte. »Ja-a, Lewis! Sie haben den Finger – zwei Finger – genau auf die Punkte der Aussage gelegt, über die jeder sich Gedanken machen würde, selbst solche, die nur *halb* so intelligent wie Sie sind.«

Lewis war sich nicht sicher, ob das ein Kompliment sein sollte, aber der Meister begann gerade mit seiner eigenen Analyse: »Sehen Sie – fragen Sie sich Folgendes: Warum musste Daley den Rucksack verstecken und dann *selbst* finden? Wie Sie mit Recht sagen, warum so nahe der Stelle, wo sie gerade die Leiche hatten verschwinden lassen? Was ist der Grund? Was *könnte* der Grund sein? Gibt es überhaupt einen Grund? Und dann, wie Sie sagen, warum war Michaels bereit, uns zu helfen? Das ist doch idiotisch, oder etwa nicht, wenn er nicht wollte, dass die Leiche gefunden wird. Warum? Warum uns eine Chance geben, die Leiche zu finden? Warum uns nicht eine frisierte Liste mit völlig unwahrscheinlichen Stellen geben? Mein Gott! Wytham ist so groß wie …« – Morse hatte Schwierigkeiten, einen passenden Vergleich zu finden – »wie der Teich draußen in Blenheim.«

»See, Sir – etwa achtzig Hektar groß. Wird einige Zeit dauern, den abzusuchen.«

»Eine Menge Zeit.«

»Vergessen wirs also?«

»Ja, vergessen wirs. Wie ich Ihnen gestern sagte, Lewis …«

»Sie denken noch immer, dass Sie damit recht haben?«

»O ja! Ohne Zweifel. Wir brauchen uns nur zurückzulehnen und zu warten. Es werden Leute zu *uns* kommen, Lewis. Wir verlieren nichts. Sie können mir glauben, es wird in diesem Fall keine Opfer mehr geben … außer es handelt sich um den albernen jungen Hohlkopf Philip Daley.«

»Dann könnten wir vielleicht eine Verschnaufpause einlegen, Sir.«

»Warum nicht? Aber etwas könnten Sie auf Ihrem Nachhauseweg noch tun. Schauen Sie im Lonsdale vorbei, ja? Stellen Sie fest, wer in der letzten Nacht Dienst an der Pforte hatte, und versuchen Sie herauszufinden, ob unser Freund Hardinge Besucher in seinen Räumen hatte. Und falls ja, wie viele und wer sie waren.«

Für den Augenblick jedoch schien Lewis es mit dem Gehen nicht so eilig zu haben.

»Wollen Sie wirklich nicht, dass ich Daley und Michaels festnehme?«

»Ich habe es Ihnen gerade gesagt. Sie werden zu *uns* kommen. Einer von ihnen jedenfalls, wenn ich mich nicht sehr irre.«

»Was Sie selten tun.«

»Was ich selten tue.«

»Sie wollen mir nicht sagen, welcher von ihnen?«

»Warum *sollte* ich es Ihnen nicht sagen wollen?«

»Also?«

»Gut. Ich wette mit Ihnen einen Fünfer gegen einen angeschlagenen Nachttopf, dass der Oberförster, der einsame Ranger oder wie er sich nennt, sich hier melden wird – persönlich oder telefonisch –, bevor Sie sich die Sechs-Uhr-Nachrichten im Fernsehen ansehen.«

»Samstags sind die Fernsehnachrichten früher, Sir.«

»Oh, bevor Sie gehen, legen Sie diese auf Johnsons Schreibtisch, bitte. Ich glaube nicht, dass er vor Montag in seinem Büro ist, aber ich habe ihm versprochen, ihn ausführlich zu informieren.« Er reichte den dritten Satz von Fotokopien über den Tisch, und Lewis stand auf, um zu gehen.

»Soll ich Sie anrufen, wenn ich etwas herausfinde?«

»Wenn es interessant ist, ja«, sagte Morse, offenbar gleichgültig.

Früher an diesem Tag hatte Lewis gedacht, er habe eine ziemlich klare Vorstellung, worum es in dem Fall eigentlich ging oder worum es nach Morse' Meinung in dem Fall ging. Aber als er jetzt das Präsidium in Kidlington verließ, war er viel verwirrter als vorher, als ob Hardinges Aussage, was immer auch ihr Zweck gewesen war, ganz gewiss seine, Lewis', Gedankengänge durcheinandergebracht hatte, wenn auch offensichtlich nicht die seines Chefs.

Es stellte sich heraus, dass Morse seine Wette verloren hatte, denn niemand setzte sich, persönlich oder telefonisch, an diesem Nachmittag in Verbindung mit ihm. Tatsächlich tat er überhaupt nichts, nachdem Lewis gegangen war. Irgendwann war er fast entschlossen, die letzte Aufführung des *Mikado* in Wytham zu besuchen. Aber er hatte keine Eintrittskarte, und es würde wahrscheinlich ausverkauft sein, und außerdem hatte er sich eine CD von Mozarts *Requiem* gekauft.

Cathy sah ihn am letzten Abend, zehn Minuten bevor der Vorhang sich heben sollte: den bärtigen, kräftigen, selbstsicheren Mann, den zu heiraten sie trotz des Altersunterschiedes so gern bereit gewesen war. Er unterhielt sich sehr angeregt mit einer attraktiven Frau in der Reihe vor ihm, und zweifellos flirtete er auch ein bisschen mit ihr, in jenem trockenen, unbeschwerten, vertraulichen Ton, den er so leicht annehmen konnte. Doch Cathy empfand nicht die geringste Eifersucht – sie wusste, dass sie es war, die fast alles für ihn bedeutete.

Sie ließ den Vorhang wieder fallen und ging zurück zur

Damengarderobe, wo sie sich über ihre linke Schulter hinweg in dem bis zum Boden reichenden Spiegel musterte. Die einfachen, kurzen schwarzen Kleider mit ihren weißen Kragen und roten Gürteln und den an Strumpfhaltern befestigten schwarzen Strümpfen hatten sich als eine der größten Attraktionen der Vorstellung erwiesen, und alle drei vielleicht nicht mehr ganz so kleinen Mädchen genossen den leichten Kitzel von Exhibitionismus. Cathy hatte David noch nicht gefragt, ob er wirklich einverstanden war oder vielleicht ein winziges bisschen eifersüchtig. Sie hoffte natürlich, dass er das war, aber nein, das brauchte er nicht zu sein. O nein, das brauchte er nie zu sein.

Wie die meisten Aufführungen von Laiendarstellern und, nebenbei bemerkt, auch von Berufsschauspielern war der *Mikado* in verschiedenen Proben entstanden, fast ohne jede chronologische Folge bis zur Kostümprobe. Daher kam es, dass David Michaels zwar im vergangenen Monat einer beträchtlichen Anzahl von Proben zugesehen hatte, doch eigentlich kaum wusste, was die Handlung der Operette war. Auch die erste Aufführung hatte sein Verständnis nicht sehr gefördert, denn in Gedanken war er mit wichtigeren Dingen beschäftigt gewesen. Und jetzt, bei der letzten Vorstellung, war er mit den Gedanken noch weiter weg, während er der Handlung auf der Bühne wie durch einen halb undurchsichtigen Schleier folgte, während er dem quiekenden Orchester lauschte, als hätte er Watte in den Ohren …

Er erinnerte sich an den Telefonanruf am Abend vorher, nachdem er hinunter nach Oxford gefahren war, das Glück gehabt hatte, direkt neben Blackwell's Buchhandlung in der Broad einen Parkplatz zu finden, und dann über den Radcliffe Square und das Kopfsteinpflaster ins Lonsdale College gegangen und seinen Instruktionen gefolgt war, nämlich geradewegs an der Pförtnerloge vorbeimarschierte, wie auf höheren Befehl, und dann weiter in Hardinges Räume am ersten Innenhof, wo McBryde schon eingetroffen war und Daley innerhalb der nächsten Minuten erscheinen sollte.

Über ein Jahr war es her, seit sie zum ersten Mal zusammengekommen waren – ein Jahr, in dem praktisch nichts passiert war; ein Jahr, in dem die Polizeiakten noch nicht geschlossen worden waren (nahm er an), doch ein Jahr, in dem er und die anderen, das Quartett, das sie bildeten, mit wachsender Erleichterung und Zuversicht davon ausgegangen waren, dass jetzt niemand mehr die Wahrheit über jenen heißen und fernen sonnigen Tag herausfinden würde oder konnte.

Es war der verdammte Brief in der Zeitung, der alles wieder aufgerührt hatte – das und dieser Morse. Was für ein Schock war es gewesen, als sie die Leiche fanden – denn er, Michaels, hatte keine Ahnung, dass sie dort gelegen hatte. Ein Glück, dass er das Messer mit dem Griff aus Hirschhorn gefunden hatte, weil *das* keiner mehr finden würde; es lag tief in dem See im Blenheim Park. Ja, die letzte Spur eines Beweises war jetzt ausgelöscht, und alles kam allmählich wieder in Ordnung oder hatte begonnen, in Ordnung zu kommen … bis zu dem zweiten Anruf, früh am Morgen dieses Tages, dem Anruf von diesem Ekelpaket draußen in Begbroke. Aber Daley konnte warten; Daley würde noch eine Weile bei ihnen mitspielen. Das Einzige, was Michaels überhaupt nicht verstand, war Morse' Abwarten. Und das machte ihn sehr nervös. Vielleicht warteten alle …

Plötzlich wurde er sich des Beifalls rund um ihn bewusst, und der Vorhang bewegte sich ruckweise vor die Bühne und zeigte das Ende des ersten Akts an.

53

Als wir den Torweg an der Einfahrt passierten, sagte Randolph mit verzeihlichem Stolz: »Dies ist der schönste Blick in England.«
Lady Randolph Churchill bei ihrem ersten Besuch in Blenheim

Am Montag, dem 3. August, hatte Chief Inspector Harold Johnson einen großen Teil des Vormittags mit seinen City-Kollegen in St. Aldate's verbracht und kam erst kurz nach 11 Uhr in sein Büro im Präsidium in Kidlington zurück – wo er sofort die Übertragung von Hardinges Aussage las. Dann las er sie ein zweites Mal. Mit Ausnahme der Angaben über den Rucksack, natürlich, war ihm alles neu. Er musste zugeben, dass sich der ganze Zuschnitt der Dinge dramatisch geändert hatte, seit Morse den Fall bearbeitete: Spuren, Autos, Leichen – warum hatte *er* nichts gefunden? Aber es war wirklich merkwürdig: Morse war von Wytham besessen gewesen, und er, Johnson, von Blenheim. Und nach der Aussage, die Hardinge gemacht hatte, hatten sie beide von Anfang an recht gehabt. Er rief über das Haustelefon Morse' Büro an, erfuhr aber, dass er gerade das Haus verlassen hatte, mit Lewis, ohne Angabe seines Ziels.

Blenheim! Johnson fand die Hochglanzbroschüre über Blenheim Palace noch immer bei seinen Unterlagen, und er sah sich die Karte vom Haus und dem Grundstück an. Da war er – der See! Der Fluss Glyme floss von Osten in das Grundstück, zuerst in den Queen Pool, dann unter Vanbrugh's Grand Bridge hindurch in den See dahinter. Er sei etwas über achtzig Hektar groß, hatte man ihm gesagt, als er zum ersten Mal die Frage anschnitt, ob man die Seen absuchen sollte. Es war ein zu großes Unternehmen gewesen; war es noch immer. Der Queen Pool war ziemlich flach, gewiss, und man hatte den Grund am

Rande des Pools sehr gründlich abgesucht. Aber es war nichts gefunden worden, und Johnson hatte immer den Verdacht gehegt (zu Recht, so schien es), wenn Karin Erikssons Leiche irgendwo im Blenheim Park beseitigt werden sollte, müsste es in dem viel tieferen Wasser des viel größeren Sees geschehen sein. Sie müsste auch gut beschwert worden sein, erklärten ihm die Einheimischen, da sie sonst mit ziemlicher Gewissheit bald nach dem Untertauchen wieder an die Oberfläche gedrängt werden und hinunter an die Grand Cascade getrieben würde, wo das Wasser seinen Weg durch das enge Flussbett zwischen den Ufern des Glyme wiederaufnimmt.

Johnson durchblätterte die großzügigen Illustrationen der Broschüre und nahm sich vor, dem prachtvollen Gebäude und den Parkanlagen, die Queen Anne und ihr dankbares Parlament für den mächtigen Herzog gebaut hatten, mit seiner Frau recht bald einen Besuch abzustatten. Wie war noch die Eselsbrücke, die sie auf der Schule gelernt hatten? BROM, ja das war es; Blenheim, Ramillies, Oudenarde, Malplaquet – jenes melodische Sieg-Quartett. Dann kam ihm plötzlich der Wunsch, aufzustehen und sein Büro zu verlassen und wieder einen Blick auf das wundervolle Bild zu werfen, das den Besucher unvermittelt trifft, wenn er das Triumphal Gate passiert.

Er fuhr hinaus nach Woodstock, vorbei am Bear und der Kirche zu seiner Linken, dann über den Hof und weiter zum Tor, wo der Aufseher in seinem Häuschen saß und wo Johnson (zu seinem Entzücken) erkannt wurde.

»Fahren Sie rein, Sir?«

Johnson nickte. »Ich dachte, wir hätten an jedem Tor einen von unsren Jungs?«

»Stimmt, Sir. Aber sie haben sie wieder abgezogen.«

»Wann war das?«

»Samstag. Der Bursche, der hier Dienst hatte, sagte nur, dass er nicht zurückkommen werde – mehr weiß ich nicht. Schätze, er muss gedacht haben, der Fall ist gelöst, Sir.«

»Tatsächlich?«

Johnson fuhr durch das Tor, und da lag es wieder vor ihm, das Bild, das so viele Erinnerungen erweckte; im Mittelgrund die Türme des Palasts selbst, und dort, unmittelbar rechts von ihm, der See mit der Grand Bridge und Capability Browns Buchenlandschaft dahinter. Atemberaubend!

Johnson akzeptierte die Tatsache, dass seine Sensibilität in gewisser Weise begrenzt war, doch hielt er sich für einen kompetenten Polizisten, und er war keineswegs froh über die Aussage, die er soeben gelesen hatte. Wenn man diesem Hardinge trauen konnte, ging die Aussage, die Daley vor einem Jahr gemacht hatte, sehr großzügig mit der Wahrheit um, und das fand Johnson lästig – sehr lästig. Damals hatte er ziemlich viel Zeit mit Daley verbracht, als es um die jämmerliche Rucksackangelegenheit ging, und er wollte sich noch einmal mit Daley unterhalten. Jetzt!

Er fuhr am Palast vorbei zum Gartenzentrum, aber niemand hatte Daley an diesem Morgen dort gesehen. Vielleicht war er draußen bei der Sägemühle? Johnson verließ den Blenheim Park also wieder, durch die Eagle Lodge, und dann hinaus auf die A4095, von der er nach rechts abbog, durch Bladon und Long Hanborough, dann wieder nach rechts und an der westlichen Grenze erneut auf die Blenheim-Besitzung, wo er neben den Stapeln frisch geschnittener Pfähle im Hof der Blenheim-Sägemühle parkte. Er war erst einmal zuvor da gewesen, als er der große weiße Chief war, und ihm wurde plötzlich klar, dass er wesentlich schneller hergekommen wäre, wenn er quer durch den Park gefahren wäre anstatt über die Dörfer. Aber es spielte keine große Rolle.

Hier erkannte ihn niemand. Aber er erfuhr bald, dass Daleys Lieferwagen nicht da war, seit Freitagnachmittag nicht mehr da gewesen war, als er nach einigen Neuanpflanzungen am See geschaut und bei der Sägemühle vorgesprochen hatte wegen Pfählen für junge Bäume. Einer der Arbeiter meinte, dass Daley den Lieferwagen wahrscheinlich über das Wochenende mit nach Hause genommen hatte – mit Sicherheit, wenn er am Wochenende Überstunden gemacht habe –, und es könnte gut sein, dass Daley jetzt wieder dabei war, Bäume zu pflanzen.

Johnson bedankte sich bei dem Mann und fuhr dann am Rand der Besitzung entlang, bis er an einen Weg kam, an dem »Keine Durchfahrt« stand. Er fuhr weiter bis zur Combe Lodge, wo, wie man ihm gesagt hatte, das Tor wahrscheinlich verschlossen sei. Aber schließlich *war* er von der Polizei, hatte er gesagt.

Johnson las das Schild auf der hohen, hölzernen, grün gestrichenen Pforte:

Zufahrt nur für Besitzer eines Schlüssels.
Alle anderen Fahrzeuge müssen die Einfahrt
in Woodstock benutzen.
Bitte stören Sie die Bewohner der Lodge nicht.

Aber Johnson brauchte den (einzigen) Bewohner nicht zu stören, weil gerade ein Traktor mit Anhänger eingelassen wurde, und in seinem Gefolge kam das Polizeiauto ohne Schwierigkeiten hinein. Etwas nachlässig vielleicht, dachte Johnson. Direkt vor ihm teilte die Straße sich, und da eine einsame, übergewichtige Dame, die im Schritttempo joggte, die Abbiegung nach rechts einschlug, nahm Johnson die linke, die vorbei an hohen Eichen zur nördlichen Spitze des Sees führte. Etwa zwei- oder dreihundert Meter weiter sah er an der linken Seite die Gruppe von Bäumen und erkannte, dass er Glück gehabt hatte, denn ein Lieferwagen vom Blenheim Park stand dort geparkt neben einer alten, mit Dachpappe gedeckten Hütte, deren Holzbretter grün vor Schimmel waren. Er parkte daneben und stieg aus, um durch ein kleines Fenster an der Seite zu schauen.

Nichts. Nun, praktisch nichts: nur ein Holzregal, auf dem zwei ungeöffnete Säcke Fasanenfutter standen. Er ging zur Vorderseite der Hütte und versuchte, die obere oder die untere

Seite der Tür, die wie die eines Stalls aussah, zu öffnen. Beide waren verschlossen. Als er weiter um die Hütte herumging, sah er aus den Augenwinkeln rechts von ihm etwas liegen, und er blickte hinunter auf den Boden hinter der Hütte.

Sein Mund öffnete sich vor Entsetzen, und für Bruchteile von Sekunden erstarrte sein Körper vor Angst.

54

Michael Stich (Deutschland) schlug
Boris Becker (Deutschland) 6:4, 7:6, 6:4
Finale im Herreneinzel, Wimbledon 1991

Als Chief Inspector Johnson sich bereits auf dem Weg nach Woodstock befand, fuhr Lewis, etwas schneller, als es die Verkehrsvorschriften gestatteten, auf der A40 nach Cheltenham. Offensichtlich handelte es sich um eine späte, impulsive Entscheidung von Morse.

»Ihnen ist doch klar, Lewis, dass die einzige Person in diesem Fall, die wir bisher noch nicht belästigt haben, Tante Dingsbums aus Llandovery ist.«

»Genau genommen keine Tante, Sir. Sie wissen schon, es ist, wie wenn kleine Mädchen Frauen manchmal Tante nennen.«

»Nein. Weiß ich nicht, Lewis.«

»Na ja, es sieht so aus, als hätte Karin sie Tante Dot oder Doss genannt – diese Mrs Evans. Dorothy, glaube ich, ist ihr Vorname.«

»Die Ruhe übers Wochenende scheint Ihnen gutgetan zu haben, Lewis!«

»Aber meinen Sie nicht, dass wir uns Daley und Michaels zuerst vornehmen sollten, Sir? Ich meine, wenn sie bereit sind, die Aussage von Dr. Hardinge zu bestätigen …«

»Nein! Wenn ich richtigliege in diesem Fall – und das tue

ich! –, haben wir eine weitaus bessere Position gegenüber diesen beiden Herren, wenn wir die Dame aus Llandovery vorher sprechen. Erinnern Sie sich an das Schild am Kreisverkehr von Woodstock? Links nach Wytham, rechts nach Woodstock, geradeaus zur A40 nach West-Wales, richtig? Also können wir dort sein in … Wie weit ist es?«

»Hundertdreißig, hundertvierzig Meilen? Aber meinen Sie nicht, wir sollten vorher anrufen, nur für den Fall …«

»Holen Sie alles raus, Lewis. So, wie Sie fahren, werden wir in drei Stunden da sein.«

»Werde versuchen, es in zweieinhalb zu schaffen, wenn Sie es sagen«, erwiderte Lewis mit einem strahlenden Lächeln.

Erst nach Cheltenham, nach Gloucester und Ross-on-Wye, nach Monmouth und der schönen Landschaft zwischen Brecon und Llandovery wurde Morse wieder lebendig. Nach Lewis' Erfahrung machte er in einem Auto nie großartig Konversation, aber das Schweigen dieses Tages brach alle Rekorde. Und als er schließlich etwas sagte, kamen Lewis wieder die unerwarteten Denkprozesse seines Chefs zum Bewusstsein. Denn der große Morse, fast immer so ahnungslos, was Routen, Richtungen und Entfernungen betraf, ruckte in seinem Beifahrersitz plötzlich hoch: »Nach ein paar Meilen nach rechts abbiegen, Lewis – die A483 in Richtung Builth Wells.«

»Sie wollen keine Pause für ein schnelles Bier einlegen, Sir?«

»Das will ich ganz gewiss. Aber wenn Sie nichts dagegen haben, werden wir es auslassen, okay?«

»Ich denke noch immer, es wäre sinnvoll gewesen, sie anzurufen, Sir. Sie könnte ja für zwei Wochen nach Teneriffa gefahren sein oder so etwas.«

Morse seufzte tief. »Genießen Sie die Fahrt nicht?« Dann fügte er nach einer Pause hinzu: »Ich habe sie schon gestern Nachmittag angerufen. Sie wird da sein, Lewis. Sie wird da sein.«

Lewis schwieg, und es war Morse, der die Unterhaltung wieder aufnahm.

»Diese Aussage – die Aussage, die Hardinge gemacht hat. Offensichtlich haben sie sich getroffen, die vier – Hardinge, Daley, Michaels und McBryde –, und gemeinsam eine Geschichte zusammengebraut. Der Pförtner konnte keine Namen nennen, sagen Sie, aber er war ziemlich sicher, dass mindestens drei, wahrscheinlich alle vier am Freitagabend in Hardinges Räumen waren. Und wenn sie alle bei der gleichen Geschichte bleiben, wird uns, nun, wird uns nichts anderes übrig bleiben, als ihnen zu glauben.«

»Nicht, dass *Sie* das tun werden, Sir.«

»Ganz gewiss nicht. *Einiges* aber könnte wahr sein, einiges könnte entscheidend sein. Und die beste Möglichkeit, das herauszufinden, ist, Tante Gladys aufzusuchen.«

»Dorothy.«

»Wissen Sie, es gab in diesem Fall nur einen wirklich wichtigen Hinweis: die Tatsache, dass der Rucksack des Schwedenmädchens so schnell gefunden wurde – so schnell gefunden werden *musste* –, neben der Straße liegen gelassen – wo man ihn *sicher* finden würde.«

»Ich glaube, ich fange an, das zu verstehen«, sagte Lewis, der nichts verstand, während er jetzt bei Llanwrtyd Wells nach links abbog und auf die Cambrian Hills zusteuerte.

Aber nicht lange. Nach nur wenigen Minuten stießen sie auf ein Gästehaus aus Granit; »B&B: Vogelbeobachter sind willkommen«. Vielleicht machten die Eigentümer ein gutes Geschäft, machten sicher ein gutes Geschäft, wenn es in der Gegend Vogelbeobachter gab, denn in der dicht bewaldeten Landschaft war weit und breit kein anderes Haus zu entdecken.

Mrs Evans, eine zierliche, dunkle, lebhafte Frau Ende vierzig, führte sie in den »Salon« und war bald dabei, ihnen etwas über sich selbst zu erzählen. Sie und ihr Ehemann hatten die ersten fünfzehn Jahre ihrer (kinderlosen) Ehe in East Anglia gelebt, und dort war sie Karin auch vor acht oder neun Jahren zum ersten Mal begegnet. Sie, Mrs Evans, war mit der Familie Eriksson überhaupt nicht verwandt, aber sie hatten sich angefreundet, als sie in dem Gästehaus in Aldeburgh wohnten. Die Familie war auch im nächsten Jahr gekommen, wenn auch diesmal ohne den Daddy, und danach hatten die beiden Frauen in Abständen ziemlich regelmäßig korrespondiert: Geburtstagskarten, Weihnachtskarten, Karten aus den Ferien und so weiter. Und für die drei jungen Eriksson-Mädchen war sie »Tante Doss« geworden. Als Karin 1991 nach England kommen wollte, hatte Mrs Evans davon gewusst und Karins Mutter vorgeschlagen, falls Karin bis nach Wales gelangen sollte, wäre sie immer willkommen – und ein Bett für sie wäre auch da. Und großartige Vögel zu beobachten; die schönen Rotmilane wurden allmählich zu einem alltäglichen Anblick. Was für eine *Art* Mädchen Karin war? Sie war natürlich erst dreizehn oder vierzehn gewesen, als Mrs Evans sie zum letzten Mal gesehen hatte, aber, nun – reizend, wirklich. Ein reizendes Mädchen. Attraktiv. Aber ein *anständiges* Mädchen.

Während das Gespräch sich entwickelte, sah Lewis sich müßig in dem Zimmer um: Lehnsessel, ein mit Rosshaar gepolstertes Sofa, Mahagonimöbel, ein niedriger Tisch, auf dem sich Zeitschriften über das Landleben stapelten, und an der Wand über dem Kamin eine große Karte der Grafschaft Dyfed und der Cambrian Hills. Es schien ihm ein ziemlich düsteres und sonnenloses Zimmer, und er dachte, wenn Karin so weit gekommen war, hätte sie sich hier sicherlich nicht besonders wohl gefühlt …

Morse hatte Mrs Evans jetzt dazu gebracht, schneller und lockerer zu sprechen, und ihre Stimme hob und senkte sich in ihrem heimischen walisischen Singsang, als sie davon sprach, warum sie nach Wales zurückgekehrt seien, wie die Rezession sie treffe, wie sie für Besucher warben – in welchen Magazinen und Zeitungen. Und dann mittendrin: »Oh! Hätten Sie beide gern eine Tasse Tee?«

»Sehr freundlich – aber nein, danke«, sagte Morse, noch während Lewis' Lippen ein dankbares »ja« formten.

»Erzählen Sie mir noch etwas über Karin«, fuhr Morse fort. »›Anständig‹, sagten Sie. Meinen Sie ›sittsam‹ – so etwas? Sie wissen schon, etwas prüde, etwas … puritanisch?«

»Nein, *das* meine ich nicht. Wie ich schon sagte, es liegt fünf oder sechs Jahre zurück, oder? Aber sie war … nun, ihre Mutter sagte, sie hatte immer viele Freunde, aber sie wusste, nun … sie wusste, wo sie die Grenze ziehen musste – drücken wirs mal so aus.«

»Sie hatte nicht ein Päckchen Kondome unter ihrem Kopfkissen?«

»Ich glaube nicht.« Die derbe Frage schien Mrs Evans keineswegs zu schockieren.

»Glauben Sie, dass sie noch Jungfrau war?«

»Die Zeiten verändern sich, nicht wahr? Es gibt heutzutage nicht mehr viele Frauen, die in Weiß vor den Altar treten sollten, wenn Sie mich fragen.«

Morse nickte langsam, als nähme er die Weisheit der Frau in sich auf, bevor er wieder die Richtung wechselte. Wie war Karin in der Schule – hatte Mrs Evans etwas darüber erfahren? War sie bei den – wie heißt es? – Flickascouts gewesen, den schwedischen Pfadfinderinnen? Hatte sie sich für Sport interessiert? Skilaufen, Schlittschuhlaufen, Tennis, Basketball?

Mrs Evans war deutlich entspannter, als sie erwiderte: »Sie war in Sport immer gut, ja. Irma – Mrs Eriksson – schrieb mir immer, wenn ihre Töchter etwas gewonnen hatten; Sie wissen schon, Pokale, Medaillen, Urkunden und all das.«

»Worin, würden Sie sagen, war Karin am besten?«

»Das weiß ich wirklich nicht. Wie ich schon sagte, es ist einige Jahre her, seit –«

»Das ist mir klar, Mrs Evans. Aber Sie sind bisher so hilfsbereit gewesen – und wenn Sie nur versuchen würden, sich zurückzuversetzen, versuchen würden, sich … sich zu erinnern.«

»Nun, die meisten Spiele, wie ich schon sagte, aber …«

»Skilaufen?«

»Glaube ich nicht.«

»Tennis?«

»Oh, sie liebte Tennis. Ja, ich glaube, Tennis war eigentlich ihr Lieblingssport.«

»Erstaunlich, diese Schweden, nicht wahr? Sie haben nur etwa sieben Millionen Einwohner, stimmt das? Aber ich habe gehört, dass vier oder fünf der weltbesten Tennisspieler aus Schweden kommen.«

Lewis zwinkerte. Weder Tennis noch irgendein anderer Sport, das wusste er, interessierte Morse die Bohne. Er kannte nicht einmal den Unterschied zwischen Seitenlinien und Grundlinien. Doch Lewis erkannte genau die Falle, die Morse grub, die Falle, in die Mrs Evans sofort hineinstolperte.

»Edberg!«, sagte sie. »Stefan Edberg. Er ist ihr Idol.«

»Dann muss sie letztes Jahr über Wimbledon sehr enttäuscht gewesen sein?«

»Ja, das war sie. Sie hat mir gesagt …«

Plötzlich hielt Mrs Evans sich die linke Hand vor den Mund und saß mehrere Sekunden lang da, ohne sich zu rühren, als hätte sie ein Gorgonenhaupt gesehen.

»Machen Sie sich keine Sorgen«, sagte Morse leise. »Sergeant Lewis wird alles aufschreiben. Sprechen Sie nicht zu schnell; er ist bei dem Vierzig-Wörter-pro-Minute-Kurzschrift-Test durchgefallen, nicht wahr, Sergeant?«

Lewis war der Situation gewachsen. »Machen Sie sich keine Sorgen über das, was er sagt, Mrs Evans. Sie können sprechen, wie Sie wollen. Es ist ja schließlich nicht so …« – er wandte sich an Morse –, »als hätte Mrs Evans großes Unrecht getan, nicht wahr, Sir?«

»Kein sehr großes«, sagte Morse freundlich, »praktisch überhaupt nichts, oder, Mrs Evans?«

»Wie in aller Welt sind Sie *darauf* gekommen?«, fragte Lewis eine Stunde später, während der Wagen auf der A483 hinunter nach Llandovery allmählich schneller fuhr.

»Sie musste sich früher oder später versprechen. War nur eine Frage der Zeit.«

»Aber das Tenniszeug. Sie haben keine Ahnung von Tennis.«

»In meiner Jugend, das möchte ich doch betonen, hatte ich eine durchaus zuverlässige Rückhand.«

»Aber woher haben Sie …«

»Beten und fasten, Lewis. Beten und fasten.«

Lewis gab es auf. »Wenn wir schon von Fasten sprechen, Sir, werden Sie nicht allmählich ein bisschen hungrig?«

»Ja, werde ich. Hungrig *und* durstig. Wenn wir vielleicht eins von diesen durchgehend geöffneten Lokalen finden könnten …«

Aber sie kamen nicht viel weiter. Das Autotelefon klingelte, und Morse nahm selbst den Hörer ab. Lewis konnte keines der Wörter am anderen Ende der Verbindung verstehen – nur Morse' abgehackt ausgestoßene Worte.

»*Was?*«

»Sind Sie *sicher?*«

»Verdammte Scheiße!«

»*Wer?*«

»*Verdammte* Scheiße!«

»Ja.«

»Ja!«

»Zweieinhalb Stunden, denke ich.«

»Nein! Lassen Sie alles genauso, wie es ist.«

Morse legte den Hörer auf und starrte vor sich hin wie ein verzagter Zombie.

»Hat es etwas mit dem Fall zu tun?«, fragte Lewis ängstlich zögernd.

»Sie haben eine Leiche gefunden.«

»Wen?«

»George Daley. Erschossen. Durchs Herz.«

»Wo?«

»Blenheim. Blenheim Park.«

»Puh! Da hat doch Johnson …«

»Johnson hat ihn gefunden.«

Plötzlich hatte Lewis das Gefühl, er brauche ein Bier beinahe ebenso dringend wie Morse, aber während sie nach Oxford rasten, sagte Morse überhaupt nichts mehr.

55

THANATOPHOBIE, die: Krankhafte Angst vor dem Tode oder (manchmal) vor dem Anblick des Todes; quälendes Bewusstsein menschlicher Sterblichkeit, beinahe universell, ausgenommen bei jenen, die auf dem Olymp leben.
Small's English Dictionary

Dr. Laura Hobson kniete wieder neben der Leiche; diesmal sahen ihre leuchtenden haselnussbraunen Augen zu einem anderen Chief Inspector auf: nicht zu Johnson, sondern zu Morse.

»Sie sind der Meinung, dass er sofort tot war?«, fragte Morse.

Sie nickte. »Ich bin keine Ballistikerin, aber möglicherweise war es eine dieser 7-Millimeter-Kugeln, die Sorte, die sich bei Berührung ausdehnt.«

»Die Sorte, mit der man Rotwild tötet«, fügte Morse leise hinzu.

»Manchmal ist es …«, sie berührte die Leiche, »manchmal ist es schwierig, die Einschussstelle zu finden. Aber hier nicht. Sehen Sie.«

Sie zeigte mit ihrem schlanken Finger auf ein blutverkrustetes Loch, wenig größer als der Durchmesser eines Bleistifts, genau unter dem linken Schulterblatt des Mannes, der mit dem Gesicht nach unten neben ihnen auf dem Boden lag. »Aber Sie werden sehen, dass es nie große Probleme mit der Austrittsstelle gibt.« Vorsichtig drehte sie die Leiche auf die rechte Seite und zeigte auf ein größeres Loch, das unter dem Herzen aufgerissen worden war, ein Loch, das fast die Größe einer Mandarine hatte.

Diesmal jedoch sah Morse nicht hin. Er war den Anblick von Toten natürlich gewohnt, aber Unfälle und schreckliche Verletzungen und viel Blut waren Dinge, die er nicht ertragen konnte. Er wandte die Augen also ab und richtete die Blicke für eine Weile auf die stille Schneise im Wald, von wo aus vor so kurzer Zeit jemand George Daley von hinten erschossen hatte und zweifellos stehen geblieben war und beobachtet hatte, wie Daley zusammenbrach und völlig regungslos unter der riesigen Eiche liegen blieb. Und die Besitzer von 7-Millimeter-Gewehren? Morse kannte zwei, David Michaels und George Daley. Und was sonst man auch infrage stellen mochte – es war völlig ausgeschlossen, dass George Daley sich mit seinem eigenen Gewehr erschossen hatte.

»Irgendwelche Vorstellungen, wie lange er schon tot ist?«, fragte Morse.

Dr. Hobson lächelte. »Das war immer die allererste Frage, die Sie Max stellten.«

»Hat er Ihnen das erzählt?«

»Ja.«

»Nun, er hat mir die Antwort nie gesagt – mir nie gesagt, wie lange, meine ich.«

»Soll ich es Ihnen sagen?«

»Ja, bitte!« Morse lächelte zurück und fand sie in diesem Augenblick sehr attraktiv.

»Zehn bis zwölf Stunden. Nicht länger als zwölf, glaube ich. Ich setze auf zehn.«

Morse, der meistens nicht auf die Zeit achtete, warf jetzt einen Blick auf seine Uhr: 20.25 Uhr. Das würde bedeuten, dass Daley um 10 Uhr ermordet wurde. 10.30 Uhr? Ja, das würde ungefähr hinkommen, wenn Morse' Überlegungen richtig waren. Aber vielleicht waren sie gar nicht richtig? Er war sich so verdammt sicher gewesen, dass der Fall sich einem langsamen, wenn auch düsteren Abschluss näherte: keine Morde mehr, keine Todesfälle mehr. Hm! Genau das hatte er doch zu Lewis gesagt, oder? Einfach warten! – Das war es, was er gesagt hatte. Alles wird sich aufklären, wenn wir nur bereit sind zu warten. Er hatte gewartet, ohne die leiseste Vorahnung einer drohenden Gefahr.

Und er hatte sich geirrt.

Es gab natürlich größere Tragödien als die Ermordung des bösartigen und abstoßenden Daley. Niemand würde den Mann sehr vermissen ... mit Ausnahme natürlich von Mrs Daley, Margaret Daley, von der Morse aus irgendeinem Grund vor Kurzem geträumt hatte. Aber vielleicht würde selbst sie ihn nicht besonders vermissen, nachdem die Zeit sie allmählich von einer etwa noch zurückgebliebenen Zärtlichkeit kuriert hatte. Nach einer anständigen Beerdigung. Nach ein paar Monaten. Nach ein paar Jahren.

Aber es gab immer die Möglichkeit, dass Morse sich wieder irrte!

Lewis stand plötzlich neben ihm, bückte sich und hob den kakigrünen Filzhut auf, den Daley stets getragen hatte, an eiskalten Wintertagen wie bei drückend heißem Sommerwetter.

»Es sieht so aus, als würde hier nicht viel geschossen, Sir – nicht wie in Wytham, jedenfalls nicht in dieser Jahreszeit. Einige der Pächter haben Schießerlaubnis – für Tauben oder für Kaninchen und später für Fasanen. Aber es wird nicht viel geschossen. Darum sagt Mr Williams, der Aufseher dort« – Lewis zeigte zurück in Richtung Combe Lodge –, »er *glaubt*, dass er sich an ein bisschen Ballerei irgendwann heute Morgen erinnern kann. Genauer will er sich nicht festlegen.«

»Wirklich fabelhaft!«, sagte Morse.

»Er sagt, er habe eine ganze Menge Leute durch die Pforte

gelassen; montags sind es immer eine ganze Menge. Er *glaubt*, dass Daley auch durchgefahren wäre, irgendwann heute Morgen, aber es seien immer einige Blenheim-Wagen unterwegs.«

»Er glaubt ziemlich viel, Ihr Aufseher, was?«

»Und ein oder zwei Jogger, sagt er.«

»*Buchstäblich* ein oder zwei?«

»Keine Ahnung.«

»Versprechen Sie mir, dass Sie nie joggen werden, Lewis!«

»Können wir ihn wegbringen?«, fragte Dr. Hobson.

»Von mir aus«, sagte Morse.

»Gibt es noch etwas, Inspector?«

»Ja. Ich würde Sie gern in den *Bear* einladen, auf ein paar ruhige Drinks – oder ein paar *laute* Drinks, wenn Sie das lieber hätten. Aber ich fürchte, wir müssen uns in Daleys Haus umsehen. Müssen wir doch, Lewis, oder?«

Hinter der Brille glitzerten ihre Augen belustigt und möglicherweise auch interessiert: »Vielleicht ein andres Mal?«

Sie verließ die beiden.

»Ein anderes Mal, bitte, Dr. Hobson!«, sagte Chief Inspector Morse, doch er sagte es zu sich selbst.

56

Der West glimmt noch von schwachen Tagesstreifen:
Der Reiter spornt nun eil'ger durch die Dämmrung,
Zur Schenke noch zu kommen.
Shakespeare, Macbeth, 3. Akt, 3. Szene

Das Haus, in dem die Daleys in den vergangenen achtzehn Jahren gelebt hatten, war verlassen. Margaret Daley, so sagten die Nachbarn, sei seit letzten Donnerstag fort, auf Besuch bei ihrer Schwester in Beaconsfield, und der Junge, Philip, war kaum gesehen worden, seit ihn die Polizei von St. Aldate nach Hause gebracht hatte. Aber es war nicht erforderlich, mit Gewalt in das Haus einzudringen, weil der Nachbar von nebenan einen Schlüssel für die Haustür hatte, und um 21.15 Uhr wurde mit einer vorläufigen Durchsuchung des Hauses des Ermordeten begonnen.

Zwei wichtige Beweisstücke wurden sofort gefunden, beide auf dem Küchentisch mit der roten Kunststoffplatte. Das erste war ein Schreiben vom erstinstanzlichen Gericht für einfache Fälle in Oxford mit Datum vom 31. Juli – sehr wahrscheinlich empfangen am Samstag, dem 1. August –, das Mr George Daley von den Punkten der Anklage gegen seinen Sohn, Philip, unterrichtete und für welche Schäden er nach dem neuen Aggravated Vehicle Taking Act die Haftung zu übernehmen habe. Das Schreiben wies dann auf die Bestimmungen bezüglich Rechtshilfe hin und ersuchte Daley senior, am folgenden Donnerstag im Oxford Crown Court anwesend zu sein, wenn die Vernehmung im Fall seines Sohnes durchgeführt werde. Das zweite Beweisstück war eine Mitteilung von einem vorübergehend (so schien es) abwesenden Sohn an einen jetzt für immer abwesenden Vater, die beinhaltete, dass er »sich aufgemacht habe, um etwas zu klären«: eine merkwürdig unpersönliche Note, ausgenommen das Postskriptum: »Sag Mum, sie braucht sich keine Sorgen zu machen.«

Ein Exemplar der *Oxford Mail* von Freitag, dem 31. Juli, lag auf der Mikrowelle, und Morse, mit den Gedanken woanders, überflog kurz die Titelseite:

AUTODIEBE WERDEN ERNEUT GEWARNT

Fahrer und Beifahrer eines gestohlenen Autos, das den Kiosk eines Zeitungshändlers in Broadmoor Lea gerammt hatte, wurden gestern im Oxford Crown Court beide zu sechs Monaten Haft und 1500 Pfund Geldstrafe verurteilt. In seiner Urteilsbegründung – bei den Verurteilten handelt es sich um Paul Curtis, 25, Vater von drei Kindern, und John Terence Bowden, 19 – warnte Richter Geoffrey Stephens: »Jene, die rücksichtslos und andere gefährdend

durch die Straßen Oxfords rasen, können von jetzt an mit nicht unbeträchtlichen Haftstrafen rechnen. Sie werden auch mit hohen Geldstrafen rechnen müssen, und wir werden alles in unserer Macht Stehende tun, um diese Flut von krimineller Zerstörungswut zu stoppen.«
(Fortsetzung auf Seite 3)

Aber Morse las nicht weiter; er wanderte offenbar ziellos durch die Räume des Erdgeschosses. Im Wohnzimmer zeigte Lewis auf die Reihe schwarzer Videokassetten.

»Ich denke, wir wissen, was auf einigen von *den* Dingern zu sehen ist, Sir.«

Morse nickte. »Ja. Ich würde mir ein oder zwei über Nacht ausleihen, wenn ich eine Videoanlage hätte.« Aber seine Stimme klang nicht besonders enthusiastisch.

»Oben, Sir? Das Zimmer vom Jungen?«

»Nein. Ich denke, wir haben für eine Nacht genug getan. Und für das Zimmer des Jungen hätte ich lieber einen Durchsuchungsbefehl. Ich glaube, Mrs Daley würde das zu schätzen wissen.«

»Aber eigentlich brauchen wir keinen …«

»Kommen Sie, Lewis! Wir werden über Nacht zwei Constables hier postieren.« Morse hatte wieder eine seiner impulsiven Entscheidungen getroffen, und Lewis enthielt sich jeden weiteren Kommentars. Als sie das Haus verließen, bemerkten beide Polizisten, dass das 7-Millimeter-Gewehr, das bei ihrem ersten Besuch am Eingang gestanden hatte, jetzt verschwunden war.

»Ich denke, es wird allmählich Zeit, dass wir ein paar Worte mit Michaels wechseln«, sagte Morse, als sie in dem trüber werdenden Licht ins Auto stiegen.

Lewis machte Morse keine Vorwürfe. Er hätte darauf hinweisen können, dass er früher an diesem Tag genau das vorgeschlagen habe, aber er tat es nicht.

Um 22.30 Uhr, als ihnen nur noch eine halbe Stunde bis zur Schließung blieb, fuhr Lewis vor dem *White Hart* vor, und Morse sagte fröhlich: »Heute Abend habe ich Glück! Sehen Sie sich das an!« Aber Lewis hatte den Landrover des Försters auf dem Parkplatz vor dem Pub schon entdeckt.

David Michaels saß auf einem Hocker an der Bar im Erdgeschoss, Bobbie zufrieden zusammengerollt zu seinen Füßen, und leerte gerade sein Bierglas, als Lewis ihm die Hand auf die Schulter legte.

»Könnten wir Sie kurz sprechen, Sir?«

Michaels drehte sich auf seinem Hocker um und musterte Morse und Lewis ohne großes Erstaunen. »Nur, wenn Sie mir bei einem Drink Gesellschaft leisten, okay?«

»Sehr freundlich von Ihnen«, sagte Morse. »Best Bitter in ausreichender Menge?«

»Ausgezeichnet.«

»Ein Pint für mich also, und, äh … Orangensaft für Sie, Sergeant, oder?«

»Worüber wollen Sie mit mir sprechen?«, fragte Michaels.

Sie gingen hinüber in die andere Ecke der Bar, Bobbie im Schlepptau.

»Eigentlich nur eine Sache«, erwiderte Morse. »Sie haben von Daleys Ermordung gehört?«

»Ja.«

»Nun … ich möchte einen Blick in Ihren Gewehrschrank werfen, das ist alles.«

»Wenn wir mit unseren Drinks fertig sind?«

»Nein! Äh … ich würde gern Sergeant Lewis hinaufschicken und …«

»In Ordnung! Aber ich rufe Cathy lieber vorher an; sie wird das Haus verriegelt haben.«

Morse schien nichts dagegen zu haben, und er und Lewis hörten zu, als Michaels vom Telefon neben der Theke aus seiner Frau rasch mitteilte, dass die Polizei zu ihnen kommen würde – lass sie bitte rein ... sie wollen einen Blick in den Gewehrschrank werfen ... sie wisse ja, wo der Schlüssel sei ... lass sie mitnehmen, was sie brauchen ... er würde in einer halben Stunde zu Hause sein ... bis dann ... kein Grund, sich Sorgen zu machen ... Ciao!

»Werde ich verdächtigt?«, fragte Michaels mit einem matten Lächeln, nachdem Lewis gegangen war.

»Ja«, sagte Morse nur und leerte sein Glas. »Noch einen Drink?«

»Warum nicht? Besser, ich hole raus, was noch rauszuholen ist.«

»Und ich möchte, dass Sie morgen früh ins Präsidium nach Kidlington kommen. Gegen zehn Uhr, wenn das okay ist.«

»Ich träume doch nicht, oder?«, fragte Michaels, als Morse die beiden leeren Gläser vom Tisch nahm.

»Ich fürchte, nein«, sagte Morse. »Und ... äh ... ich glaube, ich lasse Sie lieber mit dem Wagen abholen, Mr Michaels ...«

Mrs Michaels, vor Sauberkeit strahlend, nach Shampoo und Badesalzen duftend, in einen leuchtend roten Bademantel gehüllt und mit einem weißen Handtuch um den Kopf, öffnete Sergeant Lewis sofort die Tür, händigte ihm den Schlüssel zum Gewehrschrank aus und stand daneben, als er das Gewehr sehr vorsichtig herausnahm – einen Finger am Ende des Laufs, einen unter dem Kolben – und es in einen Plastikbehälter legte. Auf dem Bord über dem Gewehrständer lagen zwei Kataloge von Büchsenmachern, doch Patronen waren weit und breit nicht zu sehen.

Lewis hielt das Gewehr jetzt an der Mitte des Laufs, bedankte sich bei Mrs Michaels und ging wieder; er hörte das Klirren der Kette und den dumpfen Aufschlag der Bolzen, als die Frau des Försters die Tür hinter ihm verriegelte. Einen Augenblick lang fragte er sich, was sie in diesem Augenblick empfinden mochte. Verwirrung vielleicht? Oder Panik? Es war schwierig gewesen, den Ausdruck der Augen hinter der schwarz umrandeten Brille zu deuten. Mrs Michaels war überhaupt nicht gerade mitteilsam; Lewis kam plötzlich zu Bewusstsein, dass sie nicht ein einziges Wort gesprochen hatte, während er da gewesen war.

Es war jetzt völlig dunkel, und der Sergeant spürte eine leichte Nervosität, als er auf dem stillen Waldweg die Scheinwerfer voll aufblendete.

57

Falstaff: Wir haben die Glocken um Mitternacht spielen hören, Herr Schaal.
Schaal: Ja, das haben wir, das haben wir, das haben wir; meiner Treu, Sir John, das haben wir.
Shakespeare, Henry IV., Zweiter Teil

Von den vier Männern, die übereingekommen waren (wie Morse jetzt glaubte), eine gemeinsame Aussage über den Mord an Karin Eriksson zusammenzubrauen, streifte nur McBryde in jener Nacht frei durch Oxford. Um 18.30 Uhr war er im *Eagle and Child* eingekehrt, seine wenigen Übernachtungsutensilien in einer Reisetasche aus Segeltuch bei sich, hatte ein Käsebrot gegessen, zwei Halbe hervorragendes Burton Ale getrunken und begonnen, sich Gedanken über ein Bett für die Nacht zu machen. Um 19.45 Uhr hatte er vor der St. Giles' Church einen Nr.-20-Bus nach Kidlington erwischt, mit dem er die Banbury Road bis zur Squitchey Lane gefahren war und es dann beim *Cotswold House* versucht hatte (von Hardinge empfohlen), doch an dem bleigefassten Fenster der Eingangstür hing ein Schild: KEINE ZIMMER FREI. Genau gegenüber an der anderen Straßenseite aber stand das *Casa Villa*, und hier war noch ein Doppelzimmer zu haben (das letzte). McBryde nahm das Zimmer und dachte dabei – wie viele Männer es vor ihm getan hatten –, dass das Mieten von zwei zusätzlichen Quadratmetern Bettfläche etwas Verschwenderisches hatte – und etwas Trauriges.

Etwa um die Zeit, als McBryde seinen Pyjama auspackte und seine Zahnbürste in eines der beiden Gläser in seinem Badezimmer steckte, stand Philip Daley auf und zählte seine Münzen. Er hatte den 14.30-Uhr-Bus von Gloucester Green erwischt. Günstiger Fahrpreis – die Rückfahrkarte für Erwachsene kostete nur vier Pfund. Aber es war etwas enttäuschend, dass die einfache Fahrt praktisch ebenso viel kostete, und echt zum Kotzen, dass der Fahrer es ablehnte, seine fast zutreffende Behauptung, er gehe noch zur Schule, zu akzeptieren. Um 18.30 Uhr saß er gegen die Mauer eines Bürogebäudes neben dem *Bonnington Hotel* in der Southampton Row gelehnt, vor sich einen grau-orangefarbenen Schal so arrangiert, dass er die Münzen eines Stroms von mitleidigen Passanten (so hoffte er) aufnehmen konnte. Neben ihm lag ein Stück Pappe, auf dem in schwarzer Kugelschreiberschrift die Worte ARBEITSLOS HEIMATLOS HUNGRIG standen. Einer der Jungs aus Oxford hatte ihm gesagt, FRIERE UND HABE HUNGER wirke am besten, aber der Frühsommerabend war mild und warm, und es spielte ohnehin keine Rolle, nicht an diesem ersten Abend. Er hatte fünfundvierzig Pfund in der Tasche und nicht die Absicht, zu hungrig zu werden. Er wollte einfach sehen, wie die Sache lief – das war alles.

Sie lief allerdings nicht besonders gut, schien die Antwort auf sein Experiment zu sein: Er fühlte sich wie zerschlagen, und ihm war sogar (ja!) ein bisschen kalt, und an Münzen waren nicht mehr als dreiundachtzig Pence zusammengekommen. Wahrscheinlich sah er noch immer zu gut gekleidet, zu gut ernährt, zu wenig bedürftig aus. Um 21 Uhr ging er hinunter in ein Pub in Holborn und bestellte ein Pint Bier und zwei Beutel Chips: 2,70 Pfund. Verdammter Beschiss! Es wurde auch nicht gerade einfacher, als ein Jugendlicher mit rasiertem Kopf, reich tätowierten Armen und reich beringten Ohren sich neben ihn setzte und ihn fragte, ob er der Arsch sei, der sich seinen Platz in der Row unter den Nagel gerissen habe. Wenn das so wäre, sei er gut beraten, sich schnellstens zu verpissen, wenn er wisse, was das Beste für ihn sei.

Cathy Michaels beugte sich wiederholt nach vorn, zur Seite und nach hinten, während die Wärme aus dem Föhn durch ihr dichtes, rabenschwarzes Haar drang, das eigens für den *Mikado* zu einem Bubikopf geschnitten worden war und dessen ursprüngliches Blond sich allmählich wieder zeigte, wenn auch nur in wenigen Millimetern an den Wurzeln. Einen Augenblick lang war sie sich sicher, dass sie den Landrover draußen gehört hatte, und sie stellte den Föhn ab. Aber es war falscher Alarm gewesen. Gewöhnlich war sie nur wenig oder gar nicht ängstlich, wenn sie allein im Cottage war, auch nachts nicht, und schon gar nicht, wenn Bobbie bei ihr war. Aber Bobbie war nicht bei ihr; er war unten im Pub, mit seinem Herrchen – und mit den Polizisten. Plötzlich fühlte sie Furcht fast greifbar über ihre Haut kriechen, wie ein schleichendes, bedrohliches Insekt.

Es schlug Mitternacht, und Morse war dabei, sich einen Schlummertrunk aus der grünen, dreieckigen Glenfiddich-Flasche einzuschenken, als das Telefon läutete: Dr. Hobson. Sie hatte sich einverstanden erklärt, ihn anzurufen, falls sie noch etwas anderes herausfinden sollte vor dem Ende dieses langen, langen Tages. Nicht dass es etwas aufsehenerregendes Neues gab, und ihr war klar, dass es damit Zeit für den nächsten Morgen hatte. Aber nein, es konnte nicht bis zum nächsten Morgen warten, Morse hatte darauf bestanden.

Die Kugel, die Daley getötet hatte, stammte ziemlich wahrscheinlich aus einem 7-Millimeter- oder einem .243-Gewehr; sie war etwa zwei Zoll unter dem linken Schulterblatt in den Rücken eingedrungen und etwa einen Zoll über dem Herzen ausgetreten, und die Verletzung (das stand jetzt fest) war sofort tödlich gewesen. Die Zeit? Zwischen 10 und 11 Uhr – mit etwas Spielraum nach beiden Seiten –, etwa zwischen 9.30 und 11.30 Uhr? Sehr wahrscheinlich war Daley aus einer Entfernung von fünfzig bis achtzig Metern erschossen worden. Die Ballistiker könnten diesen Wert vielleicht verbessern, doch sie bezweifelte das.

Es schien ihm zu gefallen, dass sie angerufen hatte, und sie wusste, dass es ihre Absicht war, ihm zu gefallen. Sie hörte Musik im Hintergrund, konnte aber nicht erkennen, was es war.

»Sie sind doch noch nicht im Bett?«, fragte sie.

»Ich werde es bald sein.«

»Was tun Sie?«

»Trinke Scotch.«

»Und hören Musik.«

»Ja, das auch.«

»Sie sind ein sehr kultivierter Bulle, nicht wahr?«

»Nur manchmal.«

»Nun, ich mach lieber Schluss.«

»Ja.«

»Gute Nacht also.«

»Gute Nacht, und vielen Dank«, sagte Morse leise.

Nachdem sie den Hörer aufgelegt hatte, saß Laura Hobson vollkommen still da und fragte sich, was mit ihr passiere. Er war fünfundzwanzig Jahre älter als sie!

Mindestens.

Zum Teufel mit ihm!

Sie gestand sich ein, wie lächerlich die Angelegenheit war, doch sie konnte sich kaum dazu bringen zu lächeln.

58

Wer Fragen stellt, kann den Antworten nicht aus dem Wege gehen.
Sprichwort aus Kamerun

Es gab kaum Anzeichen von Anspannung oder übermäßiger Besorgnis in David Michaels' Gesicht, als er am nächsten Morgen in Sprechzimmer 2 geführt wurde, wo Sergeant Lewis schon an einem Tisch saß, ein Tonbandgerät neben seinem rechten Ellbogen. Er werde festgehalten (erklärte Lewis ihm), um in zwei Angelegenheiten vernommen zu werden: erstens wegen einer Aussage, die Dr. Alan Hardinge vor der Polizei gemacht habe und von der Michaels jetzt eine Kopie ausgehändigt wurde, und zweitens wegen der Ermordung von George Daley.

Lewis zeigte auf das Tonbandgerät. »Nur um sicherzugehen, dass wir nichts falsch darstellen, Mr Michaels. Wir haben in der letzten Zeit einiges einstecken müssen über die Art, wie einige Vernehmungen geführt wurden, verstehen Sie?«

Michaels zuckte gleichgültig mit den Schultern.

»Und Sie kennen Ihre gesetzlich verankerten Rechte? Sollten Sie wünschen, einen Anwalt hinzuzuziehen …«

Aber Michaels schüttelte den Kopf und begann, Hardinges Aussage zu lesen …

Er verfügte kaum über juristische Kenntnisse, war aber davon ausgegangen, dass er sich in diesem Fall nur einer kleinen Verschwörung schuldig gemacht habe, mit dem Ziel, die Wahrheit ein wenig zu verdrehen, gewiss nicht das Recht. Es war die kriminelle »Absicht«, die *mens rea,* die wirklich zählte (hatte er gelesen), und keiner konnte behaupten, dass seine Absicht an jenem Nachmittag vor einem Jahr kriminell gewesen sei …

»Also?«, fragte Lewis, als Michaels fertig war.

»So ungefähr ist es abgelaufen, ja.«

»Sie haben keine Bedenken, das zu bestätigen?«

»Warum sollte ich? An ein oder zwei Kleinigkeiten hätte ich mich nicht mehr erinnert, aber ... ja, ich werde es unterschreiben.«

»Wir wollen keine Unterschrift. Wir müssen Sie bitten, Ihre *eigene* Aussage zu machen.«

»Kann ich diese nicht einfach abschreiben?«

Lewis lächelte schwach, schüttelte aber den Kopf. Eigentlich mochte er Michaels. »Letztes Mal gaben Sie vor – *gaben Sie vor* –, dass Sie nicht die geringste Ahnung hätten, wo eine Leiche sein könnte. Richtig?«

»Ja«, log Michaels.

»Und dann, diesmal, gaben Sie *noch immer* vor, dass Sie es wirklich nicht wüssten?«

»Ja«, log Michaels.

»Warum haben Sie dann Chief Inspector Morse in die richtige Richtung gelockt?«

»Doppelte Täuschung, nicht wahr? Wenn ich mich vage genug ausdrückte, und sie *fanden* die Leiche, würde niemand annehmen, dass ich etwas mit dem Mord zu tun hätte.«

»Wer hat Ihnen gesagt, dass es *Mord* war?«

»Der Bursche, der da in Pasticks Wache schob: großer Kerl, dunkelblaue Uniform und karierte Mütze – ein Polizist, nehme ich an.«

Der Constable, der breitbeinig vor der Tür des Sprechzimmers stand, nutzte die Tatsache aus, dass Lewis ihm den Rücken zukehrte, und lächelte gelassen.

»Warum haben Sie den Rucksack nicht auch in den See geworfen?«, fuhr Lewis fort.

Zum ersten Mal zögerte Michaels. »Wäre besser gewesen, zugegeben.«

»War es, weil Daley ein Auge auf den Fotoapparat geworfen hatte – und das Fernglas?«

»Na ja, eins ist sicher: *Er* kann es Ihnen nicht mehr sagen, nicht?«

»Sie hören sich nicht so an, als ob Sie ihn besonders mochten?«

»Er war ein dreckiges, gemeines, kleines Schwein!«

»Aber Sie kannten ihn doch nicht besonders gut?«

»Nein. Ich kannte ihn fast überhaupt nicht.«

»Was war mit letztem Freitagabend?«

»Was soll da gewesen sein?«

Lewis ließ es dabei bewenden. »Sie sind ihm nie vorher begegnet, bei Ihren kleinen Treffen in Park Town?«

»Nein! Ich war erst vor Kurzem dazugekommen«, log Michaels. »Hören Sie, Sergeant, ich bin nicht stolz auf die Sache. Aber haben Sie noch nie den Wunsch gehabt, sich einen Sexfilm anzusehen?«

»Ich habe eine Menge gesehen. Wir kassieren hier und da öfter welche ein. Aber was mich betrifft, ich ziehe Spiegeleier mit Chips vor. Wie ist das mit Ihnen, Constable Watson?«, fragte Lewis und drehte sich auf seinem Stuhl um.

»Ich?«, sagte der Mann an der Tür. »Ich würde mir allemal lieber einen Sexfilm ansehen.«

»Aber Sie würden nicht wollen, dass Ihre Frau davon erfährt?«

»Nein, Sarge.«

»Und Sie auch nicht, Mr Michaels, nicht wahr?«

»Nein. Ich würde nicht wollen, dass sie von irgendetwas dieser Art weiß«, sagte Michaels leise.

»Ich frage mich, ob Mrs Daley es wusste – über ihren Mann, meine ich.«

»Keine Ahnung. Wie ich sagte, ich wusste eigentlich nichts über den Mann.«

»Gestern Abend wussten Sie, dass er ermordet worden ist.«

»Das wussten viele Leute.«

»Und viele Leute wussten es *nicht*.«

Michaels schwieg.

»Er wurde mit einem 7-Millimeter-Gewehr getötet, sehr wahrscheinlich.«

»Büchse, meinen Sie.«

»Tut mir leid. Ich bin kein Experte für Gewehre und so was – nicht wie Sie, Mr Michaels.«

»Und darum haben Sie letzte Nacht meine Büchse mitgenommen?«

»Wir hätten *jedermanns* Büchse mitgenommen. Das ist schließlich unser Job.«

»Jeder Förster hat eine Büchse dieses Kalibers – und sie sind sehr wirkungsvoll.«

»Wo waren Sie also gestern Morgen, sagen wir ... zwischen zehn und elf Uhr?«

»Gegen zehn – nein, eben *nach* zehn muss es gewesen sein – war ich mit ein paar Burschen vor der Royal Society for the Protection of Birds zusammen. Wir, das heißt sie, haben die Nistkästen am Singing Way überprüft. Sie wissen schon, Buch führen über erste oder zweite Brut, Gewicht, Proben von den Exkrementen – alles Mögliche. Sie machen das ständig.«

»Sie haben ihnen geholfen?«

»Die meiste Zeit habe ich die verdammte Leiter getragen.«

»Was war *danach?*«

»Wir machten uns alle auf zum *White Hart* – gegen zwölf oder Viertel nach? – und tranken ein paar Halbe. Uns war bei der Arbeit warm geworden! Und es war ein heißer Tag!«

»Sie haben die Adressen dieser Leute?«

»Nicht bei mir, nein. Ich kann sie Ihnen leicht besorgen.«

»Und der Mann an der Bar im Pub? Kennt er Sie?«

»Nur zu gut, Sergeant.«

Lewis warf einen Blick auf seine Armbanduhr, leicht verwirrt, und ja, ein wenig verloren.

»Kann ich jetzt gehen?«, fragte Michaels.

»Noch nicht, Sir, nein. Wie ich schon sagte, wir brauchen eine Aussage von Ihnen über die Vorgänge im Juli letzten Jahres ... dann müssen wir unser kleines Gespräch hier tippen« – Lewis wies mit dem Kopf auf das Tonbandgerät –, »dann müssen wir Sie dazu bringen, es durchzulesen und zu unterschreiben … und, äh … ich denke, dass wir das alles nicht schaffen, bis …« Lewis sah wieder auf seine Uhr und fragte sich noch immer, wie die Dinge standen. Dann drehte er sich um und sagte: »Wir kümmern uns wohl lieber darum, dass Mr Michaels mit uns Lunch isst, Watson. Was gibt es heute?«

»Dienstags immer Hackfleisch, Sarge.«

»Die meisten Leute würden einen Sexfilm vorziehen«, sagte Michaels, fast fröhlich.

Lewis stand auf, nickte Watson zu und sagte, schon im Begriff zu gehen: »Noch etwas, Sir. Ich fürchte, ich kann Sie nicht gehen lassen, bevor der Chief Inspector zurück ist. Er hat ausdrücklich gesagt, dass er Sie noch sprechen wollte.«

»Und wo ist er an diesem Vormittag?«

»Um Ihnen die Wahrheit zu sagen, ich habe keine Ahnung.«

Auf dem Weg zurück zu seinem Büro dachte Lewis nach über das, was er gerade gehört hatte. Morse hatte bisher praktisch mit allem recht gehabt – bis zu diesem letzten Punkt. Aber er irrte, wenn er annahm, Michaels habe Daley ermordet! Zur gegebenen Zeit würden sie sein Alibi überprüfen, aber es war doch vollkommen unvorstellbar, dass zwei engagierte Ornithologen sich mit dem Barmann vom lokalen Pub zusammentaten, um den natürlichen Lauf des Rechts zu verhindern. Völlig unvorstellbar!

Um 12.30 Uhr rief Dr. Hobson von der South Parks Road aus an, um mitzuteilen, dass sie zwar eine Amateurin auf dem Gebiet der Ballistik sei, sich aber sehr wundern würde, wenn mit Michaels' Gewehr während der letzten paar Wochen geschossen worden sei.

»Büchse«, murmelte Lewis, *sotto voce.*

»Ist er … ist er da?«, fragte Laura Hobson zögernd.

»Wird irgendwann heute Nachmittag zurück sein.«

»Oh.«

Allmählich sah es so aus, als wollte jedermann Morse sprechen.

Besonders Lewis.

59

Aus diesem Grund hängen Mütter mehr an ihren Kindern als Väter: Sie leiden mehr, wenn sie sie zur Welt bringen, und sie wissen mit größerer Bestimmtheit, dass es ihre eigenen sind.
Aristoteles, Nikomachische Ethik

Die Mittagssonne schien auf das blass zimtfarbene Gemäuer der College-Gebäude, und die Turmspitzen Oxfords schauten hinunter auf eine Szene scheinbarer Friedlichkeit, als das Polizeiauto vom Headington Hill zur Plain fuhr, dann weiter über die Magdalen Bridge und in die High Street hinein. Morse saß hinten, mit düsterem Gesicht und jetzt schweigend, nachdem er ausführlich mit der etwas erschöpft wirkenden Frau von etwa Mitte vierzig neben ihm gesprochen hatte. Ihre Augen waren gerötet von vor Kurzem vergossenen Tränen, ihr Mund bebte noch immer, doch ihr kleines Kinn war fest und entschlossen, trotz der schrecklichen Ereignisse, von denen sie erst vor zwei Stunden erfahren hatte – als es im Haus ihrer Schwester in der städtischen Wohnsiedlung in Beaconsfield an der Tür läutete. Doch die Nachricht, dass ihr Ehemann ermordet worden und ihr einziger Sohn von zu Hause weggelaufen sei, hatte sie nicht so sehr vernichtet als vielmehr verblüfft, als hätte sich eine getrennte Schicht von Gefühlen und Reaktionen zwischen ihr selbst und der äußeren Realität dessen, was geschehen war, gebildet.

Es hatte ihr auch etwas geholfen, mit dem Chief Inspector zu sprechen, der viel von dem, was sie durchmachte, zu verstehen schien. Nicht dass sie ihr Inneres *zu* sehr entblößt hätte, was den zunehmenden Widerwillen betraf, den sie für den Mann, den sie geheiratet hatte, empfand, den Mann, der während der Jahre ihres gemeinsamen Lebens langsam, aber zwangsläufig enthüllt hatte, wie seicht, verschlagen und manchmal sogar grausam er war. Aber Philip war da gewesen, und lange Zeit hatte das kleine Kerlchen sie auf vielfache Weise entschädigt für das Nachlassen der Liebe und der Achtung, die sie einst für ihren Ehemann empfand. Während er in den Kindergarten ging, in die Grundschule, und sogar noch während der ersten Oberschuljahre, sicherlich bis er etwa zwölf war, hatte Philip sich immer an sie gewendet, seine Mutter, hatte sich ihr anvertraut, hatte sie (kostbare Augenblicke!) umarmt, wenn er dankbar oder glücklich war. Sie war sehr stolz gewesen, dass sie der geliebte und bevorzugte Elternteil war.

Ob es absichtlich, aus Rachsucht, geschah oder nicht, konnte sie wirklich nicht sagen, aber bald nachdem Philip mit der Oberschule angefangen hatte, begann George, seinen Einfluss auf den Jungen geltend zu machen und ihr auf mancherlei Art Philips Zuneigung zu stehlen, und dies mit der einfachen Methode, in dem Jungen die Vorstellung des Erwachsenwerdens, »ein Mann« zu werden und Männersachen zu tun, zu ermutigen. An Wochenenden nahm er Philip zum Angeln mit; oft kam er am Abend mit ein paar Dosen leichten Biers vom *Royal Sun* nach Hause und bot seinem jungen Sohn immer eine an. Und dann das Luftgewehr! Zu Philips dreizehntem Geburtstag hatte George ihm ein Luftgewehr gekauft, und kurz danach knallte Philip am Ende des Gartens einen Spatz ab, der an von ihr selbst gestreutem Vogelfutter pickte. Was für ein schrecklicher Abend war das gewesen, zwischen Ehemann und Ehefrau, als sie ihn beschuldigt hatte, aus ihrem Sohn einen Spießbürger zu machen! Auch Philips Sprache war fortschreitend derber geworden, ebenso sein Verhalten; das schrille Lachen zwischen Vater und Sohn über Witze, in die sie nie eingeweiht wurde. Schulzeugnisse, die immer schlechter wurden, und die Freundschaft mit einigen der abscheulichsten Mitschüler, die er gelegentlich mit nach Hause brachte, um mit ihnen hinter verschlossener Tür Popmusik zu hören.

Dann, vor über einem Jahr, der schreckliche Streit zwischen Vater und Sohn wegen des Rucksacks, ein Streit, der beide zutiefst verbittert zurückgelassen hatte. Was genau damals mit dem Rucksack geschehen war, wusste sie noch immer nicht, aber sie wusste, dass George über Zeitpunkt und Fundort gelogen hatte. Woher? Weil weder George noch Philip an jenem Morgen den Hund zu seinem Spaziergang entlang der Schnellstraße geführt hatte; *sie* hatte es getan. Philip war sehr früh am Morgen nach Oxford gefahren, um an einem von der Schule organisierten Busausflug teilzunehmen, und ihr Ehemann hatte beim Aufwachen einen so schlimmen Hexenschuss gehabt, dass er es nicht einmal bis zum Klo schaffte, ganz zu schweigen von irgendeinem Parkplatz an der Schnellstraße. Aber sie wusste, dass George den Rucksack gefunden *hatte*, irgendwo, oder dass jemand ihm den Rucksack gegeben hatte, an genau dem Sonntag, an dem das Schwedenmädchen verschwunden war, dem Sonntag, an dem George den ganzen Nachmittag fort gewesen war, und dann noch einmal später am Abend, und den ganzen Tag viel getrunken hatte, wie sie sich erinnerte. Es musste auch an diesem Sonntagabend gewesen sein, als Philip den Rucksack gefunden hatte, wahrscheinlich hinten in der Garage, wo er, wie sie wusste, nach seinen Wanderstiefeln gesucht hatte, für den Schulausflug zum Peak District – und wo er, vermutete sie, den Fotoapparat und das Fernglas fand. O ja! Sie war sich ganz sicher – denn *sie hatte sie auch gefunden*, in Philips Zimmer. Erst später erfuhr sie, dass Philip die Filmspule aus dem Fotoapparat genommen und den Film höchstwahrscheinlich selbst in der Schule entwickelt hatte, wo es eine florierende Arbeitsgemeinschaft von Amateurfotografen gab (zu der auch Philip gehörte), die über eine gut ausgerüstete Dunkelkammer verfügte.

Ein beträchtlicher Teil dieser Informationen war Morse bereits bekannt, das spürte sie. Aber allem Anschein nach hörte er ihr aufmerksam zu, als sie stoßweise und unter Tränen fast alles noch einmal durchging. Er fragte sie nicht, wie sie von den Fotos wissen konnte, aber sicherlich ahnte er es. Aber er würde nie von den anderen Fotos erfahren, den pornografischen, denen von dem Schwedenmädchen, das sie nach dem Passfoto erkannt hatte, das, wenn auch sehr schlecht, in *The Oxford Times* abgedruckt worden war. Nein! Darüber würde sie Morse nichts sagen. Und auch nichts über die Fahrten in den geklauten Autos – ihren inneren Aufruhr, als sie auf die Sätze in Philips Taschenkalender gestoßen war, Wörter, die in ihr verworrene Bilder von quietschenden Reifen und den qualvollen Schreien eines kleinen Mädchens in einer Lache seines eigenen Bluts heraufbeschworen … Nein, es würde ihren Sohn noch weiter herabsetzen, wenn sie von diesen Dingen sprach, und sie würde es niemals tun. Wo ihr Sohn auch sein mochte und was er getan haben mochte, *Philip würde immer ihr Sohn sein.*

Als der Wagen im Stadtzentrum nach links abbog, in Richtung der Polizeiwache St. Aldate's, sah sie ein Dutzend oder mehr Tauben, die mit ruckenden Köpfen auf dem Straßenpflaster herumpickten und dann plötzlich mit lautem Flügelschlagen zu dem Turm über ihnen hinaufflatterten. Sie ergriffen die Flucht. Frei! Und Margaret Daley fragte sich, ob sie sich jemals wieder frei fühlen würde …

»Milch und Zucker?«

Margaret Daley war meilenweit fort gewesen, aber sie hatte seine Worte gehört und blickte jetzt auf in das Gesicht des Chief Inspectors mit den durchdringenden blauen Augen, die aber gütig waren und, dachte sie, auch verletzbar.

»Keinen Zucker. Nur Milch, bitte.«

Morse legte die Hand leicht auf ihre Schulter. »Sie sind eine tapfere Frau«, sagte er leise.

Plötzlich waren die Schleusentore geöffnet, und Margaret wandte sich ab von ihm und begann hemmungslos zu weinen.

»Sie haben gehört, was die Dame sagte«, knurrte Morse den Constable an, der die beiden von der Tür aus unsicher beobachtete. »Keinen verdammten Zucker!«

60

Musik und Frauen muss ich einfach nachgeben,
was sonst meine Tätigkeit auch sein mag.
Samuel Pepys, Das geheime Tagebuch

Direkt nach dem Lunch war Morse wieder in seinem Büro im Präsidium und hörte sich das Band von dem Gespräch mit Michaels an.

»Was halten Sie davon, Sir?«

»Vermutlich ist einiges wahr«, gab Morse zu.

»Dass er Daley nicht umgebracht hat, meinen Sie?«

»Ich weiß nicht, wie er es getan haben könnte – nicht genug Zeit, oder?«

»Wer hat ihn umgebracht, denken Sie?«

»Nun, drei Sachen fehlen in Daleys Haus, nicht wahr? Daley selbst, das Gewehr und – der Junge.«

»Der Sohn? Philip? Sie denken, er hat ihn umgebracht? Seinen eigenen Vater umgebracht? Wie Ödipus?«

»Was ich Ihnen alles beigebracht habe, Lewis, seit Sie mein Sergeant sind!«

»Hat er seine Mum auch geliebt?«

»Ja, sehr, glaube ich. Jedenfalls werden Sie sicher interessant finden, was sie zu sagen hat.«

»Aber … aber man kann nicht einfach mit geschultertem Gewehr in den Blenheim Park marschieren …«

»Seine Mum sagt, er sei dort immer angeln gegangen, sie sagt, sein Dad habe ihm die ganze Ausrüstung gekauft.«

»Oh, ich verstehe, was Sie meinen. Diese langen Dinger aus Segeltuch – für die Angelruten und all das Zeug.«

»Ja, so etwas. Zehn Minuten mit dem Fahrrad ...?«

»*Hat* er ein Fahrrad?«

»Keine Ahnung.«

»Aber *warum*? Was sollte er ...?«

»Muss der Brief gewesen sein – vom Crown Court ...«

»Und sein Dad weigerte sich, ihm zu helfen?«

»Vermutlich. Sagte seinem Sohn, er solle Leine ziehen, höchstwahrscheinlich; sagte ihm, er solle abhauen und seine Eltern da rauslassen. Aber ich habe das Gefühl, der Junge wird es in der großen Stadt nicht lange aushalten. Die Londoner Polizei wird sich ihn bald schnappen, Sie werden sehen.«

»Sie sagten aber, es sei *Michaels* gewesen. Sie sagten, Sie seien ziemlich sicher, dass es Michaels war.«

»Habe ich das?«

»Ja, haben Sie! Aber Sie schienen nicht *übermäßig* erstaunt, als Sie eben das Band hörten?«

»War ich das nicht?«

Lewis ließ es dabei bewenden. »Wie geht es jetzt also weiter?«

»Überhaupt nicht, vorläufig. Zuerst habe ich eine Besprechung mit Strange. Um drei.«

»Was machen wir mit Michaels? Lassen wir ihn gehen?«

»Warum sollten wir?«

»Na ja, wie Sie eben sagten – in der Zeit konnte er es einfach nicht geschafft haben. Unmöglich! Selbst mit einem Hubschrauber.«

»Und?«

Lewis wurde plötzlich sehr ärgerlich. »Und *was* sage ich ihm?«

»Sie sagen ihm«, erklärte Morse langsam, »dass wir ihn über Nacht hierbehalten – für weitere Fragen.«

»Wessen beschuldigen wir ihn? Wir können nicht einfach …«

»Ich glaube nicht, dass er große Einwände erheben wird«, sagte Morse.

Kurz bevor Morse an jenem Nachmittag an Chief Superintendent Stranges Tür klopfte, waren zwei Männer im Begriff, das *Trout Inn* in Wolvercote zu verlassen. Die meisten der Gäste, die ihren Lunch draußen auf der mit Fliesen belegten Terrasse über dem Fluss zu sich genommen hatten, waren inzwischen gegangen; das Inn würde bald schließen.

»Sie versprechen, dass Sie es aufschreiben werden?«

»Ich verspreche es«, sagte Alasdair McBryde.

»Wohin werden Sie jetzt gehen?«

»Zurück nach London.«

»Kann ich Sie bis zum Bahnhof mitnehmen?«

»Das wäre nett.«

Die beiden Männer gingen die flachen Stufen hinauf und über die schmale Straße zum Parkplatz: NUR FÜR GÄSTE. PARKEN FÜR ANGLER NICHT ERLAUBT.

»Was ist mit Ihnen, Alan?«, fragte McBryde, als Hardinge den Sierra nach links in Richtung Wolvercote steuerte.

»Ich weiß es nicht. Und es ist mir auch ziemlich gleichgültig.«

»Sagen Sie doch nicht so etwas!« McBryde berührte mit seiner rechten Hand leicht den Arm des Fahrers. Aber Hardinge wies die Geste mit seiner eigenen rechten Hand von sich, als wischte er eine Fliege von seinem Ärmel, und die Fahrt zum Bahnhof von Oxford verlief in verlegenem, unbehaglichem Schweigen.

Zurück am Radcliffe Square, parkte Hardinge im Halteverbot in der Catte Street und ging direkt hinauf zu seinen Zimmern im Lonsdale. Er kannte ihre Nummer auswendig. Natürlich kannte er sie auswendig.

»Claire? Ich bins, Alan.«

»Das höre ich. Mit meinen Ohren ist alles in Ordnung.«

»Ich habe mich nur gefragt ... habe gehofft ...«

»Nein! Und wir werden nicht mehr darüber reden!«

»Du meinst, du willst mich nicht einmal *wiedersehen?*«

»Genau!«

»Niemals?« Seine Kehle war plötzlich sehr trocken.

»Für einen Universitätslehrer bist du manchmal ziemlich langsam.«

Hardinge schwieg einen Augenblick. Er hörte Musik im Hintergrund; er kannte das Stück gut.

»Wenn du mir gesagt hättest, dass du gern Mozart hörst –«

»Hör mir zu – zum letzten Mal! –, es ist aus. Bitte akzeptiere das! *Aus!*«

»Gibt es einen anderen?«

»Was?« Er hörte ihr bitteres Lachen. »Mein Leben ist voller ›anderer‹ gewesen. Das hast du immer gewusst.«

»Aber wenn ich mich scheiden –«

»Verdammt noch mal! Verstehst du denn *nie?* Es ist *zu Ende!*«

Sie hatte aufgelegt, und Hardinge schaute auf den Hörer, als hätte ihm jemand ein tiefgekühltes Fischfilet in die Hand gedrückt, für das er im Augenblick keinen geeigneten Behälter finden konnte.

Claire Osborne saß noch mehrere Minuten, nachdem sie aufgelegt hatte, neben dem Telefon und nahm die wundervolle Posaunenpassage aus dem *Tuba Mirum Spargens Sonum* nur vage wahr. War sie Alan gegenüber *zu* grausam gewesen? Aber manchmal ist es notwendig, grausam zu sein, um gütig zu sein – sagte man das nicht? Oder war das nur eine bedeutungslose Phrase wie alles andere? »Einen anderen«, hatte Alan gefragt. Haha!

Der kümmerlich getippte Brief (keine Anrede, keine Unterschrift), den sie zusammen mit der Kassette an diesem Morgen erhalten hatte, lag auf dem Couchtisch, und sie hatte ihn schon mehr als zwanzig Mal gelesen:

Ich habe unsere verkürzte Zeit zusammen so genossen, Dich und die Musik. Ein Tag unter den großen verlorenen Tagen, ein Gesicht unter all den Gesichtern (Ernest Dowson – nicht ich!). Beigefügt ein Memento. Das *Recordare* ist mein Lieblingsstück – wenn man mich vor die Wahl stellt. »Recordare« ist, nebenbei bemerkt, die zweite Person Singular des Imperativs Präsens vom Verb »recordor«; es bedeutet: »Erinnere dich!«

61

Eine angemessene Wahrscheinlichkeit ist die einzige Gewissheit.
Edgar Watson Howe, Country Town Sayings

Sie sind sich dessen sicher, Morse?« Stranges Stimme war scharf, mit einem skeptischen Unterton.

»Völlig sicher.«

»Das haben Sie bei Michaels auch gesagt.«

»Nein! Da habe ich gesagt, mit neunzigprozentiger Sicherheit.«

»Okay.« Strange zuckte mit den Schultern, neigte den Kopf und spreizte ergeben die Hände. »Da wären nur noch ein oder zwei Kleinigkeiten …«

Aber das Telefon auf Stranges Schreibtisch läutete. »Ah! Ah! Ja! Wollen Sie ihn sprechen?«

Er gab Morse den Hörer. »Dr. Hobson.«

Es sei völlig sicher, sagte sie, dass Michaels' Gewehr seit Wochen nicht benutzt worden sei.

Strange hatte gerade noch verstanden, was die Pathologin sagte. »Sieht so aus, als hätten Sie recht, jedenfalls in der Sache.

Wir rufen die Kollegen in London an. Sie sind sicher, dass er sich nach London abgesetzt hat, der Junge?«

»Zu neunzig Prozent, Sir – und wir haben der Londoner Polizei schon seine Beschreibung durchgegeben.«

»Oh!«

Morse erhob sich, um zu gehen, aber Strange war noch nicht ganz fertig. »Was hat Sie zuerst darauf gebracht?«

Morse zögerte. »Mehrere Dinge, nehme ich an. Zum Beispiel habe ich einmal gehört, wie jemand behauptete, dass alle drei Arten britischer Spechte in den Wytham Woods zu finden seien. Ich glaube, ich habe es in einem Pub gehört. Oder vielleicht habe ich es einfach auf einem Bierdeckel gelesen.«

»Nützliche Einrichtung, Pubs!«

»Und dann« – Morse ignorierte die sarkastische Bemerkung – »dachte ich, wenn Johnson sich für Blenheim entschieden hat, würde es sehr wahrscheinlich Wytham sein.«

»Das ist äußerst unfair!«

»Ganz meine Meinung.« Morse stand auf und ging zur Tür. »Wissen Sie, es ist ein wenig merkwürdig, dass keiner je ihren Akzent wahrgenommen hat, nicht wahr? Sie *muss* eine Spur von Akzent haben. Ich wette, Sie werden das auch feststellen.«

»Sie haben Glück, dass Sie so gut hören. Meine Frau sagt, ich werde ständig schwerhöriger.«

»Schaffen Sie sich ein Hörgerät an, Sir. Sie werden Sie wahrscheinlich nicht bei der Polizei behalten, und sie müssten Ihre Pension erhöhen.«

»Meinen Sie? Wirklich?«

»Zu neunzig Prozent sicher«, sagte Morse, schloss die Tür hinter sich und wanderte nachdenklich durch das Labyrinth von Korridoren zu seinem Büro.

Er hatte Strange nichts von dem dicksten Hinweis von allen gesagt, aber es hätte eine ganze Weile gebraucht, es zu erklären, und es war alles ein bisschen nebelhaft – besonders für einen so nüchternen Realisten wie Strange. Aber für ihn, Morse, war es zum Brennpunkt des ganzen Geheimnisses geworden. Der normale Mörder (falls es eine solche Person gibt) würde versuchen, alle Spuren seines Opfers zu vertuschen. Und wenn sein Opfer jemand wie Karin Eriksson war, würde er ihre Kleider verbrennen, ihren Schmuck in den Kanal werfen und ihre Leiche beseitigen – sie in einem bodenlosen Meer versenken oder sie in kleine Stücke zerschneiden und zur nächsten Müllbeseitigungsanlage bringen oder sie sogar in einen dieser schwarzen Plastikbeutel packen, die die Müllmänner abholten, da nach Morse' Erfahrung das Einzige, was sie nicht mitnahmen, Beutel mit Gartenabfällen waren. Also! Wenn unser Mörder also die Erde von jeder Spur seines Opfers befreien wollte, warum, warum hatte er dann so viel Wert darauf gelegt, dass der Rucksack und anderer Besitz gefunden wurden? Zugegeben, es hatte nicht so gut funktioniert, da der Zufall, wie meistens, seine Rolle gespielt hatte. Aber der Rucksack *wurde* gefunden, sehr schnell; die Polizei *wurde* informiert, sehr schnell; die Suche nach Karins Mörder *wurde* eingeleitet, sehr schnell. Wenn aber eine junge schwedische Studentin verschwindet, ohne etwas zurückzulassen, ist man im Allgemeinen durchaus nicht so sicher, dass sie tot ist; Tausende von jungen Leuten aus allen Teilen Europas, allen Teilen der Welt, verschwinden regelmäßig, geraten in Listen »vermisster Personen«. Doch wenn eine junge Frau verschwindet und gleichzeitig ihre ganze Habe in einer Hecke in der Nähe gefunden wird, sind die Zusammenhänge nur zu schmerzlich offensichtlich, werden die Folgerungen nur zu bereitwillig gezogen: die Folgerungen, die Johnson und beinahe jeder andere Polizist im Thames Valley vor einem Jahr gezogen hatte.

Morse allerdings nicht.

Vielleicht hätte er, nach einiger Überlegung, Strange seine Gedankengänge ohne allzu große Schwierigkeiten erklären können? Die Schlüsselfrage konnte schließlich sehr leicht gestellt werden: Warum war der Mörder so bestrebt, dass die Polizei eine Untersuchung wegen Mordes einleitete? Die Antwort auf diese ungewöhnliche Frage kannte Morse jetzt, dessen war er sich ganz sicher. Na ja, zu neunzig Prozent sicher. Weil die Polizei nach einer Leiche suchen würde, *nicht nach jemandem, der noch lebte.*

Zehn Minuten später war Lewis bereit, und die beiden Polizisten fuhren wieder einmal zusammen zu den Wytham Woods.

62

Der große Reiz einer Ehe besteht darin, dass sie Täuschungen für beide Partner absolut unerlässlich macht.
Oscar Wilde, Das Bildnis des Dorian Gray

Sie waren zu viert in dem Wohnzimmer des Cottages mit den niedrigen Decken: Morse und Lewis saßen nebeneinander auf der Ledercouch, Mrs Michaels ihnen gegenüber in einem Sessel, und WPC Wright (in Uniform) stand an der Tür.

»Warum haben Sie David nicht mitgebracht?«, fragte Mrs Michaels.

»Ist er nicht noch bei seiner Aussage, Sergeant?« Morse zog fragend die Augenbrauen hoch, als handelte es sich um eine Angelegenheit von geringer Bedeutung.

»Weswegen sind Sie dann hier?« Sie blickte auf und sah Morse mit leicht zur Seite geneigtem Kopf an, als schuldete er ihr eine sofortige und überzeugende Erklärung.

»Wir sind wegen Ihrer Ehe hier. Es gibt da eine kleine, äh, Unregelmäßigkeit.«

»Wirklich? Das werden Sie beim Standesamt überprüfen müssen, nicht bei mir.«

»Personenstandsregister, Mrs Michaels. Es ist wichtig, sich genau auszudrücken. Lassen Sie mich also genau sein. David Michaels stellte fest, dass das zuständige Amt für die Einwohner von Wytham in Abingdon ist. Er ging hin und beantwortete all die üblichen Fragen, wann und wo Sie heiraten wollten, wie alt Sie beide sind, wo Sie beide geboren sind, ob einer von Ihnen schon einmal verheiratet war, ob Sie miteinander verwandt seien. Und das wars. Zwei Tage später waren Sie verheiratet.«

»Und?«

»Nun, bei diesen Dingen hängt alles von *Vertrauen* ab. Wenn Sie wollen, können Sie einen Haufen Lügen erzählen. Es gibt einen Standesbeamten in Oxford, der denselben Burschen dreimal in einem Jahr verheiratete – und einen in Reading, der es fertigbrachte, zwei Seeleute miteinander zu verheiraten!«

Morse schaute zu ihr hinüber, als erwartete er irgendeine Art von Lächeln, aber Mrs Michaels saß vollkommen still da, die Lippen zusammengepresst, das Haar über der klaren Haut in einem Halbkreis von dunkelstem Schwarz, da die blonden Wurzeln vor kurzer Zeit nachgefärbt worden waren.

»Nehmen Sie einen einigermaßen geschickten Lügner – selbst einen ziemlich unbeholfenen Lügner«, fuhr Morse fort, »und er wird mit Mord ungestraft davonkommen – wenn Sie verstehen, was ich meine, Mrs Michaels. Für jeden unter dreiundzwanzig ist zum Beispiel ein Nachweis seines Alters erforderlich, wussten Sie das? Aber wenn Ihr Verlobter sagt, Sie seien vierundzwanzig, wird er mit großer Wahrscheinlichkeit davonkommen. Und wenn Sie vorher verheiratet waren? Nun, wenn Sie sagen, Sie waren es nicht, ist es praktisch unmöglich, auf der Stelle zu beweisen, dass Sie es doch waren. O ja! Es ist leicht, sich standesamtlich trauen zu lassen, wenn man bereit ist, das System zu missbrauchen.«

»Sie wollen sagen, dass ich – dass wir, David und ich –, dass wir das System missgebraucht haben?«

»Wissen Sie, die meisten Engländer hätten das etwas anders ausgedrückt, Mrs Michaels.« (WPC Wright registrierte die leichte Betonung des Wortes »Engländer«.)

»Ich fragte Sie –«

Aber Morse unterbrach sie brüsk: »Es gab nur eine Sache in Ihrem Fall, die nicht manipuliert werden konnte: das Geburtsdatum. Da wird vom Gesetzgeber nämlich irgendein dokumentarischer Nachweis verlangt – *wenn die betreffende Person ausländischer Staatsbürger ist.*«

Schweigen breitete sich in dem kleinen Zimmer aus, ein greifbares, angespanntes Schweigen, und ein seltsamer, undefinierbarer Ausdruck huschte über Mrs Michaels' Gesicht, während sie ein Bein über das andere schlug und die Hände um ihr linkes Knie faltete.

»Was hat das mit mir zu tun?«, fragte sie.

»Sie sind eine ausländische Staatsbürgerin«, sagte Morse einfach und sah die junge Frau ihm gegenüber ungerührt an.

»Ist Ihnen klar, wie absurd das alles ist, Inspector?«

»Mussten Sie dem Standesbeamten in Abingdon Ihren Pass zeigen?«

»Es bestand keine Veranlassung dazu: Ich bin keine ausländische Staatsbürgerin!«

»Nein?«

»*Nein!* Ich heiße – hieß Katherine Adams. Ich bin in Uppingham in Rutland geboren – was einmal Rutland war; ich bin vierundzwanzig Jahre alt –«

»Kann *ich* Ihren Pass mal sehen?«, fragte Morse leise.

»Das können Sie leider nicht. Er ist per Post auf dem Weg nach Swansea; er muss erneuert werden. Wir – ich und David – wollen im September nach Italien.« (Lewis hörte jetzt die Andeutung eines Akzents in dem Wort »Italien«.)

»Machen Sie sich keine Gedanken! Wir haben schon eine Kopie, müssen Sie wissen. Die schwedische Botschaft hat uns eine geschickt.«

Eine Weile blickte sie hinunter auf den Teppich, das einzige wertvolle Stück in dem recht nüchternen Wohnzimmer, in dem sie so viele Stunden ihrer Tage verbrachte: ein kleiner rechteckiger Orientteppich, geknüpft vielleicht in irgendeinem dunklen Zelt in Turkestan. Dann stand Mrs Michaels auf, ging hinüber zu einem Schreibtisch, nahm ihren Pass heraus und händigte ihn Morse aus.

Aber Morse wusste schon alles, hatte die Eintragungen sorgfältig studiert: die Überschriften, gedruckt in Schwedisch und in Englisch, die erforderlichen Einzelheiten handschriftlich in Schwedisch eingetragen. Unter dem Foto las er noch einmal:

Name
Vorname(n)
Größe in cm (ohne Schuhe)
Geschlecht
Geburtsdatum
Geburtsort
Passnummer
Ausgabedatum
Gültig bis
Unterschrift
Besondere Merkmale

Katarina Adams, so schien es, war ohne Schuhe 168 cm groß, weiblich und am 29. September 1968 geboren, in Uppsala, Schweden.

»Clever, Uppingham für Úppsala«, war Morse' Kommentar.

»Uppsála – wenn wir genau sein müssen, Inspector.«

»›Adams‹ war der Name Ihres Ehemanns, Ihres ersten Ehemanns. Und als Ihr Mann bei einem Autounfall ums Leben kam, behielten Sie den Namen bei. Warum auch nicht? Also …?«

»Also, was sonst wollen Sie noch von mir?«, fragte sie leise.

»Sagen Sie mir einfach die Wahrheit, bitte! Wir werden sie am Ende doch herausbekommen, wissen Sie.«

Sie holte tief Luft und sprach hastig. »Als meine Schwester Karin ermordet wurde, war ich in Spanien, in Barcelona, als es geschah. Ich kam her, so schnell ich konnte; meine Mutter hatte mich aus Schweden angerufen. Aber mir wurde bald klar, dass ich nichts tun konnte. Ich lernte David kennen, und wir verliebten uns ineinander. Wir heirateten. Ich hatte

Angst wegen Arbeitserlaubnis und Visum und solchen Dingen, und David meinte, es sei besser, wenn ich nicht die Wahrheit sagte – wenn *er* nicht die Wahrheit sagte – über meine erste Ehe. Leichter und schneller. Also? Anfangs verließ ich das Haus hier sehr selten. Ich trug eine Brille und ließ mir das Haar ziemlich kurz schneiden und schwarz färben. Darum forderten sie mich auf, in der Operette zu singen, ja? Ich sah schon wie meine Rolle aus, bevor sie mit den Proben anfingen.«

Lewis wandte den Kopf kurz zur Seite und meinte, einen leicht verwirrten Ausdruck in Morse' Gesicht zu sehen.

»Hat der Standesbeamte Ihnen nicht *gesagt* – oder Ihrem Mann –, dass alles völlig in Ordnung sei?«

»Nein, ich bin sicher, dass er es nicht getan hat. Wissen Sie, wir haben nichts über all das gesagt ... Verstehen Sie nicht? Es war alles so seltsam – so beunruhigend und irgendwie ... irgendwie nervenaufreibend. Aber David verstand das ...«

»Haben Sie Ihren Urlaub in Spanien genossen?«

»Ja, sehr. Warum ...?«

»Von welchem Flughafen sind Sie nach England geflogen?«

»Barcelona.«

»Eine Menge Taschendiebstähle, habe ich gehört, auf dem Flughafen in Barcelona.«

»Was hat das zu tun ...?«

»Haben Sie *Ihre* Handtasche schon einmal verloren? Mit Schlüsseln und Pass und Kreditkarten?«

»Nein. Zum Glück nicht.«

»Was würden Sie tun, wenn Sie zum Beispiel Ihren Pass verlören?«

Sie zuckte mit den Schultern. »Ich weiß nicht. Vermutlich würde ich mich an die schwedische Botschaft wenden. Sie würden mir ein vorläufiges Papier geben, nehme ich *an* ... oder so etwas ...«

»Aber halten Sie es für möglich, die Angaben zu *frisieren,* Mrs Michaels? So wie es möglich ist, einen Trauschein zu frisieren?«

»Ich wünschte, Sie würden mir sagen, auf was genau Sie eigentlich hinauswollen.«

»In Ordnung. Lassen Sie mich eine einfache Frage stellen. Wäre es möglich, dass jemand den Pass für eine *andere* Person beantragt?«

»Das wäre doch sicher fast unmöglich? Es gibt alle nur erdenklichen Kontrollen in Schweden: Amtliche Registrierungsnummer – die benutzen wir in Schweden anstatt einer Geburtsurkunde – Details aller Angaben im Pass, die überprüft werden müssten – Passfoto? Nein! Ich glaube, das wäre unmöglich.«

»Ich denke, ich bin Ihrer Meinung. *Fast* unmöglich – wenn auch nicht ganz, für eine sehr gescheite Frau.«

»Aber ich bin keine sehr gescheite Frau, Inspector.«

»Nein! Auch hier bin ich Ihrer Meinung.« (Lewis fragte sich, ob er eine Spur von Enttäuschung in ihren Augen entdeckt hatte.) »Nehmen wir einmal an, es sei unmöglich, gut. Es gibt aber einen anderen Weg, einen sehr viel leichteren Weg, an einen Pass zu gelangen. Ein kinderleichter Weg. Jemand *gibt* Ihnen einen, Mrs Michaels. Jemand schickt Ihnen einen mit der Post.«

»Ich kann Ihnen nicht folgen, Inspector.«

»Doch, können Sie«, entgegnete Morse so sachlich und nüchtern, dass kein Widerspruch möglich war. »Niemand, *niemand* hat in Barcelona einen Pass verloren – oder sonst irgendwo. Aber Sie sehen Ihrer älteren Schwester sehr ähnlich, nicht wahr? Mein Sergeant brachte mir aus Stockholm ein Foto von Ihnen und Ihren beiden Schwestern mit. Sie sind alle drei blond und haben blaue Augen und vorstehende Backenknochen und lange Beine und was sonst noch die Leute hier vom nordischen Typus erwarten. Auch Ihre jüngere Schwester – die jüngste von Ihnen – sieht Karin sehr ähnlich, zumindest auf dem Foto.«

Sie unterbrach ihn. »Hören Sie! Bitte hören Sie mir einen Moment zu! Ich verstehe kein Wort!«

»Sie verstehen mich sehr gut. Der Pass dort gehört nicht Ihnen. Er gehört Ihrer Schwester Katarina – Katarina Adams. Ihre Schwester, die noch immer in Uppsala lebt. Ihre Schwester, die den schwedischen Behörden erklärte, dass ihr ihr Pass gestohlen worden sei, und die einen neuen beantragte. Einfach! Denn Ihr Name ist gar nicht Katarina Adams, nicht wahr, Mrs Michaels? Sie sind *Karin Eriksson*.«

Sie ließ plötzlich die Schultern hängen, als spürte sie, dass ihr trotz aller unschuldigen Einwände, die sie vielleicht vorbringen könnte, niemand mehr glauben würde, dass zumindest in dieser Hinsicht sie gut beraten wäre, wenn sie ihren Fall den Aussagen anderer überließ.

Aber Morse nutzte seinen Vorteil aus, und WPC Wright fand die weitere Befragung peinlich und geschmacklos (im Gegensatz zu Lewis).

»Sie haben hübsche Beine – würden Sie mir da zustimmen?«

»Was?« Instinktiv versuchte sie, den Saum ihres knielangen Rocks ein Stückchen tiefer über ihre eleganten Beine zu ziehen, aber ohne große Wirkung.

»Wissen Sie«, fuhr Morse fort, »als ich eben über den nordischen Typus sprach, fielen mir die Filme mit all den sexy schwedischen Filmsternchen ein, die wir früher sahen. Ich bin früher oft ins Kino gegangen ...«

»Soll ich für Sie einen Striptease machen?«

»Sehen Sie, mein Sergeant und ich sind wirklich im Vorteil, weil wir die Möglichkeit hatten, Ihren Pass zu studieren – wenn es Ihr Pass ist ...«

Sie war fast am Ende ihrer Kräfte. »Worum geht es?«, kreischte sie. »Bitte *sagen* Sie es mir! Was werfen Sie mir vor? Sie alle?«

Resigniert gab Morse Lewis mit der rechten Hand ein Zeichen, und Lewis erhob mit ausdrucksloser Stimme die Beschuldigung.

»Mrs Karin Michaels – Miss Karin Eriksson –, ich muss Sie informieren, dass Sie unter Polizeiarrest stehen wegen des Verdachts, am Sonntag, dem 7. Juli 1991, einen gewissen James

Myton ermordet zu haben. Es ist meine Pflicht, Sie darauf hinzuweisen, dass alles, was Sie jetzt in Anwesenheit der drei Polizeibeamten hier sagen, in einer Gerichtsverhandlung als Beweismittel benutzt werden kann.«

Morse erhob sich. »Sie brauchen jetzt nichts zu sagen, vorläufig.«

»Sie meinen, Sie beschuldigen mich – *mich* –, Karin zu sein, meine Schwester? Die Schwester, die *ermordet* wurde?«

»Sie bestreiten es noch immer?«, fragte Morse leise.

»Natürlich! *Natürlich* tue ich das!«

»Sie können das beweisen. Die schwedischen Behörden haben uns mitgeteilt, dass sie unter ›Besonderen Merkmalen‹ selten etwas in die Pässe eintragen – nur, wenn es wirklich ein Merkmal gibt, das helfen könnte, eine Identität nachzuweisen. In dem Pass jedoch – von dem Sie sagen, dass es Ihrer ist – steht dort etwas – in Schwedisch, und zwar: ›Ausgeprägte diagonale Narbe, innerer Oberschenkel über der linken Kniescheibe, achteinhalb Zentimeter lang, Folge eines Kfz-Unfalls‹.«

»Ja?« Sie sah zum Chief Inspector auf, fast als wollte sie ihn herausfordern, zwingen, seine Beschuldigung zu beweisen.

»Wenn Sie also dort eine Narbe haben, beweist das nicht unbedingt, *wer* Sie sind. Doch wenn Sie keine Narbe haben … *wenn Sie keine haben*, dann sind Sie nicht die Frau, die in dem Pass beschrieben wird, und waren es nie.«

Karin Eriksson, die Mörderin von James Myton, saß jetzt viele quälende Sekunden lang völlig still da. Dann hob sie langsam, aufreizend, als wäre sie die Hauptattraktion in einem Stripteaselokal, mit der linken Hand den Saum des beigefarbenen Samtrocks über das linke Knie und enthüllte die glatte, narbenlose Haut ihres inneren Oberschenkels.

Suchte Sie die Blicke der beiden Polizisten? War es denkbar, dass ihr die Bewunderung der Jungen in ihrer Oberschulklasse in Uppsala – und die ihrer Lehrer – gefallen hatte? Vielleicht sogar, für kurze Zeit, die Begierde des primitiven, rattengesichtigen Myton?

Als Morse hinunterblickte auf die schimmernde und narbenlose Haut über ihrem Knie, musste er sich eingestehen, dass die Reize dieser Frau auch auf ihn wirkten.

Lewis fuhr die Straße, die am Waldrand entlang zum Dorf Wytham führte, vorsichtig hinunter. Neben ihm saß WPC Wright, Karin Eriksson und Chief Inspector Morse saßen hinten.

Fast immer, wenn ein Fall dieses Stadium erreicht hatte, empfand Morse eine gewisse Trauer, jetzt, da der Nervenkitzel der Jagd vorüber war und die Schuldigen der angemessenen Strafe entgegensahen. Er hatte oft nachgedacht über das Problem der Gerechtigkeit, und er wusste, wie die meisten Menschen mit zivilisierten Wertbegriffen, dass es die Aufgabe des Gesetzes war, das Gerüst von Ordnung zu liefern, in dem Männer und Frauen geschützt werden konnten, während sie ihren legitimen Aufgaben nachgingen. Ja, der Verbrecher musste für seine Missetaten bestraft werden, denn das war das Gesetz. Und Morse war ein Hüter des Gesetzes. Und doch dachte er jetzt, während er Karin Eriksson dicht neben sich spürte, wieder über den feinen Unterschied zwischen Gesetz und Gerechtigkeit nach. Gerechtigkeit war eines jener großen Wörter, die eigentlich in Großbuchstaben geschrieben werden sollten, aber in Wirklichkeit war es viel schwerer zu definieren als das Wort Gesetz. Karin würde sich dem Gesetz stellen müssen. Er wandte sich zur Seite, um sie anzusehen – die wunderschönen blauen Augen zu betrachten, die jetzt feucht von Tränen waren. In diesem Augenblick schien für ein paar Sekunden ein Band zwischen ihnen zu bestehen – zwischen Morse und der jungen Frau, die James Myton ermordet hatte.

Während das Polizeiauto an die Hauptstraße kam, nach links abbog und, vorbei an Wytham, auf das Polizeipräsidium zufuhr, spürte er, dass sich auch hinter seinen eigenen Augen ein Vorrat an Tränen gesammelt hatte.

63

Alles, was offensteht,
Sind einige Tode (auch mein eigener).
Ihre Folge und ihre Art
Bleiben abzuwarten.
Philip Larkin, Collected Poems

Die Aussage von Karin Eriksson brachte Lewis kaum neue Erkenntnisse. In noch nie da gewesener Weise hatte Morse ihn in den wesentlichen Punkten fast von Anfang an in seine Verdächtigungen im Fall des Schwedenmädchens eingeweiht, und später auch dann, wenn er einer Sache gewiss war. Es gab ein oder zwei bedeutsame Unstimmigkeiten, besonders was die Geldmenge betraf, die Karin bei ihrer Ankunft in Oxford bei sich hatte, und was die Anzahl der Voyeure betraf, die Zeugen des Fotoshootings in der Seckham Villa gewesen waren. Aber aus den kombinierten Aussagen von Karin selbst und ihrem (völlig legitimen) Ehemann David konnte man sich die Folge der Ereignisse am Sonntag, dem 7. Juli 1991, mühelos zusammenreimen.

Auf der M40 war Karin fast sofort von einem Lieferwagen mitgenommen worden, der auf dem Weg zum Rover-Werk in Cowley/Oxford war. Am Kreisverkehr Headington abgesetzt, war sie wieder fast sofort von einem BMW mitgenommen worden und am Banbury-Road-Kreisverkehr an der Northern Ring Road abgesetzt worden. Dann war sie ein paar Hundert Meter die Banbury Road hinuntergegangen (Busse schienen sonntags nur vereinzelt zu fahren), hatte das *Cotswold House* gesehen und impulsiv gedacht, wie herrlich es wäre, wenigstens eine einzige Nacht in einem so hübsch aussehenden Gästehaus zu verbringen. Sie hatte den Türklopfer betätigt und sich nach den Preisen erkundigt. Man sagte ihr, dass ein Einzelzimmer frei sei, aber als sie hörte, was es kostete, hatte sie beschlossen, sich nach etwas Billigerem umzusehen, ein bisschen später. Von einer Telefonzelle in der Wentworth Road, gerade dem *Cotswold House* gegenüber, rief sie dann die Modelagentur an und wurde kurz darauf abgeholt und in die Abingdon Road gebracht, wo per Telefon mit Mr McBryde ausgemacht wurde, dass Karin sich gegen zwei Uhr in der Seckham Villa einfinde, für einen Fototermin von etwa einer Stunde – zu einem Honorar von achtzig bis hundertzwanzig Pfund. Sie hatte weitere Hilfe von der Agentur abgelehnt und war zum *Eagle and Child* in der Nähe von St. Giles gegangen, wo sie ein Schinkenbrot und ein kleines Glas Lagerbier bestellte.

In der Seckham Villa hatte McBryde ihr die Tür geöffnet und sie kurz darauf mit Myton bekannt gemacht. Keine harte Pornografie, hatte sie sofort klargestellt, aber ja, sie sei bereit, für eine Serie von Akt- und Halbaktstudien zu posieren. Und für zwanzig Pfund extra hatte sie zugestimmt, dass zwei andere Männer im »Studio« sitzen und zuschauen konnten. Myton, so erfuhr sie, war ein freiberuflicher Kameramann in der Sexvideowelt, und beinahe sofort fühlte sie, wie seine Blicke sie von der knappen Sommerkleidung befreiten. Aber er schien in Ordnung zu sein. Während er seine Utensilien zurechtstellte, Stative, Schirme, Hintergrund, Reflektoren, Belichtungsmesser und alles Übrige, ging sie in den Garten hinter dem Haus, und als er ihr etwas später folgte, fand sie ihn amüsant und lustig. Er war ziemlich klein und schlank, hatte einen dunklen Eintagesbart, doch viel helleres, langes Haar, das er mit einem Gummiband zu einem lächerlichen kleinen Pferdeschwanz zusammengebunden hatte. Sie hänselte ihn deswegen ein wenig und bat ihn sogar, sich vor die Mauer zu stellen, damit *sie* ein paar Aufnahmen machen könnte. Aber kurz darauf hatte McBryde sie nach drinnen gebeten, wo sie flüchtig zwei Männern vorgestellt wurde, einem in einem leichten Sommeranzug und einem zweiten in grauen Hosen und einem Sportjackett, der unpassenderweise – denn es war ein heißer Sommertag – einen flachen grünen Hut in der Hand hielt.

Dann die »Sitzung«. Sie hatte, das gab sie zu, eine gewisse Erregung gespürt, als die beiden schweigenden Männer (McBryde kam erst später dazu) sie anstarrten, während sie sich auszog und posierte und die ihr zur Verfügung gestellte durchsichtige Unterwäsche anzog und in sparsamen Gewändern und noch sparsameren Negligés auf dem Bett lag. Myton hatte sie mit derben Sprüchen motiviert, während sie sich langsam entspannte: »Herrgott, ist das fantastisch! Yeah! Ye-eah! Lass sie da einfach liegen, Baby! Lass die Hand unter den Titten und, ja, schieb sie zu mir!« Die Worte hatten sie erregt, und wenn sie ehrlich mit sich selbst war, sie hatte eine Art Orgasmus sexueller Eitelkeit gespürt.

Nachher, als sie mit Myton allein war, hatte sie ihn gebeten, ein oder zwei Aufnahmen von ihr mit ihrem eigenen Fotoapparat zu machen – nur zur Erinnerung eigentlich –, und das hatte er bereitwillig getan. Er hatte sie noch nicht berührt, noch nicht, aber er fragte sie, wohin sie gehe, und sagte, dass er sein Auto draußen stehen habe und ob er sie irgendwohin mitnehmen könne. Bevor sie ging, hatte McBryde ihr hundert Pfund gegeben, alles in Zehnpfundscheinen, die sie in ihre Brieftasche steckte, und dann fuhr Myton sie zurück zum anderen Ende der Banbury Road. Sie erzählte ihm, dass sie mit dem Gedanken spiele, zum Wohltätigkeitspopkonzert am nächsten Abend (dem 8. Juli) zu gehen, und bat ihn dann plötzlich, als sie am *Cotswold House* vorbeikamen, anzuhalten: Jetzt könnte sie eine Übernachtung dort bezahlen. Aber an der Tür hing ein weißes Schild – KEINE ZIMMER FREI –, und die Hausherrin bestätigte ihr bedauernd, dass das letzte Zimmer soeben vermietet worden sei. Sie war im Begriff, wieder ins Auto zu steigen, als sie meinte, einen Sperber erkannt zu haben, der auf die hohen Bäume hinter ihr zuflog, und sie blieb stehen und richtete ihr Fernglas auf den Vogel. Verhängnisvoller Augenblick!

Myton fragte sie, ob sie sich für Vögel interessiere, und sie zeigte ihm die Liste der Vögel, die sie zu beobachten hoffte. Nun, *er* wisse genau, wo sie Spechte sehen könne, wahrscheinlich alle drei Arten. In Wytham! Er sei selbst am Vogelbeobachten interessiert und ein Mitglied der Royal Society for the Protection of Birds – was sich später als unwahr erwies – und habe eine Genehmigung, sich in den Wytham Woods aufzuhalten (was sich ebenfalls als unwahr erwies).

Das war der Anfang all ihrer Not.

Sie machten sich vom halbkreisförmigen Parkplatz am Rande des großen Waldes aus auf den Weg, überquerten diagonal ein Feld und folgten dann einem Weg durch belaubtes Unterholz in ein dichtes Waldgebiet; sie erinnerte sich noch an das spröde Knacken abgestorbener Zweige und Äste unter ihren Füßen. Dann fühlte sie Mytons Hände auf ihrem Körper. Mit ein wenig Petting wäre sie vielleicht einverstanden gewesen, aber er wurde sehr schnell grob und zudringlich und sagte ihr, er müsse sie haben, sofort. Würde sie haben! Er riss ihr die dünne Bluse vom Leib und zerrte sie auf den Boden, aber sie war stark und fest entschlossen, ihn abzuwehren. Die Rucksacktasche, in der sie ihr Fernglas hatte – und ihr Messer –, war noch offen, und sie brachte es fertig, sich aus seiner Umklammerung zu lösen und das Messer aufzuklappen und in ihn hineinzustechen. Es war so leicht in das Fleisch eingedrungen – als ob man mit einem Messer in weichen Käse steche, sagte sie, aber eine Blutfontäne war über ihren halb nackten Oberkörper gespritzt. Er jedoch lag bewegungslos da – und starrte mit weit geöffneten Augen zu ihr herauf.

Sie schleuderte das Messer zwischen die Bäume, hob ihren scharlachroten Rucksack auf und verließ die Stelle in Panik, nur mit einem blutbefleckten Rock bekleidet. Schließlich kam sie auf eine Lichtung und lief keuchend, stammelnd und wimmernd immer weiter – sie hatte keine Ahnung, wie lange –, bis sie zusammenbrach, und dann konnte sie sich an nichts mehr erinnern, bis sie die Augen öffnete und über sich einen

Hund sah, einen schwarz-weißen Welsh Border Collie, und hinter dem Hund einen kräftigen, bärtigen Mann, der sie besorgt und gütig ansah. Einige Meter entfernt von ihnen stand ein Landrover.

In seinem Cottage fand David Michaels es zuerst fast unmöglich, dem außergewöhnlichen Bericht der jungen Frau über das, was geschehen war, zu glauben. Es schien alles wie ein schrecklicher Albtraum: von einem wilden Kampf und einem plötzlichen Tod – wenn es sich um Tod handelte –, oder von einem Mann, der irgendwo da draußen im Todeskampf lag, irgendwo im Wald. Wenn nicht überall an ihr das Blut gewesen wäre, hätte es sich doch sicherlich nur um einen Albtraum handeln können! Die Erwähnung des Wortes »Polizei« hatte sie in hysterisches Weinen ausbrechen lassen, und eindeutig peinigend wirkte auch ein Hinweis auf das *Auto,* das Auto, das Michaels durch das Fenster seines Cottage auf der anderen Seite des Feldweges sogar sehen konnte. Aber *er* würde sich um alles kümmern, das hatte er ihr versprochen, nicht ahnend, was er da versprach. Er erfuhr von ihr von der Seckham Villa und kam zu einer Entscheidung. Er brachte sie dazu, ein Bad zu nehmen, ein halbes Dutzend Disprin zu schlucken, und sehr bald, so plötzlich, dass es fast wie ein Wunder war, war sie fest eingeschlafen, völlig nackt unter den weißen Laken seines Doppelbetts. Und ihm wurde klar, dass er genauso schlimm wie die anderen war, denn er begehrte sie heftig, genau wie die anderen Männer es an dem Nachmittag getan hatten.

In der Seckham Villa hatte Michaels sich mit den dreien getroffen; sie waren alle noch da, McBryde, Daley und Hardinge, und da wurde ihm allmählich klar, wie komplex die Situation für sie alle, Michaels selbst eingeschlossen, jetzt war. Sie entwarfen einen Plan und führten ihn später auch aus. Nur ein Detail war neu. Karins beabsichtigter Besuch des Popkonzerts in Blenheim konnte geschickt von ihnen genutzt werden, da das Auffinden des Rucksacks und anderer persönlicher Habe in der *Nähe* von Blenheim, am Tag *nach* dem Konzert, alle auf die falsche Fährte locken und den Verdacht fördern würde, dass die vermisste junge Frau wahrscheinlich irgendwo tot lag, ermordet von irgendeinem drogensüchtigen, sexbesessenen Jugendlichen, den sie auf der Veranstaltung kennengelernt hatte. Die Furcht vor Bloßstellung und finanziellem Ruin war mehr als genug Motivation für McBryde, Furcht vor Bloßstellung und Skandal mehr als genug für Hardinge, und ein Scheck (weder Karin noch David Michaels wussten, wie hoch) reichte, um die Mitarbeit des geldgierigen Daley zu garantieren.

In der Nacht war Karin in dem Cottage am Rand des Waldes außer sich vor Angst gewesen, er hatte mit ihr geschlafen, weil sie es so wollte; sie suchte während der ganzen Nacht den Trost seiner Umarmung und seiner Liebe, und er hatte ihr beides gern gegeben.

Es war *ihre* Idee gewesen, *ihre* dringende Bitte, nach Wales zu fahren – fort, fort, irgendwohin, nur fort, und am nächsten Morgen hatten sie Wytham kurz nach sechs Uhr verlassen und waren nach Wales gefahren, wo er sie bei einer liebevollen Frau zurückließ, die (so ahnte er) sicher nicht lange brauchte, um die ganze Geschichte zu erfahren. Das Einzige, was Karin aus ihrem Rucksack genommen hatte, waren sechzig Pfund; den Rest ließ sie in ihrer Brieftasche zurück, was ihnen allen ein sehr überzeugendes Detail zu sein schien. Karin rief David aus Wales häufig an, häufig mehrere Male an einem Abend. Karin rief auch ihre Mutter an, mit der und ihren Schwestern zusammen sie den nächsten Schritt plante: Katarina schickte Karin aus Barcelona ihren eigenen, Katarinas, Pass in einem einfachen braunen Briefumschlag.

Schließlich war Karin nach Oxford zurückgekehrt – und zu David Michaels, dem Mann, den sie immer mehr liebte und dessen fürsorgliche Liebe zu ihr keine Grenzen mehr zu kennen schien. Mit ihrem kurz geschnittenen, schwarz gefärbten Haar und einer schwarz umrandeten Brille hatte sie mit David und Bobbie in einem Zustand idyllischer Glückseligkeit gelebt, bis sie langsam begann, sich wieder in das Gemeinschaftsleben zu integrieren: einen Drink im Pub, Badminton in der Dorfhalle, Mitgliedschaft in der örtlichen Amateuropengruppe. Und Ehe! Merkwürdig eigentlich, dass sie so nahe dem Tatort so glücklich leben konnte. Aber sie konnte es. Der Albtraum war vorübergegangen. Es war, als gäbe es eine Teilung, eine Art Netzwerk, zwischen ihr und ihrem ganzen Leben, bevor sie David kennengelernt hatte – wie das Netzwerk aus Zweigen und Ästen an der Stelle, wo das Blut über sie gespritzt war.

Während der ersten sechs Monate etwa hatte David täglich damit gerechnet, den Leichnam zu finden, besonders als im Spätherbst die Bäume kahl wurden, oder damit, dass andere ihn entdecken würden, wenn sie die Waldwege durchstreiften und Vögel, Dachse, Füchse, Eichhörnchen und Rehe beobachteten … Aber nein. Und als Morse ihn fragte, wo er selbst eine Leiche verstecken würde, war ihm nie in den Sinn gekommen, dass Karin über den Singing Way so weit gelaufen sein konnte, so weit weg von Pasticks.

Und noch etwas. Ungewöhnlich für Schweden, waren die Erikssons alle katholisch (etwas, was Lewis vermutet hatte, als er mit der Mutter sprach, doch bedauerlicherweise Morse gegenüber nicht erwähnte). Karin hatte die kleine katholische Kirche an der Woodstock Road entdeckt. Früher im Jahr hatte sie den Führerschein gemacht, und sie gewöhnte sich an, am Sonntagmorgen zur Messe zu gehen, wenn David den Landrover nicht brauchte, und manchmal, wenn er ihn brauchte, holte er sie nach dem Gottesdienst ab. Zweimal im Monat oder so. Und manchmal ging sie zur Beichte, über die sie ihrem Ehemann nicht immer alles erzählte, gewiss nicht über die sich langsam formende Angst, ihr Mangel an Reue darüber, dass sie Myton getötet hatte, sei eine fast größere Sünde als das Töten selbst; über die Furcht, dass sie wieder töten könnte, wild und rücksichtslos töten könnte, wenn jemand versuchte, ihr eigenes und Davids Glück zu bedrohen. Doch gleichzeitig wuchs auch ein dazu seltsam im Widerspruch stehender Wunsch: der Wunsch, dass jemand die Wahrheit herausfinden würde über das, was sie getan hatte, sogar, dass jemand die Wahrheit *preisgeben* würde ...

Aber Father Richards könnte das nie tun, hatte er gesagt, als er sie tröstete und mit ihr betete und ihr im Namen des Allmächtigen Vaters vergab.

64

Ihre Lippen öffneten sich häufig in einem Wortgemurmel.
Sie schien jeden Abend an einem Madrigal mitzuwirken.
Thomas Hardy, The Return of the Native

Am Abend des folgenden Tages, Mittwoch, dem 5. August, hatten Morse, Lewis und Dr. Hobson eine kleine Feier in Morse' Büro veranstaltet, und um 20.30 Uhr fuhr ein nüchterner Lewis die beiden zu Morse' Wohnung in Nord-Oxford.

»Sie wollen doch nicht noch einen Drink?«, fragte Morse Lewis, als hätte er die Frage mit *num* eingeleitet, der lateinischen Fragepartikel, auf die eine verneinende Antwort erwartet wird.

»Wie elegant!«, rief Laura Hobson angesichts Morse' neuem CD-Spieler begeistert aus.

Zehn Minuten später saßen Laura und Morse zusammen, tranken Glenfiddich und nahmen das Finale der *Götterdämmerung* in sich auf.

»Es gibt kaum etwas Vergleichbares in der ganzen Musikgeschichte«, erklärte Morse apodiktisch, nachdem Brünnhilde in die Flammen geritten war und die Wogen des Rheins sich geglättet hatten.

»Finden Sie?«

»*Sie* nicht?«

»Ich ziehe eigentlich elisabethanische Madrigale vor.«

Morse schwieg einen Augenblick, betrübt, so schien es, über ihren Mangel an Sensibilität.

»Oh.«

»Ich fand es *wunderbar*! Seien Sie nicht albern!«, sagte sie. »Aber ich muss mich auf den Weg machen.«

»Kann ich Sie nach Hause begleiten?«

»Das wäre zu weit. Ich wohne vorübergehend in einer Wohnung in Jericho.«

»Dann fahre ich Sie nach Hause.«

»Sie haben viel zu viel getrunken.«

»Oder Sie übernachten hier, wenn Sie wollen? Ich kann Ihnen einen Pyjama leihen.«

»Gewöhnlich trage ich keine Pyjamas.«

»Nein?«

»Wie viele Schlafzimmer haben Sie?«

»Zwei.«

»Und Schlafzimmer Nummer 2 ist frei?«

»Ebenso wie Schlafzimmer Nummer 1.«

»Kein Geheimgang zwischen ihnen?«

»Ich könnte einen Bauunternehmer kommen lassen.«

Sie lächelte fröhlich und stand auf. »Wenn jemals etwas zwischen uns sein sollte, Chief Inspector, dann nur, wenn wir beide etwas nüchterner sind. Das ist besser. Ich denke, das würden *Sie* auch vorziehen, wenn Sie ehrlich sind.« Sie legte eine Hand auf seine Schulter. »Rufen Sie ein Taxi.«

Zehn Minuten später küsste sie ihn leicht auf den Mund. Ihre Lippen waren trocken und weich und leicht geöffnet.

Dann war sie fort.

Eine Stunde später lag Morse auf dem Rücken wach im Bett. Es war noch immer sehr warm in seinem Schlafzimmer, und er hatte sich nur mit einem leichten Baumwolllaken zugedeckt. Viele Gedanken gingen ihm durch den Kopf, und seine Blicke schossen in der Dunkelheit hin und her. Zuerst die wunderschöne Frau, die am Abend bei ihm gewesen war. Dann war es der Fall des Schwedenmädchens, bei dem in der komplexen Gleichung jetzt nur noch die letzten Zeilen ergänzt werden mussten; dann die Tatsache, dass es ihm bisher nicht gelungen war, die Herkunft der Kugel zu ermitteln, die George Daley getötet hatte – wobei dieses letzte Problem in seinen Vorstellungen allmählich einen immer größeren Raum einnahm …

Die Kugel war aus etwa sechzig Meter Entfernung abgefeuert worden – davon konnte man ziemlich sicher ausgehen. Warum also – warum war sie nicht gefunden worden? Und warum konnte niemand in Blenheim Genaueres über das *Hören* des Schusses sagen? Schießen war in Blenheim nicht so üblich wie in anderen Gegenden … in Wytham zum Beispiel. Das Gewehr selbst interessierte ihn weniger; es war viel leichter, ein Gewehr loszuwerden als eine Kugel, die überall gelandet sein konnte … Morse stand auf und machte sich auf die Suche nach der Broschüre über den Blenheim Park – so wie Johnson es vor so kurzer Zeit auch getan hatte. Die Stelle, wo Daleys Leiche gefunden worden war, konnte nur – wie viel? – etwa vierhundert Meter von dem schmalen, wie der Kopf eines Kormorans geformten nordwestlichen Zipfel des Sees entfernt sein. Ja, er würde die Zahl der Männer, die suchten, verdoppeln, in beiden Suchgebieten. Es konnte wenig Zweifel bestehen, dass Philip Daley das Gewehr seines Vaters irgendwohin geworfen haben musste, in den See höchstwahrscheinlich. Und wenn sie erst eines von den beiden gefunden hatten, entweder das Gewehr oder die Kugel …

Das Telefon läutete, und Morse griff nach dem Hörer.

»Das war schnell, Sir.«

»Was wollen *Sie* denn?«

»Die Kollegen aus London, Sir. Sie haben im Präsidium angerufen, und Sergeant Dixon dachte, er solle mir Bescheid –«

»Solle *Ihnen* Bescheid geben, Lewis? Wer zum Teufel leitet diesen verdammten Fall? Dixon wird was von mir hören!«

»*Sie* dachten, Sie würden schlafen, Sir.«

»Und hab ich geschlafen?«

»Und, na ja …«

»Und was?«

»Spielt keine Rolle, Sir.«

»Spielt verdammt noch mal wohl eine Rolle! Sie dachten, ich sei mit einer Frau im Bett! Das haben sie gedacht!«

»Ich weiß es nicht, Sir«, sagte der ehrliche und rechtschaffene Lewis.

»Oder ziemlich betrunken.«

»Vielleicht dachten sie beides«, sagte Lewis bescheiden.

»Nun?«

»Der junge Philip Daley, Sir. Vor etwa einer Stunde. Hat sich vor einen Zug der Central Line geworfen, scheint es – der Zug kam von der Bond Street und fuhr in die Station Marble Arch ein. Der Zugführer hatte keine Chance, kam gerade aus dem Tunnel.«

Morse sagte nichts.

»Die Polizei wusste einiges über den Jungen. Er war beim Ladendiebstahl in einem Spirituosenladen in der Edgware Road erwischt und festgehalten worden, aber der Manager beschloss, die Sache nicht strafrechtlich zu verfolgen – ließ ihn laufen, nachdem er ihm gründlich die Meinung gesagt hatte …«

»Das ist nicht *alles*, was Sie mir zu sagen haben, nicht wahr?«, sagte Morse leise.

»Nein, Sir. Sie haben so etwas geahnt, nehme ich an. Das war am Montagmorgen, eine halbe Stunde, nachdem der Laden geöffnet hatte.«

»Sie wollen sagen, dass er seinen Dad nicht erschossen haben kann, ist es das?«

»Nicht einmal, wenn er derjenige gewesen wäre, der einen Hubschrauber gemietet hat, Sir.«

»Weiß Mrs Daley es schon?«

»Noch nicht.«

»Lassen Sie sie schlafen, Lewis. Lassen Sie sie schlafen.«

Eine Stunde später lag Morse noch immer wach im Bett, doch jetzt fühlte er sich viel entspannter. Es war, als bastelte man an einem Kreuzworträtsel herum und hätte eine mögliche Antwort gefunden, wäre aber unzufrieden mit dieser Antwort, weil sie nicht überzeugte, und dann würde auf einen Druckfehler hingewiesen, der besagt, dass der *Schlüssel* von vornherein falsch gewesen sei, und dann, mit dem richtigen Schlüssel …

O ja!

Die ganze Zeit hatte er über das Motiv Philip Daleys für den Mord an seinem Vater gegrübelt. Es hätte natürlich so gewesen sein können – viel seltsamere Dinge geschahen im Leben. Aber die Aufeinanderfolge von plötzlichem Hass und sorgfältig geplantem Mord klang nicht echt, und Morse überdachte noch einmal die ursprünglichen Fakten: der Ort, wo George Daley ermordet aufgefunden worden war, am Rande des kleinen Gehölzes im Blenheim Park, noch immer abgesperrt, und außer der Leiche war nichts entfernt worden, und selbst jetzt stand noch irgendein müder PC Wache, oder saß Wache … Wirklich merkwürdig, das! Morse hatte bei diesem Fall eine fast noch nicht da gewesene Anzahl von Männern angefordert, und was noch wichtiger war, er hatte jedem eine besondere Aufgabe zugewiesen. Doch bis jetzt war noch keiner auf irgendetwas gestoßen.

Und plötzlich wusste er, warum!

Er setzte sich mit einem Ruck auf, wie elektrisiert, und dachte über den Druckfehlerhinweis nach, jetzt gelassen vor sich hin lächelnd. Es könnte sein. Es *musste* so sein! Und die neue Antwort strahlte und passte rundherum, eine »wahre Pracht«, wie die Preisrichter der Crufts-Hundeschau sagen würden.

Es war 2.40 Uhr, und Morse wusste, dass er etwas tun musste, wenn er jemals zum Schlafen kommen wollte. Er machte sich eine seiner seltenen Tassen Ovomaltine und saß eine Weile am Küchentisch, ungeduldig wie immer, aber zufrieden. Was ihn an die Heisenberg'sche Unschärferelation erinnerte, wusste er nicht zu sagen. Physik war ihm lange verschlossen gewesen, seit er in der Schule einmal versucht hatte, ohne Erfolg, sich mit einer ihm unverständlichen Einrichtung zu beschäftigen, die Wheatstone-Brücke genannt wird. Aber Heisenberg war ein großer Mann, und Morse schlug ihn in seiner Enzyklopädie nach: »Es gibt immer eine Unsicherheit in den erhaltenen Werten, wenn die gleichzeitige Beobachtung des *Ortes* …« Morse nickte vor sich hin. Das galt auch für Zeit …

Bald darauf schlief Morse ein.

Als er um sieben Uhr erwachte, war ihm so, als hätte er von einem Chor schöner Frauen geträumt, die elisabethanische Madrigale sangen. Aber es war alles etwas vage; etwa so vage wie die Frage, was genau Werner Karl Heisenberg (1901–76) sich unter der Unschärferelation vorgestellt hatte.

65

Was für seltsame Streiche das Gedächtnis uns spielt, das oft, verschwommen wie ein Traum bei den allerwichtigsten Ereignissen, gewissenhaft die unbedeutendsten Kleinigkeiten bewahrt.
Sir Richard Burton, Sind Revisited

Sie sehen daher ein, Lewis« – die beiden standen am nächsten Morgen am Ort, wo Daley ermordet worden war –, »wie überaus wichtig es ist, hier alles genau so zu lassen, wie es war.«

»Aber alle möglichen Leute sind hier rumgetrampelt.«

Morse strahlte. »Ja, aber wir haben den, nicht wahr?« Er klopfte liebevoll auf das Dach des Blenheim-Lieferwagens.

»Wenn nicht einer von den Jungs dringesessen hat, um zu rauchen.«

»Wenn einer das getan hat, mach ich ihn fertig.«

»Übrigens, haben Sie heute Morgen mit Dixon gesprochen?«

»Dixon? Was zum Teufel hat Dixon damit zu tun?«

»Nichts«, murmelte Lewis und wandte sich den beiden Männern zu, die bei dem Abschleppwagen standen.

»Ohne überhaupt reinzugehen, meinen Sie?«, fragte der ältere der beiden.

»So will es der Chief Inspector, ja.«

»Aber wir können es nicht tun, ohne das verdammte Ding anzufassen, oder, Charlie?«

Morse stand neben dem Lieferwagen, in Gedanken versunken, so schien es. Dann ging er langsam um den Wagen herum und musterte offenbar aufmerksam den Boden. Aber die Erde war hier hart wie Felsen, nach Wochen ohne Niederschlag, und nach kurzer Zeit verlor er das Interesse und ging zurück zum Polizeiauto.

»Das genügt, Lewis. Fahren wir hinüber zum Pförtnerhaus; es wird Zeit, dass wir uns noch einmal mit Mr Williams unterhalten.«

Wie schon vorher war Mr Williams' Aussage, was nähere Angaben betraf, vielleicht unbefriedigend, aber in den Grundzügen lieferte sie ein brauchbares Gerüst für den Tathergang – das einzige eigentlich, das die Polizei hatte. Jedenfalls konnte der springende Punkt – dass Daley am Morgen seiner Ermordung durch das Tor der Combe Lodge gefahren war – ziemlich zuverlässig noch einmal bestätigt werden. Es hatte an dem Morgen viel Hin und Her mit zwei blauen Traktoren mit ihren Anhängern gegeben, die beide drei Fahrten vom Sägewerk hinunter zum Gebiet in der Nähe der Grand Bridge machten, um vor Kurzem gefällte Bäume aufzuladen. Williams hatte sich mit den Fahrern abgesprochen (sagte er), und der Transport habe nicht vor 9.45 Uhr begonnen, oder vielleicht etwas später, und wenn es etwas gab, wovon Williams einigermaßen überzeugt war, dann die Tatsache, dass Daley zur selben Zeit wie einer der Traktoren durch die Pforte gekommen war – denn obwohl das Tor an dem Morgen ziemlich häufig geöffnet wurde, sei es nicht *speziell* für den Blenheim-Lieferwagen geöffnet worden – dessen war Williams sich fast sicher. Aber er erinnerte sich genau an den Lieferwagen – in dem Punkt war er sehr bestimmt. Er habe Daley nicht besonders gut gekannt, habe natürlich einige Male mit ihm gesprochen, und Daley sei oft durch die Pforte gekommen, zum Sägewerk und zurück. Gewöhnlich grüßten die, die in Blenheim arbeiteten, einander, indem sie eine Hand hoben. Und dann gab es noch etwas anderes: Daley trug fast immer seinen Hut, auch im Sommer, und, ja, Daley habe an dem Montagmorgen seinen Hut getragen.

Morse hatte ihm zugesetzt: »Sind Sie da ganz sicher?«

Williams atmete geräuschvoll aus. Er habe das Gefühl, er sei sich sicher, ja. Aber es war eine schreckliche Sache, ausgefragt zu werden und auszusagen, und er sei jetzt viel weniger sicher in ein oder zwei Dingen, die er vorher gesagt habe. Dieser Schuss zum Beispiel, den er glaubte, gehört zu haben: er sei sich jetzt immer weniger sicher, dass er ihn überhaupt gehört habe. Daher sei es besser, und auch fairer, etwas vorsichtiger zu sein … das sei seine Meinung. »Das glaube ich jedenfalls. Das Problem ist eigentlich die Zeit. Verstehen Sie, es könnte ein bisschen *später* gewesen sein, glaube ich.«

Aber Morse schien sich nicht mehr für den Zeitpunkt zu interessieren – noch für den Schuss, was das betraf.

»Mr Williams! Es tut mir leid, dass ich nicht lockerlasse, aber es ist sehr wichtig. Ich weiß, dass Mr Daley immer seinen Hut trug, wenn er im Park war, und ich glaube Ihnen, wenn Sie sagen, dass Sie seinen Hut gesehen haben. Aber drücken wir es anders aus: Sind Sie sicher, dass es *Mr Daley* war, der am Montagmorgen den Hut trug?«

»Sie meinen«, sagte Williams langsam, »Sie meinen, dass es vielleicht gar nicht er war, der den Lieferwagen fuhr?«

»Genau.«

Oje! Williams wusste nicht … hatte gar nicht an die Möglichkeit gedacht …

Zwei Joggerinnen tauchten an der Pforte auf, schlängelten

sich durch die Schwingtür und setzten ihren Weg in den Park fort; ihre Brüste hüpften, und ihre Beine (von hinten betrachtet) huschten so leichtfüßig dahin, wie es nur Frauenbeine können. Morse schaute ihnen kurz nach und stellte dann seine letzte Frage: »Haben Sie am Montagmorgen einen Jogger *hier* vorbeilaufen sehen, aus dem Park *heraus?* Etwa um, sagen wir, halb elf? Elf?«

Williams dachte nach. Während alles andere in seinem Kopf immer mehr durcheinanderzugehen schien, rief diese Frage des Chief Inspectors in ihm eine ziemlich lebhafte Erinnerung wach. Er glaubte, dass er jemanden gesehen *habe,* ja – eine Frau. Am Wochenende gab es immer viele Jogger, doch nicht während der Woche und gewiss nicht mitten am Vormittag. Er meinte aber, dass er sich an die Frau erinnern konnte, sah sie beinahe vor sich, mit aufrecht stehenden Brustwarzen, die man durch den dünnen Stoff des T-Shirts sehen konnte. Aber war das am Montag*morgen* gewesen? Die schlichte Wahrheit war, dass er sich nicht sicher war, und wieder war er nicht bereit, sich festzulegen.

»Kann schon sein, ja.«

»Vielen Dank, Sir.«

Wofür man ihm dankte, war Mr Williams nicht ganz klar, und er war sich bewusst, dass er kein besonders befriedigender Zeuge gewesen war. Trotzdem hatte der Inspector mächtig zufrieden ausgesehen, als er ging, und er hatte »vielen Dank« gesagt, oder etwa nicht? Es ging alles ein wenig über den Horizont des Pförtners von Combe Lodge im Blenheim Park.

66

Wie wenn die in der tiefsten Hölle aus Stahl geschmiedete Maschine
Geschickt gefügt mit wildem Eifer, mit Rauch aus Schwefel und Salpeter,
Der eingeschlossen ist im Rohr, das Feuer ausspeit, um zu töten.
Edmund Spenser, The Faerie Queene

Der halbrunde Parkplatz, wo Vogelbeobachter und gelegentlich ein Liebespaar im Allgemeinen ihre Autos abstellten, war voller Polizeiautos, als Lewis eine halbe Stunde später durch das Tor (»Der Zugang zum Wald ist Zulassungsberechtigten vor zehn Uhr täglich nicht gestattet außer sonntags«) und auf das mit schwarz gestrichenen Lattenzäunen abgegrenzte Gebiet zu seiner Linken fuhr. Hier suchten unter der Leitung von Chief Inspector Johnson etwa fünfzig Polizisten – einige in Uniform, einige nicht uniformiert – systematisch das Gelände ab.

»Noch kein Glück?«, fragte Morse.

»Geben Sie uns eine Chance!«, sagte Johnson. »Eine Menge Boden abzusuchen, oder?«

Die großen Holzscheunen, die Stapel von Holzscheiten und Zaunpfosten, die vereinzelten Baumgruppen, der Wildwuchs von vernachlässigten Büschen – das alles schloss ein streng wissenschaftliches Suchmuster aus. Aber sie hatten viel Zeit, es waren viele Leute; sie würden sie finden, dachte Johnson zuversichtlich.

Morse ging den sich windenden Weg voran auf den vom Eingang am weitesten entfernten Punkt des umzäunten Gebiets zu, auf die Hütte, in der David Michaels sein Büro hatte, direkt an dem vor Kurzem angelegten Wildzaun. Links von diesem Weg stand eine Reihe von etwa vierzig Tannen, zehn Meter hoch; rechts davon die Hütte selbst, deren Tür jetzt mit einem Vorhängeschloss verschlossen war. An den hölzernen Wänden der großen Hütte waren oben sechs große Vogelkästen angebracht, von 9 bis 14 durchnummeriert, am Boden wucherten Brennnesseln. Morse sah sich um, den abfallenden Weg hinunter, und ging wieder zurück, wobei er seine Schritte zählte. Dann blieb er stehen, an einem kleineren, offenen Schuppen, in dem ein großer roter Traktor mit einer Holzhebevorrichtung stand. Etwa eine Minute lang verharrte er neben dem Traktor, hinter der Wand des Schuppens, dann hob er beide Arme, als wäre er ein Junge mit einem imaginären Gewehr, krümmte den rechten Zeigefinger um den imaginären Abzug, schloss das linke Auge und beschrieb mit dem Gewehr einen Bogen von rechts nach links, als würde ein imaginäres Fahrzeug vorbeifahren – bis das Gewehr schließlich zum Stillstand kam, als der imaginäre Fahrer vor der Hütte des Oberförsters ausstieg.

»Meinen Sie?«, fragte Lewis leise.

Morse nickte.

»Dann müssen wir die Suche wahrscheinlich auf da oben konzentrieren, Sir.« Lewis zeigte zurück auf Michaels' Büro.

»Geben Sie ihm eine Chance! Er ist nicht so gescheit wie Sie«, flüsterte Morse.

»Etwa fünfzig bis fünfundfünfzig Meter. Ich bin die Strecke auch abgeschritten, Sir.«

Morse nickte abermals, und er und Lewis gesellten sich wieder zu Johnson.

»Kennen Sie sich mit Gewehren aus?«, fragte Morse.

»Einigermaßen.«

»Könnte man bei einem 7-Millimeter-Gewehr einen Schalldämpfer benutzen?«

»Mündungssignaturreduzierer – so sagt man heute. Nein, bringt nicht viel. Es würde das Geräusch der Explosion unterdrücken, aber nicht das Geräusch, das die Kugel macht, wenn sie die Schallgrenze durchbricht. Und nebenbei bemerkt, Morse, es könnte eine .243 sein – vergessen Sie das nicht!«

»Oh!«

»Sie haben gedacht, es könnte hier irgendwo sein, nicht wahr?« Johnson kickte ein paar Brennnesseln am Fuß des Schuppens zur Seite und sah Morse pfiffig, wenn auch etwas traurig an.

Morse zuckte mit den Schultern. »Wäre natürlich nur eine Vermutung.«

Johnson blickte hinunter auf die breit getretenen Nesseln. »Sie haben nie viel Vertrauen zu mir gehabt, nicht wahr?«

Morse wusste nicht, was er sagen sollte, und während Johnson davonging, schaute auch er hinunter auf die breit getretenen Nesseln.

»Sie hatten unrecht, Sir. Johnson ist viel gescheiter als ich.«

Aber wieder gab Morse keine Antwort, und sie gingen zusammen hinunter zu dem niedrigen Steincottage, wo bis vor Kurzem Michaels und seine schwedische Frau so glücklich zusammengelebt hatten.

Als sie im Begriff waren einzutreten, hörten sie ziemlich weit weg einen Schuss. Aber sie achteten nicht besonders darauf. Wie Michaels ihnen gesagt hatte, regte sich niemand übermäßig auf, wenn er in Wytham einen Gewehrschuss hörte: vielleicht Wildhüter, die auf Eichhörnchen oder Kaninchen schossen, oder Landarbeiter, die auf die verhassten Tauben ballerten.

Im Cottage, direkt neben dem Eingang, stand der Sicherheitsschrank aus Stahl, aus dem Michaels' Gewehr zur gerichtlichen Untersuchung herausgenommen worden war. Aber es bestand keine Veranlassung mehr, den Schrank verschlossen zu halten, und er stand jetzt offen – und leer – da. Lewis beugte sich hinunter und musterte sorgfältig die Furche, in der das Gewehr gestanden hatte, nahm die Kratzer zur Kenntnis, wo der Kolben geruht hatte, und daneben eine zweite Furche – mit den gleichen verräterischen Zeichen.

»Ich bin überzeugt, Sie haben recht«, sagte Lewis.

»Wenn Sie sich erinnern«, sagte Morse, »er hat es uns selbst mitgeteilt, Michaels nämlich. Als Sie feststellten, dass Sie in der Hütte kein Gewehr gesehen hätten, sagte er: ›Oh, ich darf sie nicht *dort* aufbewahren‹ – das waren genau seine Worte, glaube ich.«

»Sie sind noch immer sicher, dass er es war, Sir?«

»Ja.«

»Was ist mit der ›Unschärferelation‹, mit der Sie es heute Morgen hatten?«

»Was soll damit sein?«, fragte Morse. Aufreizend.

»Vergessen Sie es.«

»Wie spät ist es?«

»Gleich zwölf. Wir könnten zu Fuß hinuntergehen, wenn Sie wollen, Sir. Ein hübscher kleiner Zehn-Minuten-Spaziergang. Würde uns guttun. Wir könnten uns einen Durst anlaufen.«

»Unsinn.«

»Laufen Sie nicht gern ein Stück – gelegentlich?«

»Gelegentlich, ja.«

»Also?«

»Also fahren Sie mich hinunter zum *White Hart*, Lewis! Wo liegt das Problem?«

67

Scire volunt secreta domus, atque inde timeri.
(Sie beobachten das Haus bei Tag und bei Nacht und füttern damit ihren Hunger nach Macht.)
Juvenal, Satire III

Was hat Sie diesmal darauf gebracht?«, fragte Lewis, als sie in der kleinen Bar im oberen Geschoss einander gegenübersaßen, Morse mit einem Glas echtem Ale, Lewis mit einer Orangeade mit viel Eis.

»Ich glaube, es war nicht so sehr, dass man Daley an dieser Stelle gefunden hat – draußen in Blenheim. Es waren die Fotos, die sie dort von ihm machten. Ich glaube nicht, dass ich es gleich gemerkt habe, aber als ich mir die Fotos ansah, hatte ich irgendwie den Eindruck, dass er einfach dort hingeworfen – dass er überhaupt nicht an dieser Stelle erschossen worden war.«

»Sie meinen, Sie hatten einfach eine … eine Art *Gefühl?*«

»Nein. Das meine ich nicht. Sie denken vielleicht, dass ich so funktioniere, Lewis, aber das tue ich nicht. Ich glaube nicht an irgendwelche unerklärlichen Intuitionen, die sich gelegentlich zufällig als richtig erweisen. Es muss irgendetwas da sein, so vage es auch sein mag. Und hier hatten wir den Hut, nicht wahr? Den Hut, den Daley immer trug, wo er auch war, wie das Wetter auch sein mochte. Immer derselbe verdammte Hut! Er nahm ihn nie *ab,* Lewis!«

»Im Bett nahm er ihn wahrscheinlich ab?«

»Wir wissen nicht einmal das, oder?« Morse leerte sein Glas. »Noch reichlich Zeit für ein zweites Bier.«

Lewis nickte. »Reichlich! Aber Sie sind dran, Sir. Ich nehme noch eine Orangeade. Herrlich! Mit viel Eis, bitte!«

»Verstehen Sie«, nahm Morse einige Minuten später den Faden wieder auf, »er trug seinen Hut mit allergrößter Wahrscheinlichkeit, als er erschossen wurde, und ich bezweifle sehr, dass der Hut runtergefallen ist. Ich habe die tiefe Druckstelle auf seiner verschwitzten Stirn gesehen, als wir mit ihm sprachen. Und selbst wenn der Hut runtergefallen *wäre* – als Daley tot umfiel –, ich hatte einfach das Gefühl …«

Lewis zog die Augenbrauen hoch.

»… dass er nicht weit gefallen wäre.«

»Also?«

»Also nehme ich an, dass der Hut absichtlich dort hingelegt wurde, neben seinen Kopf – *nachdem* Daley erschossen worden war. Wissen Sie noch, wo der Hut lag? Drei oder vier Fuß von seinem Kopf *entfernt.* Die Schlussfolgerung ist also überzeugend und befriedigend, wie ich es sehe. Er trug seinen Hut, als er erschossen wurde, und höchstwahrscheinlich blieb der Hut auf seinem Kopf. Als man Daley dann fortbewegte und schließlich auf den Boden warf, fiel der Hut runter und wurde neben ihn gelegt.«

»Ganz schön viel Aufhebens!«

Morse nickte. »Aber sie mussten es tun. Sie brauchten ein Alibi.«

»Sie meinen, für David Michaels?«

»Ja. Michaels hat Daley erschossen, in dieser Hinsicht habe ich keine Zweifel. Da war die Absprache, von der Hardinge uns berichtete, die Absprache, die die vier trafen – übrigens eine Aussage, die ebenso viel Wahrheit wie Lügen enthält, Lewis. Dann geschieht etwas und versaut alles. Daley erhielt einen Brief, in dem er darauf aufmerksam gemacht wird, dass er finanziell für seinen Sohn haftet, und Daley wusste, dass er derjenige war, der, nun, der *alle* anderen in seiner Gewalt hatte. Aber besonders David Michaels! Ich nehme an, dass Daley ihn anrief und sagte, dass er es sich nicht leisten könne, sich an die Absprache zu halten, sagte, dass es ihm leidtue – aber er brauche mehr Geld. Und wenn er nicht bald mehr Geld bekomme …«

»Erpressung!«

»Genau. Und vielleicht mehr, als wir annehmen.«

»Aber Michaels hatte er besonders fest im Griff: Er wusste, dass Michaels mit einer … Mörderin verheiratet war.«

»Genau! Michaels stimmt also zu – gibt vor zuzustimmen –, und sie verabreden sich für Montag in Wytham, ziemlich früh, sagen wir Viertel vor zehn. Zu der Zeit hält sich dort kaum jemand auf. Vogelbeobachter dürfen vor zehn den Wald nicht betreten; erinnern Sie sich an das Schild?«

»Die RSPB-Leute waren da.«

»Das stellte sich im Nachhinein als Segen heraus.«

»Etwas langsamer, bitte!«

»Gut. Gehen wir zurück. Das Rendezvous ist abgemacht.

Daley fährt hinauf nach Wytham. Michaels hat gesagt, er werde das Geld kurz nach Öffnung der Bank bereithalten. Er ist gerüstet. Er wartet darauf, dass Daley zu seinem Büro herauffährt. Er wartet darauf, Daley gut zu Gesicht zu bekommen, wenn dieser den Blenheim-Lieferwagen verlässt. Ich weiß natürlich nicht *genau,* wo er wartete; ich weiß aber, dass jemand mit Michaels' Erfahrung, jemand mit einem Zielfernrohr, dieses hier« – Morse nahm sein leeres Glas auf – »mühelos aus hundert Meter Entfernung treffen könnte, von fünfzig Metern ganz zu schweigen.«

Die weitere Rekonstruktion vom Mord an Daley wurde jedoch vorübergehend unterbrochen, weil Johnson in die Bar kam und sich zu ihnen setzte.

»Was trinken Sie?«, fragte Morse. »Lewis zahlt die Runde.«

»Nichts für mich. Danke, äh, Lewis. Hören Sie! Da ist ein Anruf für Sie wegen des Lieferwagens. Ich habe ihnen gesagt, ich sei nicht *ganz* sicher, wo Sie seien …«

»Was haben sie gesagt?«

»Sie haben massenhaft Fingerabdrücke gefunden – hauptsächlich natürlich die von Daley. Aber wie Sie sagten – sie haben andere Abdrücke gefunden, auf der Ladeklappe, auf dem Lenkrad.«

»Und hatte ich recht mit meiner Vermutung?«

Johnson nickte. »Ja. Sie sind von Karin Eriksson.«

Am selben Tag zur Lunchzeit kam Alasdair McBryde aus der U-Bahn-Station Manor House und ging rasch die Seven Sisters Road hinunter, um sich auf einen der Park- und Garagenplätze zu begeben, die zu den Hochhauswohnungen zu beiden Seiten der Bethune Road gehören. Er hatte das nicht gekennzeichnete Auto sofort entdeckt: die beiden Männer auf dem Vordersitz, von denen einer die *Sun* las. Er war es gewohnt, Gefahr auf eine Meile oder mehr zu wittern, und das tat er auch jetzt. Nummer 14 war die Garage, an der er interessiert war, aber er pfiff leise das Präludium zum dritten Akt von *Lohengrin* vor sich hin, marschierte kühn in die erste offene Garage (Nummer 9), nahm eine halb leere Dose Mobiloil an sich und richtete seine Schritte unbekümmert wieder zurück zur Hauptstraße, wo er sich, noch immer die schmutzige Dose in der Hand, ruhig und zuversichtlich in Richtung Stamford Hill bewegte.

»Falscher Alarm!«, sagte der Polizist mit der *Sun* und nahm die Lektüre über verschiedene Affären unter den oberen Zehntausend wieder auf.

Um 15.25 Uhr machte Constable Roy Wilks keine vier oder fünf Meter von der Stelle entfernt, wo Chief Inspector Johnson vor nicht allzu langer Zeit zwischen den Brennnesseln, dem Kerbel und anderen nicht so leicht erkennbaren Pflanzen und Unkräutern gestanden hatte, seine Entdeckung: eine .243-Kugel – die Kugel (doch sicherlich!), nach der der Suchtrupp das Gelände durchkämmt hatte. Nie in seinem bisherigen Leben hatte Wilks so im Mittelpunkt des Interesses gestanden, und nie wieder (wie er richtig erkannte) würde er voraussichtlich so herzliche Glückwünsche entgegennehmen.

Ganz besonders von Morse.

68

Das Licht der Lichter
Sieht immer auf das Motiv, nicht die Tat,
Der Schatten der Schatten auf die Tat allein.
W. B. Yeats, The Countess Cathleen

Ganz einfach, Morse! Ganz einfach! Ich will nicht wissen, was für ein cleverer Bursche Sie sind. Nur ein einfacher – kurzer! – Bericht. Wenn Sie das schaffen.«

Nach den letzten Enthüllungen hatte man David Michaels

und Karin Eriksson erneut vernommen, und als er jetzt, am nächsten Morgen, in Stranges Büro saß, konnte Morse in fast jedem Punkt das Muster der Ereignisse bestätigen, das er im *White Hart* vor Lewis entworfen hatte.

Daley war schon einige Male im Büro an den Wytham Woods gewesen, und für Montag, den 3. August, hatten die beiden Männer sich für 9.45 Uhr verabredet. Zu der Zeit würde, wenn sie Glück hatten, praktisch niemand in der Nähe sein, aber nur, wenn wirklich niemand in der Nähe war, würde die Tat begangen werden. Und die Tat *wurde* begangen. Als Daley aus dem Lieferwagen stieg, erschoss Michaels ihn mit seinem .243-Gewehr, das er später am Singing Way vergrub. Für Michaels selbst hatte der Knall schrecklich laut geklungen, aber danach hatte sich wieder eine merkwürdig unheimliche Stille ausgebreitet, und niemand war auf das umzäunte Grundstück gelaufen gekommen und hatte eine Erklärung verlangt, nach Ursachen geforscht. Nichts. Ein jetzt wieder stiller, klarer Morgen Anfang August. Und eine Leiche, die Michaels schnell in schwarze Plastikfolie wickelte und hinten in Daleys eigenen Lieferwagen schob. Nur zwei oder drei Minuten nach dem Mord wurde ebendieser Lieferwagen durch Wolvercote über die A44 in Richtung Woodstock gefahren, dann bei Bladon nach links und durch Long Hanborough – und schließlich zur Combe Lodge an der Westseite des Blenheim-Besitzes. Die Schlüssel zum Tor befanden sich zweifellos irgendwo bei der Leiche, aber der Lieferwagen wartete eine Weile und wurde sehr schnell belohnt, als das Tor für einen Traktor mit Anhänger geöffnet wurde, und *die Fahrerin* zog sich Daleys kakigrünen Hut über das kurze schwarze Haar, folgte dem Anhänger und hob die Hand grüßend, falls jemand beobachten sollte, wie sie durch das Tor fuhr. Nach wenigen Hundert Metern entdeckte sie einen idealen Platz für Lieferwagen, Leiche und Hut. Daley war nicht sehr schwer, und sie war eine kräftige junge Frau, doch hatte sie es nicht geschafft, die Leiche anzuheben; sie konnte sie nur über die Ladeklappe zerren, von wo sie mit einem dumpfen Aufschlag auf den harten Boden fiel. Die Plastikfolie war klebrig vor Blut; sie nahm die Folie mit, als sie über die Straße zur Spitze des Sees lief, wo sie das Blut von ihren Händen wusch und die Folie zwischen Schilfgras stopfte. Dann joggte sie, dem vorgesehenen Plan folgend, den ganzen Weg zurück, aber nicht, behauptete sie, durch Combe Lodge, wie Morse vermutet hatte (und Williams hätte schwören können) – sondern hinunter am westlichen Ufer des Sees, über die schmale Brücke, die den Glyme unterhalb der Grand Cascade überspannt, und bei der Eagle Lodge aus dem Park hinaus.

»Verdammt langer Weg, welche Route sie auch nahm«, murmelte Strange.

»Einige Leute sind fitter als andere, Sir.«

»Sie denken doch nicht an *sich selbst,* oder?«

»Nein!«

»Aber ein bisschen Glück war schon dabei – dass der Bursche an der Pforte sich an den Lieferwagen erinnerte.«

»Bei allem Respekt, Sir, ich glaube nicht, dass das stimmt. Sicher, es führte dazu, dass wir alle annahmen, Daley sei bis nach zehn Uhr noch am Leben gewesen – als David Michaels mit seinen RSPB-Freunden Meilen entfernt bei den Vogelkästen war. Aber Michaels hätte es an dem Morgen *nie* allein tun können – nicht ganz allein. Es gab keine Möglichkeit für *ihn*, allein nach Blenheim zu fahren und irgendwie – irgendwie – zurück nach Wytham zu kommen.«

»Aber seine Frau konnte es. Das wollen Sie doch sagen.«

»Seine Frau konnte es.«

»Sie war eine mutige Frau.«

»Sie *ist* eine mutige Frau, Sir.«

»Wissen Sie, wenn sie nur von Anfang an die Wahrheit gesagt hätten – beide –, wären sie vielleicht mit Totschlag, Selbstverteidigung oder was Sie wollen davongekommen.«

»Vielleicht.«

»Das klingt nicht sehr überzeugt.«

»Ich glaube, sie ist eine viel kompliziertere Frau. Vielleicht … vielleicht konnte sie sich selbst nicht ganz überzeugen, dass sie Myton nur getötet hat, um sich zu verteidigen.«

»Sie meinen … Sie meinen, dass sie Vergnügen daran gefunden haben könnte?«

»Das habe ich nicht gesagt, Sir.«

Strange schüttelte den Kopf. »Aber ich sehe allmählich, worauf Sie hinauswollen. Bereit – das war sie doch? –, Daleys Leiche nach Blenheim zu fahren und …«

»Sie ist eine komplizierte Frau, wie ich schon sagte, Sir. Ich bin mir nicht sicher, ob ich sie überhaupt verstehe.«

»Vielleicht ist sie sogar für sich selbst ein Rätsel.«

Morse erhob sich, um zu gehen. »In allen Fällen das Gleiche, oder? Wir verstehen die Motive eigentlich nie. Bei all diesen Dingen sieht es so aus, als gäbe es eine Offenbarung – aber es ist auch immer etwas von einem Geheimnis dabei.«

»Nun fangen Sie nicht an, *mir* mit Religion zu kommen, Morse!«

»Keine Gefahr!«

»Ich nehme an, dass niemand Daley besonders vermissen wird.«

»Nein. Er war ein *kleiner* Mann.«

»Tatsächlich? Wie groß war er?«

»Nein. Ich meine nicht klein in dem Sinn. Aber er *war* auch im physischen Sinn klein, ja. Wog nur dreiundfünfzig Kilo.«

»Woher wissen Sie das?«

»Sie haben ihn gewogen, Sir – *post mortem*.«

69

Ebenso wie jeder Mensch seine Eigenarten hat,
hat auch jede Schreibmaschine ihre Eigenarten.
Handbook of Office Maintenance, 9th Edition

Am folgenden Tag, Freitag, dem 8. August, wurde Morse' Aufmerksamkeit schon früh auf die Leserzuschriften in der *Times* gelenkt.

Von Lt. Colonel Reginald Postill
Sir, während der vergangenen Jahre sind wir alle uns des zunehmenden Einflusses vom Fernsehen auf Gerichtsverfahren (und Wiederaufnahmeverfahren) bewusst geworden. Wir haben zum Beispiel das Scheitern der Prozesse gegen die Birmingham Six und die Guildford Four gesehen, und für die kommenden Jahre können wir zweifellos zuversichtlich dem Freispruch der Zwei von Towcester und des Einen von Winchester entgegensehen.

Sollen wir uns jetzt in gleicher Weise daran gewöhnen, dass polizeiliche Ermittlungen in den führenden Tageszeitungen der Nation (Ihre eigene, Sir, natürlich eingeschlossen) durchgeführt werden? Wie ich erfahre, hat die Thames Valley Police jetzt im Schwedenmädchen-Fall Anklage gegen Personen erhoben, und dies in beträchtlichem Maß dank den Versen, die ursprünglich in Ihren Spalten abgedruckt wurden. Zweifellos sollten wir dankbar für ein solches Ergebnis sein. Aber stehe ich allein, wenn ein solcher Präzedenzfall mir Sorgen macht? Stehe ich allein, wenn ich meine, dass diese Angelegenheiten, sowohl vor Gericht als in der Ermittlung, besser in den Händen jener Männer und Frauen aufgehoben sind, die in ihren Spezialgebieten entsprechend ausgebildet wurden?

Mit freundlichen Grüßen, REGINALD POSTILL
6 Baker Lane, Shanklin
Isle of Wight

Lewis war in das Büro gekommen, als Morse diese Leserzuschrift las, und pflichtschuldigst las er sie auch.

»Etwas ungerecht, oder? Ich würde sagen, es hat uns eine ganze Menge geholfen. Ich kann nicht so recht einsehen, was dagegenspricht, wenn wir ein bisschen Unterstützung und Interesse in der Öffentlichkeit finden.«

»Oh, ich bin ganz Ihrer Meinung«, sagte Morse.

»Vielleicht sollten wir uns nicht allzu viele Gedanken über einen pensionierten alten Colonel von der Isle of Wight machen, Sir.«

Morse lächelte seinen alten Freund verschmitzt an. »Was veranlasst Sie zu der Vermutung, dass er pensioniert ist?«, fragte er sehr leise.

Am Abend desselben Tages war Morse' Feierstimmung unvermindert, und unmittelbar nach den *Archers* machte er sich auf den Weg nach Summertown und kam mit vier Flaschen Champagner in seine Wohnung zurück. Nicht der teuerste, zugegeben, doch auch nicht der billigste. Strange, Johnson, Lewis und er selbst. Nur die vier und nur für ein oder zwei Glas zum Anstoßen. Dr. Laura Hobson war auch eingeladen worden (das verstand sich von selbst), aber sie hatte früher am Abend angerufen, um sich zu entschuldigen – ein dringender Fall; es tue ihr leid, sie wäre gern dabei gewesen, aber da konnte man eben nichts machen, nicht wahr?

Harold Johnson ging als Erster, um 21.15 Uhr. Nach einem Glas Schampus sagte er, dass seine Frau ihn erwarte. Doch von ihnen allen war Johnson an diesem Abend wahrscheinlich der Dankbarste: Das Vorgehen bei der strafrechtlichen Verfolgung von zwei des Mordes verdächtigen Personen – David Michaels und Mrs Michaels – würde jetzt ihm und seinen Leuten anvertraut werden, da Morse verkündet hatte, er werde seinen Urlaub sofort wiederaufnehmen, der (vor so langer Zeit, schien es) im *Bay Hotel* in Lyme Regis begonnen hatte.

Drei Gläser Schampus und zehn Minuten später rappelte Strange sich mühsam hoch und teilte Morse mit, dass er aufbreche.

»Danke! Und genießen Sie Ihren Urlaub!«

»Wenn Sie mich lassen.«

»Wohin gehen Sie diesmal?«

»Ich habe an Salisbury gedacht, Sir.«

»Warum Salisbury?«

Morse zögerte. »Sie haben gerade die Kathedrale herausgeputzt, und ich dachte …«

»Sind Sie sicher, dass Sie mir nicht mit Religion kommen wollen, Morse?«

Zwei der Champagnerflaschen waren geleert, und Morse nahm die dritte und begann den Drahtverschluss zu öffnen.

»Für mich nichts mehr«, sagte Lewis.

Morse stellte die Flasche zurück auf die Anrichte. »Wäre Ihnen ein Newcastle Brown lieber?«

»Um die Wahrheit zu sagen, ja, Sir.«

»Dann kommen Sie.«

Morse ging voraus zu der unordentlichen Küche.

»Sie wollen *mir* Konkurrenz machen, Sir?« Lewis zeigte auf die uralte Reiseschreibmaschine, die auf dem Küchentisch stand.

»Ach, das! Ich war gerade dabei, einen kurzen Brief an die *Times* zu schreiben.« Er reichte Lewis das Ergebnis seiner Bemühungen: ein schlecht getipptes Schreiben voller ausgeixter Stellen.

»Soll ich es noch einmal für Sie abtippen, Sir? Es ist ein bisschen …«

»Ja, bitte. Ich wäre Ihnen sehr dankbar.«

So saß Lewis am Küchentisch und tippte den kurzen Brief

neu. Dass es länger dauerte, als es hätte dauern sollen, hatte zwei Gründe: Einmal beherrschte Lewis das Schreibmaschinenschreiben auch nicht eben überwältigend gut, zum anderen schaute er mit zunehmender Verwirrung auf die erste Zeile, die er getippt hatte. Und dann auf die zweite. Und dann auf die dritte … Besondere Aufmerksamkeit widmete er der abgenutzten oberen Hälfte des kleinen »e« und dem leicht verkürzten Querstrich des kleinen »t« … Im Augenblick jedoch sagte er nichts. Dann, als seine verhältnismäßig saubere Abschrift fertig war, drehte er sie aus der alten Schreibmaschine und gab sie Morse.

»Viel besser! Gut gemacht!«

»Sie erinnern sich an den ersten Artikel in der *Times,* Sir? In dem gesagt wurde, die Schreibmaschine könne leicht identifiziert werden, wenn sie jemals gefunden würde? An den ›e's‹ und den ›t's‹ …?«

»Ja?«

»Sie haben die Verse über das Schwedenmädchen selbst geschrieben, nicht wahr, Sir?«

Morse nickte langsam.

»Verdammt noch mal!« Lewis schüttelte ungläubig den Kopf.

Morse schenkte sich eine Dose Bier ein. »Champagner ist ein wunderbares Getränk, aber es macht einen durstig, nicht?«

»Glauben Sie, dass irgendwer sonst eine Ahnung hatte?«, fragte Lewis und lächelte auf die Schreibmaschine hinunter.

»Nur ein Mensch. Jemand aus Salisbury.«

»Sagten Sie nicht, dass Sie nach Salisbury fahren wollten?«

»*Könnte* sein, Lewis. Kommt drauf an.«

Eine halbe Stunde, nachdem Lewis gegangen war, lauschte Morse dem langsamen Satz von Mozarts Klavierkonzert Nr. 21 in Lipattis Version, als es klingelte.

»Es ist etwas spät, ich weiß, aber …«

Der finstere Ausdruck in Morse' Gesicht verwandelte sich

plötzlich in ein ekstatisches Lächeln. »Unsinn! Zufällig habe ich gerade zwei Flaschen Schampus …«

»Meinen Sie, das wird reichen?«

»Kommen Sie herein! Ich will nur eben das hier abstellen …«

»Bitte nicht. Ich mag es sehr gern. KV 467? Richtig?«

»Wo haben Sie Ihr Auto stehen?«

»Ich bin nicht mit dem Auto gekommen. Ich dachte, Sie werden vermutlich versuchen, mich betrunken zu machen.«

Morse schloss die Tür hinter ihnen. »Wenn Sie nichts dagegen haben, *werde* ich es abstellen. Ich war noch nie zwei schönen Dingen zur selben Zeit gewachsen.«

Sie folgte Morse ins Wohnzimmer, wo er zum zweiten Mal Flasche Nummer drei in die Hand nahm.

»Wann müssen Sie wieder gehen, Liebes?«

»Wer hat etwas von gehen gesagt, Chief Inspector?«

Morse stellte die Flasche ab und ging rasch zur Wohnungstür zurück, wo er den Schlüssel umdrehte und beide Riegel vorschob, den oberen und den unteren.

Epilog

Das Leben schlägt uns niemals etwas vor, was sich nicht, ebenso gut wie als Ziel, auch als neuer Ausgangspunkt auffassen ließe.
André Gide, Die Falschmünzer

Am Montag, dem 10. August 1992, war unter den Leserzuschriften in der *Times* folgender Brief abgedruckt:

Von Detective Chief Inspector E. Morse
Sir, im Namen der Thames Valley Police möchte ich meine Dankbarkeit und die meiner Kollegen für die gute Zusammenarbeit und die Hilfe der Times zum Ausdruck bringen. Als direktes

Ergebnis von Vorschlägen, die einige Leser der Times zu den Ermittlungen im Fall Schwedenmädchen-Verse machten, werden Personen, die sich jetzt in Haft befinden, gemäß dem Gesetz ordnungsgemäß vor Gericht gebracht.
Ihr ergebener E. MORSE
Thames Valley Police, Präsidium
Kidlington, Oxon

(Diese Korrespondenz ist jetzt abgeschlossen. Die Redaktion)

Wie alle seine Mitarbeiter war der Chefredakteur von der Fülle an ideenreichen Reaktionen auf die Schwedenmädchen-Verse fasziniert gewesen. Obwohl der Fall nun abgeschlossen war, fühlte er sich verpflichtet, einige Zeilen auf Morse' Brief zu antworten. Am Nachmittag verfasste er ein kurzes Dankesschreiben.

»Haben wir seine Privatadresse?«, fragte seine Sekretärin.

»Nein. Adressieren Sie den Brief einfach an das Police Department von Kidlington. Das kommt sicher an.«

»Wissen wir, wofür die Initiale steht?«

»Das ›E‹?« Der Herausgeber dachte kurz über die Frage nach. »Äh, Nein. Tatsächlich, das wissen wir nicht.«

Zitatnachweis

Die Zitate wurden, sofern eine veröffentlichte deutsche Übersetzung vorliegt, aus folgenden Werken entnommen:

Boswell, James, *Das Leben Samuel Johnsons.* Deutsch von Jutta Schlösser, Beck 1985.

Byron, George Gordon, *Lord Byrons Werke.* Berlin 1877, Band 5. Erster und Zweiter Gesang, London (John Murray) 1819; Dritter bis Fünfter Gesang, London (John Murray) 1821; Sechster bis Vierzehnter Gesang, London (John Hunt) 1823; Fünfzehnter und Sechzehnter Gesang, London (John Hunt) 1824. Deutsch von Otto Gildemeister, G. Reimer 1877.

Camus, Albert, *Der Mythos von Sisyphos: ein Versuch über das Absurde.* Deutsch von Hans Georg Brenner und Wolfdietrich Rasch, Rowohlt 1950.

Dickens, Charles, *Der Raritätenladen.* Deutsch von Maria von Schweinitz, Winkler 1965.

Giraudoux, Jean, *Die Irre von Chaillot.* Deutsch von W.M. Treichlinger Otto F. Best, S. Fischer 1961.

Housman, A. E., *Die »Shropshire Lad«-Gedichte.* Deutsch von Hans Wipperfürth, Mattes Verlag 2003.

Machado, Antonio, Juan de Mairena: *Sentenzen Spässe, Aufzeichnungen u. Erinnerungen e. apokryphen Lehrers.* Deutsch von Georg Rudolf Lind, Suhrkamp 1956.

Pepys, Samuel, *Das geheime Tagebuch.* Deutsch von Jutta Schlösser, Insel-Verlag 1980.

Russell, Bertrand, *Ehe und Moral.* Deutsch von U.C.A. Krebs, Darmstädter Blätter 1984.

Wir haben uns bemüht, sämtliche Quellen ausfindig zu machen. Sollten in einzelnen Fällen Angaben fehlen, bitten wir darum, sich mit dem Verlag in Verbindung zu setzen.

Colin Dexter wurde am 29.09.1930 in Stamford, England, geboren. Er studierte Klassische Altertumswissenschaft am Christs College in Cambridge. Seine anschließende 13-jährige Lehrtätigkeit musste er wegen eintretender Taubheit beenden, woraufhin er eine Stelle in einer Prüfungskommission an der Oxford-Universität annahm. 1973 schrieb er während eines verregneten Familienurlaubs in Wales seinen ersten Kriminalroman, *Der letzte Bus nach Woodstock*. Es folgten zwölf weitere Fälle für Inspector Morse sowie ein Erzählband, die in England immens erfolgreich waren und als Fernsehserie unter dem Titel *Inspektor Morse, Mordkommission Oxford* verfilmt wurden. Basierend auf Dexters Figuren wurden 2007 und 2012 zwei weitere Fernsehserien *(Lewis – der Oxford Krimi* und *Der junge Inspektor Morse)* ins Leben gerufen.
Mit seinem Ermittler verbindet ihn die Liebe zu Kreuzworträtseln, Wagner, Ale und Whisky. Seine Werke wurden mehrfach ausgezeichnet, u. a. mehrmals mit dem CWA Silver und Gold Dagger. Für sein Lebenswerk wurde Dexter mit dem CWA Diamond Dagger, dem Theakstons Old Peculier Outstanding Contribution to Crime Fiction Award und dem Order of the British Empire für Verdienste um die Literatur ausgezeichnet. Er starb 2017 im Alter von sechsundachtzig Jahren in Oxford.

»Kaum ein Krimiautor schreibt so intelligent und behaglich beunruhigend wie Colin Dexter. Brillant webt er dichte, gewitzte Handlungen, gespickt mit literarischen Bezügen und falschen Fährten.« *The Washington Times*

»Ein Meister des Kriminalromans, an den kaum einer heranreicht.« *Publishers Weekly*

Mehr über Autor und Werk auf *www.unionsverlag.com*

Colin Dexter im Unionsverlag

Ab 2018: Inspector Morse ermittelt wieder!

»Inspector Morse wird zweifellos als einer der beliebtesten Detektive in die Geschichte eingehen.« *P. D. James*

Der letzte Bus nach Woodstock
Zuletzt gesehen in Kidlington
Die schweigende Welt des Nicholas Quinn
Eine Messe für all die Toten
Die Toten von Jericho
Das Rätsel der dritten Meile
Das Geheimnis von Zimmer 3
Gott sei ihrer Seele gnädig
Der Wolvercote-Dorn
Der Weg durch Wytham Woods
Die Töchter von Kain
Der Tod ist mein Nachbar
Der letzte Tag
Ihr Fall, Inspector Morse

»Einesteils hängt Dexter am alten Rätselkrimi, andererseits zwingt er seine Figuren hinaus aus der gut überschaubaren Isolation in verklärten Inseln der Landjunkerseligkeit. Immer setzt er voraus, dass seine Leser anderes suchen als billige Lacher, Brechreiz-Mutproben und Sadismus-Ventile. Er steht für jene schizophrene Tradition des Kriminalromans, die einerseits hinführt zu den schrecklichen Entgleisungsmöglichkeiten des Zusammenlebens und andererseits doch wieder ganz weit weg von der konkreten Alltagswelt.« *Stuttgarter Zeitung*

Kramer & Zondi ermitteln

»James McClure ist ein grandioser Schriftsteller, dessen sprachliche Präzision, seine Erzählökonomie, das Gefühl für kleinste Nuancen, seine überraschenden und verblüffenden Wendungen und sein Gespür für die fürchterliche Komik der Umstände auch heute nur selten erreicht werden.« *Thomas Wörtche, Deutschlandradio*

Song Dog
Lieutenant Kramer und Sergeant Zondi ermitteln im Mordfall an einer jungen weißen Frau.

Steam Pig
Die Ermittler Kramer und Zondi decken in Südafrika unter dem Apartheid-Regime eine Tragödie auf.

Caterpillar Cop
Der 12-jährige Boetie wird erdrosselt und verstümmelt aufgefunden. War er Opfer eines Pädophilen?

Gooseberry Fool
Ein fliehender Diener, ein Autounfall und Verfolgung in entlegenen Dörfern: Es geht an die Substanz.

Snake
Raubüberfälle und eine von ihrer Python erwürgte Tänzerin: Schlaflose Nächte für Kramer und Zondi.

Sunday Hangman
Ein gekonnt erhängter Bankräuber, keine Beute, aber eine Bibel in der Hand. Wer ist der *Hangman?*

Blood of an Englishman
Ein brutaler Riese versetzt Trekkersburg in Schrecken – wer sonst könnte so unmenschlich kräftig töten?

Artful Egg
Kramer untersucht den Mordfall an einer berühmten Autorin, doch ein Postbote spielt auch Detektiv.

INSPECTOR-CHALLIS-ROMANE

»Disher ist ein Meister der modernen Krimikomposition. Er entwickelt ein faszinierendes Erzähltempo, das flott und schnell, aber niemals atemlos oder gehetzt erscheint. Disher zu lesen, ist ein literarischer Genuss erster Güte.« *krimiblog.de*

Drachenmann
Flugrausch
Schnappschuss
Beweiskette
Rostmond
Leiser Tod

CONSTABLE-HIRSCHHAUSEN-ROMANE

»Hirsch (fast) allein gegen Sheriff, Vorgesetzte, Dorfbonzen. Weizen, Wolle, früher Kupfer, leeres Land. Ganz, ganz fein, staubtrocken und herzenswarm.« *Tobias Gohlis, KrimiZeit-Bestenliste*

Bitter Wash Road
Hope Hill Drive

Hinter den Inseln

Liebe, Krieg und Verrat vor dem Hintergrund der zusammenbrechenden Kolonialreiche in Südostasien.

Kaltes Licht

Ein Skelett, ein jahrealter Mordfall und vergessene Geheimnisse – ein Fall für Sergeant Alan Auhl.

Das Havanna-Quartett

Havanna im Jahr 1989: Im Paradies der Revolution steht nicht alles zum Besten. Schicht um Schicht legt der Polizist Mario Conde die kubanische Realität frei und misst sie an den Illusionen und Träumen seiner Jugend.

Ein perfektes Leben (Winter)
Handel der Gefühle (Frühling)
Labyrinth der Masken (Sommer)
Das Meer der Illusionen (Herbst)

Weitere Werke

Adiós Hemingway
Der Nebel von gestern
Der Mann, der Hunde liebte
Der Schwanz der Schlange
Ketzer
Die Palme und der Stern
Neun Nächte mit Violeta
Die Durchlässigkeit der Zeit

»Leonardo Paduras Romane sind kritische Liebeserklärungen an Kuba, die oft weit in die Vergangenheit zurückreichen, aber doch in der Gegenwart ankommen. In ihnen erweist sich Padura als einer der großen Autoren der gegenwärtigen Weltliteratur.« *Wilhelm Roth, Die Welt*

»Padura hält nichts von der Schwarz-Weiß-Malerei, die in Kuba und anderswo so beliebt ist; er verdammt die über sein Land kursierenden Stereotype in Bausch und Bogen und freut sich über den angekündigten Wandel.« *Knut Henkel, Neue Zürcher Zeitung*